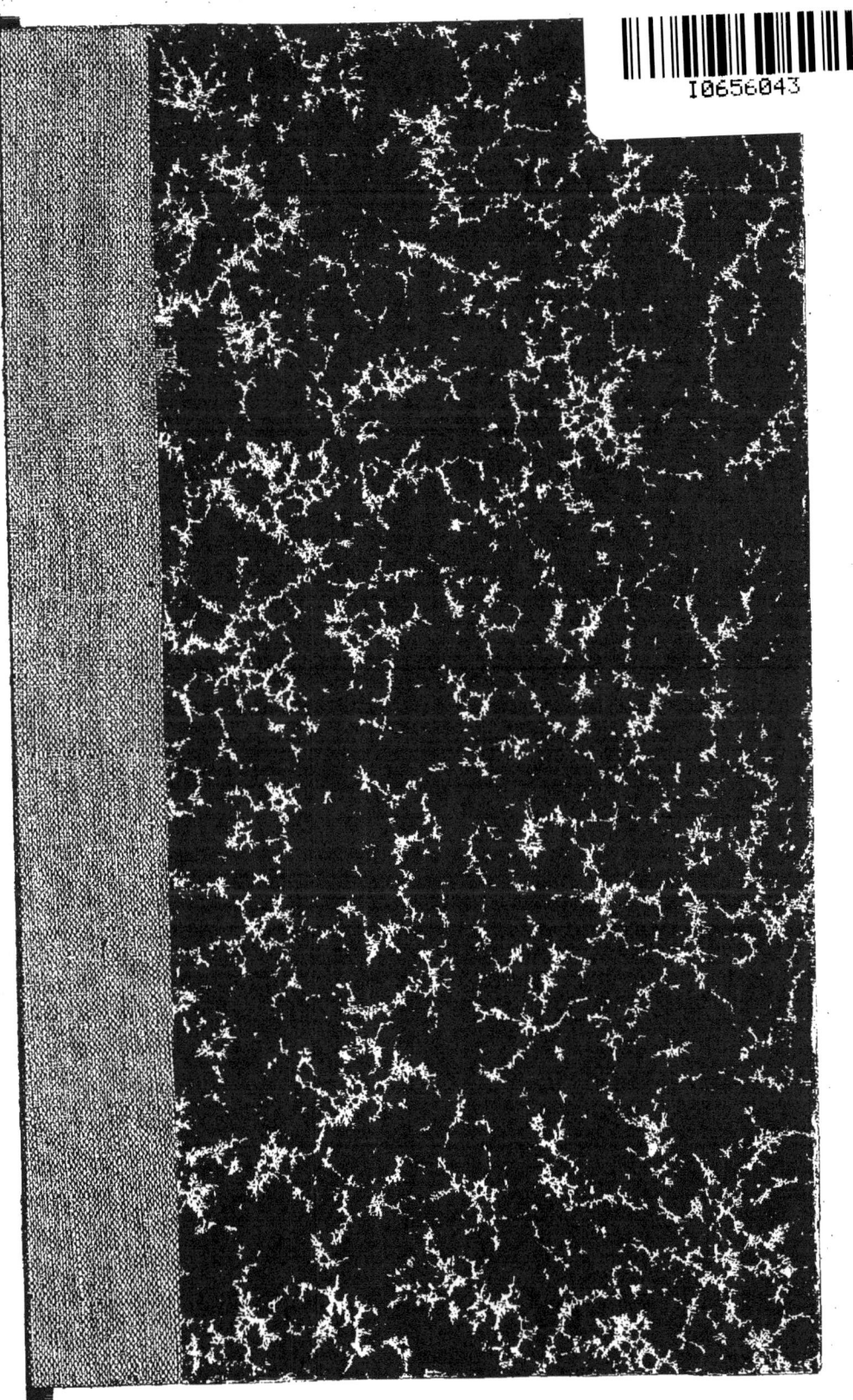

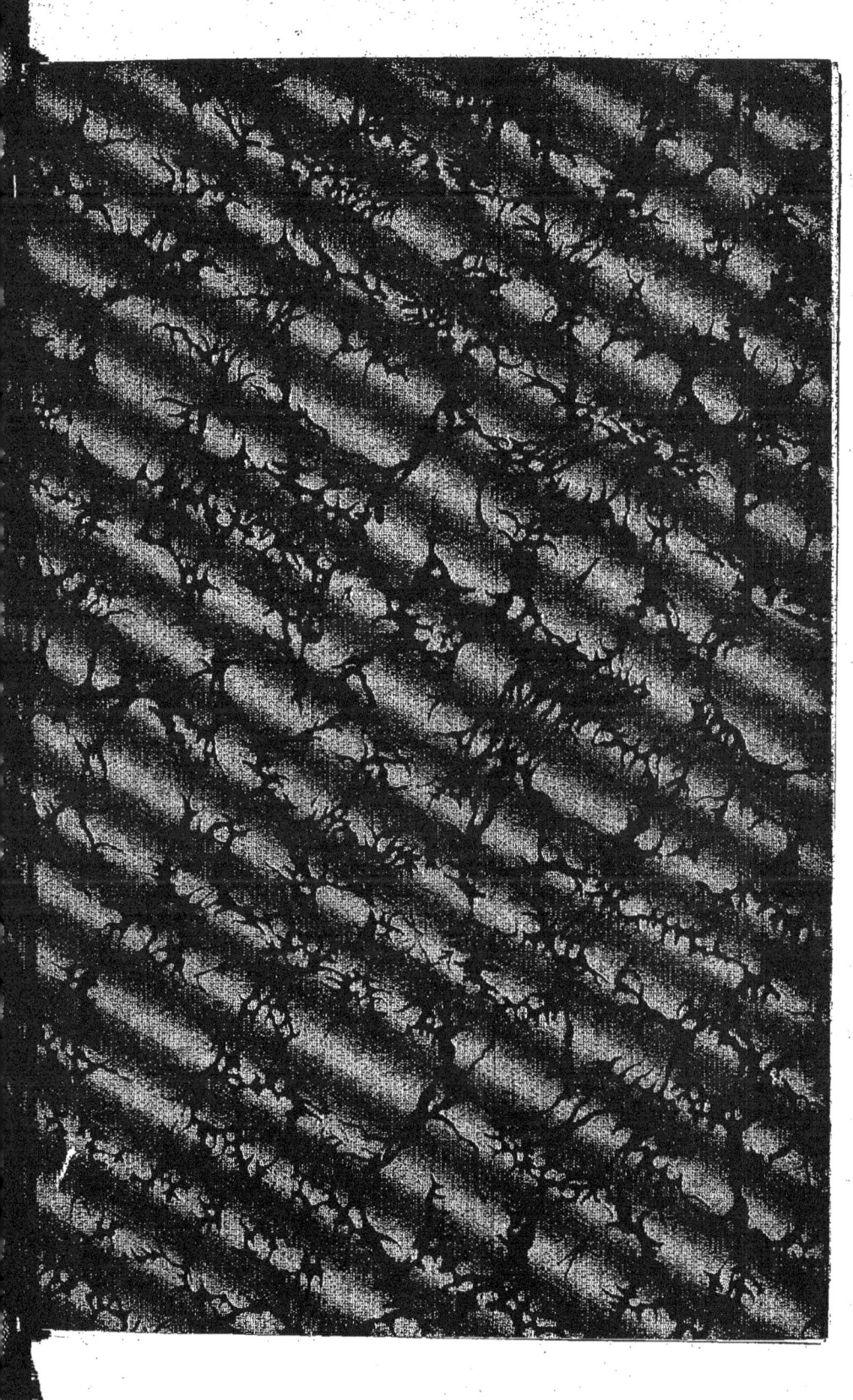

Le Beau dans les Art

Librairie Bénjamin Vve

* *

LE BEAU

DANS LES ARTS

1. — Une Riche Campagne, paysage par Poussin.

LE BEAU
DANS LES ARTS

Par l'Abbé GABORIT

ARCHIPRÊTRE DE LA CATHÉDRALE DE NANTES

ANCIEN DIRECTEUR DU PETIT SÉMINAIRE

5e ÉDITION

REVUE AVEC SOIN ET ILLUSTRÉE DE NOUVELLES GRAVURES

Le beau, c'est vers le bien un sentier radieux,
C'est le vêtement d'or qui le pare à nos yeux.

BRIZEUX. *Hymne dédié à M. Ingres.*

LIBRAIRIE CATHOLIQUE EMMANUEL VITTE

LYON
3, place Bellecour, 3

PARIS
14, rue de l'Abbaye, 14

1913

LE BEAU DANS LES ARTS

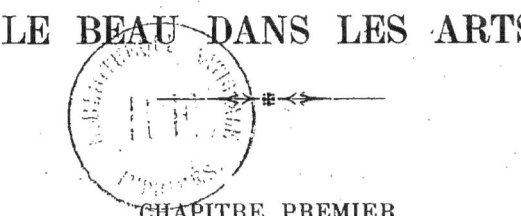

CHAPITRE PREMIER

DE L'ART ; SON OBJET ET SON BUT DIRECT

L'objet spécial des beaux-arts, leur but direct est d'exprimer le beau. — Valeur relative des deux éléments de l'expression ; de l'élément sensible, la forme ; de l'élément invisible, la pensée.

Un art, dans le sens le plus général du mot, est un ensemble de règles pratiques employées pour produire un effet, soit utile, soit agréable. Ainsi il y a l'art de la chirurgie, de l'agriculture, l'art du raisonnement, la logique, tous les arts industriels.

Les arts que nous voulons étudier ont pour objet de représenter, d'exprimer la nature, l'homme et ses sentiments ; ils ont pour but direct de nous mettre le beau devant les yeux ou du moins devant le regard de notre âme et de nous en faire jouir. C'est pour cela qu'on les appelle les beaux-arts. On les nomme aussi arts libéraux, sans doute parce qu'il faut, pour les pratiquer avec succès, être libre des soucis de la vie et des intérêts matériels, et aussi parce qu'ils affranchissent les âmes et procurent des jouissances désintéressées. Ils sont au nombre de cinq : la littérature, la musique, la peinture, la sculpture et l'architecture. A la musique se rattache la danse et à l'architecture l'art de tracer les jardins.

Puisque nous étudions seulement les arts qui ont pour but direct l'expression du beau, l'éloquence n'entre pas dans notre programme.

En effet, l'orateur, dans son discours peut nous faire jouir de la beauté à un degré très élevé ; mais il ne se préoccupe pas de la produire. Convaincre et persuader, défendre son client, faire triompher la cause qui lui est confiée : tel est le but unique qu'il doit poursuivre. Ce n'est pas qu'il n'ait besoin de beaucoup d'art pour y réussir ; il doit façonner sa voix, son geste, son regard, sa logique, et trouver des formes agréables qui fassent disparaître la sécheresse des raisonnements et touchent les cœurs, *fiunt oratores*. Mais il emploie tout son art à faire briller la vérité dans tout son éclat et lui assurer gain de cause. S'il cherchait à briller lui-même, à se faire admirer par la magnificence de son langage, il trahirait son devoir et, pendant qu'il lancerait ses périodes ronflantes, croyant sans doute que

C'est le beau,

Dandin aurait bien droit de l'interrompre en lui disant :

C'est le laid.

Et quand même l'auditoire applaudirait, parce qu'une « telle méthode... est fort à la mode », il faudrait encore dire que l'orateur qui recherche ce succès manque son vrai but et agit contre les lois du grand art qu'il professe.

Les beaux-arts, comme les arts industriels, suivent des règles et emploient des procédés, et dans le beau dont ils nous font jouir comme dans celui que la nature offre à notre admiration, nous pouvons reconnaître les deux éléments de l'expression : l'élément sensible, la forme, la matière, et l'élément invisible : la pensée.

L'architecte entasse des blocs de pierre ; le sculpteur façonne, lui aussi, le marbre et la pierre, bien qu'il les emploie dans des proportions moins considérables ; le peintre n'a besoin que d'une surface plane sur laquelle, avec des couleurs, il simule des reliefs et des profondeurs ; le musicien ne se sert que du son, et le littérateur emploie des éléments encore plus dégagés de la matière, le langage, le mot. En allant ainsi de l'architecture à la littérature, il est facile de reconnaître que l'élément sensible perd de son importance, s'efface et devient plus transparent pour laisser notre attention se fixer davantage sur l'élément invisible, sur la pensée exprimée. Il semble qu'arrivé à la littérature, l'invisible est tout. Sans doute le langage, le mot, est l'élément le moins matériel qui nous révèle l'invisible (1), mais c'est encore un sensible ; et puis le langage nous exprime non seulement la pensée, le sentiment, mais il nous décrit tout le monde physique avec la variété de ses formes, de ses couleurs, avec tous ses aspects, et c'est dans tout cet ensemble de choses que s'incarne la pensée du littérateur et qu'elle prend sa forme. Donc, dans les différents arts, ces deux éléments se retrouvent toujours.

Si nous considérons les objets de la nature, nous constatons facilement que les deux éléments concourent à nous faire jouir du beau et sont nécessaires : la matière seule serait insuffisante pour nous procurer cette délectation de l'âme, et de son côté, l'invisible ne nous la procurera que dans la mesure où il nous sera exprimé.

En est-il de même dans les arts, ou bien les arts peuvent-ils rien que par la forme nous faire jouir du beau ? — Nous dirons bientôt que la question d'art est une question de forme. Mais dans les arts, comme dans la nature, les deux éléments sont nécessaires ; nous allons le reconnaître et établir la valeur relative de chacun des deux éléments.

Sans doute, de même que, dans la nature, une belle âme peut nous apparaître à travers un voile plus épais et des traits désagréables, de même quelquefois, dans les arts, une telle pensée, un beau sentiment nous sera exprimé par des formes incorrectes. Quelquefois un peintre ou un sculpteur, ignorant les procédés de son art, produira des œuvres dans lesquelles, malgré l'imperfection des formes, nous reconnaîtrons l'expression des sentiments les plus élevés et les plus dignes de notre admiration. C'est ce que l'on remarque dans les œuvres exécutées quand les lois de l'art étaient ignorées, dans les peintures des catacombes, et même dans celles d'Angelico de Fiesole.

Quelquefois aussi une œuvre presque informe, une statue ou une peinture, suffit pour satisfaire tel individu, à cause de ses dispositions spéciales ou de son ignorance de l'art. Peut-être elle excite en son âme les sentiments de la plus tendre piété ou de l'enthousiasme patriotique le plus exalté.

(1) Bossuet, parlant de la divine parole, l'appelle « ce corps spirituel, de la vérité ».

« Nous voguions, dit M. Rio, dans son *Histoire de la peinture*, vers les ruines de Torello, par une belle matinée de printemps, quand en débouchant du canal qui traverse Murano dans toute sa longueur, nous aperçûmes une petite île couverte d'arbres en fleurs, derrière lesquels était cachée une très modeste chaumière, que nous découvrîmes bientôt. Près de l'endroit, où aborda notre gondole, nous aperçûmes une madone sculptée dans le mur, avec une lampe qui brûlait devant elle, des fleurs fraîchement cueillies et une bourse attachée à une longue perche pour recueillir l'aumône des pêcheurs et des gondoliers. En débarquant pour visiter le jardin, nous trouvâmes un vieillard assis sur le seuil de la porte, et la douceur de son accent, jointe à la sérénité de son noble visage, nous ayant encouragés à l'interroger sur le genre de vie qu'il menait dans cette solitude, nous apprîmes de lui les détails les plus intéressants sur sa propre histoire, sur celle de son île jadis occupée par des moines franciscains que l'invasion étrangère en avait chassés ; sur celle de la madone que les mains profanes des soldats français avaient vainement essayé d'arracher de son tabernacle de pierre. Or, cette dernière partie de son récit était plus fortement accentuée que les autres. Il y avait plus de vingt-cinq ans qu'il vivait presque constamment seul sur cet espace si resserré et, quand nous lui demandâmes si cet isolement perpétuel ne l'attristait pas quelquefois, il nous répondit avec un sourire de confiance accompagné d'un geste très expressif, en nous montrant la madone, qu'ayant toujours eu la mère de Dieu près de lui, il n'avait jamais senti sa solitude ; que le voisinage d'une telle protectrice suffisait pour le rendre heureux, et que l'entretien de la lampe et le renouvellement des fleurs faisaient sa plus douce occupation (1). »

Cette statue grossière suffisait donc pour entretenir les sentiments de piété de cet heureux solitaire.

De même, les souvenirs qui se rattachent à un objet, à un monument, à un tableau, à un chant, pourront enrichir considérablement sa signification. Le chant du *Ranz des vaches*, qui faisait déserter les Suisses engagés dans les armées françaises, n'a pas par lui-même rien d'entraînant ; il est extrêmement simple pour la musique et pour les paroles, mais il rappelle aux habitants de l'Helvétie tous les

---

(1) *Histoire de la Peinture*, 1ʳᵉ édit., p. 164.

souvenirs de la patrie, les troupeaux, les montagnes, les torrents, les lacs et les glaciers.

Une œuvre dont les formes sont incorrectes peut donc nous donner de vives émotions, et tel objet, ou tel chant, aura pour tel individu un charme particulier par suite des souvenirs qu'il lui rappelle. Mais nous posons les lois générales de l'art et l'art doit tenir un langage qui soit compris de tous. Or nous ne jouirons du beau que dans la mesure où il nous sera exprimé et l'artiste ne peut donner de valeur sérieuse à son œuvre sans connaître les procédés de son art. « S'il ne fallait pour être artiste, que sentir vivement les beautés de la nature et de l'art, disait Diderot, porter dans son sein un cœur tendre, avoir reçu une âme mobile au souffle le plus léger, être né celui que la vue ou la lecture d'une belle chose enivre, transporte, rend souverainement heureux... je m'écrierais : *Anch'io sono pittore*, et moi aussi je suis peintre. » Mais cela ne suffit pas, il faut de plus connaître les procédés. Et cela est vrai, non seulement pour la peinture, mais pour tous les arts.

La question d'art est une question de forme. Une pensée exprimée de telle manière sera commune ; présentée sous une autre forme, elle devient brillante, splendide. On a dit avec raison que le sublime côtoie le ridicule. Tel mouvement oratoire, tel geste, telle parole ont profondément touché l'auditoire ; un peu différents, ils auraient provoqué l'hilarité. Il en est souvent ainsi dans les arts.

Assurément, les grandes œuvres ont un fond assez riche pour que, mal traduites, elles conservent de grandes beautés : une copie incomplète d'une œuvre de maître gardera le cachet du génie, et cependant voyez comment un calque maladroit fait perdre de charme au plus beau dessin. Faussez encore un peu ce calque, il y aura peut-être encore un beau geste, une belle pose, mais l'œuvre d'art a perdu ses beautés les plus délicates, ce qui nous charmait davantage, ce qui faisait que nous ne nous lassions pas de l'admirer et que dans cette contemplation qui ne pouvait se satisfaire nous découvriions sans cesse de nouveaux traits de beauté qui nous charmaient de plus en plus. C'est toujours l'œuvre du génie, la conception reste, mais défigurée par une main barbare.

Pour faire une œuvre d'art qui soit réussie, il ne suffit pas d'exprimer des pensées justes et morales, et même des sentiments élevés, de raconter des actes de dévouement et de générosité ; car si cela suffisait, le livre modeste connu sous le nom de *Morale en action* renfermerait beaucoup plus de beautés que l'*Iliade* et l'*Enéide*. Or il n'y a là que de bonnes leçons de vertu, et l'art y fait défaut. Le moraliste peut parler le langage commun, mais ni les dieux, ni les hommes, ni les libraires ne permettront au poète d'être médiocre :

> Mediocribus esse poetis
> Non dî, non homines, non concessere columnæ.

Qu'on le remarque bien d'ailleurs, chercher la forme et la cultiver, ce n'est pas arranger des mots, chercher des épithètes, mais c'est chercher l'idée, et avec l'idée, la forme qui en est inséparable et qui la fera valoir.

> Avant donc que d'écrire, apprenez à penser.

C'est toujours le précepte que l'on rappellera avec plus de raison à l'écrivain qui n'a pas atteint le but, et cela est vrai pour tous les arts. L'artiste, quel qu'il soit, travaillera le sensible, mais c'est pour faire resplendir l'invisible, et l'invisible lui-même ne nous fera jouir du beau que dans la mesure où il ne sera exprimé.

Nous avons reconnu toute l'importance de la forme ; mais jusqu'à quel point la forme par sa perfection pourra-t-elle rendre beau ce qui ne le serait pas ? Nous avons constaté que, dans la nature, le beau résulte de l'activité qui s'est développée selon sa loi et que le beau moral ne saurait exister en dehors du bien ! L'art, par le prestige de la forme, pourra-t-il donc nous faire admettre comme beau et nous faire admirer ce qui, d'après nos principes, ne peut avoir que de la laideur : le mal et le vice ?

Dans un grand nombre d'œuvres d'art, c'est un crime qui nous est représenté. La tragédie ne met en scène que de grandes adversités causées à peu près toujours par la perversité humaine. Souvent un crime est l'objet principal de la composition et le meurtrier en est le héros. C'est Néron qui fait assassiner Britannicus ; c'est Macbeth qui assassine lui-même son roi. Les tragédies dont ces crimes sont le nœud, aux yeux de tous sont des chefs-d'œuvre. Est-ce donc que les auteurs ont donné de la beauté à ces crimes atroces ?

2. — La Flagellation de Notre-Seigneur, par Angelico de Fiesole.

Question compliquée et difficile que l'esthétique et la critique littéraire doivent résoudre, que les auteurs négligent, peut-être parce qu'ils n'en voient pas la solution. Nous l'aborderons résolument, et la solution que nous donnerons, non seulement nous guidera dans l'appréciation que nous ferons des œuvres d'art, mais aussi elle corroberera les principes que nous avons posés en étudiant le beau dans la nature.

D'abord, tout le monde sait que l'artiste peut mettre dans un tableau le mal et la laideur pour faire ressortir la vertu et la beauté, comme l'ombre pour donner plus d'éclat à la lumière.

C'est Mathan qui, dans sa haine impie, lance d'affreux blasphèmes contre Dieu et contre son temple et qui voudrait voir détruit tout ce qu'il a trahi :

> Du Dieu que j'ai quitté l'importune mémoire
> Jette encore en mon âme un reste de terreur,
> Et c'est ce qui redouble et nourrit ma fureur.
> Heureux si sur son temple achevant ma vengeance,
> Je puis convaincre enfin sa haine d'impuissance,
> Et parmi les débris, le ravage et les morts,
> A force d'attentats perdre tous mes remords.

Assurément la beauté n'est pas dans ces blasphèmes, quelque parfaits que soient les vers qui les expriment. Racine ne voulait pas nous faire admirer le caractère de Mathan ; mais ce personnage jaloux et perfide donne plus de relief à la fermeté de son caractère, à sa confiance en Dieu, et il contribue ainsi beaucoup à la beauté de l'œuvre.

Voici Néron qui, dans la tragédie de *Britannicus*, a plus d'importance que Mathan dans *Athalie*. Est-ce donc que Néron, ce monstre de cruauté, de perfidie et de lâcheté, est beau dans la tragédie de Racine? Non, certainement. Il est d'une affreuse laideur pour laquelle on ne peut avoir que de l'horreur et, quand, à la dernière scène, Albine exprime la crainte qu'il ne mette fin à ses jours, le spectateur approuve Agrippine disant qu'il se ferait justice ; et celle-ci a bien raison de lui dire à lui-même que son nom sera

> Aux plus cruels tyrans une mortelle injure.

Ce sont les derniers mots qu'elle lui adresse, et ils résument la pensée du poète.

Dans la tragédie de Racine, comme dans l'histoire, la figure de Néron est donc hideuse ; mais le poète nous fait admirer Britannicus, Junie et Burrhus. Nous pouvons donc reconnaître que *Britannicus* est un chef-d'œuvre sans que nous ayons la moindre admiration pour le caractère de Néron.

Dans *Rodogune*, est-ce que Cléopâtre, qui veut empoisonner son dernier enfant après avoir assassiné son mari et son autre fils, Cléopâtre, qui ne craint plus ni Dieu ni les hommes et qui bafoue les restes de vertu qui pourraient encore s'insurger au fond de son âme :

> Et toi que me veux-tu,
> Ridicule retour d'une sotte vertu?
> Tombe sur moi le ciel, pourvu que je me venge !

est-ce que ce monstre d'ambition et de méchanceté, cette mère dénaturée, peut être admirée par nous? Non. Cléopâtre ne nous inspire que de l'horreur ; mais, dans l'œuvre du poète, par sa perfidie et sa cruauté, elle fait ressortir la beauté des sentiments qui sont dans ses enfants Antiochus et Séleucus.

Cléopâtre et Néron ne sont pas les principaux personnages des tragédies où ils nous sont montrés, et les titres de ces tragédies sont : *Rodogune* et *Britannicus*. Mais il est des chefs-d'œuvre dans lesquels le personnage principal accomplit un meurtre et ce meurtre est le nœud ou même le dénouement de la pièce. Ainsi dans *Macbeth* nous ne voyons plus que deux époux entraînés par l'ambition et s'excitant l'un l'autre à assassiner le roi qui est venu prendre chez eux l'hospitalité. Est-ce donc que l'auteur veut nous faire admirer ce meurtre? Non, sans doute. En effet, il ne nous montre pas seulement le crime, mais il nous dit d'une façon saisissante comment ce crime est puni, et comment il emporte avec lui tout le bonheur des coupables. Même avant le forfait, quels troubles et quelles appréhensions ! Macbeth sait que « la justice à la main toujours égale, présente à nos propres lèvres la coupe où nous avons versé le poison pour d'autres ». Il sait que, après le crime commis, il n'aura plus que des nuits sans sommeil. Il lui a semblé entendre une voix crier : « Tu ne dormiras plus. Macbeth tue le sommeil, l'innocent sommeil « qui de l'écheveau emmêlé de nos maux fait une pelotedesoie unie ; « le sommeil, douce mort de la vie de chaque jour, le bain après le « travail, le baume des âmes blessées ».

Après le meurtre, lady Macbeth voit ses mains tachées d'un sang que toute l'eau de la mer ne pourrait laver et elles sont imprégnées d'une odeur telle que « tous les parfums d'Arabie ne les désinfecteraient pas ». — Macbeth commet un nouveau crime : il fait assassiner Banco et l'ombre de Banco le poursuit dans ses repas de fête.

Dans *Richard III*, les enfants d'Edouard sont impitoyablement assassinés, mais on maudit le meurtrier ; son crime est châtié et l'on aime ceux qui ont été ses innocentes victimes.

Dans *Hamlet*, les crimes sont plus nombreux encore, mais chacun de ces crimes reçoit son châtiment et nous inspire une salutaire horreur.

Assurément Shakespeare n'a pas voulu nous faire admirer ces actes de scélératesse ; il les a peints sous les couleurs les plus capables de nous les rendre odieux. Mais alors, où est la beauté dans ces œuvres? Dans la loi morale qui est vengée et glorifiée sans parler de beautés de détail très nombreuses présentées par le poète en dehors du crime et des caractères que nous devons détester. Et le crime reste avec sa réprobation.

Dans les tragédies de Shakespeare, comme dans le théâtre antique, ainsi que nous le verrons bientôt, des crimes se succèdent et s'enchaînent : la justice divine se sert d'une nouvelle faute pour châtier les fautes déjà commises ; mais chacun des meurtriers garde sa responsabilité et ce qu'il a d'odieux par ses forfaits, et la suite des événements donne de grandes et salutaires leçons. Il semble que l'on marche sur une de ces voies romaines qui sont bordées de tombeaux. Oui, sans doute ; mais au-dessus on voit la providence de Dieu qui gouverne toutes choses, domine toutes les existences humaines, et attend chacun au terme pour lui rendre selon ses œuvres. Assurément le beau n'est pas absent de ce spectacle grandiose.

Dans sa tragédie des *Enfants d'Edouard*, Casimir Delavigne laisse le spectateur sur le meurtre. « Achevez », dit Glocester, c'est le dernier mot de la tragédie. Est-ce que le poète veut nous faire admirer le meurtre triomphant? Certainement non. Il ne prend pas la peine, comme Shakespeare, de nous montrer le meurtrier puni ; mais il compte sur la délicatesse de l'esprit français qui n'a pas besoin qu'on lui parle si clairement. Il sait bien que, pendant tout le drame, il a concentré l'intérêt sur les enfants et que le spectateur les admire et les aime, et qu'il maudit le meurtrier.

Dans ces œuvres littéraires, les auteurs ont donc donné une place importante au mal et à de noirs attentats, mais ils n'ont pas voulu pour cela nous faire admirer ces crimes ; au contraire, par les couleurs sous lesquelles ils nous les ont ont présentés, ils nous les font détester, ils nous font aimer la vertu, et c'est en elle que réside la beauté.

Le peintre, comme le littérateur, peut nous mettre devant les yeux de grands crimes. Prud'hon a peint le meurtre d'Abel. Le cadavre de la victime occupe le premier plan de la composition ; Caïn s'enfuit épouvanté ; la Justice et la Vengeance le poursuivent, la première avec la balance, la seconde armée d'un glaive. Il y a donc dans ce tableau la sanction visible du crime ; mais rien que par l'expression donnée aux deux personnages du drame, à la victime et au meurtrier, l'artiste nous inspire l'horreur de ce premier meurtre qui ensanglanta le berceau de la famille humaine. Nous détestons Caïn et nous éprouvons une sympathique admiration pour la victime, pour son innocence, pour sa jeunesse et sa beauté.

La peinture et la sculpture, comme la littérature, nous représentent donc des crimes, sans prétendre pour cela nous les faire admirer, mais en leur infligeant le blâme qu'ils méritent et en offrant quelque autre objet à notre admiration. C'est ainsi que l'art procède, et avec cette poétique nous pouvons toujours dire que l'art a pour but direct l'expression du beau.

Mais l'artiste, le littérateur, le peintre ou le sculpteur, peut-il par son habileté, par les séductions de la forme, nous faire admirer ce qui n'a que de la laideur?

Nous ne demandons pas ici jusqu'à quel point l'artiste peut se donner des libertés dans le choix du sujet et par la manière dont il le traite, jusqu'à quel point il peut se permettre de nous séduire par des beautés sensuelles, jusqu'à quel point il doit respecter la loi morale, cette question fera l'objet du prochain chapitre.

Ici nous examinons seulement la question de fait, et nous nous demandons jusqu'à quel point ce qui est laid dans la nature peut paraître beau dans l'œuvre d'art par le charme de la diction, par la perfection des formes et le prestige de la couleur. Il y a lieu de se poser cette question ; car si la laideur, transportée dans une œuvre d'art, pouvait nous paraître belle, le peintre pourrait choisir dans la nature les vilains modèles comme les beaux et même il pourrait prendre de préférence les vilains, car c'est en les peignant qu'il obtiendrait ses triomphes les plus étonnants. Ce succès est-il en son pouvoir?

Distinguons la laideur physique et la laideur morale.

L'art nous met devant les yeux des monstres qui, dans la réalité, nous feraient horreur et qui dans la représentation ne nous causeront pas la même répugnance : ils ne peuvent nuire et peut-être ils ne sont pas sans beauté de formes : ainsi les serpents du groupe de Laocoon. De même encore, l'art crée des êtres imaginaires, des chimères, des griffons, de hippogriffes, des centaures. Ces êtres étranges nous déplairaient dans la réalité ; mais, produits par l'art, ils nous intéressent. Ce ne sont plus des aberrations de la nature, mais des créations ingénieuses de l'imaginaton. L'artiste, dans ces compositions, ne s'est pas laissé aller aux caprices d'une fantaisie désordonnée, mais il a fait preuve de goût et de raison. Ainsi, pour dessiner un centaure, lequel est un composé de l'homme et du cheval, l'artiste doit non seulement connaître la structure de l'homme et du cheval, mais il a besoin d'habileté pour souder ensemble ces deux êtres si différents. Ces productions peuvent n'être pas dépourvues d'élégance. Les chimères, les griffons, les satyres et les faunes que Raphaël a introduits dans la décoration des *Loges* sont de ravissantes créations. C'est ainsi que se vérifient les vers de Boileau :

> Il n'est point de serpent ni de monstre odieux
> Qui par l'art imité ne puisse plaire aux yeux.
> D'un pinceau délicat, l'artifice agréable
> Du plus affreux objet fait un objet aimable.

En tout cela il n'y a pas seulement la transcription de la réalité, de ce qui est laid dans la nature : dans ces compositions tout a été agencé avec soin et étudié avec un art très habile pour nous intéresser et nous plaire.

Il n'est pas dit, d'ailleurs, que toutes les reproductions des monstres de la nature, que toutes les créations de l'imagination nous feront toujours jouir de la beauté. L'Espagnol François Goya a peint dans des fresques les êtres les plus étranges, des visions fantastiques capables de donner d'affreux cauchemars à ceux qui s'en souviendraient dans leurs rêves ; ces créations bizarres nous amusent, elles attestent l'imagination de l'artiste, mais nul ne pourra y voir quelque beauté, et ce n'est pas le but que s'est proposé le peintre (1).

Donnons la solution avec plus de précision et ne craignons pas de dire que, si les figures qui sont laides dans la réalité, sont représentées telles que la nature les a faites, elles restent laides dans l'œuvre d'art. Velasquez a peint tous les nains de la cour de Philippe VI. Assurément, nous reconnaissons dans ces œuvres la grande habileté du peintre, la précision et la sincérité de son dessin, la vérité et l'éclat de sa couleur ; mais nous reconnaissons aussi que, les jours où il faisait ces tableaux, il avait choisi de vilains modèles.

Ce qui est laid ne change pas de valeur parce qu'on le voit dans un miroir, dans une photographie ou dans une peinture : il ne peut en être autrement si nous supposons que l'artiste ne l'a pas transformé, mais qu'il l'a reproduit avec sa laideur.

Certainement, cette reproduction fidèle, intelligente, nous intéressera : rien que l'imitation a le pouvoir de nous captiver. Ce qui nous laisserait indifférents dans la réalité, vu dans un tableau, attire notre regard : nous en jouissons en reconnaissant l'habileté du peintre ; mais n'en concluons pas que le peintre a rendu beau ce qui est laid puisqu'il ne l'a pas voulu et qu'il ne l'a pas fait : c'est l'hypothèse. Peut-être même a-t-il pris plaisir à faire ressortir la laideur, à mettre en saillie la difformité physique et la laideur morale, à nous peindre des vices ou des ridicules. Callot dans ses *Gueux* nous a donné toute une collection de vilains personnages. Son crayon, en nous dessinant les manteaux troués et les traits hideux de tous ces mendiants, nous a dit aussi les ruses et la perversité de ces tristes aventuriers, et ces critiques nous amusent ; elles renferment même une moralité d'un intérêt sérieux. Mais Callot, dans ses dessins, pas plus que Goya dans ses visions fantastiques et Velasquez dans ses nains, n'a prétendu nous mettre la beauté devant les yeux.

Le peintre accentue le plus souvent les traits de l'objet qu'il nous représente. Sans doute il a été captivé par la beauté du sujet qu'il a choisi, et il s'efforce d'en augmenter la perfection. S'il a choisi un sujet bizarre ou même laid, il s'applique à faire ressortir ce qu'il a d'étrange ou même de laid. Si c'était un portrait qu'il serait obligé

(1) Ces fresques ont paru à l'Exposition de 1878.

de faire, et qu'il n'eût devant lui qu'un vilain modèle, alors sa bienveillance lui ferait voir son personnage par le côté le moins désa-
vantageux, et il rectifierait les traits, autant qu'il le pourrait, en
sauvegardant la ressemblance. Mais ce qui est difforme ou ridicule
dans la nature reste difforme ou ridicule dans la représentation s'il
n'est pas transformé par l'artiste.

Nous ne devons pas apprécier autrement la représentation de ce
qui est mal, c'est-à-dire moralement laid. Sans doute, une œuvre
dans laquelle de grands crimes sont représentés, mais aussi condamnés et flétris, peut nous faire jouir de la beauté et mériter la glorieuse qualification de chef-d'œuvre, comme *Britannicus* et *Macbeth ;* mais le crime lui-même reste laid dans l'œuvre d'art comme il
est laid dans la réalité.

Réduisons toute cette discussion à quelques formules précises.
Il ne faut pas confondre l'art et le beau.

L'art est le moyen, le beau est le résultat.

L'art proprement dit et en lui-même se résout dans une question
de forme et porte surtout sur l'élément sensible. Le langage habituel
justifie cette solution. Ainsi l'on dira de quelqu'un qui a façonné avec
succès les modulations de sa voix, son accent, son regard, sa pose
et son geste : il est vraiment artiste, et on lui donnera cette qualification s'il a réussi dans l'emploi de ces procédés presque matériels,
quand même il n'aurait dit que des choses de peu de valeur. Une
œuvre peut être remarquable au point de vue de l'art, elle peut
montrer au plus haut degré l'habileté de l'artiste, sans qu'elle at-
teigne le but direct de l'art qui est l'expression du beau.

Le beau comprend les deux éléments, la forme et le fond, l'expression et la chose exprimée.

Si dans la chose exprimée la loi morale est engagée, la beauté ne
peut exister avec la violation de la loi et en dehors du bien.

Nous ne disons pas qu'il n'y a rien de beau en dehors du bien :
ce serait oublier les beautés si diverses du règne végétal, du règne
animal et de toute la création. Le domaine du beau est immense,
souvent l'artiste nous en fera jouir en nous intéressant à des objets
qui dans la réalité nous auraient semblé insignifiants, et dont il
nous révèle les charmes auxquels il donne une poésie que nous n'aurions pas soupçonnée et qu'ils n'avaient pas par eux-mêmes.

Nous disons seulement que ce qui est moralement laid ne peut devenir beau moralement par le prestige de la forme, pas plus que ce qui est laid physiquement ne devient beau, uniquement parce qu'il est représenté, supposé qu'il ne soit pas transformé.

Dans la poésie, moins facilement que dans les autres arts, on distingue la forme et le fond, la pensée. En effet, la forme matérielle ne serait que le rythme, l'arrangement plus ou moins harmonieux des mots, et, considérée isolément, si parfaite qu'elle soit, elle ne peut avoir une valeur sérieuse. Mais dans la littérature, comme dans la peinture et la sculpture, on peut cependant discuter une œuvre et l'apprécier au point de vue de l'art : on peut distinguer le fond et la forme, les pensées exprimées et la manière dont ces pensées sont exprimées.

Il est des œuvres auxquelles on peut reconnaître de grandes qualités au point de vue de la forme et de l'art et auxquelles on ne peut qu'infliger un blâme sévère pour la pensée et pour le fond. *La Pucelle* de Voltaire serait le poème épique le plus réussi au point de vue de la mise en scène, de la conduite des idées et de la versification, nous dirions encore que c'est une œuvre infâme et détestable.

Dans la musique, la douceur, l'harmonie des sons peut flatter notre oreille et les dissonances maladroites la blesseront ; mais l'artiste se fera apprécier surtout par les sentiments qu'il exprimera et les émotions qu'il excitera en notre âme. Dans la musique, plus facilement que dans la littérature, on pourra juger séparément le fond et la forme.

Dans la peinture, plus encore que dans la musique et la littérature, nous pourrons étudier le procédé indépendamment de la pensée. Nous constaterons parfois la précision du dessin, l'éclat, la puissance, l'harmonie de la couleur, la perfection de la forme et l'habileté de l'artiste, sans que l'œuvre nous fasse jouir du beau, parce que la pensée est misérable ou mauvaise. Si dans un tableau, la perfection des formes nous met devant les yeux la beauté corporelle avec du sensualisme ou même de l'immoralité, nous devons blâmer.

On le voit, l'appréciation de l'œuvre d'art comprendra souvent des éloges et des blâmes. Parfois la pensée sera bonne, mais mal exprimée. Trop souvent aussi la forme sera correcte, mais la pensée mauvaise ; et jamais l'habileté du pinceau ou de la plume ne rendra estimable et digne d'éloges ce qui est moralement mauvais. Quand, devant un tableau immoral, le public s'arrête avec curiosité et se repaît de cette contemplation, ce n'est pas que le vice a revêtu quelque beauté, mais on admire l'habileté du peintre, peut-être la beauté physique qui enchante le regard ; et, souvent aussi, avec cette admiration, il y a un allèchement aux mauvais instincts qui jouissent dans cette contemplation malfaisante. — Il est évident d'ailleurs que, quand une œuvre est pernicieuse, c'est surtout dans l'élément invisible, dans la pensée, que se trouvent le mal et le venin.

Ajoutons que dans une œuvre d'art, dont la pensée principale est mauvaise, il peut y avoir bien des détails inoffensifs et intéressants. Le plus souvent il serait difficile d'apprécier équitablement d'un mot une œuvre d'art. Rarement dans les choses humaines la vérité réside dans un blâme sans atténuation ou dans une louange sans réserve. Soit dans la peinture, soit dans la littérature, il n'est guère d'œuvres de quelque importance où la laideur soit tellement accumulée qu'elle ne laisse aucune place à quelques traits de beauté, ne serait-ce que dans les descriptions de la nature physique, dans tout ce qui encadre le personnage. Toutefois, si nous donnons nos préférences à une poétique ce sera à celle de Corneille, le poète des grandes âmes, qui a fait dominer le beau dans ses compositions.

L'art a donc pour but direct l'expression du beau : il se propose de nous présenter d'une façon permanente la beauté que nous voyons imparfaite et fragile dans la nature. Il en recueille les traits et les fixe pour qu'ils soient admirés par toutes les générations qui se succéderont dans la suite des âges.

CHAPITRE II

DE L'ART; SON BUT INDIRECT; SA FIN DERNIÈRE.

En nous faisant jouir du beau, en nous délectant, l'art exerce sur nos âmes une influence salutaire et nous fait aimer le bien. — Que penser de la doctrine : l'art pour l'art ?

Quel a été le but de Dieu en faisant rayonner le beau au front des créatures, en leur communiquant un reflet de sa beauté? Sans doute il a voulu nous procurer de délicieuses jouissances, mais, de plus, en faisant briller cet éclat séduisant sur toute la création, il a voulu nous faire aimer l'ordre et la vertu : tel a été son but.

L'art de l'homme ne saurait avoir une autre fin. Il nous délecte en nous faisant jouir du beau, mais, en nous délectant, il doit exercer sur nos âmes une influence salutaire, nous faire aimer le bien. Il obtiendra d'ailleurs ce résultat précieux s'il suit la loi première de l'art qui est d'exprimer le beau.

L'artiste ne doit pas se proposer directement un but moral. En ayant cet objet en vue, il se ferait prédicateur, il compromettrait le succès de son œuvre : il ferait non une œuvre d'art, mais de morale ou de philosophie. C'est ainsi que Voltaire a eu le tort, dans presque toutes ses tragédies, de se préoccuper de faire prévaloir telle ou telle idée étrangère à l'expression du beau, et par là même il a faussé le sens de ses œuvres. C'est ainsi que le roman social, politique, philosophique ou religieux ne sont pas des œuvres d'art parce qu'ils ne se proposent pas le beau comme objet : ils se préoccupent tout d'abord de démontrer la vérité de telle pensée, de telle doctrine.

Il en est d'autres qui tombent dans une erreur toute différente et plus fâcheuse. Loin d'imposer à l'art un but moral, ils l'amoindrissent en ne voyant en lui qu'un moyen de délassements et de distraction, bon pour ceux qui se désintéressent du but sérieux de la vie. « Les arts, dit M. Taine, ont besoin d'esprits oisifs, délicats, enclins au plaisir sensible et qui emploient leurs longs loisirs, leurs libres rêves à arranger harmonieusement sans autre objet que la jouissance, les formes, les couleurs, les sons. » L'art a mieux à faire que d'arranger harmonieusement des formes, des couleurs et des sons. Tous ceux qui ont été de vrais artistes, dignes de ce nom, ont eu de plus nobles ambitions. Ils avaient la délicatesse de l'esprit, mais ils n'étaient pas seulement des oisifs et des désœuvrés, et ils ne s'adressaient pas seulement à ceux qui sont enclins au plaisir sensible.

Donner à l'art ce programme, c'est l'abaisser singulièrement. A ce compte, l'art ne devrait plus chercher qu'à plaire, il n'aurait plus qu'à flatter les passions. Or « tout ce qui ne réussit qu'en flattant les passions inférieures de la nature humaine ne saurait être appelé du nom d'art, dont le caractère est de s'adresser à ce qu'il y a de plus noble en nous et de réveiller les sympathies puissantes, mais cachées de l'âme avec la vérité par l'intermédiaire de la beauté employée comme une forme de la vérité elle-même. Le beau est agréable et l'art plaît sans doute ; mais l'agrément n'est pas la beauté, et l'art se propose autre chose que de faire plaisir. Ce qui substitue l'agrément à la beauté et cherche seulement à plaire n'est donc pas un art : « C'est une pratique servile, dit Platon, un métier comme la cuisine (1). »

Nous avons dit que l'art, s'il est fidèle à sa loi première, qui est d'exprimer le beau, aura une influence salutaire.

D'abord il aura toujours une grande influence, parce qu'il est dans sa nature d'avoir cette influence, d'agir avec puissance sur les esprits et sur les cœurs.

Cela est vrai pour tous les arts.

Nul ne songe à mettre en doute l'influence de la littérature, l'influence de ses moindres œuvres.

La musique, quoique son expression soit vague, a une influence

_____

(1) *Le Gorgias* de Platon, traduct. de V. Cousin, tome II, p. 140.

plus étendue qu'on ne serait tenté de le croire tout d'abord. On a dit quelquefois qu'une mélodie ne saurait exprimer le mal. Sans doute, elle ne l'exprimera pas comme une peinture lascive, mais elle aura sur notre âme une action toute différente, selon qu'elle fera vibrer telle ou telle fibre. La musique peut amollir, affadir la vie de notre cœur, ou lui communiquer de la vigueur, de l'élan, de la générosité. Elle est l'art qui saisit plus vivement l'âme de l'auditeur : elle s'empare de nous et nous met sous son influence, sans que nous nous en apercevions et comme à notre insu ; nous ne songeons même pas à lui résister. Sans doute il en est qui entendront impunément, sans en recevoir des impressions différentes, les morceaux de n'importe quel répertoire. Il en est de même pour lesquels la plus brillante symphonie produit le même effet que le bruit d'une charrette roulant sur le pavé, comme il en est qui, parcourant un musée, regarderont les cadres autant que les peintures. Ils sont du tepéramment de celui qui, après une représentation d'*Athalie*, disait : « Qu'est-ce que cela prouve ? » Celui qui parlait ainsi prouvait par cette réflexion, qu'il manquait absolument du sens esthétique. Mais pour tous ceux qui comprennent le langage des arts, l'influence de la musique, comme celle des autres arts, ne saurait être indifférente (1).

Personne ne songe à nier la grande influence des représentations de peinture et de sculpture. Si l'on considère les sujets qui ont moins de signification, s'il ne s'agit plus de l'homme du monde moral, mais des spectacles de la nature, d'un paysage, ces tableaux auront une signification plus vague ; mais ils devront encore produire sur nous quelque impression. L'artiste a lui-même éprouvé une émotion qu'il espère nous communiquer ; et c'est pour cela qu'il prend en main sa palette et ses pinceaux.

Les études de nature morte, c'est-à-dire les représentations de livres, de fruits, d'ustensiles de ménage, auront moins de signification, mais aussi elles sont à peine du domaine de l'art.

L'architecture, de prime abord, semblerait capable seulement de refléter les mœurs de la société et non d'exercer elle-même une influence ; mais, nous le verrons, un monument n'est pas sans signification, et sa beauté résulte principalement de l'expression qu'il revêt à nos yeux. Si un temple, un théâtre, une prison, un tombeau

---

(1) Nous établirons ce point avec plus de clarté en donnant la *Théorie de la musique*.

3. — Prière de Notre-Seigneur au Jardin des Oliviers, par Le Pérugin.

n'ont pas d'expression, c'est qu'ils ne répondent pas complètement à leur destination : ils sont incomplets comme œuvres d'art. Les monuments devront donc avoir sur nous une influence différente, selon l'inspiration qui a guidé l'architecte et la physionomie qu'il a su leur donner.

Du reste, pour résoudre la question qui nous occupe, il suffit de considérer la notion première de l'art. L'art est un langage : il se propose d'exprimer, de nous émouvoir, de nous communiquer des impressions ; mais ce qu'il exprime a un sens, une tendance. L'impression que nous recevons nous donne une impulsion ; cette impulsion doit nous porter quelque part.

C'est bien ainsi que le comprend l'artiste. Toujours il prend dans la nature ce qui a du cachet, et, de plus, il en augmente l'expression. Toujours il a été ému le premier et il veut nous émouvoir ; toujours il aime ou bien il hait ce qu'il nous représente et il veut nous faire partager son amour ou sa haine.

Mais, dira-t-on, en réalité, parmi les œuvres que l'art produit, ne peut-on pas en trouver qui sont indifférentes? Oui, on en trouve, et même les œuvres insignifiantes ne sont que trop nombreuses. Que faut-il en conclure? Que les auteurs de ces œuvres ont manqué leur but, qu'ils ont parlé pour ne rien dire. Si une œuvre d'art est indifférente, c'est qu'elle ne signifie rien, et il suffit que nous puissions lui infliger ce blâme pour démontrer que l'exception, loin de démentir la règle, la confirme.

L'art exerce une influence sur nos âmes, une influence nécessaire et à laquelle il ne peut renoncer.

L'influence de l'art est d'autant plus efficace que l'art agit en nous charmant, en nous captivant. Il ne procède aucunement comme un code de morale ou un enseignement philosophique ; il n'essaie pas de nous convaincre par des raisonnements et des démonstrations. Sans doute il parle à notre raison, mais il s'adresse surtout à notre cœur, il agit par séduction et par fascination, et sa puissance n'en est que plus irrésistible.

Evidemment l'influence de l'art sera salutaire, si c'est le beau qu'il exprime ; elle sera funeste si c'est la laideur, le vice ; son influence ne fait que suivre et développer celle que nous reconnaissons aux objets de la nature. — Les beautés de la nature, pour celui qui les contemple d'un œil simple et droit, ne peuvent être nuisibles. Cette contemplation élève notre âme et contribue même à refaire en nous le sens moral. Sans doute il est dans la nature des beautés diverses et de valeur très différente ; c'est la beauté morale qui est la plus digne de notre admiration et c'est celle-là surtout qui agit d'une façon salutaire sur nos âmes. La beauté corporelle, si elle n'est accompagnée de quelque beauté morale peut être une occasion de péril, surtout pour celui dont l'œil cherche le mal ; elle peut même causer l'enivrement des sens, mais cet enivrement n'est plus aucunement l'admiration du beau. Enfin, nous ne devons pas l'oublier, Dieu a soumis toutes nos délectations, même la jouissance du beau, à des lois de morale que nous devons toujours respecter.

Ces principes et ces lois gardent leur valeur et leurs droits dans les arts, ils s'imposent à l'artiste et à celui qui considère son œuvre.

De là nous concluons que l'art sera plus digne d'estime quand il nous présentera des beautés d'un ordre supéreur et tout d'abord la beauté morale. S'il ne nous offre que la beauté corporelle, il fait une œuvre périlleuse ; il parle peu à l'esprit et au cœur, et peut-être il ne produira que des excitations mauvaises.

Nous parlerons plus tard du nu dans la sculpture et la peinture. Bornons-nous ici aux observations suivantes. D'abord, reconnaissons qu'une œuvre d'art peut provoquer des pensées mauvaises sans qu'elle soit condamnable. Il en est qui ne concevront que des pensées lascives où d'autres s'élèveront à des transports d'une chaste admiration. Toutefois, l'artiste ne doit pas l'ignorer, le vulgaire ne jouit pas autant que lui de la perfection et de l'élégance des formes ; beaucoup restent froids et indifférents devant des délicatesses et des précisions que le sculpteur et le peintre ont cherchées pendant des heures, délicatesses qui font sans doute le mérite de l'œuvre, mais qu'un œil inexpérimenté ne remarque même pas. Ce que le public regarde, ce qu'il comprend, c'est la pensée exprimée, le fait, l'anecdote avec la physionomie plus ou moins pittoresque qui lui a été donnée. Sans doute, il ne faut pas abaisser l'idéal pour capter le gros public, mais il faut présenter aux masses un idéal qu'elles comprennent. Si les œuvres des artistes grecs, et nous parlons de celles qui sont irréprochables à tous points de vue, non seulement n'avaient aucun inconvénient, vu les mœurs des populations au milieu desquelles elles étaient produites, si elles captivaient les peuplades de l'Attique qui étaient idolâtres de la beauté plastique et la comprenaient parfaitement, les œuvres de ce genre ne se produiront pas avec le même avantage dans nos cités modernes : le moindre péril qu'elles courent est de n'être pas comprises et de choquer de légitimes susceptibilités.

Dans ce qui précède, nous avons supposé que c'est seulement la beauté qui est offerte à nos regards. Pour cela il faut que l'inspiration de l'artiste soit parfaitement chaste ; s'il est guidé par une pensée mauvaise, si son intention n'est pas parfaitement pure, il pourra donner à son œuvre la correction de la forme, y faire briller la beauté physique, mais en même temps il y fera paraître la laideur morale, résultant de l'inspiration plus ou moins malsaine qui a présidé à la conception de son œuvre, et l'œuvre entachée de cette souillure originelle ne peut qu'être funeste. Trop souvent surtout à notre époque, l'art se fait le complice et le pourvoyeur du sensualisme et de la licence.

Si l'art va jusqu'à ridiculiser la vertu, jusqu'à préconiser le vice et la débauche, il produit nécessairement les résultats les plus déplorables : il pervertit les esprits, corrompt les cœurs, et peut conduire un peuple à sa ruine. Quel mal n'ont pas fait à notre société moderne les peintures obscènes qui ont encombré nos expositions, les gravures inconvenantes placées à un trop grand nombre de vitrines ! Quel mal n'ont pas fait surtout ces drames et ces romans innombrables, qui ont attaqué tout ce qu'il y a de saint et de respectable, tous les principes sur lesquels repose l'ordre moral ! Notre société semble ne plus avoir de convictions ni d'énergie ; mais il suffit de considérer les productions artistiques des vingt dernières années pour s'expliquer cet état d'affaissement et de dégradation. Comment pourrait-il conserver de la santé et de la vigueur, celui qui boit chaque jour et à longs traits un breuvage empoisonné ? Il nous est bien permis de voir dans cette triste situation une preuve lamentable de l'influence désastreuse que peut exercer l'art quand il trahit son devoir.

Il n'est pas plus permis à l'artiste de mépriser les lois de la morale que de violer les lois de l'art, et, en méprisant les premières, il viole les secondes.

S'il n'observe pas les lois de son art, il montre son ignorance : il fait une œuvre incomplète, défectueuse, il pèche au point de vue du métier ; mais s'il fait une œuvre inconvenante, plus ou moins mauvaise, une œuvre qui, loin de servir le bien et la vertu, offense les bonnes mœurs, trouble les consciences, il pèche contre la loi fondamentale de l'art qui lui commande d'exprimer le beau. Et il sera d'autant plus coupable qu'il agit par séduction, et sa faute sera d'autant plus grande, qu'il aura attaqué plus directement et avec plus de violence des lois et des pensées plus dignes de respect (1).

Qu'on le remarque bien, avec les principes que nous avons posés, quand nous infligerons un blâme aux œuvres pernicieuses, notre condamnation aura d'autant plus de force que ce n'est pas seulement au nom de la morale que nous réclamerons, mais au nom de l'art lui-même, dont le principe premier et la loi fondamentale auront été méconnus.

Que l'on ne dise pas, d'ailleurs, que notre théorie, large en apparence devient trop sévère, et restreint la liberté de l'art, et que si l'art ne s'adresse pas toujours, comme le demande M. Taine, à des esprits oisifs et qui ont besoin de plaisirs sensibles, il peut bien du moins nous récréer.

Sans doute il peut nous récréer, et c'est le premier résultat qu'il obtient. Les productions de l'art, comme les beautés de la nature, nous procureront des jouissances sans nombre ; le littérateur écrira des pages qui charmeront nos loisirs ; le musicien, par ses mélodies, nous procurera les récréations les plus attrayantes ; le peintre, par les travaux dont il ornera les murs de notre chambre, distraira notre regard ; le sculpteur décorera nos places publiques de statues qui leur donneront un aspect plus riant et plus pittoresque ; l'architecte embellira notre habitation, donnera à nos monuments un aspect grandiose dont nous serons fiers. Oui, sans doute, l'art nous procurera de délicieuses jouissances ; mais il n'a pas le droit en m'amusant de m'empoisonner. Et en exigeant qu'il soit ce qu'il doit être, je ne nie aucunement sa liberté. Est-ce donc que je nie la liberté de l'homme quand je dis qu'il n'a pas le droit de voler le bien d'autrui ou de tuer son semblable ; qu'il devient coupable envers

---

(1) Saint Thomas explique très bien comment l'artiste peut se rendre coupable de ces deux façons très différentes, soit en violant les lois de son art, soit en violant les lois de la morale (*Sum. theol.*, ch. 1-2, p. 21, art. 2, ad 2ᵐ).

Dieu et envers lui-même, s'il se laisse aller à l'entraînement de ses passions? Est-ce donc que je nie la liberté de l'homme, quand, reconnaissant le stigmate du vice et de la débauche sur un visage qui pouvait porter l'empreinte de sentiments nobles et élevés, je déplore cette dégradation et la condamne? Au contraire, je proclame le glorieux privilège de la liberté humaine, en attestant que cet individu, qui ne m'inspire que du mépris, pouvait être digne de mon estime. De même, je ne nie pas la liberté de l'art quand je constate les lois que l'art doit observer et quand je dis que parfois il les viole ; quand je dis qu'il n'a pas le droit de prêcher le libertinage et la débauche, parce qu'alors c'est la laideur qu'il offre à nos regards, et qu'il ne peut procéder ainsi sans violer sa loi première, sans prévariquer. La liberté ne donne pas le droit de violer toutes les lois; mais elle réside dans la faculté de pouvoir faire le bien et d'éviter le mal.

L'artiste, d'ailleurs, ne s'y méprendra pas. Il ne sortira pas de la voie qu'il doit suivre sans qu'il s'en aperçoive.

Peut-être, quand il reçoit les premières lueurs de l'inspiration, quand il poursuit avec ardeur les formes qu'il veut donner à sa pensée, il peut se faire illusion. Il peut y avoir comme un mirage dans son imagination charmée. Mais, dans les instants de calme où il considère son œuvre, pour ainsi dire à distance, il doit se demander quel est le fond de sa pensée, si son œuvre va nous faire jouir de la beauté, ou si elle ne va pas fasciner notre regard en nous présentant le vice et la honte sous des formes séduisantes ; si ce breuvage qu'il prépare est salutaire, ou si ce n'est pas un poison. Il sait, d'ailleurs, que la perfection des formes ne saurait changer le sens de ce qui est exprimé.

Mais, je le veux bien, qu'il ne se pose aucunement la question, je lui dirai alors : « C'est l'inspiration spontanée de votre âme que vous livrez, c'est l'enfant de votre cœur, comme dit saint Augustin. Vous garderez la même responsabilité : si l'enfant est mauvais, c'est que le père est coupable ; quand l'arbre est sain, les fruits sont bons. Ayez des sentiments nobles et généreux, aimez et pratiquez ce qui est louable, et quand vous vous serez livré vous-même en produisant vos œuvres, nous serons heureux de vous applaudir. »

C'est à cette condition seulement, qu'il est permis de dire :

La lyre peut chanter tout ce que l'âme rêve.

Oui, la lyre peut chanter tout ce que l'âme rêve, mais à condition que les rêves de l'âme soient purs et honnêtes et non désordonnés et licencieux. Ici s'applique parfaitement le mot de Tacite : *corruptus et corruptor æger et flagrans animus.*

Que faut-il penser de la doctrine : *l'art pour l'art.*

Avec les principes que nous venons d'établir, il est facile de résoudre cette question. Il ne s'agit que de préciser le sens de cette maxime : l'art pour l'art.

En effet, comment l'entendez-vous? Est-ce faire de l'art bien compris, vous servir des ressources dont vous disposez, mélodies ou couleurs, pour exprimer ce qui est véritablement beau, vraiment digne de notre admiration, et cela avec désintéressement, sans préoccupation de gain? Je vous félicite, car c'est bien surtout pour l'artiste que l'argent met du plomb dans les ailes.

Non seulement vous êtes désintéressé, mais vous êtes indépendant, vous méprisez le goût perverti de la foule, vous voulez le diriger et non pas le suivre : vous avez toutes mes sympathies, j'applaudis à vos efforts.

Mais ce que vous voulez n'est-ce pas plutôt la forme pour la forme, la forme pour exprimer n'importe quel sentiment, n'importe quelle idée, tout ce qui se présentera sous votre plume ou sous votre pinceau, non seulement la beauté, mais ce qui est indifférent, et même la laideur. Dans ce cas, les pages précédentes vous disent assez quel cas je fais de votre œuvre. Vous en conviendrez vous-même, le résultat le plus important que vous cherchiez, c'est de faire briller votre talent. Toutes les opinions, toutes les doctrines, toutes les croyances, ne sont pour vous qu'un support sur lequel vous étalez votre science, que vous ciselez et que vous ornez avec complaisance, afin que je dise : quelle habileté! Oui, si vous avez réussi, votre vanité est satisfaite. Mais, de mon côté, si je reconnais que vous préconisez le vice comme la vertu, et si, dans vos œuvres, je rencontre la laideur comme la beauté, s'il n'est pas sûr qu'elles élèvent mon âme et me communiquent de grandes pensées et de nobles sentiments, j'en détourne les yeux et je les dédaigne. je me retournerai vers les œuvres de Dieu, j'admirerai le ciel, les fleuves et les bois : là, je verrai la beauté rayonner avec éclat de toutes parts ; là aussi, et bien mieux encore que devant vos œuvres, je trouverai des jouissances qui me seront toujours salutaires.

D'où il faut conclure que, dans les arts comme dans la nature, le beau « est l'union harmonieuse de la vérité avec elle-même, avec le bien, avec les formes sensibles, dans le but du perfectionnement, du développement moral, rationnel et civil de l'humanité, cheminant vers son éternelle destinée et s'efforçant déjà de jouir comme d'un avant-goût du bonheur sans mélange qui lui est réservé. »

CHAPITRE III

DE L'ART ; SES PROCÉDÉS ET SES DIVERSES TENDANCES

1º L'art n'est pas l'imitation de la nature. — De l'interprétation de la nature et de l'idéalisme dans l'art. — L'interprétation dans la littérature, dans la musique, dans la peinture et la sculpture, dans l'architecture. — De l'art idéaliste et de l'art réaliste. — De l'art spiritualiste et de l'art sensualiste. — Conclusion sur l'interprétation.

2º Conditions de succès : clarté dans l'expression ; accord entre la pensée et les formes qui l'expriment ; nécessité des convictions dans l'artiste.

Classification des arts.

I. — La loi de l'interprétation dans les arts.

L'art doit-il se proposer de reproduire la nature, de la copier? Peut-il aspirer à mieux et faire plus beau que la nature? Nous voici en présence d'une importante question qu'il nous faut résoudre avec précision : il s'agit de déterminer les lois de l'art, ses procédés.

Non seulement l'art ne suivrait pas la meilleure voie en imitant la nature, mais il arriverait à manquer complètement son but. — En effet, le triomphe de l'imitation serait de produire l'illusion. Or, si au théâtre on nous conduisait jusqu'à l'illusion et si nous croyions que l'on va mettre à mort Iphigénie ou toute autre victime, nous fuirions en toute hâte ou nous nous précipiterions pour empêcher le meurtre.

Quand nous considérons les naufragés de la *Méduse*, nous savons qu'il n'y a devant nos yeux de péril pour personne, sans cela nous ne jouirions pas.

L'imitation n'est donc pas le moyen de l'art, puisque ce moyen

4. — La Théologie, par Raphaël.

employé avec la plus grande perfection et de la façon la plus réussie manquerait le but.

Le trompe-l'œil peut nous amuser, mais ce n'est pas de l'art sérieux. « Pour mystifier les bourgeois d'Amsterdam, Rembrandt imagina un jour d'enlever le châssis d'une de ses fenêtres, et à la place du châssis il mit une peinture représentant sa servante dans l'attitude curieuse d'une fille qui regarde dans la rue. La réalité de cette image était si fidèlement rendue que plusieurs passants s'y laissèrent prendre. Ce ne fut qu'au bout de quelques jours qu'on s'aperçut de la supercherie (1). » Le critique qui raconte cette anecdote n'en tire pas le moindre avantage pour la gloire de Rembrandt, pas plus qu'il ne fait à ses élèves un mérite de ce qu'ils peignaient sur de petits cartons des florins d'or que ramassait le maître dont l'avarice, paraît-il, allait jusqu'à la rapacité.

Si l'art était une imitation, certains arts cesseraient d'exister : ainsi la musique. En effet, si la musique ne faisait qu'imiter, elle ne devrait pas chanter nos tristesses. Quand notre cœur est sous l'étreinte de la douleur, nous ne songeons aucunement à moduler des sons, et nous ne songeons pas non plus à chanter nos joies comme on le fait à l'Opéra.

On ne voit pas ce que l'architecture pourrait imiter.

L'art ne se donne donc pas pour mission de reproduire la nature, il la reproduit, mais en l'interprétant, en l'idéalisant.

Le beau réel est celui qui existe dans les objets de la nature ou dans les faits transmis par l'histoire. Le beau idéal est le beau que nous concevons à l'aide du beau réel.

Dans quelle mesure l'artiste doit-il faire entrer dans son œuvre le réel et l'idéal?

L'idéal d'un objet c'est l'idée de son type. Mais l'idée générale est impuissante pour nous émouvoir, il faut qu'elle nous apparaisse dans le réel. Si le poète veut chanter l'héroïsme, il a besoin de mettre en scène quelque héros, et c'est le guerrier lui-même qui s'est présenté à sa pensée avec sa physionomie, avec les hauts faits par lesquels il s'est signalé. C'est la colère du bouillant Achille que le poète veut nous redire, ou la mort de Roland à Roncevaux.

(1) Gustave Planche, *Etudes sur les Arts.*

Si le poète veut chanter d'une manière générale l'intrépidité, le dévouement du soldat sans appliquer ces qualités à tel individu en particulier, nous verrons alors dans notre pensée les soldats dont on nous a raconté le généreux dévouement, et nous mettrons en scène dans notre imagination ces soldats qui sont bien pour nous des êtres réels.

Peu importe d'ailleurs que le fait qui nous est décrit soit une fiction ; il nous est présenté comme ayant eu sa réalité, et cela suffit.

L'artiste prend donc forcément son point de départ dans la réalité.

Ne craignons pas de reconnaître dans toute leur étendue les droits du réel ; nous mettrons ensuite en évidence les droits et les mérites de l'idéal.

C'est Virgile qui veut nous montrer Enée quittant Troie incendiée et venant sur les rivages de l'Italie chercher une nouvelle patrie. Il faut bien qu'il s'arrête à des données nombreuses et précises résultant de l'époque, des lieux dans lesquels il place son personnage.

Un auteur dramatique met sur la scène le sacrifice d'Iphigénie. Ce fait a eu lieu en Aulide, nous dit l'histoire, sur les rivages de l'ancienne Béotie ; les acteurs du drame sont des Grecs : Iphigénie, Agamemnon son père, Clytemnestre sa mère, Ménélas, frère d'Agamemnon, Achille, etc., ces personnages se présentent dans telles ou telles conditions. Agamemnon ne sera point un père purement idéal : il est père, mais il est général de la flotte, et les soldats retenus par les vents contraires demandent la mort de sa fille. Clytemnestre va nous montrer ce qu'est l'amour maternel, mais dans des circonstances toutes particulières ; on veut immoler son Iphigénie qu'elle amène d'après l'ordre d'Agamemnon, et pour être donnée, comme épouse, au vaillant Achille. Chacun de ces personnages se présentera donc au milieu d'un ensemble de circonstances dans lequel il doit se mouvoir, dans lequel doit se dessiner son individualité, et qui constitue, on peut le dire, sa réalité. Que le poète modifie, jusqu'à un certain point, les caractères de ces personnages, les détails secondaires du drame dans lequel il va les faire figurer, j'y consens, il en a le droit. Mais il faudra toujours qu'il donne à ces mêmes personnages une nation, un caractère d'après lequel il les fera agir et parler, qu'il les pose au milieu de péripéties qui s'enchaînent et sous l'influence desquelles se développeront leurs passions.

Un peintre veut nous représenter une bataille, celle de Waterloo, je suppose, il faudra bien qu'il peigne un paysage dans lequel manœuvreront les combattants, qu'il représente les différents bataillons avec le costume qui appartient à leur nation.

Un sculpteur veut modeler un portrait : ce n'est point un personnage idéal, mais un personnage de tel sexe, de tel âge, qui a telle physionomie, tel costume.

Un architecte veut construire un monument, il doit tenir compte du climat, de la destination de l'édifice, des matériaux dont il peut disposer et d'une multitude de circonstances qui le forceront à adopter telles dispositions, telles combinaisons de formes ; ce n'est point un monument purement idéal qu'il doit élever.

On le voit, nous reconnaissons d'abord comment la réalité doit entrer, pour une large part, dans l'œuvre de l'artiste, comment elle a des droits imprescriptibles. Il nous reste à dire, ce qui est plus important, comment l'artiste pourra transformer, idéaliser la réalité, comment il pourra nous présenter le réel et l'idéal assortis dans une juste mesure, et donner ainsi à son œuvre une plus grande valeur.

Discutons d'abord la question pour la littérature et commençons par établir que le littérateur est libre d'idéaliser.

Qu'on le remarque bien, et cette observation seule pourrait suffire à justifier notre thèse, nous ne considérons parmi les compositions littéraires que celles qui font partie de la poésie proprement dite. Or, le caractère distinctif de la poésie est d'interpréter, de créer, ποιεῶ (1). « Où le poète prendra-t-il son idée, disait Aristote, dans la réalité actuelle, τανῦν? Non : le beau est supérieur à la réalité ; dans l'histoire?... pas davantage, parce que l'historien s'occupe surtout du particulier : Hérodote mis en vers ne serait pas un poème. Le poète montre un caractère agrandi en lui prêtant un nom ; l'historien raconte ce qui a été, et le poète ce qui aurait pu être (2). »

Le poète aura donc le droit de modifier en quelque manière le sujet qu'il traite, et, s'il ne pouvait que raconter avec la fidélité ri-

____

(1) Nous verrons plus tard que le roman lui-même rentre dans la poésie, parce que le romancier interprète et transforme les faits qu'il raconte. L'histoire au contraire en est exclue, précisément parce que sa mission est de nous instruire en nous racontant les faits avec fidélité.

(2) *Poétique*, chap. IX, § 9.

3*

goureuse de l'historien le fait qu'il a choisi, parce que toutes les données de ce fait lui seraient imposées, le sujet serait mal choisi et n'appartiendrait qu'à l'histoire elle-même (1).

Le poète, usant donc de cette liberté pour faire paraître ses personnages plus grands et plus beaux, modifiera leur conduite dans les détails au moins, leurs caractères, les circonstances sous l'influence desquelles ils doivent agir; quelques-uns seront transformés à leur désavantage particulier afin que par leur laideur, ils fassent ressortir ceux que nous devons admirer.

Nous pourrions étudier à ce point de vue chacune des tragédies de Corneille ou de Racine, considérer d'un côté, le sujet tel qu'il s'offrait au poète, et, de l'autre, l'ensemble et les détails de son œuvre, et nous verrions comment ont été transformées les données de l'histoire. Ainsi dans sa tragédie de *Cinna*, Corneille veut nous faire admirer la clémence d'Auguste. Il a emprunté son sujet à Sénèque, et nous n'avons point à dire ici ce qu'il lui doit; mais indiquons ce qu'il a ajouté pour mieux arriver à son but.

Afin de montrer Auguste plus généreux, il multiplie les conjurés autour de sa personne, il les suppose habitant son palais, comblés de ses faveurs : c'est Cinna qui a tout reçu de lui; c'est Maxime, son confident; c'est Emilie surtout, Emilie, recueillie par ses soins, et devenue tellement puissante, près de lui, que les courtisans, « souvent les plus heureux », la « pressent à genoux de lui parler pour eux (2) »; mais elle ne veut pas oublier l'exil de son père et brûle du désir de le venger. Elle est aimée de Cinna, et elle lui promet sa main à la condition qu'il frappera l'empereur.

Le poète imagine encore d'autres circonstances qui rendront plus odieuse la conduite des coupables et feront ressortir la clémence de

---

(1) C'est ainsi que l'on a blâmé avec raison, Voltaire, de ce qu'il a choisi pour sujet d'un poème épique la vie de Henri IV, dont les événements trop rapprochés de nous ne pouvaient être transformés.

Il y a des physionomies dont il n'est pas permis de modifier les traits caractéristiques. M. de Bornier qui nous a donné une belle œuvre dans la *Fille de Roland*, en mettant saint Paul sur la scène, n'a fait qu'une œuvre médiocre. Saint Paul, qui se glorifiait de ne savoir qu'une chose, Jésus-Christ crucifié, et, à tous les instants de sa vie, n'aurait pas hésité à donner sa vie pour le salut de ses frères; il nous le montre au milieu de son apostolat, fatigué, hésitant, acceptant presque la pensée de se faire une famille au sein de laquelle il se reposera. Ce sont des fluctuations qu'il n'est pas permis de supposer un seul instant dans l'âme du grand apôtre.

(2) *Cinna*, acte Ier, scène 2.

celui qui leur pardonne : tous les détails du complot sont préparés, et Cinna vient de dire à Emilie de quelle ardeur haineuse il a enflammé les conjurés, quand il apprend qu'il est mandé par Auguste avec Maxime. L'empereur, ignorant leur criminel projet, fatigué du pouvoir, des inquiétudes et des périls qui l'assiègent sans cesse, songe à rentrer dans la vie privée et veut leur demander conseil sur ce ce qu'il doit faire. Maxime lui conseille de quitter le trône ; Cinna ose lui conseiller d'y rester. Il ne veut pas perdre le prétexte de le frapper, et tient à remplir la condition que lui a imposée Emilie. L'empereur après les avoir entendus, croyant reconnaître dans leur discours une preuve de dévouement pour sa personne, tient à les récompenser. Il fait Maxime gouverneur de la Sicile, et à Cinna il offre la main d'Emilie. Cinna est un instant ébranlé, mais l'amour d'Emilie l'emporte bientôt en son cœur sur la justice et le devoir. Maxime lui-même n'a point agi par des motifs désintéressés : bientôt il dévoile la conjuration, non qu'il recule devant le crime, mais lui aussi aime Emilie et veut perdre son rival, espérant se mettre ensuite à sa place. Ces trahisons multipliées et persistantes, ce conseil demandé à Cinna et à Maxime, toutes ces circonstances que le poète avait le droit d'ajouter ne nous montrent-elles pas Auguste beaucoup plus généreux, beaucoup plus grand, dans sa conduite, quand après avoir tout appris, il peut dire :

> Je suis maître de moi comme de l'univers,
> Je le suis, je veux l'être...

Non seulement il pardonne aux coupables, mais il les comble de nouveaux bienfaits. Quelle magnanimité dans ces paroles :

> Soyons amis, Cinna, c'est moi qui t'en convie ;
> Comme à mon ennemi je t'ai donné la vie,
> Et, malgré la fureur de ton lâche dessein,
> Je te la donne encor comme à mon assassin...
> Tu trahis mes bienfaits, je veux les redoubler.
> Je t'en avais comblé, je t'en veux accabler :
> Avec cette beauté que je t'avais donnée,
> Reçois le consulat pour la prochaine année.
> Aime, Cinna, ma fille, en cet illustre rang ;
> Préfères-en la pourpre à celle de mon sang ;
> Apprends sur mon exemple à vaincre ta colère ;
> Te rendant un époux, je te rends plus qu'un père.

Maxime lui-même est maintenu en son rang. Reprends, lui dit Auguste.

> Reprends auprès de moi ta place accoutumée,
> Rentre dans ton crédit et dans ta renommée..

Le poëte ne pouvait nous montrer plus grande la clémence d'Auguste et sa générosité (1).

Si nous faisions une étude un peu complète de cette tragédie, nous pourrions signaler un grand nombre de beautés très importantes, provenant de la manière dont l'auteur a su grouper les détails et les incidents. Ainsi, Corneille lui-même fait remarquer que la longue narration, faite par Cinna à Emilie, sur l'ardeur avec laquelle il a enflammé les conjurés devenait impossible s'il avait fait paraître d'abord Evandre, venant annoncer à Cinna qu'il est mandé par l'empereur (2).

Le poëte peut donc donner une plus grande valeur à son œuvre en transformant la réalité qui tient au fait lui-même et à ses circonstances, en transformant les caractères de ses personnages.

Le littérateur peut même modifier, dans une certaine mesure et avec profit pour son œuvre, les particularités qui résultent des mœurs, de la nationalité, de l'époque, et qui constituent ce que l'on appelle la couleur locale.

Il y a une vérité qui est indépendante de ces détails.

C'est un père qui voit son fils revenir du combat chargé des dépouilles de l'ennemi ; qu'il soit Grec ou Romain, Français ou Espagnol, n'éprouvera-t-il pas toujours un sentiment de fierté? Qu'une mère soit condamnée à voir sa fille immolée sur les autels pour le salut de la patrie, son cœur n'éprouvera-t-il pas toujours les mêmes déchirements? S'il y a des nuances différentes produites par les mœurs et la civilisation, il y aura aussi des traits communs, et ce seront les plus marquants. L'influence du temps, des mœurs, de la civilisation a plus d'action sur la physionomie extérieure de l'individu que sur son âme. Le cœur a les mêmes battements quels que soient les vêtements qui le recouvrent. Or, dans les sentiments qu'il

_____

(1) Il avait d'abord donné pour titre à sa pièce : *La Clémence d'Auguste.*
(2) Dans la préface de sa tragédie de *Polyeucte*, Corneille prend lui-même la peine de dire ce qu'il doit à l'histoire, ce qui est de son invention.

exprime, le poète peut ne montrer que les mouvements, les traits qui sont de tous les temps et de tous les lieux, et, pour traduire ces sentiments, dans ce qu'ils ont de simple et de général, il trouvera bien aussi des signes qui soient indépendants des temps et des lieux. Des hommes qui ne parlent pas la même langue peuvent tenir le même langage.

Effacer les détails qui constituent la couleur locale, c'est généraliser. En effet ce n'est plus alors le Grec ou le Perse, l'Anglais ou le Français qui parle et agit, c'est l'homme.

Or, généraliser, c'est idéaliser. Le réaliste attire notre attention sur les détails qui constituent la couleur locale ; l'idéaliste au contraire les efface.

Il suffit de lire quelques pages de Walter Scott pour reconnaître combien ce romancier aime à décrire avec détails la physionomie de ses personnages. Il nous dit volontiers la couleur de leurs habits, la forme de leurs coiffures et de leurs souliers.

Racine suivait les procédés de la tragédie et non ceux du roman ; il n'avait pas à décrire ses personnages avant de les faire entrer en scène ; mais de plus, on voit qu'il néglige et efface les particularités extérieures autant que le littérateur anglais les recherche. Si Phèdre, par exemple, se plaint de l'*importune main, qui prit soin sur son front d'assembler ses cheveux*, d'après les expressions employées, nous pensons moins aux cheveux qu'aux sentiments qui animent son âme. Les détails accessoires sont tellement supprimés, que le visible devient invisible par l'idéalisation que l'expression produit.

Si nous opposons Walter Scott à Racine, nous ne prétendons pas pour cela que le premier n'interprète aucunement la nature ; loin de là, et ses personnages, qui semblent le plus près de la réalité, sont encore transformées et idéalisés. Cependant, comparé au poète tragique, il est réaliste, tandis que celui-ci est idéaliste.

Quelle est la limite des transformations que le littérateur peut se permettre en idéalisant les personnages, en effaçant la couleur locale?

Le poète, en agrandissant les caractères, doit respecter la vérité. La vérité est la loi de tous les arts, de même qu'elle a été la loi du souverain Artiste (1).

---

(1) Hæc (sapientia) est illa incommutabilis veritas, quæ lex omnium artium, recte esse dicitur et ars omnipotentis Artificis. » S. August, lib. *De Vera Religione*, XXXI).

Le poète ne peut donc contrevenir aux documents enregistrés par l'histoire, il doit maintenir les caractères de ses personnages dans les proportions humaines, Il peut nous montrer l'humanité agrandie, je le veux bien, mais vraie cependant.

S'il sacrifie la couleur locale, il doit savoir que l'idéal seul est insuffisant pour nous émouvoir et ne point oublier cette règle qui établit en même temps les droits de l'idéal et du réel : ce n'est pas la passion qui doit nous être exprimée, mais l'homme passionné.

Après l'étude que nous venons de faire de l'interprétation dans la littérature, il nous est facile d'établir les lois de l'interprétation dans les autres arts.

La musique est tellement éloignée de reproduire par ses mélodies nos sentiments, tels que nous les exprimons dans la réalité, que toute démonstration pour établir qu'elle les interprète serait superflue, et nous verrons, d'ailleurs, quand nous étudierons les procédés de son art, qu'il est digne de nous captiver, surtout quand, en nous exprimant avec puissance et vivacité des sentiments vrais, il nous transporte dans les régions de l'idéal.

Nous considérerons en même temps la peinture et la sculpture : sous le rapport de l'interprétation, les lois qui dirigent ces deux arts ne diffèrent pas essentiellement.

D'abord le peintre et le sculpteur peuvent interpréter la nature en la copiant ; ils peuvent l'interpréter tout en faisant ressemblant. Que les personnes étrangères à la pratique de ces deux arts ne soient point étonnées de cette assertion dont il est facile de démontrer la vérité. — En effet, que dix peintres différents fassent le portrait de la même personne avec la même pose et le même éclairage, les dix portraits pourront ressembler à la personne bien qu'il y ait entre eux des différences notables. D'un autre côté les portraits de différentes personnes faits par le même peintre auront dans le dessin et dans la couleur des traits communs par lesquels nous pourrons les rapprocher. Nous reconnaîtrons facilement qu'ils ont été faits par le même artiste. Quel œil un peu exercé à ces études ne reconnaît à première vue un portrait de Greuze, de Rigaud, de Van Dyck, d'Holbein, de Rembrandt ?

Ce que nous disons d'un portrait, nous pouvons le dire d'un paysage. Le même site représenté par plusieurs peintres du même point et à la même heure, prendra sous leur pinceau des aspects très différents, et les sites les plus différents représentés par le même peintre auront des traits communs par lesquels nous pourrons les rapprocher. Chaque peintre a son tempérament, sa manière de voir et de sentir, et il traduit la nature, non pas seulement comme elle, est mais comme il la comprend et comme il la sent. Claude Lorrain et Théodore Rousseau aiment à faire briller le soleil, Ruysdaël éteint la lumière et cherche le mystère.

Le peintre et le sculpteur, comme le littérateur, ont leur style, et, plus que le littérateur, ils marquent leurs œuvres d'un cachet individuel, parce que les moyens qu'ils emploient sont plus matériels ; les formes sont façonnées par eux avec plus de labeur et elles gardent davantage les traces de ce travail.

Le peintre, spécialement, n'arrive à nous traduire la nature que par le calcul et l'artifice, et les peintres qui, dans leurs tableaux, ont rendu les aspects de la nature avec plus de puissance et de vérité, ont obtenu ce résultat, non en copiant textuellement la réalité, trait pour trait, ton pour ton, mais parce qu'ils ont mieux su user de calcul et d'artifice. Claude Lorrain, mieux qu'aucun autre, a donné de la lumière et de l'éclat à ses paysages. Il a été, plus qu'aucun autre, le peintre du soleil. Or, comment produisait-il sur sa toile ces effets brillants qui nous ravissent? Il peignait surtout de souvenir, très rarement d'après nature ; souvent, il passait des heures entières à contempler la campagne, et travaillant ensuite dans l'isolement de son atelier, reprenant et transformant son œuvre, il fixait peu à peu sur sa toile l'effet de nature imprimé dans sa mémoire. Et si nous considérons quelques-uns de ses tableaux, nous comprendrons bien que ses procédés n'étaient que calcul et interprétation. Souvent, il a osé placer dans le ciel de ses paysages le disque même du soleil, ce foyer incandescent de lumière. Or, pensait-il donner à ce soleil qu'il prenait sur sa palette, l'éclat dont rayonne en réalité l'astre qui nous éclaire? Assurément non : cette prétention eût été insensée. Nous contemplons sans fatigue l'image qu'il nous présente, tandis que nous ne pouvons contempler le soleil lui-même sans en être ébloui. Il ne prétendait donc pas copier l'astre avec son éclat, et il ne prétendait pas davantage reproduire tous les autres objets, qu'il mettait dans son tableau, avec leur valeur exacte d'ombre et de lumière. Mais voici quels étaient son calcul et son industrie : les tons les plus éclatants de sa palette étant donnés au soleil, tous les autres objets, les monuments, les arbres, les rides de l'eau, les mâts, les cordages, recevaient une part de lumière exactement mesurée jusqu'au repoussoir du premier plan dont l'ombre est en rapport avec l'éclat du soleil.

Le peintre use donc forcément de calcul et d'artifice (1). Il y a toujours de la part du peintre et du sculpteur interprétation. La boîte photographique seule n'interprète pas le modèle qui pose devant elle, parce qu'elle agit aveuglément. L'image qui en sort est plus ou moins sombre, plus ou moins brillante ; on peut reconnaître la teinte plus ou moins dorée qu'elle reçoit dans le virage comme une marque de fabrique, mais le photographe ne fait jamais passer dans son œuvre l'empreinte directe et immédiate de ses pensées et de ses impressions.

Ajoutons que, pour le peintre et le sculpteur, interpréter n'est pas forcément idéaliser.

En interprétant, le peintre, comme le littérateur, s'il est réaliste, fera ressortir à nos yeux les particularités, les détails qui individualisent l'expression du sentiment. Au contraire, s'il est idéalise, il les effacera. Raphaël et Ingres, comme Racine, simplifiaient la forme pour mieux faire ressortir la pensée l'âme qu'ils voulaient nous montrer. Courbet et les peintres de son école interprètent la nature, mais pour mieux nous en traduire les particularités, les mettre mieux en évidence, un peu à la manière de Walter Scott.

En idéalisant dans une juste mesure, le peintre et le sculpteur pourront donner une plus grande valeur à l'œuvre qu'ils produisent, et, à mesure qu'ils s'élèvent davantage dans le choix du sujet, il leur est plus indispensable d'idéaliser.

---

(1) Pour appuyer cette théorie, nous pourrions remarquer encore que le même effet de nature peut être transposé dans des colorations plus brillantes ou plus sombres, être rendu avec des impressions différentes, et conserver sa vérité ; qu'un ton est influencé par les tons qui l'entourent : un ton rouge, par exemple, paraîtra plus rouge, s'il est entouré de vert. La vérité d'un détail est donc subordonnée à plusieurs conditions indépendantes de la nature, mais réglées par la volonté du peintre et par ses impressions. Ce détail sera vrai dans le tableau, non parce qu'il est la reproduction de la réalité, mais parce qu'il est en harmonie parfaite de lumière et de couleur avec ce qui l'environne, parce qu'il s'accorde avec les autres parties et contribue avec elles à rendre un aspect de nature.

5. — SAINT PIERRE DÉLIVRÉ DE LA PRISON, par Raphaël.

Nous reconnaissons volontiers avec V. Cousin qu'il y a « deux extrémités également dangereuses, un idéal mort ou l'absence d'idéal. Ou bien on copie la nature et l'on manque la vraie beauté, ou bien on travaille de tête et l'on tombe dans une idéalité sans caractère. » Cela est vrai, et la nature est toujours le point de départ ; mais, d'ailleurs, dans les règles que nous allons poser, l'idéal n'aura d'importance que dans la mesure où il donnera plus de valeur à l'œuvre d'art.

Le paysagiste sera toujours inférieur à la nature au point de vue de la puissance de l'effet ; mais, après avoir choisi son site, il en élaguera ce qui ne contribuerait point à sa beauté, il l'enrichira de motifs qui le compléteront. — C'est une marine qu'il veut peindre, il a devant les yeux des éléments précieux, mais il éprouve le besoin de mettre une côte plus accidentée, des rochers que la vague entoure d'une ceinture d'écume, des barques de pêcheurs errant au loin et teintes de la pourpre du ciel. Il a tout cela dans ses croquis et ses souvenirs. Il le fait entrer dans sa composition, et, quand il nous présente son œuvre ; pourvu que tout y soit vrai et naturel, nous ne songeons aucunement à lui demander où il a pris telle découpure de l'horizon, tel rocher : il nous communique de douces impressions et nous lui en sommes reconnaissants.

Le peintre de portrait ne modifiera pas le caractère moral de celui qui pose devant lui ; au contraire, il s'appliquera à le bien discerner, et il le fera ressortir par la pose qu'il donnera à son modèle et aussi en dessinant avec plus de fermeté les traits qui sont plus significatifs. Il aura la même préoccupation en traitant le costume et les accessoires, en sorte que, dans ces formes interprétées, le spectateur lira le caractère du personnage plus facilement que dans la nature elle-même (1).

Sans doute le portrait dessiné par le peintre est l'image de la nature, mais cette image est d'abord venue s'imprimer dans l'œil de l'artiste : elle a été raisonnée, discutée, discutée, transformée par son intelligence. Voilà pourquoi le portrait peint d'une manière

(1) Celui qui fait une caricature comme celui qui fait un portrait sérieux interprète la nature ; seulement ils procèdent tous les deux différemment. L'artiste qui veut faire valoir son modèle met en évidence les traits qui doivent en donner une idée avantageuse. Celui qui veut le tourner en ridicule exagère les traits qui en donnent une idée plus ou moins bizarre.

convenable sera toujours préférable à l'image qui sort de la boîte inintelligente du photographe. Nous ne nions point les services rendus par ce procédé qui nous permet de jouir de la vue de tant de monuments que sans lui nous ne connaîtrions point, et qui donne à chacun la petite satisfaction de posséder son propre portrait, de l'offrir à ses amis et de recevoir le leur en échange ; mais il n'en est pas moins vrai que l'on peut dire avec le sculpteur Préault que « la photographie comparée à l'art n'est que la suie de la flamme ».

A mesure que le peintre ou le sculpteur traite un sujet d'un ordre plus élevé, il est plus rigoureusement tenu à interpréter la nature ; s'il ne fait que la copier, il peut manquer de vérité au point de vue le plus important, celui de l'expression du sentiment et de la pensée.

Supposons qu'il s'agisse de représenter un héros dans l'acte sublime du dévouement. Par un privilège exceptionnel, l'artiste eût-il pu contempler le modèle, quand, le regard illuminé d'une flamme céleste, il était radieux de cette beauté spéciale qui est le rayonnement de l'âme élevée au-dessus d'elle-même, il n'aura gardé qu'une impression vague de cet éclat qui a brillé comme une auréole sur le front du héros. Pour nous le rendre tel qu'il l'a entrevu, tel qu'il le conçoit et le retrouve dans ses méditations solitaires, il interprétera. Conservant les traits du modèle, autant qu'il est utile pour en transmettre la ressemblance, il les transformera, non pas en les régularisant, mais en leur imprimant le caractère de cette générosité et de cette énergie qui sont les sources de la grandeur d'âme.

S'il s'agit d'une figure dont les traits ne sont point imposés par l'histoire, c'est alors que l'artiste aura un champ ouvert, où il pourra plus librement et très heureusement interpréter la nature. Les Grecs l'avaient bien compris. Assurément ce n'est point en copiant la nature que Phidias a créé son Thésée. Pour se représenter à lui-même le vainqueur du Minotaure, le sculpteur grec est parti de la réalité ; mais, après avoir considéré la réalité, il a transformé son modèle, en le décomposant, pour le reconstruire ensuite à l'image de sa pensée. Le Thésée n'est pas en dehors de la nature, et moins encore en contradiction avec elle : c'est la nature dveloppée et agrandie. Le Thésée n'est beau que parce qu'il est vrai, et il n'est vrai que parce qu'il traduit la pensée de Phidias au lieu de représenter la réalité qui eût été insuffisante à exprimer un demi-dieu.

Cette interprétation, d'ailleurs, il suffira de le remarquer, n'est point, ainsi que quelques-uns l'ont supposé parfois, la réunion de détails habilement choisis sur différents types, mais la transformation logique de la réalité assujettie à la pensée de l'artiste.

Si l'artiste grec jugeait indispensable d'interpréter la nature pour produire l'image d'un héros ou d'un demi-dieu, à bien plus juste titre l'artiste chrétien devra interpréter la réalité, s'il veut représenter un Christ ou une Vierge. En vain rencontrerait-il dans la nature les formes les plus nobles, l'expression la plus radieuse, même après avoir idéalisé ces traits, il restera encore bien au-dessous de ces types divins qu'il doit mettre sous nos yeux. Si Raphaël nous a donné des œuvres plus admirables, ce n'est pas qu'il a rencontré des modèles d'une plus grande perfection, mais il avait une idée plus exquise de la beauté. Il écrivait au comte de Castiglione : « Manquant de beaux modèles, je me sers d'une certaine idée qui me vient dans l'esprit ; je ne sais si celle-ci a en elle quelque excellence d'art, mais je sais bien que je me fatigue beaucoup pour l'avoir (1). »

Si le peintre aspire à nous représenter des scènes qui n'ont jamais existé ou qu'il n'a jamais été donné au regard de l'homme de contempler des sujets allégoriques ou des scènes célestes, il est évident que, pour ces compositions, les plus élevées, que puisse réaliser son pinceau, il ne trouvera dans la réalité que des éléments secondaires épars çà et là, qu'il recueillera et transformera ; mais l'ensemble sera toujours le fruit de sa conception.

Le peintre d'histoire, lui aussi, en idéalisant la nature, peut donner à son œuvre une plus grande valeur. Sans doute il doit respecter la vérité du fait par rapport aux personnages qui doivent y figurer et au rôle qu'ils doivent y remplir ; il doit aussi tenir compte des particularités que nous avons groupées sous le nom de couleur locale. S'il les néglige absolument, et que, par les apparences de sa composition, pour une scène qui s'est passée en Judée, il nous transporte, comme Paul Véronèse, à Venise ou bien, comme Rembrandt, en Hollande, il donne à son œuvre une véritable infériorité que même des qualités supérieures ne pourront racheter complètement.

---

(1) Recueil de Bottari. Platon regardait cette transformation comme constituant le mérite de l'artiste. « Crois-tu, dit-il, qu'un peintre en fût moins habile, si, après avoir peint le plus beau modèle qui se puisse voir et donné à chaque trait la dernière perfection, il était incapable de prouver que la nature peut produire un homme semblable? » (Rép., liv. V).

Mais le peintre d'histoire, en se maintenant dans de justes limites, ne perd pas toute liberté. Bien des détails sont abandonnés à son sentiment et à son appréciation. Si le fait remonte à une date reculée, il ne nous est transmis par l'histoire qu'avec des circonstances très incomplètes. Appartiendrait-il à une époque récente, bien des incidents restent inconnus. Souvent le peintre peut introduire dans la scène ou en exclure certains personnages, il peut diversifier à l'infini l'agencement des groupes, l'éclairage, lequel compris de telle ou telle manière, donnera à la scène un aspect riant, triste ou lugubre.

La grande vérité d'un fait, celle qui nous touche, ne tient pas à des détails matériels. Que le peintre interprète donc : un événement peut avoir différents aspects, et celui qui doit nous intéresser ne peut que gagner à être dégagé, mis en évidence. Qu'il choisisse, qu'il simplifie les détails, qu'il agrandisse la scène, qu'il ne mette pas en relief ce qu'il est mieux de dissimuler. S'il veut me représenter, par exemple, le Sauveur mourant sur la croix, qu'il me montre surtout la charité infinie de la grande victime expiant les péchés des hommes voilà ce que je lui demande avant tout. Il peut faire ressortir la patience et la beauté du divin Sauveur par la cruauté et la laideur des bourreaux ; il peut encore, s'il le juge à propos, me mettre sous les yeux la douleur immense et la résignation de la vierge Marie, les saintes femmes éplorées, tout le peuple de Jérusalem se pressant sur le sommet du Calvaire ; mais qu'il ne se préoccupe pas surtout de l'accoutrement des bourreaux, qu'il n'appelle pas mon attention sur des circonstances que je ne dois pas remarquer, sur des particularités secondaires qui ne peuvent que me distraire mal à propos de la pensée principale.

Le sculpteur lui aussi, bien que son domaine soit circonscrit dans des limites plus étroites, méritera nos suffrages en s'élevant au-dessus du monde réel par l'interprétation.

Si les œuvres des grands sculpteurs et celles des grands peintres sont admirées par toutes les générations, si elles sont à jamais les plus belles gloires de l'humanité, c'est que, dans ce qu'elles ont d'incomparablement grand, elles sont la création de l'intelligence humaine et non l'imitation et la reproduction de la nature. Et l'on peut dire que le mérite des écoles se mesure à l'élévation de l'idéal qu'elles nous ont exprimé.

Nous ne dirons qu'un mot de l'architecture, nous réservant de faire plus tard une étude spéciale de ses lois comme de celles de la musique.

L'architecture peut exprimer une pensée individuelle ; elle exprime surtout la vie collective de tous les habitants d'une même contrée en élevant des monuments qui répondent à leurs mœurs et à leurs croyances. De plus, cette expression peut, non seulement répondre aux exigences locales, mais aussi emprunter un caractère plus général à la vie des peuples qui se partagent le monde, qui l'ont habité successivement. En effet, de même qu'il y a des sentiments communs à tous les hommes, il y a aussi des inspirations qui doivent se retrouver chez toutes les nations. Il y a des lois d'harmonie physique qui ne sont pas de telle contrée, de tel climat, mais de tous les pays, parce qu'elles sont empruntées aux lois souveraines qui ont présidé à la création de l'univers : elles ont été posées par l'architecte suprême. C'est en s'inspirant de ces grands principes émanés de toutes les civilisations que l'architecture prendra un caractère vraiment élevé et idéalisera son expression.

Ces principes étant établis, il est inutile de nous arrêter à définir l'art idéaliste et l'art réaliste.

Le réaliste, comme nous l'avons dit, lui aussi, interprète, mais pour être plus vrai à sa manière, plus puissant, pour donner plus de relief ce qu'il veut nous montrer dans son œuvre (1). Il est réaliste par le choix du sujet pris ordinairement dans le milieu où nous vivons, par la manière dont il l'envisage, par les traits qu'il fait ressortir. L'idéaliste, au contraire, tout en se servant de la réalité, nous élève et nous maintient au-dessus de ce monde commun que nous avons sans cesse sous les yeux : il nous montre des beautés qui appartiennent au monde idéal.

Est-il besoin de distinguer aussi l'art spiritualiste et l'art sensualiste? Ces deux arts si différents ne sont-ils pas assez caractérisés par les qualifications qui les désignent? L'art spiritualiste s'adresse à l'intelligence pour l'éclairer, au cœur pour le purifier de plus en plus, le porter vers ces régions supérieures où l'on est plus rapproché

(1) Proudhon, l'un des apôtres du réalisme, dit de l'un des tableaux de Courbet, le chef de l'école : « Cette représentation n'est pas un simple portrait, une photographie plus que la Vénus de Praxitèle ; elle se compose de traits recueillis et combinés ensemble d'après l'observation des réalités. »

de la vérité et de la vertu, où l'air est plus pur, les aspirations plus nobles et plus généreuses. L'art sensualiste s'adresse à la partie inférieure de l'âme en lui présentant ce qui peut la séduire et donner un aliment à ses instincts grossiers.

Comment ces deux arts qui obtiennent des résultats si différents arrivent-ils chacun à leur but? Tous les deux traduisent un invisible par des formes sensibles ; oui, sans doute, mais ils choisissent des sujets différents et ils les traitent selon l'inspiration qui les guide et le but qu'ils se proposent. « Comparons, dit l'abbé Saget, Cléopâtre, un des types de la beauté païenne, à sainte Elisabeth de Hongrie, un des types de la beauté chrétienne; demandez à l'art une image de ces deux âmes si différentes.Pour la première, vous aurez une beauté sensible et sensuelle, de belles lignes, des contours harmonieux, de riches formes, de la passion et de la volupté, la chair enfin avec ses charmes et ses amorces. Pour l'autre, au contraire vous aurez des lignes sans doute, des contours, des formes, des couleurs ; mais ces apparences n'arrêtent pas le rayonnement de l'esprit : c'est une chair purifiée et mortifiée, un corps modeste, empreint de la majesté de la vertu de la grâce et de l'innocence. Il y a une auréole radieuse autour de ce front pudique, un reflet du ciel dans ces yeux levés aux extases d'en haut ou baissés aux pitiés de la terre. C'est une belle âme, une âme sainte, rayonnante à travers le voile immaculé d'une chair crucifiée, et, comme dit admirablement saint Ambroise, «une lampe intérieure qui luit à travers un vase d'albâtre (1) ».

L'art qui fera des œuvres dans le sens du premier type sera sensualiste, celui qui en fera dans le sens du second sera spiritualiste. Du reste, l'art pourra être sensualiste ou spiritualiste à des degrés bien différents.

L'art idéaliste peut être sensualiste ou spiritualiste ; cependant, par son élévation,il s'adresse moins aux sens qu'à l'intelligence. L'art réaliste, surtout si l'on considère la sculpture et la peinture, par son caractère parle plus difficilement à l'esprit, cependant il ne préconise pas nécessairement le culte des sens.

---

(1) *Essai sur l'Art chrétien*, p. 38.

CONCLUSIONS SUR L'INTERPRÉTATION

Par le travail de l'interprétation, l'artiste non seulement marque l'œuvre qu'il produit de son empreinte personnelle, mais il peut aller jusqu'à lui donner ce caractère supérieur qui en fait une œuvre de style. Qu'est-ce donc que le *style?* On dit le style de Chateaubriand, le style de Raphaël ; mais on dit aussi, d'une manière générale, une œuvre de style, une œuvre de grand style. Quel est donc le sens de cette expression?

« En dehors de ces divers styles qui sont des nuances dans la manière de sentir et qui ont été consacrés par les grands maîtres, il y a quelque chose de général et d'absolu qu'on appelle le style. De même qu'un style est le cachet de tel ou tel homme, le style est l'empreinte de l'humanité sur la nature. Dans cette haute acception, il exprime l'ensemble des traditions que les maîtres nous ont transmises d'âge en âge, et, résumant toutes les manières classiques d'envisager le beau, il signifie la beauté même. Il est le contraire de la réalité pure : il est l'idéal. Le peintre de style voit le grand côté, même des petites choses : l'imitateur réaliste voit le petit côté, même des grandes. Un ouvrage a du style lorsque les objets y sont représentés sous leur aspect typique, dans leur primitive essence, dégagés de tous les détails insignifiants, simplifiés, agrandis (1). »

« La beauté parfaite, dit Winckelmann, est comme l'eau pure qui n'a aucune saveur particulière. » Voilà précisément la qualité supérieure que nous remarquons dans les œuvres de grand style.

Sans doute, c'est dans le travail de l'interprétation que l'artiste trouve ses plus rudes labeurs. Quand il est en présence de la nature, il y a une interprétation qui se fait naturellement, et l'on dirait involontairement, dans son esprit ; mais, pour achever son travail, il doit lutter contre les rébellions de la forme qui se refusent à rendre sa pensée.

« A l'heure radieuse de l'inspiration, il voit même dans la nuit, passer et repasser devant lui des formes et des beautés qui effacent à ses yeux toutes les beautés de la terre, formes aériennes, visions enchanteresses, mais fugitives, qui illuminent et charment son génie, et qui semblent ne se montrer que pour lui porter le défi de les

(1) Charles Blanc. *Grammaire des Arts du Dessin*, p. 21.

peindre, telles qu'elles lui ont apparu... » Et « quand, prenant le pinceau ou le ciseau, il essaie de reproduire, en les fixant, ces images qu'il a vues passer devant son regard intérieur, hélas ! il sent qu'il ne fait qu'obscurcir, par l'ombre de son instrument et de sa main, la lumière de cet idéal qui brillait tout à l'heure, si éclatant et si pur, dans le ciel de sa pensée. Le musicien, lui aussi, à l'heure de son inspiration, entend des voix qui chantent, au fond de son âme, d'ineffables concerts ; car, pour lui, le silence a des chants. Mais, hélas ! quand il veut faire sortir de l'instrument qui vibre sous ses doigts ou des cordes émues de sa voix quelque chose de cette musique qu'il écoute au fond de lui-même, il sent qu'il ne fait retentir au dehors que des échos affaiblis de ce qu'il entendait au dedans, et que ses efforts, même les plus heureux, n'aboutissent qu'à troubler pour lui-même, par des sonorités rebelles, ces mélodies immatérielles qui semblent se déconcerter en demandant à la matière de les faire retentir (1). »

Peut-être, pendant ce travail, que de défaillances il subit, que de découragements, que de tristesses, souvent même que de dures privations ! Peut-être, s'il livrait son œuvre au public, elle serait accueillie favorablement, applaudie, et il verrait cesser aussitôt la gêne et les souffrances ; mais non, tant qu'il croira pouvoir y ajouter quelque degré de perfection, il se condamnera à de nouvelles fatigues. Peut-être qu'après tant de travaux, quand il devra reconnaître qu'il n'y peut peut plus rien, il verra encore tant de différence entre son œuvre et l'idéal qu'il avait entrevu, qu'il sera pris de désespoir et tenté d'anéantir le fruit de ses longs travaux. C'est ainsi que Virgile faillit brûler son *Enéide*. Mais le public prononcera, et, plus l'artiste aura été sévère pour lui-même, plus il aura de chances d'être acclamé avec enthousiasme. C'est par l'interprétation qu'il aura donné à son œuvre son plus grand mérite, et nous pouvons dire que *l'art est l'expression idéalisée des beautés de la nature.*

II. — *Conditions du succès.*

Clarté dans l'expression — accord entre la pensée et les formes qui l'expriment — convictions dans l'artiste.

(1) Le R. P. Félix, 1re conférence sur l'art à Notre-Dame de Paris.

Il faut que le lecteur ou le spectateur n'hésite pas sur les personnages qu'il doit aimer et admirer, ni sur ceux qu'il doit détester. On connaît cette épigramme de Racine sur la *Judith* de Boyer :

> A sa *Judith*, Boyer, par aventure,
> Était assis près d'un riche caissier.
> Bien aise était, car le bon financier
> S'attendrissait et pleurait sans mesure.
> « Bon gré vous sais, lui dit le vieux rimeur,
> Le beau vous touche, et ne seriez d'humeur
> A vous saisir pour une baliverne. »
> Lors le richard, en larmoyant, lui dit :
> « Je pleure, hélas ! sur ce pauvre Holopherne
> Si méchamment mis à mort par Judith. »

Ne voit-on pas souvent des œuvres qui manquent non seulement de clarté mais de vérité, dans le sens le plus important, parce que les formes et la mise en scène elle-même ne sont pas d'accord avec la pensée qu'elles doivent exprimer. Dans les scènes de la Passion, le CHRIST paraîtra au milieu des bourreaux avec une pose et un accoutrement qui semblent tellement l'avilir que l'on ne voit plus rayonner en lui la divinité. Il ne semble plus qu'un criimnel vulgaire et les exécuteurs de la justice ont le beau rôle. Combien de Madeleines qui ne portent aucunement le signe du repentir et semblent s'étudier encore à séduire les regards des spectateurs?

Pour que l'artiste ne commette pas de fautes de ce genre, il doit procéder avec conviction : il doit croire ce qu'il veut nous dire, il doit aimer ce qu'il entreprend de nous faire aimer. Surtout, s'il veut traiter des sujets religieux, qu'il n'espère pas suppléer par l'habileté à son incroyance ; qu'il ne croie pas pouvoir traiter successivement, et avec les mêmes dispositions d'esprit, les sujets les plus disparates. Qu'il ne dise pas : Je me mettrai dans le sentiment de chacune de ces œuvres, je me servirai d'un autre coloris, j'accorderai ma lyre dans un autre mode. Non, ne croyez pas pouvoir modifier ainsi votre inspiration : l'une de vos œuvres est pour le boudoir et l'autre pour l'église ; vous ne réussirez complètement ni pour l'une ni pour l'autre. Du moins, si vous réussissez pour la première qui n'exige pas de conscience de la part de l'artiste, sûrement vous échouerez pour la seconde qui réclame une conviction sincère.

Quoi ! vous ne croyez pas à l'auguste mystère de nos autels, et vous voulez composer ces mélodies qui seront chantées pendant que nous adorerons le Verbe fait chair : mieux vaut le silence que vos chants.

Vous prétendez peindre nos saints avec l'auréole dont l'Eglise environne leurs fronts, et vous ne croyez point à leurs vertus, vous n'avez que du dédain pour les actes par lesquels ils ont mérité la gloire du paradis! Vous voulez peindre, avec le charme de son incomparable beauté, celle que nous proclamons la Vierge immaculée, la reine du ciel, et vous ne croyez aucunement à ses glorieux privilèges! Peut-être même ce titre de vierge-mère vous fait sourire ! Vous ne croyez pas à la divinité de Jésus-Christ, vous ne croyez point à ses miracles, vous ne voyez en lui qu'un homme idéalisé par l'imagination des peuples. Voilà quelle est votre incrédulité, l'impiété de votre cœur, et vous croyez faire revivre sous votre pinceau la figure de nos saints, l'image si pure et si chaste de la Vierge Marie, le type de l'Homme-Dieu pour lequel il ne faut pas songer à trouver de modèle parmi les enfants des hommes, cette figure qu'un grand artiste laissait longtemps inachevée parce qu'il désespérait de la faire jamais assez belle !

Ah ! je ne m'étonnerai pas que les images que vous offrez à ma vénération blessent mes sentiments et ma foi : vos peintures sont d'accord avec votre incroyance, elles ne sont qu'un blasphème contre le dogme catholique (1).

L'artiste doit procéder avec conviction, et il doit se respecter lui-même. Comment, s'il se traînait dans les bas-fonds de l'immoralité, pourrait-il s'élever dans les régions supérieures où l'on trouve l'image de la beauté? Il n'y trouverait qu'une inspiration factice et mensongère. Le style, c'est l'homme et l'artiste se reproduit dans ses œuvres. S'il veut nous donner le spectacle de ce qui est pur, de ce qui est grand, de ce qui est vraiment digne de notre estime et de notre admiration, il ne faut donc pas que l'honnêteté soit absente de sa conduite.

Quand nous apprécierons les œuvres d'art, nous nous garderons de scruter la vie de ceux qui les ont produites ; mais si beaucoup

---

(1) Un écrivain a osé dire « qu'il suffit à l'artiste, pour réaliser le grand art, d'accepter un ensemble d'idées religieuses reçues, non pas comme *un symbole dogmatique, ce qui est assez différent*, mais comme un langage commun par lequel on se comprend. » (Renan, *Études sur la tentation du* CHRIST *de Ary Scheffer*). Inutile de réfuter un pareil programme Autant vaudrait dire que l'on sera éloquent sans conviction.

6. — VIERGE DE SAINT-SIXTE, par Raphaël.

d'œuvres sont mauvaises, ne pouvons-nous pas en avoir la cause dans cette déclaration faite par un de ceux qui sont à même de nous renseigner : « Fouillez la vie intime de ceux qui méritent véritablement le nom d'artistes, vous les trouvez tous hommes de bien, tous religieux, et quelquefois *purs comme des saints*. Quant à ces hommes débraillés et corrompus qui prennent le nom d'artistes, je les ai vus traînant le matin dans les ateliers, le soir dans les estaminets, la nuit partout. Ils sont toujours à la veille de produire une grande œuvre, et après avoir toute leur vie hurlé contre ce qui leur est supérieur, ils disparaissent sans laisser d'autres traces de leur passage sur la terre que la fumée qui s'évanouit. Ces gens-là ne sont pas plus des artistes que les déserteurs ne sont des soldats et que les banqueroutiers ne sont des commerçants. Toutes les classes ont leur écume, ceux-là sont la nôtre. »

Sans doute, l'artiste, pour se maintenir dans une sphère élevée et ne nous exprimer que de nobles sentiments, doit surmonter bien des difficultés, soutenir des luttes violentes, et résister à bien des entraînements. Il doit refaire son éducation, souvent fausse ou incomplète, se soustraire aux influences funestes qui circulent trop souvent dans les ateliers. Il doit surtout ne pas céder au désir des succès faciles. Aujourd'hui, le goût de la multitude est corrompu, dépravé ; mais c'est se rendre coupable que de le suivre pour rechercher des applaudissements et le salaire.

« L'artiste vulgaire, dit M. de Maistre, quitte ce qui est beau pour faire ce qui plaît. Ecrasé par le talent qui produit la transfiguration *della seggiola*, il s'adresse aux gens pour être maître de la foule. Il sait bien que le vice s'appelle *légion*. La foule accourt donc en battant des mains, et bientôt le peintre pourra s'écrier au milieu des acclamations : « *Ingenio victi, re vincimus ipsâ*. » Oui, trop souvent, c'est pour obtenir des honneurs et de l'argent que l'artiste flatte les passions de la multitude. »

Il est vrai que si les artistes sont coupables, les acheteurs ne le sont pas moins.

Ceux-là aussi, qui distribuent les récompenses et qui dirigent les artistes, trop souvent encouragent des œuvres qu'ils devraient blâmer. « Ce n'est pas pour prendre des leçons des spectateurs que le juge préside aux jeux, dit Platon, mais plutôt pour leur en donner et pour s'opposer à ceux qui n'amuseraient pas le public en gardant les convenances... L'abus contraire, autorisé autrefois dans la Grèce comme il l'est aujourd'hui en Sicile et en Italie, laissant le jugement de ces jeux à la multitude assemblée, et déclarant vainqueur celui pour qui plus de mains se sont levées, a produit de méchants effets : le premier de gâter le goût des auteurs qui se règlent sur le mauvais goût de leurs juges, en sorte que ce sont les spectateurs qui se font eux-mêmes leur éducation ; le second, de corrompre le plaisir du théâtre. En effet, le plaisir de l'assemblée devrait s'épurer chaque jour par des pièces dont les mœurs seraient meilleures que les siennes et tout le contraire arrive par la faute des auteurs (1). »

La leçon est parfaite pour les auteurs dramatiques et elle s'applique à tous les arts.

Nous avons rappelé le but élevé que l'art doit se proposer d'atteindre, les lois qu'il doit suivre. Sans doute, notre voix est bien faible pour arriver à se faire entendre dans le monde artistique, du moins nos paroles partent d'une conviction profonde, et chacun doit se faire un devoir de dire ce qu'il croit vrai.

Si l'art ne s'écartait pas des voies qu'il doit suivre, perdrait-il donc de ses privilèges et de sa gloire ! Au contraire. En effet, n'est-ce pas en se dégradant que l'art moderne a perdu de son prestige? Peut-on dire qu'il a maintenant sur le peuple la même influence qu'à ces époques dans lesquelles il se respectait lui-même, et produisait ces œuvres qui feront l'admiration de tous les siècles? A-t-il aujourd'hui la même importance qu'au siècle de Périclès, au moyen âge, ou même à la Renaissance? Non. L'art n'a plus de convictions mais aussi l'on ne croit plus en lui et l'on ne s'y intéresse que très vaguement. Dans ces vastes exhibitions où l'on expose toutes les productions de l'art et de l'industrie, la foule n'accorde guère plus d'attention aux tableaux et aux statues qu'aux machines à vapeur et à la fabrication d'un chapeau ou d'un morceau de savon (2). Et

---

(1) Platon, *Des Lois*, livre II, p. 51.

(2) Dans les jours où j'écris ces lignes, tous s'empressent au théâtre, au spectacle d'une féerie : *Peau d'Ane*, représentée avec un grand luxe de décors. Il y a peu, on avait représenté *Cendrillon*. On pourrait dire que ce sont les contes de Perrault, illustrés, non plus à l'usage des enfants, mais des grandes personnes. L'art veut amuser le peuple et le peuple lui demande ce qui l'amuse le mieux.

Depuis que nous avons écrit les lignes qui précèdent, le goût du peuple s'est encore beaucoup abaissé : la foule recherche aujourd'hui la représentation des plus infâmes romans arrangés pour le théâtre. Ce n'est plus de l'art, c'est la licence coulant à pleins bords pour empoisonner le peuple.

cependant, l'art, pour qu'il remplisse son rôle, doit s'adresser à l'ensemble de la société : il doit être populaire. Sans doute le goût du
peuple est faussé, mais c'est à l'art de le redresser. Que l'art se relève d'abord lui-même ; qu'il ne travaille jamais pour la licence et
la volupté ; qu'il s'adresse aux passions généreuses et aux nobles
instincts. Ces grands sentiments font encore la vie du plus grand
nombre, et dans le cœur des autres, ils ne font que sommeiller ; c'est
à l'art qu'il appartient de les exciter. Nous ne sommes pas de ceux
qui croient incurables les plaies de la société ; ces plaies peuvent être
guéries. *Sanabiles fecit nationes orbis terrarum* (1), Dieu a fait les nations guérissables.

L'art est une grande puissance, et il peut contribuer pour une
large part à redresser notre sens moral en nous faisant admirer ce
qui est vraiment digne de notre estime et de notre amour. Sa mission est grande et difficile, et très nombreux sont ceux qui doivent
contribuer à le conduire à son but ; mais que chacun y travaille dans
la mesure de ses forces, et l'œuvre s'accomplira. Et l'art lui-même,
en contribuant à notre régénération, reprendra dans la société la
place élevée à laquelle il a droit.

CLASSIFICATION DES ARTS

Les différents arts sont liés entre eux par des rapports étroits :
ils émanent de la même source et ils ont le même but, l'expression
de la beauté ; ils tendent à la même fin, nous faire estimer et aimer
ce qui est bien beau, en nous faisant admirer ce qui est beau. Ils
ont des lois communes : ainsi l'interprétation de la nature. Mais,
bien que nous reconnaissions ces liens qui existent entre les différents
arts, et que nous soyons heureux d'admirer tous les chefs-d'œuvre
qu'ils produisent, il n'est pas inutile de les classer, ne serait-ce que
pour savoir dans quel ordre nous devons les étudier.

Pour établir cette classification, nous n'avons point à considérer
les services qu'ils nous rendent, leur plus ou moins d'aptitude à satisfaire nos besoins de chaque jour. Le but de l'art est non pas l'uti-

(1) *Lib. Sap.*, 14.

lité, mais l'expression de la beauté. Il est donc juste de classer les arts d'après le plus ou moins de ressources dont ils disposent pour arriver à ce but supérieur.

Or, si nous considérons les arts dans l'ordre suivant : la littérature, la musique, la peinture, la sculpture, l'architecture, nous reconnaissons qu'ils emploient des moyens plus matériels, à mesure que nous allons de la littérature à l'architecture. De plus, nous pouvons faire cette remarque : à mesure qu'ils emploient des moyens matériels, ils ont moins de ressources d'expression.

En effet, le littérateur se sert du mot et le mot qui est le moyen le plus immatériel que les arts puissent employer puisqu'il n'est qu'un son de la voix humaine avec articulation, mais sans modulations, ou seulement quelques caractères tracés sur le papier, le mot est aussi le voile le plus transparent, l'instrument le plus docile, le plus précis, le plus complet pour exprimer la pensée. Le langage peut nous traduire tous les sentiments avec leurs nuances, tous les faits avec leur succession, il peut nous décrire toute la nature.

La musique a toujours recours aux sons. Elle emploie les organes de l'homme avec plus d'effort que la littérature, elle requiert les différentes modulations de la voix, ou même le secours d'instruments qui complètent les effets qu'elle veut produire. Sans doute, elle nous fait éprouver les émotions les plus variées et les plus vives, mais elle est inférieure à la littérature parce qu'elle n'exprime pas les idées et les faits.

Le peintre, plus que le musicien a recours à la matière. Il doit préparer une surface qui deviendra le champ de son travail, il broie les couleurs et les emploie avec un exercice plus fatigant du corps ; aussi il ne peut nous dire tout ce que nous dirait le littérateur, il ne nous émeut pas aussi vivement que le musicien.

Le sculpteur extrait d'abord de la terre la matière de ses œuvres : il façonne le marbre ou le bronze, le bois ou la pierre, avec un labeur plus pénible encore que le peintre : aussi, avec ces procédés, il a plus de difficulté que le littérateur, le musicien ou le peintre, pour traduire sa conception. Michel-Ange, taillant le bloc de marbre dont il faisait sortir son Moïse, impatient, dit-on, de ce qu'il se refusait trop longtemps à rendre sa pensée, le frappe de son maillet en s'écriant : Mais parle donc ! Il ne s'irritait pas surtout de la résistance passive que la pierre opposait à son ciseau : l'énergie bien connue

de son bras la faisait voler en éclats avec une effrayante prompti-
tude ; mais elle tardait trop, au gré de l'artiste, à rendre la pensée
qu'il voulait lui faire exprimer. Et plus tard, en étudiant cette œuvre, nous verrons que Michel-Ange n'a pu rendre complètement la
physionomie grandiose qu'il avait entrevue dans son imagination.

L'architecte est obligé d'extraire en plus grande quantité encore
les blocs de pierre, de les dégrossir : il a recours à des engins puissants pour les entasser les uns sur les autres ; son labeur matériel
est plus considérable que celui des autres artistes et aussi il est plus
limité que les autres dans ses ressources d'expression.

A mesure que l'art emploie des moyens plus matériels et que la
pensée de l'artiste sort de son âme avec moins de spontanéité et de
liberté, à mesure qu'il s'établit entre lui et nous, entre notre âme
et la sienne, un intermédiaire plus épais, il a donc plus de difficulté
à nous émouvoir, à nous communiquer ses sentiments, et ses ressources d'expression diminuent (1).

Si nous classons les arts d'après les ressources d'expression dont
ils se disposent, la première place appartient donc à la littérature,
la seconde à la musique, la troisième à la peinture, la quatrième à
sculpture, la cinquième à l'architecture.

Si l'on faisait quelque objection à cette classification, ce serait
sans doute pour réclamer contre la place donnée à la musique. Bor-
née à ses ressources, elle ne nous exprime pas les faits, l'idée, elle
ne nous exprime que les sentiments généraux ; mais il faut bien le
reconnaître aussi, elle les exprime et nous les fait ressentir avec une

---

(1) Nous pourrions appuyer la vérité de cette loi sur d'autres observations : dans le
même art, plus les moyens qu'emploie l'artiste sont simples, et plus il a de facilité pour
nous exprimer la beauté. Ainsi la voix humaine nous captivera avec plus de puissance
qu'aucun instrument, parce qu'elle met l'âme de l'artiste en communication plus immédiate avec la nôtre.

Dans tous les genres, l'artiste, en se préoccupant davantage des procédés, fera souvent
des œuvres moins dignes de notre admiration, bien qu'il arrive par ce travail prolongé à
des formes plus correctes. Qu'un dessinateur, au moment où l'inspiration échauffe son
âme, prenne un charbon, crayonne sa pensée sur un mur ; qu'un sculpteur, à l'instant où
la physionomie de son héros apparaît dans son imagination, prenne un peu de terre et la
modèle avec le plus mauvais instrument, la beauté naît comme d'elle-même sous les doigts
de ce dessinateur ou de ce sculpteur ; et peut-être que, dans ces œuvres faites si rapidement, et sous l'entraînement de l'inspiration, il y aura un sentiment de vérité, des beautés que les mêmes artistes ne pourraient pas faire passer dans une œuvre plus étudiée. C'est
ainsi qu'une eau-forte a souvent plus de charme qu'une gravure au burin, parce que,
dans le premier genre de travail, l'artiste promène la pointe avec plus de liberté que dans
le second : l'intermédiaire entre son âme et l'expression dernière de sa pensée a moins
d'importance.

incomparable vivacité dans leurs nuances les plus délicates et les plus variées. Quels accents pénétrants elle donne à la prière ! « Elle excelle à transporter aux pieds de l'éternelle miséricorde l'âme tremblante sur les ailes du repentir, de l'espérance et de l'amour (1). » Elle agit en même temps sur une assemblée nombreuse et avec une puissance vraiment victorieuse ; elle peut électriser une armée tout entière, et elle va jusqu'à donner au soldat l'entrain qui le précipite vers l'ennemi.

D'ailleurs, si l'on nous conteste que la musique ait plus de ressources d'expression que la peinture et la sculpture, nous abandonnerons volontiers au lecteur cette question pour la solution de laquelle bien des considérations doivent entrer en ligne de compte et nous établirons notre classification sur cette observation, beaucoup moins complexe, que les arts emploient des procédés plus matériels à mesure que nous allons de la littérature à l'architecture, en suivant l'ordre que nous avons adopté. L'important est que nous comprenions bien, quand nous les étudierons, ces différents arts qui ont le même objet : l'expression du beau.

(1) Cousin, *Du Vrai, du Beau*, p. 201.

CHAPITRE IV

LITTÉRATURE

Préliminaires : procédés et ressources du littérateur.

Il semble que dans la littérature on peut à peine distinguer le fond et la forme. En effet la forme dans une œuvre ne saurait nous captiver sans que la pensée elle-même nous intéresse. Et cependant, dans la littérature comme dans les autres arts, il est des œuvres dont on peut louer la forme, et dont il faut blâmer la pensée, ou réciproquement. Dans une ode d'Anacréon, qui ne dit que des choses badines, il peut y avoir plus d'art que dans une œuvre beaucoup plus longue et plus sérieuse.

Pour que nous puissions louer une œuvre littéraire, il faut que le fond soit estimable et la forme réussie. Ainsi que le dit très bien M. de Frayssinous, « les pensées ne brillent que par l'expression, comme les objets ne se montrent aux yeux que par la lumière qui les colore » ; mais aussi, des mots sans la vérité des pensées ne sont qu'un vain bruit qui se dissipe. La perfection dans les lettres suppose toujours un sentiment profond de l'honnêteté et du beau. »

Comment apprécierons-nous les œuvres au point de vue de la pensée, du fond? En réglant nos appréciations sur les lois que nous avons établies en donnant notre théorie du beau dans la nature, et nous ne saurions procéder autrement. C'est d'après ces lois que nous louerons tel sentiment que nous proclamerons dignes d'admiration tel acte, telle physionomie morale, tel caractère. Quelquefois, en portant notre jugement sur telle œuvre, nous ferons remarquer comment notre appréciation découle des principes posés dans notre théorie du beau : le plus souvent nous formulerons notre appréciation, nous louerons ou nous infligerons un blâme sans remonter aux principes posés précédemment ; nous ne le pourrions sans tomber dans d'incessantes et fastidieuses redites. Mais le lecteur reconnaîtra facilement lui-même cette concordance parfaite entre les lois établies d'abord et les appréciations que nous ferons des œuvres littéraires.

Dans l'étude que nous ferons des autres arts, il sera de même facile de constater que les lois qui s'imposent aux différents arts et d'après lesquelles nous apprécierons les œuvres produites, sortent directement et logiquement de celles posées dans notre première partie. Et cette harmonie parfaite qui existe dans notre œuvre, ces liens qui rattachent aux premiers principes les applications éloignées auxquelles il faut arriver, cette harmonie et cet accord achèveront de montrer au lecteur la valeur de notre théorie.

Vu les limites dans lesquelles nous devons nous maintenir nous ne pourrons aucunement faire remarquer les beautés de détail des œuvres que nous apprécierons. Pour combler cette lacune, indiquons ici les procédés particuliers par lesquels le littérateur peut enrichir son œuvre de ces qualités de détail et de ces charmes qui donnent plus de valeur à la pensée, mais semblent cependant appartenir surtout à la forme.

Au premier rang, nous mettrons le style figuré, c'est-à-dire la comparaison ou la métaphore qui n'est qu'une comparaison abrégée.

Il n'y a pas que le littérateur qui en fasse usage. La métaphore s'impose même au langage familier. Toutes les langues ont un grand nombre d'expressions métaphoriques qui traduisent par des propriétés appartenant au monde sensible, des pensées qui sont exclusivement du monde invisible et immatériel. C'est ainsi que nous disons un esprit lourd ou léger, profond ou superficiel, étroit ou étendu, manier les esprits, travestir sa pensée, soutenir son opinion, etc. Tous emploient ces expressions ; celui qui voudrait les éviter serait souvent très embarrassé, et ne pourrait exprimer certaines idées, même en ayant recours à de longues périphrases.

Nous nous occupons de poésie, et, en restreignant la question à ce point de vue, il est inutile de légitimer l'emploi de la comparaison.

On sait assez quel usage en ont fait Homère, Virgile, Dante et les autres poètes dignes de ce nom (1).

Les expressions figurées sont comme un nouveau langage dont

(1) Il n'est personne qui ne reconnaisse la valeur du style des livres de la Bible, la magnificence, la grandeur, l'énergie du langage des prophètes : la grâce et l'éclat avec lesquels les préceptes de morale sont présentés dans les livres sapientiaux ; et l'on sait aussi comment des comparaisons employées résultent en grande partie ces beautés diverses. Le philosophe et le moraliste eux aussi ne dédaigneraient pas impunément l'emploi de la comparaison, si précieux pour donner à la pensée plus d'éclat et de précision, d'énergie ou de grâce. Nous pourrions montrer comment les moralistes les plus éminents, les métaphysiciens les plus profonds ont fait avec profit usage de la comparaison. Qu'il nous suffise de citer l'exemple de Platon. Assurément il était grand philosophe : il aimait à étudier le monde invisible, et l'élan admirable, par lequel il s'élevait à la contemplation du vrai, du bien et du beau considérés au-dessus de tout ce qui est variable, en Dieu lui-même, est sans doute ce qui fait le plus d'honneur à son génie. Lui aussi savait abandonner le monde des phénomènes et des apparences, la caverne où se dessinent de pâles ombres, pour aller contempler les réalités absolues au grand jour de la métaphysique. Mais quand il voulait exprimer ses pensées, faire comprendre à ses disciples sa doctrine sublime, alors il savait emprunter des images aux spectacles de la nature. Après s'être élevé des réalités passagères à la vérité éternelle et immuable, il montrait cette même vérité sous le voile de ces mêmes réalités qui, bien que transitoires, sont l'œuvre de Dieu. « Habitué à ne plus apercevoir dans les choses visibles qu'une représentation des conceptions divines, il ne voyait dans la nature qu'un magnifique langage parlé par le Très-Haut ; il essayait de le parler à son tour, et son style s'ornait de ces couleurs admirables qui font l'envie des poètes. » (Ozanam, *Dante*, p. 199.)

Nous sommes loin de nier la valeur des théories dans lesquelles le métaphysicien poursuit une vérité à travers les arguments d'une logique rigoureuse, mais il ne faut pas nier non plus les avantages de la comparaison. Certains philosophes auraient suivi, sans doute, une route plus sûre, ils se seraient moins égarés, s'ils ne s'étaient pas maintenus si obstinément dans les hauteurs froides et souvent obscures de l'abstraction : l'esprit rempli de lui-même et de ses conceptions s'égare bien facilement. « Les Allemands, disait Gœthe, possèdent le don de rendre les sciences inabordables... Voici bientôt vingt ans qu'ils font de la philosophie transcendante : s'ils viennent une fois à s'en apercevoir, ils devront se trouver bien étranges. » (Gœthe, *Maximes*, t. I, p. 429). « Souvenons-nous, disait Joubert, que la véritable philosophie a une muse et qu'elle n'est pas une officine à raisonnement. » (*Pensées*, titre XII, 6.)

Qu'on le remarque bien d'ailleurs, la comparaison n'accuse point faiblesse d'esprit ; au contraire, elle réclame une vue plus profonde, la connaissance des deux mondes, du monde visible et du monde invisible. « L'intelligence robuste des hommes d'autrefois, dit Ozanam, comportait la présence de deux conceptions sous un même signe. Nos habitudes analytiques nous permettent à peine de saisir l'un ou l'autre, pareils à ces héros dégénérés de l'*Iliade* qui, déjà, ne soulevaient qu'avec effort les lourds rochers dont se jouaient leurs pères. » » (*Ozanam, Dante*, p. 296.)

Inutile d'ajouter que nous louons seulement le bon emploie de la comparaison, et que nous rejetons celles qui manquent de justesse. Faire une comparaison, c'est établir une association d'idées et porter un jugement ; il faut donc que le jugement soit juste. « La nature, dit Gœthe, est un livre qui contient des révélations lumineuses immenses..., toute chose est écrite quelque part, il s'agit de le trouver » (*Préface de Faust*). Oui, mais, pour n'emprunter à la nature qu'un langage vrai, que des images qui soient une expression juste de sa pensée, le littérateur doit avoir d'abord formulé sa pensée elle-même avec netteté dans son esprit. « Il faut, comme le dit Mme Swetchine, que la nature n'ait pas parlé la première. » (*Lettres*, t. II, p. 177.) Cette réflexion vaut à elle seule toute une théorie. Il faut que la pensée surgisse complète dans l'esprit de l'écrivain et qu'elle en sorte toute vêtue comme Minerve sortit tout armée, dit-on, du cerveau de Jupiter.

l'homme acquiert peu à peu la connaissance, et dont il se sert pour
orner sa pensée comme d'un splendide vêtement. C'est comme une
harmonie dont il dérobe chaque jour quelque note à la nature. On
peut dire que le littérateur qui trouve une comparaison neuve em-
prunte à la création un nouvel accent, fait raisonner une note qui,
jusque-là, avait été muette. '

Le talent du littérateur consiste moins à créer qu'à écouter et à
saisir ces notes mystérieuses, cette harmonie que toute oreille ne
sait pas entendre. « Il y a, dit Lamartine, des harmonies entre tous
les éléments, comme il y en a une générale entre la nature matérielle et la nature intellectuelle. Chaque pensée a son reflet dans un
objet visible qui la répète comme un écho, la réfléchit comme un
miroir, et la rend perceptible de deux manières, aux sens par l'image,
à la pensée par la pensée ; c'est la poésie infinie de la double création. Les hommes appellent cela comparaison ; la comparaison, c'est
le génie (la création n'est qu'une pensée sous mille formes). Comparer, c'est l'art ou l'instinct de découvrir des mots de plus dans cette
langue divine des analogies universelles que Dieu seul possède,
mais dont il permet à certains hommes de découvrir quelque chose. »

En se servant du style figuré pour traduire ses pensées, l'homme
procède en quelque sorte comme Dieu lui-même. On peut dire qu'il
se sert des même caractères dont Dieu s'est servi pour exprimer son
Verbe.

L'homme, en prêtant une voix à toute la création, non seulement
procède comme Dieu, mais il lui rend hommage. En effet, si l'on ne
faisait parler toutes ces formes et tous ces spectacles, ils resteraient
muets. Seul, dans l'univers, l'homme est doué d'inteligence, et seul
il comprend les pensées sublimes que révèlent les créatures ;
seul il entend cet harmonieux concert qui s'élève de toutes parts
dans l'œuvre divine ; seul il entend ces accents mystérieux, et seul il
les fait entrer dans son langage. Que l'homme se taise, qu'il ferme
les yeux et s'isole dans la solitude de son âme, qu'il se fasse absent
de la création autant qu'il peut, la création reste comme un temple
désert et muet, privé de la voix qui faisait retentir ses échos et les
remplissait d'harmonie.

La brise errante, en faisant gémir les cordes de la harpe éolienne,
produit une délicieuse harmonie ; mais si elle n'avait fait que tra-
verser la solitude, elle ne serait restée qu'un vain bruit. De même,

7. — MADONE DE *Casa di Tempi*, par Raphaël.

ce n'est qu'en passant à travers le cœur de l'homme que les souffles qui s'élèvent de toutes parts dans l'univers prennent leur signification et deviennent un chant mélodieux. On pourrait rappeler ici cette belle parole de Monseigneur Dupanloup : « L'homme est un prisme, les rayons de Dieu le traversent : ce n'est pas lui qui est beau, ce sont les rayons, c'est Dieu ; mais on ne les verrait pas sans lui. »

Le génie de certaines langues offre une ressource particulière, le parallélisme qui met en regard deux pensées, ou bien exprime une seconde fois la même pensée avec une nouvelle force ou un nouveau développement.

On remarque un emploi très fréquent du parallélisme dans la Bible, spécialement dans le livre des Psaumes, et il y est une source de beautés incontestables (1).

La troisième source de beauté résulte du rythme de la cadence, de l'harmonie, des mots, de l'assemblage calculé des syllabes longues et des syllabes brèves. Cette harmonie, ou si l'on veut cette musique des mots, peut exister dans la prose, mais à un faible degré : elle appartient surtout à la versification.

Les lois de la versification varient selon le génie de la langue et les différents rythmes ne produiront pas des beautés égales. Il nous est difficile, pour ne pas dire impossible, de comprendre toute l'harmonie du langage d'Homère : nous connaissons à peine la prononciation de la langue grecque.

La versification latine est d'une grande richesse, la versification italienne est d'une incomparable suavité.

La versification française a moins d'harmonie et enchaîne davantage la liberté du poète par la rime. Cependant il ne faut pas regarder la césure et la rime seulement comme des entraves, elles ne sont

---

(1) Pour citer des exemples, nous n'avons que l'embarras du choix ; seulement, nous devons le reconnaître, le charme disparaît en partie dans la traduction :

« Leurs fils sont comme de nouvelles plantes dans leur jeunesse.

« Leurs filles sont parées et ornées comme des temples.

« Leurs celliers sont si remplis qu'il faut les vider les uns dans les autres.

« Leurs brebis sont fécondes, et leur multitude se fait remarquer quand elles sortent ; leurs vaches sont grasses et puissantes.

« Il n'y a point de brèches dans leurs murailles, ni d'ouverture par laquelle on puisse passer, et on n'entend point de cris dans les rues.

« Ils ont appelé heureux le peuple qui possède tous ces biens, mais plutôt heureux est le peuple qui a le Seigneur pour son Dieu. » (Ps. 143).

Nous pourrions citer encore le psaume 28, les 8 premiers versets du ps. 108.

une gêne que pour le faiseur de vers, et deviennent une ressource pour le vrai poète qui ne regarde pas les règles de près comme un écolier, mais les observe instinctivement et les domine. La cadence et la rime n'arrêtent pas l'expression de sa pensée, mais elles l'exaltent et soutiennent son souffle, et, en se prêtant à ses désirs, elles donnent un accent plus éclatant et plus ferme à son langage (1).

Le vrai poète ne recherchera jamais ce que l'on appelle dans les traités de littérature l'harmonie imitative ; s'il la rencontre, c'est qu'elle est venue sous sa plume comme l'expression la plus naturelle de sa pensée. Pour lui, le rythme harmonieux du langage ne consiste pas seulement à ne pas blesser l'oreille,

A fuir des mauvais sons le concours odieux.

il a plus d'importance, et il résulte du sentiment qui l'anime ; il se produit avec sa pensée pour en servir l'expression ; son style est nerveux ou suave, rapide ou solennel, selon le sujet qu'il traite, et cette harmonie appartient à la prose comme aux vers. Toutefois, la poésie, par la coupe du vers, par la césure et la rime, par la mesure qui complète le rythme et surtout par la richesse d'expression qui lui convient, revêt un éclat, une magnificence qui a fait dire qu'elle est le langage des dieux.

Ce n'est point un traité de littérature que nous écrivons et nous n'avons point à tracer les règles des différents genres de composition, du genre épique, du genre lyrique, du genre dramatique et du genre didactique. Si nous nous demandons comment les lois du beau, telles qu'elles ont été établies précédemment dans le volume *Le Beau dans la nature* et dans les chapitres qui précèdent, trouvent leur application dans ces différents genres, et comment elles deviennent des règles de critique qui nous permettent d'apprécier les beau-

---

(1) La coupe du vers, la césure et la rime ne sont pas un embarras pour le vrai poète, et elles ne sont pas une difficulté pour le lecteur intelligent. Nous ne pouvons donner des lois de déclamation. Bornons-nous à dire que ceux qui, en lisant des vers, mettent leur soin à faire disparaître la césure et la rime, et qui, pour y arriver vont jusqu'à faire des coupures et des liaisons de mots, qui faussent le sens des paroles, et qui croient avoir atteint la perfection quand, en débitant des vers, ils ont fait croire à l'auditeur qu'il entendait de la prose, ceux-là font une œuvre ridicule et barbare. Pourquoi donc le poète fait-il des vers, si celui qui les lit doit les transformer en prose ? Le lecteur habile fait sentir l'harmonie du vers : la césure et la rime, loin de gêner sa lecture, lui donnent des qualités qu'elle n'aurait pas avec de la simple prose.

tés et le mérite des œuvres produites, il ne peut y avoir de difficulté pour le poème épique, le genre lyrique et la tragédie.

Mais comment la comédie, qui ne met sur la scène que des ridicules, la satire qui ne fait que signaler les travers et flétrir le vice, le genre didactique, qui n'a pour but que de donner des préceptes, comment ces genres particuliers pourront-ils nous faire jouir de la beauté? Car c'est le seul point de vue qui doit fixer notre attention ; nous n'aurions point à parler d'une œuvre qui n'aurait pour but que de proclamer les droits de la morale, d'établir des théories de philosophie ou de science. Voici donc comment ces différents genres vont au but esthétique :

La satire, soit qu'elle jette du ridicule sur les travers de la société, soit qu'elle en flétrisse les vices, nous fait estimer et chérir les qualités opposées à ces défauts. Ainsi, elle sert directement l'ordre et la vertu, indirectement, elle nous fait penser à ce qui est beau en nous signalant ce qui est laid.

La comédie est dirigée contre le ridicule. Elle n'excite pas notre indignation comme le fait la satire, mais seulement notre hilarité, et elle nous fait rire jusqu'au dernier instant ; mais de plus, elle nous fait conclure contre les travers qui ont été mis sur la scène. Ainsi, Harpagon, à la fin de la pièce, nous fait rire encore en réclamant sa chère cassette ; de même l'irrésolu de Destouches nous amuse encore, quand, après avoir conclu son mariage, il vient nous dire :

> J'aurais mieux fait, je crois, d'épouser Célimène.

Oui, nous rions, mais en même temps, nous concluons en faveur du sage emploi de la fortune et d'une prudence qui sait à temps prendre un parti et une résolution inébranlable.

Le poème didactique, en exposant les doctrines qu'il veut établir, aura toute facilité pour ouvrir des horizons dans lesquels la beauté nous apparaîtra.

Le roman qui, lui aussi, fait partie de la littérature, parce qu'il transforme les caractères qu'il nous présente dans ses récits, quand il ne les invente pas complètement, le roman est soumis aux règles que nous avons établies : il doit toujours faire prévaloir dans l'esprit du lecteur l'ordre et la vertu. Nous citerons cette page, dans laquelle un habile écrivain, en faisant l'éloge de l'un des personnages d'*Ivan-*

hoé, de Walter Scott, établit la loi qui est la base de l'esthétique dans le roman : « Il y a, dans ce roman, un personnage qui efface tous les autres et auquel l'âme du lecteur s'attache avec un intérêt irrésistible, c'est celui de *Rébecca*, la fille du juif Isaac d'York. Rébecca est le type de cette grandeur morale qui se développe dans l'âme des faibles et des opprimés de ce monde, quand ils se sentent meilleurs que les heureux qui les écrasent. Tout ce qu'il y eut jamais de dignité calme dans l'âme d'un Caton ou d'un Sidney se joint en elle à la modestie naïve, à la patience qui ne murmure jamais, à ce pouvoir si touchant de souffrir, qui est l'attribut des femmes. Ce caractère si fort au-dessus de notre nature, y est ramené par l'auteur avec un art si parfait, il s'introduit si naturellement dans les scènes où il se développe, que, quelque idéal qu'il soit, nous sommes entraînés à y croire et nous nous sentons grandir en y croyant (1) ».

Quelle marche suivrons-nous pour étudier les différentes œuvres littéraires? Nous n'avons point à écrire une histoire de la littérature; nous ne pouvons que considérer les grandes époques en constatant la valeur de chacune, et nous jetterons d'abord un coup d'œil sur l'œuvre littéraire la plus ancienne, la Bible.

ARTICLE I

LA BIBLE

Il est bien juste que nous commencions par la Bible, qui n'est pas seulement l'œuvre des hommes, mais l'œuvre de Dieu, et nous montre le souverain Maître créant et gouvernant le monde, le conduisant à travers les événements les plus divers à ses immortelles destinées.

« Tout, dans ce livre, est marqué du sceau de la grandeur divine, dit un critique, et l'aveu de sa sublimité échappe à ceux mêmes qui n'y reconnaissent pas la parole de Dieu. On l'a dit plus d'une fois

---

(1) Augustin Thierry, *Dix ans d'études historiques*, ch. VIII, 1ʳᵉ partie.

avec justesse : considérée comme un simple monument littéraire, la Bible serait encore la plus haute, la plus vivante des inspirations. Nulle œuvre de l'esprit ne présente des couleurs aussi éclatantes, des images aussi hardies, des sentiments aussi divers, aussi profonds. Là une singulière unité, celle de la pensée divine, domine les formes variées du cantique, du récit, du drame, de l'enthousiasme prophétique et des préceptes de morale. Les chefs-d'œuvre des littératures profanes ont quelque chose de plus achevé ; ils sont plus finis et leurs proportions sont en apparence plus parfaites ; mais c'est là précisément leur imperfection. Tout ce qui laisse voir et toucher ses bornes est de l'homme ; ce qui est de Dieu a comme lui-même l'empreinte de l'infini (1). »

C'est ainsi que les beautés littéraires de la Bible ont été mises en relief par un grand nombre d'auteurs. Quelques-uns n'ont pas craint de les mettre en parallèle avec ce qu'il y a de plus justement célèbre dans la littérature profane. Chateaubriand, dans son *Génie du Christianisme*, a montré que cette comparaison est toute à l'avantage de nos saints livres.

Nous ne pouvons que donner quelques indications ; du moins, pour qu'elles aient plus de valeur, nous citerons les appréciations des auteurs dont l'autorité est incontestable.

§ Ier. — *Valeur littéraire des premiers livres de la Bible.*

Si l'on compare d'abord le Dieu de la Bible, les récits que Moïse nous donne sur la création, aux théogonies des poètes païens et à ce qu'ils nous disent sur la création du monde, il est évident que la comparaison est écrasante pour les mythes du paganisme.

« Nous croyons n'avoir pas besoin de preuves pour montrer combien le Dieu des chrétiens est *poétiquement* supérieur au Jupiter antique (2). » Le Dieu qui régit les mondes, qui crée l'univers et la lumière, qui embrasse et comprend tous les temps, qui lit dans les plus secrets replis du cœur humain, ce Dieu peut-il être comparé

---

(1) Théry, *Tableau des littératures*, t. I, p. 91.
(2) *Génie du Christianisme*, 2e partie, chap. v.

à un dieu qui se promène sur un char, qui habite un palais d'or sur une montagne et qui ne prévoit même pas clairement l'avenir (1)? »

Ne parlons pas des passions honteuses qui souillaient l'Olympe. Sans doute le Dieu de l'Ecriture n'est pas impassible et indifférent : il se repent, il est jaloux, il aime, il hait ; « sa colère monte comme un tourbillon ; le fils de Dieu a pitié de nos souffrances ; la Vierge, les saints et les anges sont émus par le spectacle de nos misères ; en général, le *Paradis* est beaucoup plus occupé des hommes que l'*Olympe*. Seulement chez nos puissances célestes les passions ont cet avantage sur les passions des dieux du paganisme, qu'elles n'entraînent jamais après elles une idée de désordre et de mal (2). »

Pour donner aux autres dieux une idée de sa force, Jupiter les défie tous : ils peuvent se mettre tous au bout d'une chaîne et il les enlèvera. Ce défi a bien son côté plaisant.

On admire à bon droit le vers dans lequel Virgile nous montre le maître des dieux ébranlant l'Olympe d'un froncement de sourcils :

Annuit et totum nutu tremefecit Olympum.

Cette simple parole de nos saints livres, *sanctum et terribile nomen ejus*, en ne présentant point une image matérielle qui rapetisse la pensée ne donne-t-elle pas une idée plus grande de la sainteté et de la puissance de Dieu?

Rien ne peut mieux que les premiers versets de la Genèse nous montrer avec simplicité la toute-puissance de Dieu : *In principio creavit Deus cœlum et terram... Dixitque fiat lux et facta est lux.* Chateaubriand, après avoir cité ces paroles, ajoute : « On ne montre pas comment un pareil style est beau et si quelqu'un le critiquait, on ne saurait que répondre. Nous nous contenterons d'observer que Dieu qui voit la lumière, et qui, comme un *homme* content de son œuvre, s'applaudit lui-même et la trouve bonne, est un de ces traits qui ne se trouve point dans l'ordre des choses humaines : cela ne tombe point naturellement dans l'esprit. Homère et Platon, qui parlent des dieux avec tant de sublimité, n'ont rien de semblable à cette naïveté imposante : c'est Dieu qui s'abaisse au langage des

(1) *Génie du Christianisme*, II° partie, chap. IV.
(2) *Idem*, chap. VI.

hommes, pour leur faire comprendre ses merveilles, mais, c'est toujours Dieu (1). »

Dieu créant le monde nous apparaît dans beaucoup d'autres pages de la Bible ; ainsi dans le livre de Job, Jéhovah tient à son serviteur un discours que Baour-Lormian n'a fait que traduire dans ces beaux vers :

> Que faisais-tu le jour où naquit l'univers?
> Est-ce toi qui, porté sur un trône d'éclairs,
> Des ombres du chaos où sommeillaient les mondes,
> Fis jaillir la lumière et les monts et les ondes,
> Dont la main suspendit à la voûte des cieux
> Ces lustres d'or flottants, ces anneaux radieux ;
> Tois qui dis à la mer : Respecte tes limites !
> Aux astres de la nuit : Roulez dans vos orbites !
> Au printemps : Couvre-toi de fleurs et de festons !
> A l'été : Fais éclore et mûrir les moissons !
> A l'automne : De fruits compose ta ceinture !
> A l'hiver : Dors en paix sur un lit de froidure !
> Es-tu le maître des cieux à l'horizon vermeil !
> Au bord du firmament qu'un pur éclat colore,
> Sur un trône d'opale assieds-tu le soleil,
> Et dans un lit de pourpre éveilles-tu l'aurore (2)?

Nous pourrions encore citer sur la création le psaume cix : *Benedic, anima mea, Domino...* dont Louth a dit : « Il n'existe rien et l'on ne peut se former l'idée de rien de plus parfait que cette composition » et dont La Harpe a dit aussi : « C'est le plus fini des psaumes. Lisez tout ce qu'on a écrit de plus estimé sur cette matière, si souvent traitée en prose et en vers, depuis Hésiode jusqu'à Ovide, et depuis Cicéron et Pline jusqu'à Buffon, et vous ne citerez rien qui soit du ton et de la hauteur de ce psaume.

Remarquons, pour terminer, que les premiers chapitres de la Genèse ont inspiré Milton dans son *Paradis perdu*, et que les pages dans lesquelles le poète s'est le plus rapproché de la simplicité de la Bible ne sont pas les moins belles.

Un des charmes des littératures anciennes réside dans la description des mœurs dont la simplicité contraste avec le raffinement et la complication de nos civilisations modernes.

---

(1) *Génie du Christianisme*, IIe partie, liv. VI, chap. II.
(2) Baour-Lormian, *Job.*

Or, si Homère a su revêtir ses peintures de grâces touchantes, c'est bien dans la Bible que nous trouvons les plus délicieux tableaux de ce genre. La longue vie des patriarches s'écoule tout entière dans les riants vallons de la Palestine ou dans les plaines de la Mésopotamie, loin du ciel brumeux de ces fastueuses cités où s'est développée la corruption des fils de Cham. Ils pourraient acquérir une principauté soumise à leurs lois : Abraham avait vaincu quatre rois et Jacob avait conquis Sichem ; cette terre est promise à leurs descendants, mais ils ne doivent pas y chercher eux-mêmes le lieu de leur repos. Ils marchent donc, « ils marchent sous la garde de Dieu, sans s'inquiéter de ce qu'ils laissent ou de ce qu'ils vont trouver. La source est-elle tarie, et les pâturages sont-ils épuisés? ils chassent devant eux leurs immenses troupeaux, et ils s'en vont, paisibles, chercher sous d'autres cieux la clarté d'une autre étoile, l'ombrage d'un autre térébinthe, le gazon d'une autre prairie (1). »

Avec quelle simplicité ils procèdent dans leurs relations ! Ils n'ont aucunement les inquiétudes de l'amour-propre ou de l'ambition ; il n'y a rien dans leur vie qui sente l'apprêt ou respire la prétention. « Leurs discours, en effet, sont sobres, naïfs et discrets ; leurs festins n'admettent rien de somptueux : des lentilles, des chevreaux, un veau rôti, du pain cuit sous la cendre, du beurre et du lait, voilà les seuls mets qu'Abraham offre à ses hôtes. Quelle simplicité dans la célébration de leurs alliances ! Eliézer vient demander la main de Rébecca pour son jeune maître : « Puisque telle est la volonté de Dieu, répondent les parents, qu'elle parte avec vous. » De même, dans les cérémonies funèbres, point de ce faste ni de ces douleurs qui sentent l'artifice : les enfants emportent sans éclat les restes mortels de leurs parents et ils vont les joindre au peuple de leurs aïeux dans la caverne d'Ephron. Dans leurs actes judiciaires, Abraham ou Isaac, sans recourir à une procédure oiseuse, tranchent d'un mot les différends qui se sont élevés entre leurs bergers. S'agit-il de réclamer un serment? « Mettez la main sur ma cuisse, dit Abraham à son intendant, et promettez-moi d'aller au pays de nos pères. » « Naïve image, dit Chateaubriand, des mœurs des premiers jours « du monde, alors que la terre avait encore d'immenses déserts et

---

(1) A. Ollivier, *Génie d'Israël, Histoire et législation*, p. 68.

« que l'homme était pour l'homme ce qu'il y avait de plus grand
« et de plus cher (1). »

Non seulement les personnages de la Bible ont plus de simplicité,
mais ils ont aussi plus de vertus que les héros d'Homère, vaillants
dans les combats, « mais si souvent impies et débauchés, barbares
et perfides dans la vie privée, colères comme Achille, efféminés
comme Pâris, orgueilleux comme Agamemnon. Quelle touchante
abnégation, au contraire, dans cet exilé qui abandonne sa patrie
pour obéir à l'appel du Seigneur ! Quelle patience infatigable dans
cet autre berger qui se dévoue pendant vingt années au service de
son beau-père, pour mériter l'épouse qu'il chérit ! Dans les relations
intimes des patriarches, quelle douceur, quelle politesse de langage !
Ils se traitent toujours avec révérence : Sara appelle son mari « son
seigneur », et lui-même la nomme « sa princesse ». Abraham traite
ses esclaves sans hauteur ni dureté, et si, pour obéir à Sara, il chasse
Agar et son fils, c'est avec tristesse et sur la réponse même du Seigneur. Il se montre également l'ennemi de toutes discordes : « Sé-
parons-nous, dit-il à son neveu, mais que la querelle de nos bergers
n'altère pas notre union. » Devenu par la victoire maître d'un immense butin, il refuse d'en rien garder et répond au roi de Sodome :
« Je ne recevrai rien de vous, pas même un cordon pour nouer ma
chaussure, et jamais vous ne pourrez dire : j'ai enrichi Abraham. »
Que l'on compare ce royal désintéressement aux emportements
d'Achille réclamant sa captive.

Il est entre les personnages des poètes anciens et ceux de la Bible
une différence fondamentale dans leurs relations avec la divinité.
« Homère, Hésiode, Ovide ne laissent jamais les héros de leurs poèmes se battre seuls contre leurs destinées et marcher seuls dans la
vie. A leurs côtés ou sur leurs têtes, s'agite éternellement tout un
peuple de déités armées, dont ils sont les fils ou les clients et qui,
sous diverses figures de guerrier ou de pâtre, de roi, de déesse ou de
voyageur, les protègent ou les charment, les consolent, les conseil-
lent ou les éclairent (2). » Mais ces relations n'étaient qu'un souvenir, plus ou moins faussé par la Fable, des rapports établis entre
Dieu et la créature, et c'est dans la Bible que ces relations se

(1) A. Ollivier, *Génie d'Israël. Histoire et législation*, p. 70.
(2) Plantier, *Etudes bibl.*, tome II; p. 235.

retrouvent avec leur vérité. Au pied de l'autel de Béthel, Abraham se déclare « l'homme de Dieu », et celui-ci dit qu'il est le Dieu d'Abraham ; et cette alliance est souvent rappelée dans la suite de l'histoire des patriarches. « La poésie hébraïque seule, dit Herder, a pu former un lien invisible entre l'homme et le Dieu père de l'espèce humaine ; toutes les poésies n'ont que des rapports imaginaires avec des dieux, des génies, des ombres imaginaires (1). »

Nous n'avons rien dit de la scène qui a inspiré tant de poésies et de tableaux, de Caïn frappant son frère et fuyant sans pouvoir échapper à la colère divine. Les poètes n'ont rien imaginé dans ce genre de plus saisissant.

Nous pourrions comparer la réception faite aux anges par Abraham sous le chêne de Mambré à des scènes de même genre qui ne sont, on peut le croire, qu'une réminiscence transformée des scènes de la Bible : ainsi l'histoire de Philémon et de Baucis. Nous pourrions encore comparer la destruction de Tanagre, dans Ovide, à la ruine de Sodome décrite par Moïse. « Le poète latin ne songe qu'à agrémenter sa fable de toutes les grâces de l'imagination ; dans Moïse au contraire, quelles sombres couleurs ! quel ton pénétrant ! quelle marche dramatique ! Jéhovah qui se lève et jette vers Sodome son foudroyant regard avec cette parole terrible : « Je descendrai et je verrai ! » Le patriarche, qui se met en face de Dieu, intercède par une prière sublime et enfin se tait, impuissant ; les deux anges qui arrivent sur la place publique de Sodome ; l'accent plein de sollicitude de Loth ; cette épouvantable scène de nuit autour de sa demeure ; ces cris cyniques, ces attroupements infâmes, la sentence de mort prononcée par les anges ; Loth et ses filles qui s'enfuient vers Segor ; cette effroyable pluie de feu qui dévore les impudiques cités ; ce lac qui s'étend comme un suaire de plomb sur cette terre maudite (2) ; cette fumée qui le lendemain, révèle à Abraham que la vengeance a fait son œuvre : quels tableaux ! L'Ilion embrasé de de Virgile, l'incendie de Rome dans Tacite ont-ils jamais produit sur

---

(1) Herder, *Poésie des Héb.*, IXe dialogue.
(2)   Jamais les barques voyageuses
         Ni la douce voix des oiseaux,
         Ni l'air des brises orageuses
         Ne viennent animer ses eaux,

                              (LEFRANC, *poèmes bibl.*).

8. — TRANSFIGURATION DE NOTRE SEIGNEUR, par Raphaël.

l'âme une telle émotion? Là, ce sont les dévastations de l'homme ; ici ce sont les coups de Dieu (1). »

§ II. — Quelques-uns des genres de poésie de la Bible.

Il est dans la Bible de nombreuses compositions poétiques du même genre que des compositions littéraires dont l'éloge a été fait bien des fois, et dont nous pouvons sans crainte rapprocher les pages de nos saints livres.

Ainsi l'éloge de Pindare n'est point à faire. Ce poète eut d'autant plus de mérite que les sujets qu'il traitait lui offraient en eux-mêmes moins de ressources. « Il est visible, dit Villemain, que ces spectacles si fréquents, luttes, courses, assauts, ne suffisaient plus à l'inspiration lyrique, et que le poète la créait par mille artifices et par mille efforts (2) ». « Pour Pindare, l'ode n'était donc plus qu'un jeu fictif de l'imagination et l'essor d'un enthousiasme solitaire et factice (3) ». C'est précisément dans les idées accessoires, isolées du thème principal, que ressort le génie de Pindare, et ses écarts sont un bonheur. « Ce sont les dieux, dit-il, qui créent toutes les vertus des hommes ; c'est par eux que nous naissons philosophes, guerriers, orateurs : dieux puissants, soutenez mon espérance. — Mon génie est un aigle qui plane dans les airs, observe de loin sa proie, puis tout à coup s'élance et la saisit sanglante dans ses serres recourbées (4). »

« Mais tandis que l'aigle aspire à s'envoler vers l'infini, sa pensée est abaissée par la stérilité de son sujet et surtout par les ténèbres de sa théodicée. Aussi son aile rencontre sans cesse une voûte d'airain qui en brise l'essor ; son regard étincelant se noie dans une lugubre atmosphère, tant le paganisme avait rapproché de l'Olympe de la terre, tant le ciel était devenu terrestre, tant les dieux étaient devenus charnels (5). »

(1) A. Ollivier, *Génie d'Israël, Histoire*, p. 180. Voici plusieurs passages que nous empruntons aux volumes de notre confrère, M. l'abbé Athanase Ollivier, et nous lui ferons d'autres emprunts. Mais nous engageons vivement à lire ses ouvrages, dans lesquels il met en parallèle de la façon la plus intéressante avec autant de goût que d'érudition et beaucoup plus complètement que nous ne pouvons le faire, les beautés de la Bible avec celle des monuments de la littérature profane.
(2) Villemain, *Littérat. au XVIIIᵉ siècle*, tome I, p. 35.
(3) Maury, *Disc. à l'Académie*.
(4) Pindare : 1ʳᵉ *Olymp.*, 2ᵉ *Pyth.*, 6ᵉ *Mem.*
(5) A. Ollivier, *Génie d'Israël, Poésie*, p. 97.

« David, au contraire, brave le temps et l'espace, parce qu'il n'a rien accordé au temps et aux circonstances : il n'a chanté que Dieu et la vérité immortelle comme lui. Jérusalem n'a point disparu pour nous, elle est toute où nous sommes, et c'est David surtout qui nous la rend présente. David est, comme Anne, « une âme qui se répand devant Dieu » ; il exprime par ses propres sentiments, l'âme même de l'humanité, tandis que Pindare n'est qu'une lyre. Or la lyre profane n'a son écho que dans les oreilles d'un peuple et d'un siècle ; l'âme a dans toute âme son retentissement éternel (1). »

Les poésies d'Horace ont une perfection de forme incomparable. Le poète célèbre dans un langage ravissant « les charmes de Tibur et de Cypris. Son cœur de Romain, craintif cependant sur le champ de bataille, s'enflamme d'une patriotique ardeur pour rappeler le vaisseau de la République qui va se briser sur les écueils de la guerre civile. Il sait maudire d'une brûlante énergie, et cet arbre qui a failli l'écraser dans sa chute, et cette mort trop prompte qui menace de l'arracher aux voluptés dont il s'abreuve parmi les fidèles du troupeau d'Epicure. Il voit d'ailleurs du même œil le vice et la vertu, les bons et les méchants. Son cœur n'est que l'écho d'un siècle épuisé de crimes et de scepticisme. Lui-même déplore parfois cette corruption ; mais le plus souvent, il s'y mêle et l'encourage. Il ne demande qu'un sommeil tranquille au sein de la volupté.

« Favori bien soldé d'un maître qui paie à discrétion ses louanges, que lui importe au reste, en dehors d'Auguste et de Mécène, les dieux, la patrie et les mœurs. Dans cet état de l'âme, était-il capable d'un seul mouvement de saint enthousiasme ou d'un instant de sublime angoisse ? Non, il ne trouve en son cœur que la flamme qu'allumèrent de lubriques désirs, seule inspiration qui pour lui ne fut point factice. » « Que pouvait être, dit Villemain, l'ode sous Horace ? « Une œuvre d'élégance et de grâce, où l'enthousiasme lyrique n'est vrai que dans l'expression de la volupté ; car il n'y a plus même d'amour... Aussi le Chant séculaire n'est qu'une prière élégante, où nul grand souvenir n'est évoqué par le poète épicurien et incrédule (1). »

(1) A. Ollivier, *Génie d'Israël*, *Poésie*, p. 98.
(2) A. Ollivier, *Génie d'Israël*, id., p. 110.

. Or, ainsi que Voltaire le dira, aussi bien contre lui-même que contre son émule d'impiété :

> Un esprit corrompu ne fut jamais sublime.

il y a même « des délicatesses de langage qui ne peuvent être révélées à l'écrivain que par la probité de son cœur, et que n'enseignent point les préceptes de la rhétorique » (1).

En résumé, Horace a été un habile artisan de maximes, de métaphores et de sons ; il a su manier avec une prodigieuse souplesse une langue admirable d'ailleurs de coloris, de nombre et de mélodie. « C'est une sirène qui nous enchante par la sonorité et la variété de ses accords. Fragiles beautés cependant, dont le succès repose sur l'effet d'un mot, d'une coupe, d'un renvoi, d'une inversion, d'un rythme. Qu'on les mette, en effet, à l'épreuve d'une traduction, et ces grands mots, ces épithètes sonores, ces images grandioses ne seront plus qu'une pâle version, incomplète, brisée et sans plénitude : faux or dont l'épreuve du creuset ne vous laisse qu'une brillante poussière (2). »

David, au contraire, a subi dans toutes les langues ce feu des traductions. Or, fait incontestable, « il en est sorti le plus souvent plein de nerf, de moelle et de vie. Le lisez-vous par exemple dans l'inculte latin de la Vulgate? assurément vous y rencontrerez des vides creusés ou par des intermédiaires omis, ou par des hébraïsmes inintelligibles, ou par d'inexplicables allusions, ou par des phrases inachevées ou des pensées mal définies. Mais encore, malgré ces lacunes, les Psaumes ne laissent généralement pas d'être féconds, et plus on les médite, plus ils dévoilent de richesses (3). »

C'est que David avait des inspirations plus vraies, des sentiments plus élevés. Les objets les plus variés, les plus capables de provoquer et de soutenir les élans de la poésie remplissaient son âme : Dieu, les merveilles qu'il avait accomplies pour son peuple, les prescriptions de sa loi sainte et les magnifiques promesses faites à ceux qui l'observent fidèlement, c'était toute l'étonnante histoire du peuple hébreu.

---

(1) Chateaubriand, *Des Lettres*, p. 243. -
(2) A. Ollivier, *Génie d'Israël, Poésie*, p. 111.
(3) Plantier, tome I, p. 243.

Bornons-nous à citer l'une des odes historiques les plus admirables, l'*In exitu Israël de Egypto.* « C'est, dit Herder, le chant le plus beau que l'on puisse trouver dans aucune langue. » Il rappelle toute l'histoire du désert, le seul regard de Dieu qui change les rochers en lacs et en sources d'eau vive, la mer et le Jourdain qui s'étonnent eux-mêmes, étonnemment qui semble grandir par l'apostrophe que le poète leur adresse, et tout cela avec une concision, une fermeté de langage qui donne à tout ce petit poème un caractère plus majestueux :

« Lorsque Israël sortit de l'Egypte et Jacob du milieu du peuple barbare, la Judée devint le sanctuaire de Dieu et Israël fut le peuple de sa puissance. — La mer le vit et s'enfuit ; le Jourdain remonta vers sa source. Les montagnes bondirent comme le bélier et les collines comme l'agneau. — Mer, pourquoi as-tu fui? Jourdain, pourquoi as-tu reculé vers ta source....? »

« Si ce n'est point là, dit La Harpe, de la poésie lyrique et de premier ordre, il n'y en eut jamais ; et si je voulais donner un modèle de la manière dont l'ode doit procéder dans les grands sujets, je n'en choisirais pas un autre : il n'y en a pas de plus accompli (1). »

Quelle vérité pénétrante et salutaire n'a pas donnée aux psaumes de David le regret des fautes commises. « Jamais le repentir ne parla un langage plus vrai, plus pathétique. Aucune idée ne saurait le distraire de sa douleur, et cette douleur se tournant toujours en prières comme tous ses autres sentiments a quelque chose de vivant qu'on ne rencontre point ailleurs. La terreur chez lui se mêle constamment à la confiance, et jusque dans les transports de l'amour, dans l'extase de l'admiration, dans les plus touchantes effusions d'une reconnaissance sans bornes, la pointe acérée du remords se fait sentir comme l'épine à travers les touffes vermeilles du rosier. »

Comment Dieu n'aurait-il pas été attendri par un repentir si vrai :

> Quel forfait n'eût lavé cette larme sonore
> Qui tomba sur sa harpe et qui résonne encore !
> Les rocs de Josaphat en gardent la senteur,
> Tu défendis au vent d'en sécher les rivages,
> Et tu dis aux échos : Roulez-la dans les âges,
> Humectez tous les yeux, mouillez tous les visages
> Des larmes du divin chanteur (2).

(1) La Harpe, *Psautier français,* p. 134. Il parlait ainsi après avoir fait l'éloge de Voltaire.
(2) Lamartine.

Aussi, dans toute la suite des siècles, les coupables qui veulent déplorer leur passé et se concilier la miséricorde divine ne trouvent point d'accents plus vrais que ceux de David pénitent.

§ III. — *Quelques-uns des personnages de la Bible.*

Nous n'avons cueilli que quelques paillettes dans les mines si riches de la poésie biblique ; elles contiennent des trésors : ainsi l'histoire de Joseph. « C'est, dit Voltaire, le plus touchant épisode qui ait été jamais écrit dans aucune langue : c'est un des plus précieux monuments de l'antiquité qui soient parvenus jusqu'à nous. Cette histoire paraît être le modèle de tous les écrivains orientaux ; elle est plus attendrissante que l'Odyssée. » Ducis écrit à son tour : « Comme ce charme ineffable repousse toutes nos fables et toutes nos additions épiques ! C'est un charme jaloux qui n'en peut souffrir d'autres. Comment ôter, comment ajouter un mot à cette divine histoire ? » Aussi nous n'essaierons point d'en donner un abrégé, il faut en lire tous les détails jusqu'à la scène dans laquelle Joseph se fait reconnaître par ses frères, s'écriant : « Je suis Joseph, mon père vit-il encore ? » « Ce morceau, dit Voltaire, a toujours passé pour un des plus beaux de l'antiquité ; nous n'avons rien dans Homère de si touchant : c'est la première reconnaissance dans quelque langue que ce soit. »

« L'histoire de Ruth, dit Salgues, est la plus gracieuse et la plus aimable églogue qui existe dans toutes les langues connues. Nulle part les détails de la vie rurale n'ont autant de charmes, nulle part le génie de l'homme ne les a attachés à un fond d'un intérêt plus tendre. La vie semble animer ce tableau pastoral. Tout y est en action, tout marche au même but : c'est un poème achevé dans toutes ses parties. Jamais la douce innocence, la vertu pauvre et résignée n'a reçu un plus digne et plus touchant hommage. »

Nous en appelons encore volontiers au témoignage de Voltaire que l'on n'accusera pas de partialité en faveur de la Bible. Or, il disait : « Nous ne connaissons rien, ni dans Homère, ni dans Hésiode, ni dans Hérodote, qui aille au cœur comme cette réponse de Ruth à Noémi, sa mère : J'irai partout où vous irez, votre peuple sera mon peuple, et votre Dieu sera mon Dieu, et la même tombe nous gardera ensevelies (1). »

Près de l'histoire de Joseph et de l'églogue de Ruth, il faut placer la touchante pastorale de Tobie, où l'on trouve les plus naïfs tableaux et des grâces que l'on peut bien comparer à ce qu'on lit de plus parfait en ce genre dans l'Odyssée.

Citons encore dans un genre tout différent le livre de Job, dont Lamartine a osé dire qu'il est « le plus sublime monument littéraire, non pas seulement de l'esprit humain des langues écrites, de la philosophie et de la poésie, mais de l'âme humaine ». « Il n'y a point de poésie, disait lord Byron, que je puisse comparer au livre de Job », et il ajoutait qu'il aurait volontiers composé un poème sur le même sujet s'il n'avait été convaincu qu'il serait resté de beaucoup inférieur.

Pour comprendre la poésie des livres de la Bible, il nous eût fallu étudier d'abord l'histoire de Moïse. « Dès que je vois, disait Herder, un jeune homme qui désire lire et étudier les psaumes et les prophètes dans le véritable sens génésiaque, je ne lui donne ni règle ni méthode, mais je lui répète sans cesse : « Lisez Moïse, étudiez l'histoire de Moïse. » Là un seul mot devient souvent le point principal des magnifiques développements de tout un chapitre. Enfin Moïse est pour la poésie hébraïque ce que Homère est pour la poésie grecque. » Quand on a étudié l'histoire de Moïse et celle du peuple hébreu on comprend non seulement les livres historiques, mais les psaumes et les livres sapientiaux.

(1) Sans doute ce langage est simple comme tous les récits de la Bible ; mais Chateaubriand, pour faire ressortir le mérite de cette simplicité, a traduit en langage homérique le verset de la Bible. La belle Ruth répondit à la sage Noémi honorée des peuples comme une déesse : « Cessez de vous opposer à ce qu'une divinité m'inspire ; je vous dirai la vérité telle que je la sais et sans déguisement. Je suis résolue à vous suivre. Je demeurerai avec vous, soit que vous restiez chez les Moabites, habiles à lancer le javelot, soit que vous retourniez au pays de Juda, si fertile en oliviers. Je demanderai avec vous l'hospitalité aux peuples qui respectent les suppliants. Nos cendres seront mêlées dans la même urne, et je ferai au Dieu qui vous accompagne toujours des sacrifices agréables. » Elle dit, et comme, lorsque le violent zéphyr amène une pluie tiède du côté de l'Occident, les laboureurs préparent le froment et l'orge et font des corbeilles de joncs très proprement entrelacés, car ils prévoient que cette ondée va amollir la glèbe et la rendre propre à recevoir les dons précieux de Cérès, ainsi les paroles de Ruth, comme une pluie féconde, attendrirent le cœur de Noémi.

Chateaubriand ajoute : « Autant que nos faibles talents nous ont permis d'imiter Homère, voilà peut-être l'ombre du style de cet immortel génie. Mais le verset de Ruth ainsi délayé, n'a-t-il pas perdu ce charme original qu'il a dans l'Ecriture ? Quelle poésie peut jamais valoir ce seul tour : *Populus tuus, populus meus ; Deus tuus, Deus meus ?* »

D'ailleurs, quelle histoire que celle de cet enfant choisi par Dieu, préservé miraculeusement, élevé à la cour du roi et chargé ensuite de délivrer Israël, de l'arracher à la tyrannie de Pharaon.

Après les prodiges accomplis par la verge mystérieuse de celui auquel Dieu a confié sa puissance, les Israélites sortent de l'Egypte, mais bientôt ils sont poursuivis par l'armée du roi ; ils n'ont point d'armes. Au milieu de cette multitude désespérée, Moïse, assuré de l'intervention irrésistible de celui qui lui a donné sa mission, lance d'abord aux Hébreux tremblants, ces triomphantes paroles : « Regardez bien vos ennemis, vous ne les reverrez plus jamais : contemplez maintenant le combat du Seigneur. »

Les flots se séparent, forment deux murailles entre lesquelles s'avance Israël. L'armée de Pharaon se précipite à sa suite, mais elle est aussitôt submergée.

C'est en considérant cet incomparable spectacle que l'on comprend le *Cantemus Domino Deo nostro*... Je chanterai Jéhovah ! Il a déployé toute sa magnificence ! Il a précipité dans la mer le cheval et le cavalier. Cette ode nous redit non seulement la délivrance d'Israël, la défaite de Pharaon, mais la future conquête de la terre de Chanaan.

La conquête de la terre promise est la digne continuation de l'épopée dont Moïse a été le héros.

C'est Josué qui devient le conducteur du peuple de Dieu et qui va l'introduire dans ces contrées bénies où ont vécu les patriarches. Il fera son œuvre, comme Moïse a fait la sienne à travers des miracles dans lesquels on voit sans cesse l'assistance divine. Jéhovah lui-même vient parler à Josué : « Moïse mon serviteur est mort, lui dit-il, allez, passez le Jourdain, vous et tout le peuple, et entrez dans la terre que je vais donner à Israël. En quelque lieu que vous posiez le pied, je vous en rendrai maîtres : depuis le désert de l'Euphrate jusqu'au Liban et à la grande mer. Personne ne pourra vous résister, car je serai avec vous. Soyez donc forts et courageux, armez-vous de fermeté pour observer ma loi. Marchez, c'est moi qui vous l'ordonne : le Seigneur votre Dieu est avec vous. » Paroles brûlantes véritable harangue militaire du Dieu des armées !

Le peuple de Dieu se met en marche : à son approche, les eaux du Jourdain se retirent vers leur source et laissent le passage libre jusqu'à ce que les protégés du ciel soient parvenus sur la rive de Galgala.

Puis ils continuent leur marche triomphale. Josué commande, mais c'est Dieu qui donne la victoire. Ainsi il leur livre Jéricho, son roi et ses guerriers. Pendant six jours ils feront le tour de la ville ; au septième jour ils le feront en sonnant de la trompette. Et lorsque les trompettes feront entendre un son plus éclatant, toute l'armée à la fois jettera un grand cri. Les murailles alors s'écrouleront et chacun entrera dans la ville par l'endroit où il se trouvera. Et les murailles s'écroulent à l'heure marquée.

Au soir d'une lutte acharnée, Josué, voulant compléter sa victoire, dans l'élan spontané de sa foi et d'une sainte audace, ordonne au soleil de s'arrêter, et le soleil s'arrête, obéissant à sa voix comme à celle du Créateur.

Assurément le merveilleux ne fait pas défaut dans ces récits. Après vingt-cinq siècles Le Tasse chantera la conquête des mêmes contrées faite par les Croisés. S'il s'était souvenu davantage de la Bible, son œuvre très belle eût été plus belle encore. « On voit, dit Chateaubriand, qu'il a manqué de hardiesse. Cette timidité l'a forcé d'user des petits ressorts de la magie, tandis qu'il pouvait tirer un parti immense du tombeau de Jésus-Christ qu'il nomme à peine, et d'une terre consacrée par tant de prodiges. La même timidité l'a fait échouer dans son ciel. Son enfer a plusieurs traits de mauvais goût. Il aurait pu jeter un regard sur l'ancienne Asie, sur les temps de Salomon et d'Isaïe. On s'étonne que sa muse ait oublié la harpe de David en parcourant Israël. N'entend-on plus sur le sommet du Liban la voix des prophètes? Leurs ombres n'apparaissent-elles pas quelquefois sous les cèdres? Les anges ne chantent-ils plus sur le Golgotha, et le torrent de Cédron a-t-il cessé de gémir? On est fâché que Le Tasse n'ait pas donné quelque souvenir aux patriarches ; le berceau du monde, dans un petit coin de la *Jérusalem*, ferait un assez bel effet (1). » Ce sont précisément tous ces aspects qui se trouvent abondamment dans le livre de Josué ; ils y sont présentés avec simplicité, mais ils n'en ont que plus d'intérêt.

Après l'histoire de Josué vient celle de Gédéon, qui n'est pas moins merveilleuse. Ce nouvel élu de Dieu est un instrument dans

(1) Chateaubriand, liv. II, ch. ii.

la main du Tout-Puissant comme ceux qui ont été choisis avant lui. « Je ne veux pas, dit Jéhovah, qu'Israël se glorifie contre moi, qu'il attribue sa délivrance à ses propres forces. » Cette intervention continuelle de Dieu n'empêche pas l'énergie de l'homme de paraître avec toutes ses ressources : le concours divin ne fait que soutenir l'effort de l'homme et le grandir.

Il nous faudrait rappeler beaucoup d'autres figures merveilleuses: la fille de Jephté que nous pourrions comparer à l'Iphigénie d'Euripide et à celle de Racine, les figures plus étonnantes encore de Judith, de Débora avec leurs chants de triomphe. Nous ne pouvons que citer ces noms.

Nous n'avons point la prétention de montrer toutes les beautés littéraires de la *Bible*, mais d'en indiquer quelques-unes.

Nous avons considéré quelques-uns des psaumes de David, mais le roi-prophète lui-même, quelle grande figure ! Et quelle figure que celle de son fils Salomon !

« Y eut-il jamais, nous dit Lamartine, existence à la fois plus lyrique, plus épique et plus dramatique que celle de David? Nous venons de la relire cette vie ; nous passions des nuits d'insomnie à feuilleter tantôt l'*Iliade* d'Homère, tantôt la vie de David dans la Bible. Nous confessons que la vie du prophète-berger, du poëte-roi, dans la *Bible* est par elle-même un poème mille fois plus riche en aventures, en pittoresque, en intérêt, en pathétique, en drame, que l'*Iliade*. Il y a dans une telle vie de quoi faire vingt poèmes. »

La victoire sur le géant Goliath est bien le début qui convient à l'histoire de ce berger dont Dieu veut faire un roi. Il faut lire cette scène dans la *Bible*.

« Quelle scène pastorale, s'écrie Lamartine ,quelle scène héroïque et quelle vertu ! Quelle simplicité quelle naïveté de noms et de dialogue ! Homère est emphatique à côté. Excepté dans l'Odyssée, il n'y a point d'invention poétique comparable à cette histoire des anciens jours. »

La suite de l'histoire du jeune guerrier n'est pas moins dramatique. Après sa victoire, quand tous l'ont acclamé, Saül, dont il a sauvé la couronne, le poursuit de sa haine ; en revanche, l'héritier du roi, Jonathas, s'attache au jeune vainqueur avec une amitié si tendre et si dévouée que l'âme de Jonathas semblait collée à l'âme de David. Cette union fraternelle n'est pas moins ravissante que toutes celles dont la poésie nous a gardé le souvenir.

Pour apprécier cette vie si merveilleuse, sans en rappeler davantage les circonstances, citons encore ces paroles de Lamartine : « Nous le demandons, dit-il, à Homère, à Virgile, à Dante, à Milton, au Tasse, y eut-il jamais une vie d'homme qui fût aussi naturellement un poème épique ? Y eut-il jamais pour un poète une source plus abondante, dans son propre cœur, d'émotions, d'hymnes et de larmes ? Et si Dieu lui-même a voulu se façonner dans un cœur d'homme un instrument capable de créer, de chanter ou de pleurer pour l'humanité tout entière, Dieu lui-même aurait-il pu pétrir autrement le cœur de cet homme ? »

Et c'est précisément ce qui donne un caractère particulier de vérité et de puissance aux chants de David, c'est qu'il a chanté ce qu'il a vécu.

En effet, le roi-prophète n'a point été un de ces lyriques qui, simples spectateurs des événements, retirés sur les hauteurs de leur génie, s'exilent du monde qu'ils habitent, ne vivent que dans une sphère idéale et n'alimentent leur muse que d'impressions factices. David, au contraire, comme la déesse de la sagesse attique, réunit sur son front le casque et le diadème à la couronne des muses. Ses cantiques sont tous des hymnes de circonstance : c'est ainsi que par un génie universel, il mêle l'idéal de la vie poétique aux occupations de la vie populaire, et qu'il s'illustre dans la littérature en travaillant pour l'histoire (1) ».

Quel thème riche et varié ne présentent pas la vie et le règne de Salomon qui vit se réaliser cette promesse que Dieu lui avait faite : « Je t'accorde la sagesse, et de plus tant de richesse et de gloire, qu'aucun roi, dans le passé ou dans l'avenir, ne pourra se dire ton égal (2). »

Nous allons admirer dans notre prochain article les œuvres de

---

(1) A. Ollivier, *Génie d'Israël*, p. 92.

(2) Les livres sapientiaux, au point de vue de la pensée, renferment d'inépuisables trésors. « Platon, dit de Bonald, fit de la philosophie avec sa raison ou avec son intelligence ; les autres en firent avec leurs passions, les stoïciens avec l'orgueil, les épicuriens avec la volupté ; le sceptique douta, les pyrrhoniens nièrent, les éclectiques cherchèrent ; les uns dirent à l'homme : Jouis ! les autres lui crièrent : Abstiens-toi ! Ceux-ci lui apprirent à ne rien affirmer, ceux-là à ne rien croire. » Les livres de la Bible, inspirés par la sagesse divine, présentent la vraie philosophie. Nous pouvons admirer, non seulement les vérités qu'ils contiennent, mais la forme dans laquelle ils sont écrits.

9. — Jugement dernier, par Michel Ange.

l'antiquité païenne ; il était juste de jeter d'abord un coup d'œil sur la Bible. Avant de la fermer, nous pouvons encore payer un juste tribut d'admiration aux Macchabées, les vaillants défenseurs d'Israël, contre la domination romaine. Juda et ses frères, Jonathas, Simon, Jean, Eléazar, ne perdraient point à être comparés aux héros de l'*Iliade* dans lesquels Chateaubriand a cru voir « des espèces de monstres, guerriers perfides, avares, cruels, insultant aux cadavres de leurs ennemis, poétiques enfin par leurs vices », plus que par leurs vertus.

Il n'en est pas ainsi des Macchabées. Quelle mort plus belle que celle de Juda? Ses compagnons disent qu'ils sont trop peu nombreux pour attaquer l'ennemi, huit cents contre vingt-deux mille Syriens. « Dieu nous garde de fuir devant eux, répond Juda ; si notre heure est venue, mourons courageusement pour nos frères, mais ne souillons point notre gloire. »

ARTICLE II

L'ANTIQUITÉ

Avant de nous engager dans l'étude des œuvres si diverses que les différentes époques ont produites, nous pouvons, pour ne point nous égarer dans nos investigations, déterminer quelques points de vue que nous préférerons et dans lesquels peuvent se grouper nos observations.

Chacun de nos principaux devoirs correspond à un sentiment qui est pour nous une source de jouissances : ainsi le point de départ des liens étroits dans lesquels s'engagent les époux et des devoirs qu'ils auront à remplir l'un à l'égard de l'autre est un sentiment qui a captivé leur cœur et qui leur promet encore des joies pour l'avenir. Le père et la mère sont heureux de se voir revivre dans les enfants pour lesquels ils ont à se dépenser avec tant de générosité. L'amitié fraternelle, avec le dévouement qu'elle réclame, n'offret-elle pas des joies dont rien ne peut effacer le souvenir? L'amour de la patrie, en compensation des sacrifices qu'il impose parfois, ne répand-il pas sur notre vie un bien-être que rien ne saurait remplacer? Demandez à l'exilé ce que vaut le ciel de la patrie.

Nous sommes donc conviés au devoir par un charme qui semble en voiler les aspérités et par les jouissances qu'il nous promet. Ainsi l'a voulu Dieu, le père de nos âmes, qui, en nous créant, a mis en nous ce qui devait assurer le développement de notre vie et de la vie des peuples.

Mais, il faut aussi le reconnaître, si parfois le devoir nous est facilité par les joies que nous trouvons à l'accomplir, si les difficultés qu'il présente sont compensées par les consolations qu'il nous donne, le plus souvent il nous impose de grands sacrifices. C'est ce qui fait le mérite de l'homme fidèle, la condition de sa beauté. Nous allons le constater dans l'étude des œuvres littéraires, comme nous l'avons fait en établissant notre théorie sur le beau dans la nature.

§ I. — *Amour conjugal.*

ULYSSE ET PÉNÉLOPE DANS L'*Odyssée*. — HECTOR ET ANDROMAQUE DANS L'*Iliade*. — L'*Alceste* D'EURIPIDE.

La reconnaissance d'Ulysse et de Pénélope est une des plus belles compositions que nous ait laissées l'antiquité.

C'est après vingt années d'absence qu'Ulysse revient dans son palais. Il y rentre sous les vêtements d'un mendiant. Ne s'étant fait reconnaître d'abord que par son fils, il commence par accomplir un acte de justice en mettant à mort les intrigants qui ont envahi sa demeure. Redevenu ainsi maître chez lui, il va se faire reconnaître par son épouse. Mais il est toujours le prudent Ulysse, le digne époux de la sage Pénélope. Homère nous montre l'époux et l'épouse procédant avec des précautions bien différentes de la précipitation avec laquelle les aurait fait agir un poète moderne. Mais il ne nous montre pas moins bien pour cela la tendresse qu'ils ont l'un pour l'autre, et les scènes qu'il nous met devant les yeux ont une grandeur vraiment antique.

Ulysse envoie la servante Euryclée avertir Pénélope qu'il est de retour, qu'il est vainqueur de ses ennemis et maître dans son palais.

La reine ne peut croire ces nouvelles. Pendant vingt années elle a
dû se défendre contre tant de pièges qu'elle reste méfiante. Cependant elle descend dans la salle de festin, « franchit le seuil de pierre
et va s'asseoir à la lueur du feu, en face d'Ulysse, qui était lui-même
assis au pied d'une colonne, les yeux baissés, attendant ce que lui
dirait son épouse. Mais elle demeurait muette, regardant Ulysse que
tantôt elle croyait reconnaître et que tantôt elle ne reconnaissait
plus à cause des mauvais vêtements qui le recouvraient. » Le héros
a voulu s'assurer de la fidélité de son épouse, et celle-ci à son tour
veut s'assurer qu'on ne le trompe pas. Télémaque accuse sa mère
de froideur. Pénélope répond doucement à son fils qu'elle ne peut
pas encore savoir si c'est vraiment Ulysse qui est devant elle, mais
qu'il y a des signes certains auxquels ils pourront se reconnaître
tous les deux. Alors Ulysse souriant : « Laisse ta mère user comme
elle le veut des signes qui me feront reconnaître. »

Après avoir été au bain et s'être revêtu d'un costume plus convenable, il rentre dans la salle où Pénélope était restée, et, s'asseyant
à la place qu'il occupait d'abord : « O femme, dit-il alors, les dieux
« t'ont donné plus qu'à aucune autre femme une âme insensible.
« Quelle épouse recevrait avec autant de froideur un époux revenu
« après vingt années d'absence et à travers de si nombreuses idisgrâ-
« ces dans sa terre natale? »

Il semble donc faire à son tour à Pénélope le reproche que lui faisait son fils. Toutefois, ne nous hâtons pas de croire à un blâme de
la part d'Ulysse et de condamner les lenteurs de cette reconnaissance.
Ulysse est toujours rusé, et Pénélope est toujours prudente et nous
touchons au signe que recherche Pénélope. Ulysse lui-même semble devancer le désir de son épouse. « Allons, Euryclée, ajoute-t-il,
« s'adressant à l'intendante du palais, fais-moi mon lit pour la
« nuit, car cette femme a une âme inexorable. — Je ne veux, dit
« Pénélope, ni te glorifier, ni te dédaigner au hasard... Oui, Eury-
« clée prépare dans la chambre des hôtes le lit qu'Ulysse s'est fait
« lui-même autrefois. Couvre-le de peaux et d'étoffes brillantes. »
Elle parlait ainsi pour éprouver son mari. « Quoi donc, s'écrie
« Ulysse irrité, qui donc a défait la couche que j'avais construite
« dans la chambre nuptiale? » Et il fait la description minutieuse
de cette couche taillée par lui dans un tronc d'olivier. A ces mots,
Pénélope n'hésite plus à reconnaître Ulysse, son cœur palpite avec

violence ; tout en larmes, elle se précipite vers lui, et, jetant ses bras
autour de son cou, elle s'écrie : « Ne sois point irrité, cher époux,
« toi qui fus toujours le plus prudent des mortels ; ne t'indigne point
« si j'ai hésité à me jeter dans tes bras. Je craignais toujours que
« quelqu'un ne vînt me tromper : les hommes savent inventer tant
« de ruses ! Mais maintenant que tu viens de me révéler les signes
« de notre lit nuptial, de ce lit qu'aucun autre homme que toi n'a
« jamais vu et que nous connaissons seuls, toi, moi, et l'esclave
« fidèle qui gardait la porte de la chambre et que m'avait donné
« mon père quand je vins ici, je n'ai plus de doute. Tu rends la
« confiance à ce cœur devenu défiant par le chagrin. »

Elle parlait ainsi, et le héros pleurait, heureux d'avoir une épouse
aussi sage et aussi chaste, heureux de la retrouver après tant de
malheurs ; car la vue de la terre n'est pas plus douce aux naufragés
qui ont vu périr leurs vaisseaux, qui ont longtemps nagé à travers
les flots et qui abordent enfin au rivage, sûrs d'éviter la mort, que
n'était douce aux yeux d'Ulysse la vue de cette épouse chérie.

Les deux époux sont alors conduits dans la chambre nuptiale,
précédés d'un flambeau comme au premier jour de leur union ; puis
ils se consolent et se réjouissent ensemble par le récit de tant de périls surmontés, de tant d'années de séparation.

Assurément, nous ne voyons pas quel trait manquerait à ces tableaux pour que nous y trouvions toute la beauté désirable. Peut-
être avec les idées modernes, serait-on porté à souhaiter plus d'émotion et de larmes, mais je répondrai volontiers avec M. Saint-Marc
Girardin, à ceux qui seraient sous cette impression : « Si Pénélope
eût été la femme sensible qu'aiment à montrer le drame et le roman
modernes, elle n'eût pas attendu son mari pendant vingt ans (1) ».
Et alors que serait devenue la beauté de cette scène? Ces belles pages vérifient bien cette parole de Daunon : « L'art d'écrire a besoin
d'être appliqué à des idées morales pour s'élever à un haut degré de
puissance et de gloire (2) ».

_____

(1) *Cours de littérature dramatique*, tome IV, p. 176. En citant cette parole de M. de
Saint-Marc Girardin, nous sommes heureux de reconnaître que souvent nous nous sommes inspiré de son *Cours de littérature*. Nous l'avons souvent suivi pour le choix des exemples, et souvent aussi nous avons adopté ses appréciations. Nous regrettons que les
limites dans lesquelles nous devons rester, ne nous aient pas permis de le citer plus souvent textuellement.
(2) *Œuvres de Despréaux*. Discours préliminaire.

Dans l'*Iliade*, Hector et Andromaque nous offrent aussi un touchant exemple d'amour conjugal. Ils sont fiers l'un de l'autre, l'un et l'autre n'ont pas de plus grand désir que leur commun bonheur. Andromaque, plus faible et plus craintive, voudrait éloigner son Hector des périls auxquels il s'expose. Elle parle avec un juste orgueil de la gloire qu'il acquiert dans les combats ; mais l'ardeur avec laquelle il affronte les coups de l'ennemi la remplit de frayeur : elle tremble pour ses jours. Elle se sert d'ingénieux prétextes pour le porter à combattre sur un point où il courrait moins de périls (1). Hector, de son côté, ne redoute pas la mort pour lui-même, mais à cause des maux qui accableraient Andromaque. Cependant rien ne l'arrête quand il s'agit de défendre sa patrie.

On connaît cette scène si touchante et si gracieuse par laquelle se terminent les adieux des deux époux.

Après avoir embrassé son enfant, Hector, prenant la main d'Andromaque, lui adresse ces belles et graves paroles : « Andromaque, ne m'accuse pas dans ton cœur, et ne te plains pas avant le temps. Aucun guerrier, tu le sais, ne me fera descendre au tombeau avant le jour marqué par le sort, et personne, brave ou lâche, dès qu'il est né, ne peut éviter sa destinée. Rentre donc dans ta maison, distribue à tes esclaves le travail de chaque jour, le fuseau, la quenouille, surveille leur ouvrage, et nous tous, guerriers nés dans Ilion, et moi surtout, nous veillerons aux travaux de la guerre. » Ce discours peut sembler austère, mais Hector, en parlant ainsi, ne laissait-il pas à Andromaque ce qui sera toujours, parmi les choses d'ici-bas, la meilleure, pour ne pas dire la seule consolation d'une épouse pendant l'absence de son mari, l'amour de son fils, la résignation, le travail et les soins du ménage? Quand Hector a succombé sous les coups du terrible Achille, quelle expression vraie de la douleur dans les lamentations d'Andromaque : « O mon Hector, que tu es mort jeune ! et tu me laisses veuve dans ce palais et ton fils orphelin, pauvre enfant que nous avons mis au monde, toi et moi, malheureux que nous sommes... Oh ! quelle douleur imposée à ton vieux

---

(1) « Rassemble l'armée auprès de ce figuier sauvage, lui dit-elle : c'est là que la ville est accessible et que le mur peut être franchi ; c'est là que tu dois rester pour défendre Troie, car trois fois déjà, les plus braves des Grecs, ont fait effort de ce côté, les deux Ajax, le brave Idoménée, les deux Atrides et le vaillant fils de Tydée, soit qu'un dieu les ait dirigés vers cet endroit, soit que leur courage ou leur science des combats les y ait poussés. » (*Iliade*, livre VI.)

père, à ta mère et à moi surtout ! Quelle longue infortune ! Et encore, en mourant, tu n'as pu me tendre la main et m'adresser une dernière et sage parole dont je me serais souvenue nuit et jour au milieu de mes larmes. »

Dans ces dernières paroles, nous voyons indiqué du moins le désir d'une fidélité inconnue dans l'antiquité, celui de respecter un premier amour même au-delà de la tombe et de repousser toute nouvelle union. Andromaque regrette de n'avoir pas recueilli sur les lèvres d'Hector une dernière et sage parole qu'elle pût garder avec son souvenir. Cette fidélité invariable était réservée à la veuve des temps chrétiens.

L'antiquité nous a légué d'autres exemples d'amour conjugal. Euripide a mis sur la scène une épouse, Alceste, qui se dévoue avec une générosité héroïque pour son mari.

Admète allait mourir ; mais Apollon auquel il a donné l'hospitalité, a obtenu des Parques qu'il sera épargné, si quelque autre consent à mourir pour lui. Admète ose demander ce sacrifice à son père qui refuse et ne veut point céder les années qui lui sont encore réservées sur la terre. Alceste s'offre pour être la victime. Le caractère d'Admète est égoïste, celui de son père n'est pas plus généreux, mais ces caractères ne font que mieux ressortir la beauté de celui d'Alceste.

§ II. — *Amour paternel.*

PRIAM DANS L'*Iliade*. — AGAMEMNON DANS L'*Iphigénie en Aulide* D'EURIPIDE. *Œdipe* DANS SOPHOCLE.

C'est en accomplissant ses devoirs malgré les difficultés qui lui font obstacle que le père nous donnera le spectacle de la beauté. Quelquefois il s'imposera les plus grands sacrifices pour donner à ses enfants ce qu'il leur doit : ainsi Priam s'humiliant aux pieds d'Achille pour obtenir que le corps de son fils ne reste pas sans honneur. Quelquefois, au contraire, il devra faire taire les sentiments de la plus tendre affection pour obéir à une loi supérieure, par exemple à l'amour de la patrie, comme Agamemnon dans *Iphigé-*

nie en Aulide ; ou bien il devra rappeler à ses enfants une loi qu'ils ont violée et dont il est comme le représentant : ainsi Œdipe à l'égard de ses fils. Ce sont différents sentiments qui sont en lutte dans le cœur du père et dont l'un parle au nom de la loi et du devoir.

La beauté de l'amour paternel dans Priam est rehaussée par la vieillesse et les malheurs du monarque. Ce roi, tombé du sommet de la gloire et dont les grands de la terre avaient autrefois recherché les faveurs, pénétrant seul la nuit dans le camp des Grecs, les cheveux souillés de cendre, le visage baigné de pleurs, s'humiliant aux genoux de l'impitoyable Achille, baisant les mains terribles qui firent couler tant de fois le sang de ses fils et qui viennent d'immoler son cher Hector, flattant le guerrier, lui parlant de son vieux père, est admirable assurément dans son dévouement à la mémoire de son fils.

Il ne serait pas sans intérêt de comparer cette scène de l'*Iliade* à celle de Jacob déplorant la mort de Joseph ; nous laissons ce travail à nos lecteurs.

L'*Iphigénie en Aulide* d'Euripide nous montre un père, Agamemnon, que nous pouvons admirer dans une situation toute différente de celle de Priam. Il n'a point, comme le roi d'Ilion, à tout faire céder à son affection : il doit au contraire faire plier son affection sous le poids du devoir le plus pénible pour un père, il doit consentir à ce que sa fille soit immolée sur l'autel de Diane pour que la flotte obtienne des vents favorables.

Assurément il lutte de tout son pouvoir contre la cruelle nécessité qui lui est imposée, il regrette de porter le titre de général qui le met dans cette affreuse situation. Et même, après avoir cédé d'abord aux instances de Ménélas, son frère, plus intéressé que tout autre à la guerre de Troie, après avoir envoyé un messager pour faire venir sa fille sous le faux prétexte de la donner comme épouse au valeureux Achille, bientôt il ne peut supporter la pensée de la voir immolée et il envoie en secret un second messager afin de l'éloigner. Ménélas ayant surpris ce contre-ordre, et faisant à son frère de violents reproches, Agamemnon déclare à son tour qu'il ne sera point le bourreau de ses enfants.

« Poursuivez, lui dit-il, tant qu'il vous plaira, la vengeance d'une perfide épouse ; mais, pour moi, j'aurais trop de larmes à verser si

j'étais assez injuste pour livrer mon sang aux Grecs... Voilà nette-
ment et en un mot ma pensée, et, si vous ne voulez vous rendre à la
raison, je saurai soutenir mes droits. »

Mais bientôt on vient lui annoncer qu'Iphigénie est arrivée, et
l'armée entière demande son immolation pour le salut de la patrie.
Il est donc contraint par la nécessité : il n'oublie pas un instant qu'il
est père, mais il sait qu'il est le chef de l'armée, et s'il consent à la
mort de sa fille, ce n'est que pour le salut et l'honneur de la patrie.
« C'est à la Grèce que je vous immole. Je le fais à regret, mais il faut
céder à la nécessité. Il faut acheter la liberté publique au prix de
ma tendresse et de votre sang pour apprendre aux barbares que les
Grecs ne laissent point les ravisseurs impunis. »

Ces luttes que soutient Agamemnon nous émeuvent, nous ressen-
tons les déchirements de son âme, mais nous ne regrettons pas
d'éprouver ces émotions. Nous l'estimons dans sa fermeté et sa
résignation.

L'antiquité ne pouvait manquer de nous montrer le père en face
d'enfants coupables. C'est une situation qui ne se produit que trop
souvent, mais que les poètes ont présentée de façons bien différentes,
selon les idées de leur temps.

Sophocle, dans sa tragédie d'*Œdipe à Colone*, donne au vieux roi
aveugle et maudissant ses fils ingrats une grande et belle attitude.
Œdipe lui-même était coupable, objet de la colère des dieux, poussé
par une aveugle fatalité, il était devenu le meurtrier de son père et
l'époux de sa mère. Mais ses fils, en le chassant de Thèbes, n'en
avaient pas été moins criminels :

> Un fils ne s'arme point contre un coupable père,
> Il détourne les yeux, le plaint et le révère.

Les fils d'Œdipe étaient donc coupables, et, comme dans l'antiquité, on ne croyait que vaguement à la vie future, la justice devait
être satisfaite dès cette vie. Œdipe, malgré les supplications de Polynice, appelle donc sur lui et sur son frère Etéocle les plus terribles
malédictions.

« Vous n'êtes point mes fils, leur dit-il ; non, tu ne renverseras
point les remparts de cette Thèbes que tu cours assiéger ; mais ton

frère et toi, noyés dans le sang l'un de l'autre, vous périrez sous ses murs. Voilà les imprécations que j'avais faites sur vous et dont j'implore encore l'effet pour vous apprendre à respecter ceux dont vous tenez la vie et à ne pas mépriser votre père parce qu'il est aveugle... Fuis, je te renie, et je t'abjure, fils exécrable ; fuis et emporte avec toi mes imprécations. »

C'est ainsi que les grands tragiques de l'antiquité ne craignaient pas de mettre sous les yeux de leur auditoire des leçons sévères, mais grandes. Œdipe parlait au nom de tous les pères outragés : il était comme le représentant de la justice divine.

§ III. — *L'amour maternel.*

CLYTEMNESTRE DANS L'*Iphigénie en Aulide*. — ANDROMAQUE DANS *L'Iliade* DANS LES *Troyennes* ET DANS L'*Andromaque* D'EURIPIDE.

L'antiquité nous a montré de beaux exemples d'amour maternel.

Dans la tragédie d'*Iphigénie en Aulide*, Clytemnestre, la mère, est bien dans son rôle, comme Agamemnon est bien dans le sien. Le père acceptera des sacrifices auxquels la mère ne se résignera jamais. Une mère ne pouvait consentir à voir mourir son enfant. « Dieu, lui dit-on, a bien ordonné à Abraham de lui sacrifier son propre fils. — Oui, répond-elle, à un père, c'est vrai, mais non à une mère (1). » La conduite de Clytemnestre semble être la vérification de cette parole. Jusqu'à la fin la princesse s'oppose à ce que sa fille soit immolée. Combien sont pressantes les supplications qu'elle adresse au roi ! « Vous immolerez votre fille, lui dit-elle, hé ! quelle prière ferez-vous aux dieux en la sacrifiant ? Que leur demanderez-vous donc si vous égorgez vos enfants ? Sera-ce votre retour ? retour aussi fatal que votre départ aura été honteux. Dois-je le souhaiter et le demander pour vous ? Quelle idée aurais-je des dieux si je les implorais pour un parricide ? Mais je veux que vous l'obteniez. Revenu dans Argos, que ferez-vous ? Irez-vous embrasser vos enfants ? Hé ! ne vous privez-vous pas de cette consolation ?

_____

(1) Tragédie du poète espagnol Moratin.

Qui d'entre eux osera regarder un père qui les assassine de sang-froid?... » Clytemnestre implore le secours d'Achille, dont le nom a servi de faux prétexte pour faire venir Iphigénie, et qui promet de la défendre.

Nous pourrions, dans la tragédie d'*Hécube*, considérer cette mère infortunée quand on veut sacrifier sa fille Polyxène. Elle demande à être immolée à sa place ou à partager son sort. « Faites-moi périr avec elle, dit-elle à Ulysse... Rien ne peut m'empêcher de suivre ma fille au tombeau... Comme le lierre s'attache au chêne, ainsi je serrerai ma fille dans mes bras (1)... »

Mais c'est Andromaque qui nous a été présentée par l'antiquité comme le type de l'amour maternel.

Homère le premier a tracé le beau caractère d'Andromaque. Nous avons déjà cité le passage dans lequel il nous la montre comme épouse et comme mère. « Je t'en prie, disait-elle à Hector, aie pitié de moi, ne fais pas ta femme veuve et ton fils orphelin. » Mais, malgré ses supplications, Hector s'est précipité vers le péril, il a été frappé par Achille, et le vainqueur traîne son corps autour des remparts d'Ilion. Alors avec quelle douleur et quel amour, en déplorant la mort de son cher Hector, elle s'attriste sur le sort de son jeune enfant. « O mon Hector, que tu es mort jeune ! Tu me laisses veuve dans ce palais et ton fils orphelin... O mon fils, me suivras-tu condamné à travailler comme esclave sous la loi d'un maître impérieux ? Peut-être, hélas ! un Grec t'arrachera-t-il de mes bras pour te précipiter du haut des tours, un Grec irrité contre notre Hector qui aura tué son père ou son frère ou son fils (2). » La tendresse d'Andromaque lui fait prévoir les maux qui ne tarderont point à l'accabler en effet.

Dans les *Troyennes* d'Euripide, un envoyé des Grecs, Taltybius, vient annoncer à Andromaque que son fils doit être précipité du haut des remparts. En vain elle essaierait de le soustraire aux vainqueurs. Par sa résistance, elle serait cause que son fils serait privé de sépulture. Alors avec quelle douleur vraie et quelle dignité elle

(1) Euripide, *Hécube*, acte I, scène II.
(2) *Iliade*, chant XXIV, v. 720.

10. — LA TRINITÉ, par Albertinelli.

sé lamente sur le sort de son fils. « O mon enfant, dit-elle, ô doux
objet de ma tendresse, tu vas périr par une main ennemie, tu vas
être ravi à ta mère désolée ! Hélas ! c'est la gloire de ton père, cette
gloire qui dans des familles plus heureuses fait la prospérité des enfants, c'est elle qui te fait périr. Ton malheur est d'avoir eu un père
vaillant et brave. O misères de mon lit nuptial ! Lorsque j'entrai
dans le palais d'Hector, aurais-je pu penser qu'en lui donnant un
fils, j'offrais aux Grecs une victime et non un maître à l'opulente
Asie ? Tu pleures, mon enfant ; comprends-tu donc tes maux ? Pourquoi me serres-tu de tes faibles mains et t'attaches-tu à ma robe
comme un pauvre oiseau qui se réfugie sous les ailes de sa mère ? Il
n'y a plus de compagnons de ton père, plus de Troie. Quoi, précipité du haut des murs et la tête brisée sur le sol, tu vas périr, ô toi
que j'embrasse avec tant d'amour, ô toi dont je respire la douce
haleine ? C'est donc en vain que ce sein t'a nourri de son lait ! en
vain que ce cœur a senti pour toi les peines et les inquiétudes maternelles ! Embrasse, embrasse encore ta mère, pauvre enfant ! Tu ne
le pourras bientôt plus ; serre-toi contre mon sein, presse-moi de tes
bras, unis ta bouche à la mienne. O Grecs, pourquoi tuer cet enfant
innocent (1) ? »

Inutile de commenter un pareil langage.

Dans sa tragédie d'*Andromaque*, Euripide nous montre cette
princesse devenue esclave de Pyrrhus et ayant eu de lui un fils,
Molossus, dont la vie est menacée par Ménélas et Hermione sa fille.
Ici, ce n'est donc plus comme épouse d'Hector qu'elle apparaît,
mais seulement comme mère d'un fils qu'elle a enfanté dans la ser-
vitude. C'est ainsi qu'Euripide semble avoir voulu nous montrer en
elle le type accompli de l'amour maternel, de cet amour débarrassé
de tout autre sentiment. En effet, ce fils qu'elle défend, elle l'aime,
non parce qu'il lui rappelle Hector, non parce qu'il lui rappelle un
temps de bonheur et de gloire, elle l'aime uniquement parce qu'il
est son fils. Ménélas a découvert Molossus que l'on voulait soustraire
à ses coups ; il le conduit devant Andromaque qui s'est réfugiée au
pied des autels, et il la menace de le tuer sous ses yeux, si elle n'a-
bandonne l'asile sacré qui la protège. « Choisis, lui dit-il, de mourir
toi-même ou de voir la mort de ton fils expier les offenses envers moi

(1) *Troyennes*, acte III, scène 2.

et envers ma fille. » Andromaque reproche à Ménélas sa cruauté, mais elle n'hésite pas dans son choix.

« Non, dit-elle, je ne sauverai pas mes jours au prix de ceux de mon enfant. Qu'il vive !... j'espère pour lui un sort plus heureux. Qu'il vive !... ce serait une honte pour moi de ne savoir point mourir pour mon fils. Vois, Ménélas, j'abandonne l'autel qui me protégeait ; tu peux maintenant immoler ta victime. O mon fils ! ta mère va mourir afin que tu vives. Si tu échappes à la mort, souviens-toi de ta mère et comment elle a péri pour toi. Et quand tu reverras ton père, quand tu l'embrasseras, dis-lui, en pleurant et en baisant ses mains, dis-lui ce que j'ai fait pour te sauver. Nos enfants sont notre vie et notre âme. Quiconque n'en a pas et blâme l'amour que nous avons pour eux, je le plains. Il a moins de peine, mais il est malheureux dans son repos (1) ». Voilà bien l'amour maternel avec sa générosité et le bonheur qu'il éprouve à se dépenser.

Assurément la beauté nous apparaît à un haut degré dans ces personnages, Ulysse et Pénélope, Priam et Clytemnestre, Andromaque.

§ IV. — *Amour filial.*

ANTIGONE DANS *Œdipe à Colone.* — ORESTE DANS LES *Euménides.*

L'antiquité se servait d'un mot bien significatif pour exprimer l'amour des enfants envers leurs parents, elle l'appelait piété filiale. En effet, de même que nous devons à Dieu le respect, l'amour, la fidélité à suivre ses lois, devoirs divers que nous résumons dans le mot piété, de même, nous devons à nos parents le respect, l'amour, la fidélité, non plus à suivre des lois dont ils sont les auteurs, mais à leur rendre les devoirs que nous dicte la reconnaissance. Le mot de piété résume donc bien ces obligations.

Les enfants comme les parents sont aidés dans l'accomplissement de leurs devoirs par des sentiments naturels, mais eux aussi doivent accepter parfois de grands sacrifices. C'est l'expression de ces devoirs, accomplis malgré les difficultés, qui nous donne le spectacle de la beauté. Si le poète nous montre ces devoirs violés, alors c'est

(1) *Andromaque*, acte II, scène 1re.

par le châtiment et par le rétablissement de l'ordre que le beau nous sera manifesté.

Dans la famille d'Œdipe, en regard de fils ingrats nous voyons Antigone, le type de la piété filiale : elle est admirable dans la tragédie d'*Œdipe à Colone*, de Sophocle. « Elle s'est attachée à moi, dit Œdipe ; elle a été ma compagne et le seul soutien de ma vieillesse. Uniquement occupée à me conserver une triste existence, elle a méprisé toutes les commodités de la vie à Thèbes pour souffrir de faim avec moi et me suivre à travers des forêts hérissées de ronces et d'épines, toujours nu-pieds et toujours exposée aux injures de l'air (1). » D'abord elle était seule, mais bientôt Ismène, une autre fille d'Œdipe vient se joindre à elle.

Antigone et Ismène guident leur père aveugle avec la plus tendre sollicitude. Elles le suivent jusqu'à son trépas et s'éloignent seulement lorsqu'il leur a commandé lui-même de se retirer à l'instant où il va disparaître dans ce gouffre qui doit l'engloutir au milieu du bois des Euménides. Et quand il n'est plus, quelles touchantes lamentations ! Antigone veut aller mourir sur son tombeau. « O mon père, mon tendre père, confondu pour toujours dans les ténèbres de l'empire de Pluton, oui, malgré les infirmités de votre âge avancé, vous étiez et vous ne cesserez jamais d'être l'objet de toute ma tendresse !... Je me trouvais heureuse quand je vous prodiguais mes soins (2). »

Comme fils coupable, l'antiquité ne nous montre pas seulement Etéocle et Polynice, elle a mis en scène un parricide Oreste.

Dans la famille d'Agamemnon comme dans celle d'Œdipe nous voyons un enchaînement de crimes et de châtiments. Les dieux se servent d'un nouveau crime pour punir un crime déjà commis ; mais le nouveau coupable à son tour ne sera pas épargné par la vengeance divine : voilà les leçons que donnait le théâtre antique. « Malheur ! malheur au crime, dit le chœur à la fin de la tragédie des *Euménides*, mais malheur aussi à la vengeance ! »

Clytemnestre, de concert avec Egisthe, complice de son infidélité, avait massacré Agamemnon, son mari ; elle est mise à mort par Oreste son fils. Mais Oreste, bien qu'il ait été poussé par Apollon à

(1) *Œdipe à Colone*, acte I, scène 1re.
(2) Acte V, scène IIe.

accomplir ce meurtre (1), est poursuivi par les Furies. Dans une
première tragédie d'Eschyle, les *Choéphores*, Oreste seul les voyait,
ces terribles filles de Némésis. « Vous ne les voyez pas, les Gorgones !
s'écriait-il, mais je les vois, moi, et je ne puis supporter leur présence (2). »

Dans les *Euménides*, le poète, afin de donner aux terreurs
d'Oreste une forme qui saisisse davantage les spectateurs, fait paraître les Furies sur la scène; ce sont des femmes vêtues de noir, la chevelure entrelacée de serpents et la torche à la main, elles poursuivent
le meurtrier à la trace du sang qu'il a versé. Cette pièce est assurément une des plus saisissantes du théâtre antique, et la justice y fait
entendre sa voix d'une manière terrible.

En dépit d'Apollon, les Furies poursuivent leur vengeance (3).
Le meurtrier ne saurait leur échapper ; comme Macbeth, il ne saurait effacer le sang qu'il a versé et qui marque son passage, même à
travers les mers qu'il a passées. « Voici la trace du sang que le parricide a laissé sur ses pas, s'écrie l'une des Furies, je le sens..., je le
sens (4). »

Il n'y a qu'un instant, elles étaient à Delphes, les voici à Athènes :
c'est là qu'elles retrouvent Oreste au pied de l'autel de Minerve. En
vain le parricide se presse contre l'autel de la déesse, elles se donnent la main et commencent autour de lui leur danse infernale avec
un chant qui suffit pour consumer la victime :

«... D'un bond rapide nous atteignons au loin le coupable, et le
choc de nos pieds pesants fait fléchir ses jambes chancelantes qu'a
fatiguées la fuite...

« ... Contre le meurtrier, nous chantons l'hymne de folie et d'égarement, ce chant des Furies qui enchaîne l'esprit, que la lyre ne connaît pas et qui consume les mortels qui l'entendent... (5). »

---

(1) « Mes sens se troublent, dit-il, mes pensées s'en vont loin de moi, et je me sens à la
fois plein de terreur et de colère. Encore quelques instants, et la raison va m'abandonner. Mais, avant ce délire qui s'approche, amis, je vous atteste, c'est avec justice que j'ai
tué ma mère, souillée qu'elle était du meurtre de mon père. C'est Apollon, c'est le dieu
de Delphes qui me l'a ordonné par un oracle solennel, me menaçant des plus horribles
châtiments, si je lui désobéissais. »
(2) *Les Choéphores*, acte I, scène 1re.
(3) Dans cette tragédie, les Furies disent à Apollon qu'il est un Dieu nouveau. La Grèce
ne croyait point à la perpétuité de ses dieux. Ces dieux avaient commencé et devaient
finir.
(4) Acte III, scène 2e.
(5) *Ibidem*.

Oreste est sur le point d'expirer quand Minerve intervient pour protéger son suppliant. La déesse de la Sagesse désire le sauver, mais elle ne veut pas l'absoudre sans avoir entendu ses accusatrices. Alors s'ouvre une véritable procédure judiciaire, Minerve appelle comme juges les citoyens les plus intègres de la ville d'Athènes : Oreste est défendu par Apollon, les Furies poursuivent leur accusation et réclament leur victime au nom de la justice. Après que les deux parties se sont fait entendre, Minerve demande que les juges qu'elle a convoqués prononcent sur le sort du coupable ; elle-même donne son avis. Il arrive que les suffrages, après avoir été comptés, sont partagés en nombre égal pour et contre Oreste. Les Furies réclament de nouveau et veulent maudire une ville dans laquelle on les empêche de punir un parricide. Mais Minerve les apaise en leur disant qu'Athènes, loin de les mépriser, aura toujours pour elles un sanctuaire, des autels, un bois sacré, de pieuses cérémonies. C'est ainsi qu'Athènes, par la voix de Minerve, laisse Oreste sans l'absoudre du meurtre de sa mère et sans l'approuver parce qu'il a vengé son père. Elle ne se prononce pas sur cette action ; mais, en présence d'Oreste lui-même, elle ouvre son sanctuaire à ses accusatrices afin de proclamer hautement devant lui la grandeur impérissable des divinités vengeresses du parricide. Assurément le poète tragique, avec l'idée qu'il avait de la justice des dieux, ne pouvait donner une plus sage leçon au peuple athénien.

Mais où est le beau dans son œuvre?

Le plus souvent, quand le poète met le crime sur la scène, il y met aussi la vertu, et celle-ci nous donne le spectacle de la beauté avec d'autant plus d'éclat qu'elle brille davantage par le contraste du crime. Dans les *Euménides*, nous ne voyons qu'un parricide poursuivi par la justice : Apollon n'est que le défenseur du coupable et Minerve en est le juge. Cette tragédie ne serait-elle donc que la représentation d'une plaidoirie ? Ne répondrait-elle pas au but principal de l'art : l'expression de la beauté? Le poète ne se serait-il proposé qu'un enseignement moral, ou bien avait-il, comme le dit M. Patin, un but politique? En donnant le spectacle de cette procédure juiciaire, présidée par Minerve et dans la forme aréopagétique voulait-il relever aux yeux de ses compatriotes l'autorité du tribunal de l'Aréopage attaquée quand fut représentée sa tragédie? Nous pouvons admettre toutes ces explications. Mais nous pouvons dire

aussi qu'elles sont inutiles pour expliquer le but principal de cette
œuvre. Eschyle pouvait se borner à nous montrer le parricide poursuivi par les remords ; ce sont les Euménides qui conduisent la pièce
dont le titre pourrait être formulé ainsi : la Justice poursuivant le
Crime. Assurément, la beauté n'est pas absente de ce grand spectacle de la justice qui revendique elle-même ses droits, et l'on peut
dire que, dans l'œuvre d'Eschyle, de même que dans beaucoup d'autres compositions du théâtre grec, c'est une beauté sévère qui nous
apparaît, mais c'est une beauté du degré le plus élevé, une beauté
supérieure à celle que nous pouvons contempler dans les événements
de notre monde, parce que c'est celle de l'ordre souverain de la loi
dominant les actes de l'homme et leur donnant tôt ou tard la sanction qu'ils méritent.

§ V. — *Amour et haine entre frère et sœur.*

ORESTE ET ÉLECTRE DANS LES *Choéphores* D'ESCHYLE, DANS L'*Electre* ET DANS
L'*Oreste* D'EURIPIDE ; IPHIGÉNIE ET ORESTE DANS L'*Iphigénie en Tauride*
D'EURIPIDE. — LA HAINE D'ÉTÉOCLE ET DE POLYNICE ET L'AFFECTION DÉ-
VOUÉE D'ANTIGONE DANS LES *Sept chefs devant Thèbes* D'ESCHYLE ET DANS
L'*Antigone* DE SOPHOCLE.

Après la piété filiale, viennent l'amour et la haine entre frère et
sœur.

Dans les *Choéphores* d'Eschyle, Oreste et Electre se retrouvent
après la mort d'Agamemnon près de son tombeau : ils sont heureux
de se revoir, mais préoccupés surtout de venger leur père. Electre
est plus ardente encore que son frère. « Le Dieu de la vengeance
vole autour de moi, s'écrie-t-elle, la fureur et la haine embrasent
mon cœur. » Mais quand Clytemnestre a succombé sous leurs coups,
alors il ne reste plus en elle que l'affection la plus tendre pour son
frère. Elle s'attache à ses souffrances pour les apaiser, à son exil pour
le consoler.

Sophocle, après Eschyle, a présenté le caractère d'Electre en lui
donnant les mêmes sentiments : le désir de la vengeance et l'amour
le plus dévoué pour son frère.

De même, Euripide, dans une première tragédie, celle d'*Electre*,
nous montre la mort de Clytemnestre. Cette mère coupable fait en-

tendre ses cris pendant qu'elle succombe, frappée par ses enfants. Electre et Oreste paraissent ensuite sur la scène couverts du sang qu'ils viennent de répandre. Combien ils se sont rendus criminels ! Cependant, malgré l'horreur du forfait qu'ils viennent de commettre, ils excitent la pitié dans l'âme du spectateur. Oreste va paraître torturé par la justice divine pour un crime que les dieux eux-mêmes lui ont conseillé ; Electre, elle aussi, expiera sa faute par le sacrifice et le dévouement. Dans une tragédie, celle d'*Oreste*, Euripide nous montre plus complètement Oreste et Electre expiant leur crime et Electre toute dévouée à son frère.

Bornons-nous à faire sur ces compositions cette remarque générale : le théâtre antique donnait assurément de grands crimes en spectacle, mais ces crimes avaient été commis, et ils étaient connus du peuple. Souvent le poète montrait la divinité impliquée dans ces forfaits ; mais, en procédant ainsi, il traitait les dieux d'après les croyances reçues et nous ne pouvons lui faire un reproche de n'avoir pas réformé l'Olympe. De plus, il donnait toujours de salutaires leçons, parce que, si les crimes conseillés par les dieux avaient besoin d'une expiation, c'est de la terre que cette expiation montait vers le ciel pour rétablir l'ordre et la justice.

Euripide, dans sa pièce d'*Iphigénie en Tauride*, nous a donné une expression de l'amour fraternel plus belle encore que celle que nous venons de citer, en mettant de nouveau Oreste sur la scène, non plus, il est vrai, avec Electre, mais avec Iphigénie, cette autre sœur que les oracles avaient condamnée à périr pour obtenir à la flotte des vents favorables, et que Diane avait soustraite au couteau de Calchas et transportée en Tauride pour en faire une de ses prêtresses.

D'après l'oracle d'Apollon, Oreste sera délivré de ses fureurs, s'il va en Tauride enlever la statue de Diane et l'apporter dans l'Attique. Accompagné de son ami Pylade, il s'embarque donc et vient jusqu'au temple où il doit faire ce larcin qui sera son salut. Saisis sur la côte par des bergers, Oreste et Pylade sont condamnés par le roi Thoas à mourir sur l'autel de Diane, et c'est Iphigénie, la prêtresse, qui doit les immoler.

Dès le début de la tragédie, Iphigénie fait paraître les sentiments d'amour qu'elle a pour son jeune frère qui se joignait à elle, suppliant son père quand elle allait être immolée en Aulide. Elle l'appelle

7*

comme son libérateur, elle cherche le moyen de lui envoyer une lettre pour lui faire connaître qu'elle n'a point péri sur l'autel, et quand elle doit immoler les Grecs, elle les épargne en souvenir d'Oreste : elle se montre envers eux douce et compatissante.

Mais elle a eu un songe sinistre qui lui fait croire qu'Oreste n'est plus, et cette appréhension qui lui serre le cœur diminue sa compassion. Toutefois, elle interroge les deux accusés : « O malheureux étrangers, dites-moi quels parents infortunés vous ont donné le jour? Quelle est votre sœur si vous en avez? De quels frères elle va être privée ! »

Oreste, pressé de questions, révèle à Iphigénie tous les malheurs de la famille : Agamemnon n'est plus, il a perdu la vie par la main de Clytemnestre. Celle-ci, à son tour, a été mise à mort par son fils : il l'a tuée pour venger la mort de son père. — Mais ce fils vit-il encore? — Il vit, mais il est forcé d'errer par toute la terre.— Il vit ! s'écrie Iphigénie ; c'est assez, disparaissez, songes vains qui m'avez abusée, vous n'êtes qu'illusion.

S'adressant à Oreste, elle lui demande de s'en aller à Argos porter une lettre au peu d'amis qui lui restent. A ce prix, il aura la vie sauve, son seul ami subira la loi et mourra. Oreste refuse de laisser mourir Pylade qui, par amitié pour lui, s'est embarqué sur un océan de malheurs : il veut être la victime. Iphigénie, admirant cette générosité, pense aussitôt à son frère. « Ah ! dit-elle, puisse te ressembler celui des miens qui survit, car moi aussi j'ai un frère. »

Iphigénie, pour être assurée que son message sera rempli, en remettant la lettre à Pylade lui dit quel en est le contenu. Elle déclare qu'elle est Iphigénie, et elle demande que son frère Oreste vienne la délivrer de cette terre barbare, du fatal honneur dont elle est chargée. Ainsi se fait la reconnaissance. Cette tragédie est pleine de situations émouvantes.

Si nous ne craignions pas de multiplier ces citations, nous pourrions encore, dans la tragédie d'Eschyle, les *Sept chefs devant Thèbes*, considérer deux frères, Etéocle et Polynice, donnant le triste spectacle d'une haine implacable et expiant par leur mort la conduite coupable qu'ils ont tenue envers leur père Œdipe qui les a maudits ; puis, en regard de ces haines coupables, l'affection la plus tendre et la plus dévouée de leurs deux sœurs, Ismène et Antigone, qui font entendre sur leurs dépouilles ensanglantées les plus touchantes lamentations.

De plus, Antigone ne borne pas les preuves de son amour à ces pleurs. Au dernier acte, un héraut vient déclarer qu'Etéocle sera enseveli avec honneur, mais Polynice, qui a combattu contre sa patrie, sera privé de la sépulture.

« Et moi, dit Antigone, je déclare au Sénat, que si personne ne veut m'aider à l'ensevelir, je l'ensevelirai seule... Le sang me parle pour lui : c'est le sang d'un père et d'une mère infortunés. Je partage volontairement son malheur involontaire. Il est mort, moi je suis toujours sa sœur. Je ne suis qu'une femme, mais je saurai lui creuser un tombeau. Je l'y porterai dans mes bras enveloppé de ces voiles; qu'on n'en doute pas, j'en trouverai le moyen et la force (1). »

Eschyle, qui savait faire entendre de mâles accents, savait donc aussi faire parler les plus tendres sentiments, mais il les faisait parler avec simplicité et grandeur, sans cette agitation que recherchent trop souvent les modernes.

Sophocle a représenté dans une tragédie spéciale, Antigone se vouant à la mort pour donner la sépulture à son frère Polynice. Après nous avoir été présentée comme le type de l'amour filial, Antigone nous donne donc un admirable exemple d'amour fraternel. C'est ainsi que les sentiments de la famille sont vengés et glorifiés dans cette même famille d'Œdipe où ils avaient été violés.

Le théâtre grec ne se tenait pas toujours à ces hauteurs et nous ne donnons pas une appréciation de toutes ses productions ; mais nous pouvons constater que par ses grands tragiques, il nous a montré la beauté à son degré le plus élevé, et cet éloge doit prendre beaucoup plus de valeur si l'on tient compte de la dégradation des mœurs païennes, des éléments défectueux en eux-mêmes sur lesquels les auteurs avaient à travailler.

VI. — *Quelques autres sentiments exprimés par les poètes de l'antiquité.*

Nous pourrions étudier dans les poètes de l'antiquité l'expression d'autres sentiments.

(1) Acte V, scène 1re.

Ainsi, dans *Iphigénie en Tauride*, Oreste et Pylade sont deux modèles d'amitié généreuse et dévouée. De même dans Virgile nous pourrions admirer l'épisode de Nisus et d'Euryale, admirer Nisus quand il se précipite devant le fer qui va frapper son ami en s'écriant :

> Me, me ; adsum qui feci ; in me convertite ferrum.
> O Rutuli ; mea fraus omnis : nihil iste nec ausus,
> Nec potuit ; cœlum hoc et conscia sidera testor :
> Tantum infelicem nimium dilexit amicum (1).

Nous pourrions étudier surtout l'amour de la patrie.

Dans l'amour de la patrie semblent se réunir, comme en un faisceau, tous les liens qui peuvent nous attacher ici-bas.

Aucun bien ne saurait nous faire oublier le pays qui nous a vu naître ; aucune contrée, si belle qu'elle soit, ne saurait le remplacer à nos yeux.

Combien l'amour de la patrie n'a-t-il pas fait accomplir d'actes du dévouement le plus généreux? Combien de discours passionnés et combien de chants remplis d'un noble et puissant enthousiasme n'a-t-il pas inspirés?

Ce sentiment a été exprimé souvent et de façons diverses par les poètes grecs : par Homère dans l'*Odyssée*, par Eschyle dans la tragédie des *Perses* (2), par Sophocle dans les chœurs d'*Œdipe à Co-*

---

(1) Delille a bien traduit ces belles paroles de Nisus :

> Moi, c'est moi ! sur moi seul il faut porter vos coups.
> Cet enfant n'a rien fait, n'a rien pu contre vous.
> Arrêtez : me voici votre votre victime ;
> Epargnez l'innocence et punissez le crime.
> Hélas : il aima trop un ami malheureux :
> Voilà tout son forfait, j'en atteste les dieux,

Nous n'avons rien emprunté à Virgile, et nous pourrions peut-être ajouter que ce n'est pas un oubli. Assurément nous admirons les beautés de l'*Enéide*, mais si ce poème est riche de beautés de détail, les principaux personnages que nous y voyons figurer sont bien moins dignes d'admiration que ceux d'Homère et des grands tragiques grecs. Pour ne citer qu'un exemple, nous pourrions faire remarquer comment Enée prend facilement son parti sur le désespoir de celle dont il avait enflammé le cœur à Carthage. Saint Augustin se reproche de n'avoir jamais pu lire sans pleurer le 4e livre de l'*Enéide*, l'histoire de Didon ; il était touché du sort de la victime, mais sans doute il n'admirait pas la conduite d'Enée à l'égard de cette malheureuse reine.

(2) Athènes venait de remporter une éclatante victoire sur les Perses. Le poète, pour louer ses compatriotes vainqueurs, ne déprécie pas les vaincus ; au contraire, il montre la grandeur de leur puissance, mais il montre aussi l'effroi porté jusqu'au cœur de leur. Etats. L'éloge était délicat, c'est qu'Eschyle connaissait bien la sagacité des Athéniens.

41. — La Croix apparaissant a Constantin, par Rubens.

lone, par Euripide dans les *Phéniciennes*, par Virgile dans l'épisode de la nouvelle Troie fondée par Andromaque en souvenir de
celle qu'elle a perdue, et tous les lecteurs connaissent le beau vers :

Et dulces moriens reminiscitur Argos.

Mais nous devons nous arrêter. Peut-être plus d'un lecteur aura
déjà dit que nous nous sommes trop attardé dans notre admiration
pour l'antiquité. Il nous semble que, du moins, si nous avons fait
baucoup de citations, nous n'avons donné que de justes éloges. De
plus, le lecteur aura reconnu que ces appréciations ne sont que l'application des principes que nous avons émis en étudiant le beau
dans la nature.

* * *

ARTICLE III

LE MOYEN AGE

§ I. — *Les éléments de la littérature chrétienne.*

Le christianisme apportait à la littérature des éléments tout nouveaux et d'une incomparable richesse ; il lui donnait l'histoire merveilleuse du peuple de Dieu, la *Bible*, avec ses récits si grands dans
leur simplicité, avec ses chants inspirés et les visions de ses prophètes.

De plus, le christianisme donnait à la littérature ses dogmes précis
sur Dieu et son action sur le monde ; il lui donnait l'évangile avec sa
morale si pure, ses comparaisons si gracieuses et si touchantes ; il
élevait l'idéal du beau, non seulement dans les esprits, mais dans le
monde réel par les vertus qu'il y répandait de toutes parts.

L'établissement de l'Eglise, sa propagation dans le monde, l'histoire de la transformation successive des peuples étaient un champ
immense qui devait s'agrandir chaque jour et qui s'offrait aux littérateurs de l'avenir.

Bornons-nous à signaler un sentiment inconnu jusqu'alors et qui
devenait familier à tous les nouveaux croyants : l'amour de Dieu.

Les peuples de l'antiquté n'avaient ni estime, ni respect pour leurs dieux (1). Ils ne pouvaient donc avoir pour eux quelque amour. Aussi, on ne peut citer aucun acte de dévouement à la divinité. Iphigénie accepte la mort, mais c'est pour obtenir des vents favorables. « La Grèce entière a les yeux attachés sur moi. De moi seule dépend le départ des vaisseaux et le renversement de Troie. Ma mort vengera l'enlèvement d'Hélène, et empêchera les barbares d'oser à l'avenir porter leurs mains profanes sur les femmes grecques. Libératrice de la Grèce, ce beau nom rendra ma gloire digne d'envie (2) ! »

Il y avait un peuple dans l'antiquité, auquel l'amour de Dieu avait été imposé comme une loi. Il lui avait été dit : « Tu aimeras le Seigneur ton Dieu de tout ton cœur, de toute ton âme et de toutes tes forces », et ses poètes avaient redit ce chant : « Que vos tabernacles sont aimés, Dieu des vertus ; mon âme meurt de désir au souvenir des parvis du Seigneur. Le passereau a trouvé le toit de nos maisons et la tourterelle un nid pour y poser ses petits. Seigneur, mon âme n'a de repos qu'auprès de vos autels (3). »

La Judée avait pu entendre ce touchant langage, mais le peuple de Dieu lui-même était resté sous la loi de crainte. Seulement, quand le Verbe fait chair se fut offert sur le Calvaire, la loi d'amour commença ; mais aussi sa diffusion fut rapide et complète. La grande nouvelle de la rédemption fut prêchée par toute la terre et tous les peuples apprirent à aimer un Dieu qui les avait aimés sans mesure.

L'amour de Dieu, fortifié par l'espérance des biens promis à ceux qui lui sont fidèles, devait inspirer des actes de dévouement qui iraient souvent jusqu'au sacrifice de la vie. Or, « quoiqu'on trouve quelquefois, dit Bossuet, des sacrifices nobles qui semblent s'élever beaucoup au-dessus des faiblesses communes, je soutiens qu'il n'y a que l'amour de Dieu qui puisse changer dans nos cœurs cette pente de la nature de ne s'attacher qu'à soi-même (4). »

---

(1) On sait avec quelle inconvenance les dieux étaient souvent traités par les poètes. Qu'on lise, non pas les pièces d'Aristophane, par exemple celle des *Grenouilles*, dans laquelle Bacchus joue un rôle indigne même du dieu de l'ivresse, mais qu'on lise le *Prométhée* d'Eschyle si respectueux cependant envers les dieux, relativement du moins aux autres poètes. Dans toute la pièce, Prométhée a le beau rôle et Jupiter y paraît comme un ingrat, un usurpateur et un tyran.

(2) Euripide, *Iphigénie en Aulide*, acte V, scène 5ᵉ.

(3) Psaume 83.

(4) Sermon pour le samedi de la troisième semaine de carême.

Avec l'amour de Dieu le christianisme développait donc dans les cœurs l'abnégation, le renoncement, l'esprit de sacrifice, toutes les vertus qui rendent l'homme capable de se dévouer plus complètement à toutes les saintes causes.

Observons encore avec Chateaubriand que la religion chrétienne, en mettant un frein à la concupiscence et à tous les entraînements du cœur de l'homme, augmente nécessairement le jeu des passions dans le drame et l'épopée. Le paganisme procédait surtout par des scènes extérieures et connaissait peu les délits du cœur. Notre religion est un vent céleste qui enfle les voiles de la vertu, et par là même elle est beaucoup plus favorable à la peinture des sentiments.

C'est ainsi que la Phèdre de Racine, en oubliant ses devoirs, éprouve des tourments que ne pouvait connaître la Phèdre d'Euripide, et dans le Polyeucte de Corneille, l'amour de Dieu nous donne le spectacle de beautés que l'antiquité ne soupçonnait pas.

Chateaubriand a de même démontré victorieusement, dans son *Génie du Christianisme*, que le merveilleux chrétien et les machines poétiques que l'on peut y trouver offrent d'aussi fécondes et même de plus riches ressources que le paganisme ; il ne s'agit que de les exploiter (1).

II §. — *Chansons de gestes et romans de chevalerie, etc.*
La Divine Comédie de Dante.

L'enthousiasme religiéux fut exprimé dans les romans de chevalerie qui racontent les hauts faits des chevaliers de la Table Ronde, allant par tout pays à la recherche du saint graal (2), se mettant au service de tous ceux qui avaient besoin de leur épée, mais se dévouant tout d'abord à la cause de Dieu.

Bien mieux encore que les romans de chevalerie, les *Chansons de*

(1) « On oppose toujours Milton avec ses défauts à Homère avec ses beautés ; mais supposons que le chantre de l'*Eden* fût né en France sous le siècle de Louis XIV, et qu'à la grandeur naturelle de son génie il eût joint le goût de Racine et de Boileau, nous demandons quel fût devenu alors le *Paradis perdu* et si le merveilleux de ce poème n'eût pas égalé celui de l'*Iliade* et de l'*Odyssée*. » (Chateaubriand, *Génie du Christianisme*.)

(2) Le saint graal était le vase dans lequel, d'après la tradition, Joseph d'Arimathie avait recueilli le sang du CHRIST au pied de la croix... Il avait été transporté en Angleterre et avait disparu après quelques générations.

gestes, quoique d'une date plus ancienne, offriraient un sujet d'études très intéressant. La poésie en est plus mâle, elle est d'un caractère plus grand et plus élevé, et nous pourrions y trouver exprimé en beaucoup d'endroits l'enthousiasme religieux. La *Chanson de Roland*, la plus célèbre et à juste titre, n'est-elle pas dans son ensemble, l'éloge de la croisade faite contre les Sarrasins, contre les ennemis de Dieu et de l'Eglise (1)?

Il y eut aussi des drames religieux connus sous le nom de mystères. Il y avait le martyre de saint Etienne, celui de saint Jean-Baptiste, celui de saint Denis, et surtout le mystère de la passion qui était le grand drame du moyen âge.

Sans doute il est facile de reconnaître dans ces œuvres l'inexpérience des auteurs ; mais on y rencontre aussi des scènes grandioses (2).

(1) Si le roi Marsile se convertissait à la foi catholique, on ne lui déclarerait point la guerre. Dans le combat, les compagnons de Roland invoquent sans cesse leur Dieu et se plaisent à proclamer qu'il est plus puissant que le Dieu des Sarrasins.

> Tuit lor Deu sont doloreus et chétis ;
> Li notre Dex vaut mielz que cent et dis.

Plusieurs héros des *Chansons de gestes* sont admirables par les sentiments religieux qui les animent ; ils sont exaltés par le sentiment du devoir, mais aussi et l'on peut dire surtout par le désir de servir Dieu. Ainsi Guillaume au court nez, un des héros de la *bataille d'Aleschamp*,

> Le meillor hom qui onc béust de vin,

employa toute sa vie au service de Dieu,

> Moult se pena toz jorx de Dieu servir,
> Et de sa loi essaucier et chérir.

Il se fit moine et

> Tant fist en terre qu'es cieux est coronez !

Combien n'est pas touchante et dramatique la mort de Roland. Après avoir plusieurs fois essayé de briser sa grande épée, qui a conquis tant de provinces au roi Charlemagne, et serait déshonorée en passant aux mains d'un lâche, après s'être tourné le visage vers l'ennemi, afin que l'on sache bien qu'il est mort en homme courageux, il se confesse à Dieu.

> Il bat sa coulpe et souvent et menu,
> Il a frappé d'une main sa poitrine,
> « Mea culpa, mon Dieu, par tes mérites,
> « Pour mes péchés, les grands et les petits,
> « Que j'aurai faits dès l'heure où je suis né
> « Jusqu'à ce jour où je suis parvenu ! »
> Il tend vers Dieu le gant de sa main droite.
> Anges du ciel descendent près de lui.

(2) Le mystère de la passion se divisait en trois parties qui pouvaient être représentées séparément. La conception seule comprend 52 actes ; on y voit apparaître Dieu le Père, le Fils et le Saint-Esprit, la Sainte Vierge, les Patriarches, les Anges et les Démons, la Paix, la Justice, la Clémence, la Vérité, personnifiées par le poète. On y compte cent personnages nécessaires.

Dans ces œuvres diverses : *Chansons de gestes, Romans de chevalerie*, avec l'enthousiasme religieux, beaucoup d'autres sentiments étaient exprimés et qu'il serait intéressant d'étudier : ainsi dans la chanson de Roland, l'amitié de Roland et d'Olivier.

Dans notre poésie du moyen âge et spécialement dans les *Chansons de gestes*, il est un sentiment qui revient plus souvent que tous les autres, et qui, plus que tous les autres, est exprimée avec enthousiasme : c'est l'amour de la France. Jamais les chevaliers ne rappellent son nom ou son souvenir avec indifférence. Sur leurs lèvres, comme dans leur cœur, c'est toujours la douce France, la belle France, la noble France, la France libre.

Dans la *Chanson de Roland*, les Sarrasins eux-mêmes et le roi Marsile se servent de cette expression : douce France ! tant elle semble naturelle au poète.

Aux yeux des chevaliers la France était bien sans contredit le plus beau royaume de la terre :

> Quand Dex eslut nonnante et dix royaumes
> Tot le meilleur torna en douce France.

Elle est non seulement la plus célèbre de toutes les contrées mais elle est la plus puissante. Dans le poème de *Hugues Capet*, la seule vue des fleurs de lis inspire la terreur aux ennemis.

> Car les armez de France sont de tel essient,
> Qui les voit en bataille grande paour l'en prent.

Mais il ne faut pas s'étonner de cette grandeur et de cette puissance. Dieu avait député ses anges pour le couronnement de son roi. « Quand Dieu fonda cent royaumes, tout le meilleur fut douce France, et le premier roi que Dieu y envoya fut couronné sur l'ordre de ses anges. Et voici que depuis Charlemagne, toutes terres relèvent de la France. Mais le roi qui de France porte couronne d'or, doit être un brave et un vaillant. Il doit aisément mener cent mille hommes jusqu'aux portes de l'Espagne. Qui fait tort au roide France doit être poursuivi par bois et par vaux jusqu'à ce qu'il soit mort ou repentant. Et si le roi ne le fait pas ainsi, France est déshonorée : c'est à tort qu'on l'a couronné (1).

(1) Couronnement de Loys.

Nous avons déjà remarqué avec Chateaubriand comment les guerriers chrétiens, ceux mis en scène par Le Tasse sont supérieurs aux guerriers d'Homère. Que l'on se rappelle aussi les Machabées.

L'œuvre littéraire qui domine tout le moyen âge et qui le couronne est la *Divine Comédie*. Dante ne voulut pas seulement célébrer les hauts faits d'un héros comme firent Virgile et l'Arioste, ni la prise d'une ville comme Homère et le Tasse ; mais il entreprit de raconter l'histoire de l'humanité tout entière dans ses passions et ses fautes, dans les châtiments qui lui sont infligés et les récompenses qui lui sont offertes ; il voulut écrire un poème qui embrassât le passé, l'avenir, tout ce qui existe, un poème dans lequel on vît se dérouler le grand drame que Dieu conduit lui-même à travers les siècles. Conception la plus vaste et la plus sublime qui ait jamais été rêvée par l'esprit humain, au point que les autres poèmes ne semblent que des épisodes de la *Divine Comédie*.

Le programme du poète était donc immense. De plus la muse qui l'inspire en le transportant jusqu'aux sommets les plus élevés de l'idéal l'enrichit des ressources les plus fécondes et le nourrit de la substance la plus pure du christianisme. Dante est appelé à bon droit le grand poète catholique, le poète théologien, *Theologus Dantes nullius dogmatis expers* (1).

En promenant le lecteur dans les sombres régions de l'enfer, Dante raconte ce qu'il a vu ; il le dit avec passion, et laisse parler ses ran-

---

(1) Dante avait voulu chanter Béatrix qu'il avait aimée, mais son amour s'était merveilleusement transformé dans son cœur. Laissons parler l'habile commentateur du poète florentin. « A neuf ans, à un âge dont l'innocence ne laissait rien soupçonner d'impur, Dante rencontra dans une fête de famille, une jeune enfant pleine de noblesse et de grâce. Cette vue fit naître en lui une affection qui n'a point de nom sur la terre, et qu'il conserva plus tendre et plus chaste encore, durant la périlleuse saison de l'adolescence. C'étaient des rêves où Béatrix se montrait radieuse, c'était un désir inexprimable de se trouver sur son passage, c'était un salut d'elle, une inclination de sa tête en quoi il avait mis tout son bonheur. « Dès lors l'amour fut maître de mon âme, dit Dante lui-même ; l'image chérie ne me quitta plus, et sa présence fut si bienfaisante qu'elle ne permit jamais à mes désirs de me soustraire aux conseils de ma raison. » (OZANAM, t. V, p. 106.)

« Béatrix devint pour lui un type de perfection une chose céleste à laquelle il fallait atteindre en se dégageant du limon des affections vicieuses, en s'élevant par l'effort soutenu d'une infatigable volonté. Encore enfant, une voix secrète le conviait maintes fois à visiter la maison voisine où grandissait la jeune fille. Toujours il en revint meilleur » (p. 368).

« Dante, à la vue de Béatrix, éprouvait une impression de bonheur si vive et si désintéressée qu'il pensait voir cette impression partagée par un grand nombre et se réjouissait qu'il en fût ainsi. « Quand la noble dame traversait les rues de la cité, dit-il, on accourait sur son passage pour la voir, ce dont je ressentais « une merveilleuse joie, et « ceux dont elle approchait étaient saisis d'un sentiment si honnête qu'ils n'osaient le-

cunes contre ses ennemis et les ennemis de sa patrie. Cependant il semble ne vouloir être qu'historien. Mais pour le Purgatoire et le Paradis, il veut être philosophe et théologien, il veut exposer le dogme catholique. Pour ne point s'égarer il se fit le disciple fervent de saint Thomas. Ce qu'il a dit sur la Trinité, l'Incarnation, le péché originel, les sacrements, la grâce, l'Eglise militante, souffrante et triomphante, n'est qu'un abrégé de la doctrine du Docteur angélique, si bien que le meilleur commentaire pour comprendre les chants du poète, ce sont les écrits du théologien.

Dante montre l'admiration qu'il professe pour l'Ange de l'Ecole en lui décernant un magnifique triomphe dans les quatre chants qu'il lui consacre tout entiers et qui ne sont pas les moins beaux de son poème, Virgile symbolisant la sagesse humaine avait pu le guider à travers les sentiers difficiles du purgatoire, mais il était insuffisant pour le conduire jusqu'aux régions lumineuses du paradis. C'est Béatrix qui le dirigera, Béatrix qui lui apparaît environnée d'un magnifique cortège, dans laquelle il reconnaît la belle Florentine qu'encore adolescent il avait aimée du plus puissant amour, mais qui, par une merveilleuse transformation, figure à ses yeux la théologie, la science divine respendissant de toute la lumière de son objet qui est Dieu ; et quand Béatrix a conduit le poète aux sphères supérieures, c'est saint Thomas lui-même qui lui parle et qui l'enseigne. Répondant aux questions que lui fait le poète, l'Ange

« ver les yeux. Elle, s'enveloppant de son humilité comme d'un voile, s'en allait sans
« paraître touchée de ce qui se faisait et se disait dans la foule. Et, quand elle avait passé
« plusieurs s'écriaient en se retirant : « Celle-ci n'est point une femme, c'est un des plus
« beaux anges du ciel ! » — « C'est une merveille, répondaient les autres ; béni soit Dieu
« qui fait de si admirables ouvrages ! » (p. 369).

Quand Béatrix quitta la terre dans tout l'éclat de sa jeunesse, le poète interrompit ses chants, et ses yeux ne paraissaient plus être que « deux désirs de pleurer ». Mais quand le temps eut dissipé les sombres souvenirs du lit de mort, celle que Dante avait aimée revint dans sa mémoire, radieuse, immortelle, plus belle et plus puissante que jamais, et alors les chants recommencèrent. D'abord le poète s'essaya par des préludes fugitifs dans lesquels il notait, comme il le dit lui-même, les chant intérieurs de l'amour ; tantôt elle y fut célébrée, abandonnant sans regret l'exil d'ici-bas pour aller au séjour de la paix éternelle ; tantôt c'était l'anniversaire du jour où elle fut placée aux côtés de la Vierge dans la région des cieux habitée par des humbles ; d'autres fois, elle s'était laissée voir aux dernières hauteurs de l'Empyrée, recevant des honneurs sans exemples.

Mais Dante voulait une œuvre plus grande ; il voulait « dire d'elle ce qui n'avait jamais été dit d'aucune autre », et le monument qu'il lui éleva fut la *Divine Comédie*. Dans ce poème, Béatrix joue le rôle le plus magnifique : c'est dans le Paradis que son triomphe est célébré, et par des chants pour lesquels le poète a réservé toutes les splendeurs qui convenaient d'ailleurs à cette partie de son poème.

de l'Ecole éclaire des points obscurs de la théologie, et il lui dit aussi ce qu'est le beau dans son essence et dans ses manifestations. Dante, en faisant ainsi parler saint Thomas montre qu'il tient à déclarer qu'il n'expose pas ses doctrines propres, mais celles du grand Docteur sur ces points importants.

Dante fut plus théologien que ne le fut aucun poète, et il fut poète au plus haut degré, s'il est vrai, comme le dit Daunon, que, « chez un poète, une heureuse imagination se reconnaît à deux signes : au coloris de son style et à la richesse de ses fictions. »

Dans son entreprise colossale, Dante ne laisse rien de côté. La théologie, la philosophie, les sciences naturelles, l'histoire, la politique, les beaux-arts concourent à cette œuvre à laquelle, comme il le dit lui-même, le ciel et la terre ont mis la main. Aussi la *Divine Comédie* eut une immense influence, non seulement sur la littérature, mais sur tous les arts.

Dans ce poème de Dante, nous voyons exprimé et comme réalisé un sentiment d'un caractère particulier, l'amour que l'on a nommé platonique parce que Platon le premier en avait exprimé la pensée.

Cet amour sépare de l'élément matériel l'élément invisible, lequel nous donne la dernière raison de la beauté ; il néglige le premier et l'abandonne à l'amour sensible auquel il correspond ; il s'attache surtout à la beauté dégagée des sens. Il apprend ainsi à s'élever des beaux corps aux belles âmes et des belles âmes à la beauté absolue dont toutes les beautés de ce monde n'ont qu'un pâle reflet.

Si cet amour fut conçu par la belle intelligence de Platon, il ne pouvait être compris et surtout pratiqué par l'antiquité. Platon le savait bien ; aussi, dans le *Banquet*, après qu'il a fait exposer par Socrate cette belle doctrine avec une éloquence entraînante, il fait survenir Alcibiade à moitié ivre, la tête ornée d'une épaisse couronne de violettes et de lierre, chargé de ses bandelettes, suivi de plusieurs buveurs plus ivres que lui et d'une joueuse de flûte, il heurte à la porte, et crie à plein gosier qu'il n'entrera pas si on ne lui donne pas de nouveau à boire. On ne saurait se méprendre sur l'intention de Platon faisant interrompre la discussion par cette scène grossière. La Grèce avait idolâtré la beauté corporelle. Sans doute la beauté de l'âme n'était pas dédaignée, mais on ne croyait pas que l'amour pût se dégager des sens, et, de fait, il s'y plongeait pour se perdre le plus souvent dans la corruption la plus grossière ; et l'on peut dire avec vérité ce vers de Racine :

Dans quels égarements l'amour jeta la Grèce !

Le christianisme vint avec ses enseignements et sa grâce ; il retrempa l'âme, lui communiqua une force qui lui permit de se dominer elle-même et de régner sur le monde des sensations. Il dit clairement à tous que la beauté des créatures n'est qu'un reflet de la beauté de Dieu et qu'elle est faite pour élever vers lui notre intelligence et nos cœurs.

C'est ainsi que Dante par l'amour si chaste qu'il a conçu pour Béatrix, est excité à purifier son cœur. En la glorifiant, il s'élève au-dessus de toutes les beautés de la terre jusqu'à la contemplation d'une beauté toute céleste, et il se fixe dans ces régions supérieures par tous les élans et toutes les aspirations de son âme.

Si l'amour ne s'éleva pas toujours à ces hauteurs, il fut redressé et la femme prit le rang qui lui est dû dans la famille et dans la société.

Dans l'antiquité, la femme était méprisée : « La vie d'un seul homme, faisait dire Euripide à Iphigénie, vaut mieux que celle de mille femmes. » Dès son avènement, le christianisme avait réhabilité le caractère de la femme. Les siècles qui suivirent firent bien plus encore : au moyen âge, les chevaliers regardèrent comme un honneur et une gloire de protéger la femme et de la faire respecter (1). On sait leur cri au milieu des combats : « Mon Dieu, ma Dame et mon Roi ! » Ce sentiment passa dans la littérature au point que Lisvart, dit, dans l'*Amadis*, qu'il doit se dévouer même pour celle qui l'a dédaigné, « parce que plus mérite la femme pour être femme que tous les hommes du monde ensemble ». Les idées étaient bien changées depuis Euripide.

Ce fut un culte et certainement un culte inspiré par le christianisme. Comme une femme avait tout perdu, une autre femme avait tout sauvé. C'était l'idéal de la Vierge, de celle qu'on nommait Notre-

(1) Bien entendu que nous n'envisageons pas ici l'amour chevaleresque quand il se fut faussé et devint cette galanterie que Michel Cervantès a eu raison de tourner en ridicule dans son *Don Quichotte* ; nous prenons l'amour chevaleresque seulement quand il a son vrai caractère.

Dame, qui rayonnait dans toutes ses sœurs. Henri Suso disait :
« Madame, ne craignez rien, c'est mon habitude de rendre honneur
et respect à toutes les femmes à cause de la mère de Dieu qui est au
ciel. » Sous l'influence du christianisme, la femme fut donc respectée,
sa dignité reconnue.

Le christianisme a non seulement redressé l'amour proprement
dit et rendu à la femme sa dignité ; mais il a transformé également
tous les autres sentiments. Les préceptes de l'évangile n'ont-ils pas
heureusement perfectionné l'amour paternel, l'amour maternel,
l'amour filial? Le père, sans rien perdre de son autorité, aima ses
enfants avec plus de tendresse. Il n'eut pas seulement le droit de les
maudire, s'ils devenaient coupables, mais il sut qu'il pouvait aussi
pardonner à leur repentir. Le caractère de la femme avait été réhabilité, celui de la mère fut entouré de plus de respect au sein de la
famille ; les enfants comprirent mieux tout ce qu'ils devaient de
vénération, d'amour et de dévouement aux auteurs de leurs jours.

Nous allons voir ce que les sociétés modernes ont fait de ces ressources créées par le christianisme et d'abord quel emploi en a fait
le xviie siècle.

ARTICLE IV

LE DIX-SEPTIÈME SIÈCLE

§ I. — *Enthousiasme religieux.*

LE *Polyeucte* DE CORNEILLE : *Athalie.*

L'enthousiasme religieux que l'antiquité n'avait point connu,
que le moyen âge avait exprimé dans ses œuvres, nous a été présenté, dans toute sa puissance, par Corneille, dans sa tragédie de
Polyeucte, qui est un chef-d'œuvre.

Nous voyons bien dans son héros la foi vive et la générosité du
martyr. Polyeucte aime d'un amour ardent Pauline, à laquelle il

42. — La Résurrection de Lazare, par Rembrandt.

vient de s'unir et dont les qualités se révèlent à chaque instant davantage.

Mais il sait que pour plaire à Dieu il faut négliger

> et femme et bien et rang ;
> Exposer pour sa gloire et verser tout son sang (1).

Il en a fait son sacrifice :

> Monde, pour moi tu n'as plus rien :
> Je porte en un cœur tout chrétien,
> Une flamme toute divine (2).

Il n'attendra pas qu'on vienne lui demander compte de sa foi, il
veut aller au temple et, devant tout le peuple réuni pour les sacrifices, proclamer son amour pour son Dieu,

> Lui dresser des autels sur des monceaux d'idoles (3).

Peut-être on pourrait, au nom de la prudence et même des règles
données par l'Eglise, blâmer Polyeucte de l'ardeur téméraire avec
laquelle il va chercher le péril en renversant les autels des faux dieux
mais on ne saurait blâmer le poète qui par cet acte audacieux nous
montre mieux le zèle enflammé de son héros qu'exalte la grâce du
baptême, et qui non seulement ne marchande pas sa vie, mais l'offre
avec joie.

Conduit en prison après qu'il a vu mourir Néarque, son ami, qui
l'avait suivi au temple pour « braver l'idolâtrie », on essaie de l'inti-
mider : rien ne peut l'ébranler. Il sortira vainqueur même de la lutte
qu'il redoute le plus, celle que lui feront subir les supplications de
Pauline. Quand on vient lui dire qu'elle le demande, il sent bien le
péril :

> O présence, ô combat que surtout j'appréhende !
> Félix, dans la prison j'ai triomphé de toi,
> J'ai ri de ta menace et t'ai vu sans effroi :
> Tu prends pour t'en venger de plus puissantes armes,
> Je craignais beaucoup moins les bourreaux que ses larmes.

---

(1) Acte II, scène 6ᵉ.
(2) *Idem*. IV, scène 3ᵉ.
(3) *Idem*. II, scène 6ᵉ.

Mais ni les prières ni les reproches ne le font hésiter un instant. Va, cruel, lui dit-elle, va mourir, tu ne m'aimas jamais. Et il lui répond :

> Je vous aime
> Beaucoup moins que mon Dieu, mais bien plus que moi-même.

Son grand désir est de lui faire partager sa foi :

> Seigneur de vos bontés, il faut que je l'obtienne,
> Elle a trop de vertus pour n'être pas chrétienne.

PAULINE.

> Que dis-tu, malheureux, qu'oses-tu souhaiter?

POLYEUCTE

> Ce que de tout mon sang je voudrais acheter.

PAULINE.

> C'est peu de me quitter, tu veux donc me séduire?

POLYEUCTE.

> C'est peu d'aller au ciel, je veux vous y conduire.

Les belles paroles de Polyeucte marchant au supplice sont dans toutes les mémoires. Félix, une dernière fois, enjoint au héros d'adorer les faux dieux. Et Polyeucte répond à cette simple parole avec laquelle les martyrs marchaient à la mort :

> Je suis chrétien.

FÉLIX.

> Tu l'es ! ô cœur trop obstiné.
> Soldats, exécutez l'ordre que j'ai donné !

PAULINE.

> Où le conduisez-vous?

FÉLIX.

> A la mort.

POLYEUCTE.

> A la gloire.

Nous reviendrons sur la tragédie de Polyeucte en étudiant l'amour conjugal.

Non seulement le sentiment religieux nous est exprimé dans *Atha-lie*, mais il inspire l'œuvre tout entière. « Si Racine est Grec dans *Andromaque*, dit Lamartine, Latin dans *Britannicus*, dans *Athalie* il est lui-même, il est Français, parce qu'il s'inspire de sa propre religion qui n'avait encore inspiré que des hymnes. » Voltaire disait avec raison que cette tragédie est le chef-d'œuvre du théâtre. Un jour l'acteur Lekain lui en débitait la première scène, il l'interrompt et s'écrie dans son enthousiasme : « Quel style ! quelle poésie ! Et toute la pièce est écrite de même ! Ah ! Monsieur, quel homme que Racine ! » Quoi de plus parfait que le rôle de Joad dans son ensemble et dans tous ses détails ! On peut dire sans crainte que c'est le comble de l'art.

Nous ne séparerons point dans notre admiration la tragédie d'*Esther* de celle d'*Athalie*, bien qu'elle ait un caractère différent, et nous dirons volontiers avec Laharpe : « Racine ne s'est élevé si haut, au-delà de tous les poètes français, dans *Esther* et dans *Athalie*, que parce qu'il a fondu la substance et l'esprit des livres saints, plutôt qu'il n'en a essayé la traduction. C'est vraiment un coup de maître ; car il a su échapper ainsi au parallèle exact, et il est devenu pour nous original. C'est un prophète d'Israël qui écrit en français ; aussi n'avons-nous rien de comparable au style d'*Esther* et d'*Athalie*. »

§ II. — *Amour conjugal.*

POLYEUCTE ET PAULINE ; LE *Cid* DE CORNEILLE.

L'antiquité nous a montré des époux fidèles l'un à l'autre comme Ulysse et Pénélope, s'aimant d'un amour tendre comme Hector et Andromaque, se dévouant l'un à l'autre comme Alceste pour Admète ; mais elle ne nous a point présenté l'amour conjugal dans les luttes compliquées qu'il doit soutenir parfois pour rester fidèle ; elle n'entrait point dans le détail des sentiments ; elle prenait une situation dans sa simplicité et sans complication. Ainsi nous ne voyons pas dans le théâtre antique une situation analogue à celle de Rodrigue et de Chimène, de Pauline et de Polyeucte. Cependant il y a là des ressources bien précieuses, et la beauté peut nous apparaître à un haut degré dans l'amour réglé par la raison et soumis

au devoir malgré tous les entraînements qui le sollicitent pour l'en
faire sortir. Mais un poète chrétien pouvait seul concevoir les rôles
de Polyeucte et de Pauline.

Pauline aimait Sévère, mais pour obéir à son père Félix, elle a
épousé Polyeucte, et elle lui a donné par devoir

> Tout ce que l'autre avait par inclination.

Cependant, elle n'a point perdu le souvenir de son premier amour,
et quand elle en parle à Stratonice, elle doit lui dire pour expliquer
son trouble :

> Excuse les soupirs
> Qu'arrache encor un nom trop cher à mes désirs (1).

Or, Sévère, que l'on avait cru mort, paraît tout à coup victorieux
et puissant, honoré de la faveur de l'empereur. Il vient en Arménie
sous prétexte de rendre hommage aux dieux par des sacrifices, mais
en réalité pour offrir sa main à Pauline, dont il ignore le mariage.
Voilà donc que commence une lutte terrible dans laquelle les passions les plus violentes sont en face du devoir. Or le poète sait faire
agir et parler Pauline et Polyeucte et Sévère lui-même d'une telle
façon que, dans chacun de ces personnages, nous ne voyons pas la
moindre faiblesse. Non seulement ils ne cèdent pas un instant à la
passion, mais ils lui imposent des sacrifices héroïques, et c'est ainsi
qu'ils nous donnent au plus haut degré le spectacle de la beauté.

Félix, qui avait voulu par ambition que Pauline épousât Polyeucte, veut que maintenant elle revoie Sévère, devenu le favori de
l'empereur, et il lui dit :

> Ménage en ma faveur l'amour qui le possède.

Mais Pauline refuse :

> Moi, moi, que je revoie un si puissant vainqueur,
> Et m'expose à des yeux qui me percent le cœur !
> Mon père, je suis femme et je sais ma faiblesse.
> Je sens déjà mon cœur qui pour lui s'intéresse,
> Et poussera sans doute, en dépit de ma foi,
> Quelque soupir indigne et de vous et de moi.
> Je ne le verrai point.

(1) Acte I, scène 3e.

FÉLIX

Rassure un peu ton âme.

PAULINE.

Il est toujours aimable et je suis toujours femme ;
Dans le pouvoir sur moi que ses regards ont eu,
Je n'ose m'assurer de toute ma vertu.
Je ne le verrai point (1).

Voilà un cœur droit et honnête, un cœur qui ne cherche point à
concilier le devoir et la jouissance. Pauline ne veut même pas s'exposer à un péril dont elle peut espérer de sortir sans avoir faibli :
« Ta vertu m'est connue », lui dit Félix ; et elle répond : « Elle vain-
cra sans doute. » Oui, elle peut croire que sa vertu triompherait ;
mais elle ne veut pas revoir celui pour lequel elle ressent un si vif
amour.

Quand, sur de nouvelles instances de Félix, elle accepte de voir
Sévère, comme les âmes vraiment fortes et se défiant d'elles-mêmes,
elle demande le temps qui lui est nécessaire pour calmer ses émotions et se préparer au rude assaut qu'elle doit soutenir :

... Puisqu'il faut combattre un ennemi que j'aime,
Souffrez que je me puisse armer contre moi-même,
Et qu'un peu de loisir me prépare à le voir.

Sévère, de son côté, apprenant qu'elle est mariée avec Polyeucte,
reçoit cette nouvelle comme le coup le plus terrible qui pût le frapper. Il l'aime toujours : il veut la voir, non pour lui faire des reproches :

Elle n'est point parjure, elle n'est point légère,
Son devoir m'a trahi, mon malheur et son père.
Mais son devoir fut juste et son père eut raison ;
J'impute à mon malheur toute la trahison (1) ;

il veut la voir pour lui faire ses derniers adieux. Nous voudrions
pouvoir citer ici toute la scène de l'entrevue de Pauline et de

(1) Acte I, scène 4ᵉ.
(1) *Idem.* II, scène 1ʳᵉ.

Sévère. Pauline ne dissimule point à Sévère qu'elle l'aime encore et elle convient que sa vertu, bien qu'invincible,

> Ne laisse que trop voir une âme trop sensible.

Oui, elle avoue son amour, mais c'est parce qu'elle est bien décidée à le faire plier sous la loi du devoir. Elle demande à Sévère lui-même qu'il ne fasse pas faiblir en elle cette fidélité qu'il admire :

> ..... Si vous estimez ce vertueux devoir,
> Conservez-m'en la gloire et cessez de me voir.
> Epargnez-moi des pleurs qui coulent à ma honte ;
> Epargnez-moi des feux qu'à regret je surmonte ;
> Enfin épargnez-moi ces tristes entretiens,
> Qui ne font qu'irriter vos tourments et les miens.

Sévère reconnaît et accepte cette dure nécessité :

> Adieu, je vais chercher au milieu des combats
> Cette immortalité que donne un beau trépas (1).

Voilà assurément des âmes courageuses.

Pauline donnera une plus grande preuve encore de sa fidélité et de son attachement à Polyeucte. Quand elle le voit en péril, quand elle le voit condamné à mourir pour avoir renversé les autels des dieux, elle supplie Sévère lui-même d'user de son pouvoir pour le sauver :

> Vous êtes généreux, soyez-le jusqu'au bout,
> Mon père est en état de vous accorder tout,
> Il vous craint ; et j'avance encor cette parole,
> Que, s'il perd mon époux, c'est à vous qu'il l'immole.
> Sauvez ce malheureux, employez-vous pour lui ;
> Faites-vous un effort pour lui servir d'appui.
> Je sais que c'est beaucoup que ce que je demande,
> Mais plus l'effort est grand, et plus la gloire est grande.
> Conservez un rival dont vous êtes jaloux,
> C'est un trait de vertu qui n'appartient qu'à vous (2).

Et Pauline n'a pas trop présumé de la grandeur d'âme et de la générosité de Sévère. Bien qu'il lui en coûte, il entreprendra de sau-

---

(1) Acte II, scène 2ᵉ.
(2) *Idem.* IV, scène 5ᵉ.

ver Polyeucte. Il ne partage pas la haine de l'empereur contre les chrétiens, et il admire même la résignation et le courage dont ils font preuve. Il s'efforce de tout son pouvoir d'arrêter Félix, et quand celui-ci n'ayant pas voulu croire à la sincérité de ses paroles et de ses promesses, a fait mourir son gendre, il lui en fait les plus sévères reproches :

> Père dénaturé, malheureux politique,
> Esclave ambitieux d'une peur chimérique,
> J'ai prié, menacé, mais sans vous émouvoir (1)...

Polyeucte n'est pas moins admirable que Sévère et Pauline. Il ne se fait point ombrage des sentiments de son épouse à l'égard de Sévère, parce qu'il est sûr de sa fidélité. Bien plus, quand il se voit près de marcher au supplice, il fait venir Sévère, et il remet Pauline entre ses mains :

> Vous êtes digne d'elle, *lui dit-il*, elle est digne de vous (2).

Félix lui-même est coupable par faiblesse plutôt que par méchanceté.

C'est ainsi que, dans cette tragédie de *Polyeucte*, le poète n'a pas craint d'opposer un seul caractère faible aux grands caractères qu'il met en scène et qui deviennent, pendant l'action, de plus en plus dignes de notre admiration.

Dans le *Cid*, ce ne sont plus des époux qui sont en scène, mais des amants, Rodrigue et Chimène, et ils sont admirables, eux aussi, par l'énergie et la générosité avec lesquelles ils maintiennent leur amour sous la loi du devoir.

Ils allaient s'unir avec le consentement de leurs pères, quand ceux-ci se prennent de querelle, et don Gomès, père de Chimène, donne un soufflet à don Diègue, père de Rodrigue. Rodrigue chargé par son père, trop âgé pour combattre, de le venger, fait taire son amour, provoque don Gomès et le tue (3).

---

(1) Acte V, scène 6ᵉ.
(2) *Idem.* IV, scène 4ᵉ.
(3) Evidemment nous ne discutons point ici la question du duel. Nous ne pourrions que condamner ce que condamne l'Eglise. Mais nous suivons le poète dans sa composition.

Aussitôt Chimène vient se jeter aux pieds du roi et lui demande justice contre Rodrigue ; celui-ci de son côté vient s'offrir aux coups de Chimène. Les deux amants dans une scène admirable laissent voir la passion qui les anime, mais sans fléchir un instant.

Voilà un amour vrai, ardent, ce sont deux cœurs qui se sont compris. Ils resteront unis en dépit de tous les événements contraires ; mais ni l'un ni l'autre ne veut acheter le bonheur au prix d'une faiblesse.

Rodrigue voudrait mourir de la main de Chimène :

> Ton malheureux amant aura bien moins de peine
> A mourir par ta main que vivre avec ta haine.

CHIMÈNE.

> Va, je ne te hais point.

RODRIGUE.

> Tu le dois.

CHIMÈNE

> Je ne puis.

Alors il veut du moins mourir d'amour. Son père l'envoie contre les Maures, il connaît bien le cœur humain et il sait bien que son fils une fois en présence des ennemis de la patrie, voudra non pas mourir, mais vaincre. En effet, Rodrigue revient après avoir remporté une éclatante victoire.

Chimène, apprenant ses hauts faits, s'en réjouit au fond du cœur, et cependant elle vient de nouveau vers le roi demander réparation pour la mort de son père.

Le roi la met à l'épreuve, disant que Rodrigue est mort des suites de ses blessures. Elle se pâme de douleur et livre ainsi son secret. Puis revenant à elle :

> Quoi ! Rodrigue est donc mort?
> — Non, non, *répond le roi*, il voit le jour
> Et te conserve encore un immuable amour.

Alors elle persiste à demander « sa mort, mais non pas glorieuse » :

> [Qu'il meure pour mon père et non pour la patrie ;
> Mourir pour la patrie n'est pas un triste sort (1).

(1) Acte IV, scène 5ᵉ.

Le roi lui accorde à regret l'épreuve d'un combat singulier entre le Cid et le chevalier qui se présentera pour elle, mais à la condition que le vainqueur sera son époux. Rodrigue vient lui faire ses adieux avant le combat et elle laisse échapper cette parole :

> Sors vainqueur d'un combat dont Chimène est le prix.
> Adieu, ce mot lâché me fait mourir de honte.

Et alors Rodrigue :

> Paraissez Navarrais, Maures et Castillans
> Et tout ce que l'Espagne a nourri de vaillants (1).

Il combattrait seul une armée entière. — Il est vainqueur, mais, pour que le souvenir de la mort de don Gomès s'efface encore davantage, il ira de nouveau combattre les Maures en Afrique avant d'épouser Chimène.

Voilà des scènes d'amour que tous peuvent lire sans périls.

Ainsi que nous l'avons déjà dit, Racine dans sa *Phèdre* nous montre l'épouse infidèle, mais, par ses hésitations et par ses remords, elle est tout imprégnée de christianisme :

> Chaque mot sur mon front fait dresser mes cheveux.

Ce n'est point la Phèdre antique. Mais il faut le reconnaître d'ailleurs, si Racine l'emporte sur Euripide, ce n'est pas au point de vue de l'art, c'est parce qu'il a été chrétien ; et c'est quand ils ont été plus chrétiens que nos poètes ont composé leurs œuvres les plus fortes : *Polyeucte*, *Athalie*.

§ III. — *Amour paternel.*

Le vieil Horace dans la tragédie *d'Horace* ; Lusignan dans *Zaïre*.

On a dit que Corneille est le poète des grandes âmes, et c'est à bon droit. Quels beaux caractères il prête aux pères dans ses tragédies. Dans *Horace*, il nous en montre un dont les trois

---

(1) Acte V, scène 1ʳᵉ.

fils sont exposés à un péril imminent pour l'honneur de son
pays, et ce père préfère la mort de ses enfants à une lâche défaite.
Assurément il aime ses trois fils. Il n'a pas désiré pour eux ce combat. Il eût préféré que d'autres eussent été choisis. Il est profondément attristé que les représentants d'Albe soient les Curiaces alliés
de sa famille. Il partage la peine de Camille sa fille, et de Sabine sa
bru (1) ; il s'efforce de les consoler, et il leur dit, lorsqu'en dépit des
jeunes guerriers, Rome et Albe ont paru vouloir chercher d'autres
combattants :

> Je ne le cèle point, j'ai joint mes vœux aux vôtres (2).

Mais enfin le choix est arrêté, la lutte est commencée et il ne peut
désirer pour ses fils que la victoire ou une mort courageuse.

Voilà pourquoi, à la nouvelle que deux sont morts, mais que le
troisième a fui, il ne veut pas que l'on pleure sur les deux qui ont
succombé :

> Deux jouissent d'un sort dont leur père est jaloux.
> Que des plus nobles fleurs leur tombe soit couverte :
> La gloire de leur mort m'a payé de leur perte.
> Ce bonheur a suivi leur courage invaincu,
> Qu'ils ont vu Rome libre autant qu'ils ont vécu.
>
> . . . .
> Pleurez l'autre, pleurez l'irréparable affront
> Que sa fuite honteuse imprime à notre front,
> Pleurez le déshonneur de toute notre race
> Et l'opprobre éternel qu'il laisse au nom d'Horace (3).

Voilà pourquoi, quand sa fille Julie lui demande :

> Que vouliez-vous qu'il fît contre trois (4)?

il répond le fameux « qu'il mourût ».

Mais quand le vieil Horace apprend que son fils n'a fui que pour
assurer son triomphe, il se réjouit avec la même ardeur qu'il s'in-

---

(1) Camille est mariée à l'un des Curiaces, et Sabine, sœur des Curiaces, est mariée à
l'un des Horaces. Toutes les deux sont donc justement désolées par le choix qui a été
fait des combattants, puisqu'elles seront dans le deuil, quelle que soit l'issue du combat
(2) Acte III, scène 5e.
(3) *Ibidem*, scène 6e.
(4) *Ibidem*.

13. — La Descente de Croix, par Albert Durer.

dignait. Quelle noble fierté et quel amour pour son fils dans ces paroles :

> O ! mon fils ! ô ma joie ! ô l'honneur de nos jours !
> O d'un Etat penchant l'inespéré secours !
> Vertu digne de Rome et sang digne d'Horace !
> Appui de ton pays et gloire de ta race !
> Quand pourrais-je étouffer dans tes embrassements
> L'erreur dont j'ai formé de si faux sentiments !
> Quand pourra mon amour baigner avec tendresse
> Ton front victorieux de larmes d'allégresse (1) !

Dans sa tragédie de *Zaïre*, Voltaire nous montre un père, un antique croisé, resté fidèle à sa religion au fond des cachots et suppliant sa fille Zaïre de ne pas trahir sa foi par un mariage qui serait une apostasie. « Les malheurs du vieux guerrier, son sang, ses souffrances se mêlent au sang et aux souffrances de Jésus-Christ. Zaïre pourrait-elle renier son rédempteur au lieu même où il s'est sacrifié pour elle. La cause d'un père et celle d'un Dieu se confondent, les vieux ans de Lusignan, les tourments des martyrs deviennent une partie de l'autorité de la religion » (2) :

> Ma fille, tendre objet de mes dernières peines,
> Songe au moins, songe au sang qui coule dans tes veines :
> C'est le sang de vingt rois, tous chrétiens comme moi ;
> C'est le sang des héros, défenseurs de ma foi ;
> C'est le sang des martyrs.....
> Ton Dieu que tu trahis, ton Dieu que tu blasphèmes,
> Pour toi, pour l'univers, est mort en ces lieux mêmes
> En ces lieux où mon bras le servit tant de fois,
> En ces lieux où son sang te parle par ma voix.
> . . . .
> Tu ne saurais marcher dans cet auguste lieu,
> Tu n'y peux faire un pas sans y trouver ton Dieu,
> Et tu n'y peux rester sans renier ton père.

« Il est évident que le pathétique du christianisme accroît puissamment le charme de cette tragédie. » Or, ajoute avec raison Chateaubriand, « une religion qui fournit de pareilles beautés à son ennemi mériterait pourtant d'être entendue avant d'être condamnée (3) ».

---

(1) Acte IV, scène 2ᵉ.
(2) *Génie du Christianisme*, liv. II, ch. v.
(3) *Ibidem.*, liv. II, ch. v.

§ IV. — *Amour maternel.*

L'ANDROMAQUE DE RACINE.

Andromaque était un beau type d'amour maternel dans les œuvres de l'antiquité, mais elle devient plus admirable par les traits que Racine lui prête. Ainsi dans l'*Iliade* elle nous émeut sans doute par ses tendres lamentations sur le sort de son enfant ; mais peut-être aussi elle ne supporte pas avec assez de fermeté et de dignité les appréhensions de l'avenir et la pensée des misères auxquelles Astyanax est réservé. Une mère chrétienne ferait meilleure contenance devant l'adversité (1).

L'Andromaque d'Euripide a bien toute la tendresse et tout le dévouement désirables pour son enfant : elle accepte la mort pour le sauver ; l'Andromaque de Racine nous montre des sentiments encore plus délicats. Elle est esclave de Pyrrhus, mais elle est libre vis-à-vis de son maître, et ce sentiment d'indépendance conquis par le christianisme en faveur de la femme est reconnu par Pyrrhus lui-même. Comme le dit Racine dans sa préface, elle ne connaît point d'autre époux qu'Hector, d'autre fils qu'Astyanax, elle se rappelle Troie et tous les maux que lui ont faits les Grecs: elle se souvient de

> cette nuit cruelle
> Qui fut pour tout un peuple une nuit éternelle (2),

et elle n'a pas oublié tous ceux que Pyrrhus a mis à mort ; aussi elle refuse de lui accorder sa main, parce qu'elle veut être fidèle au souvenir des siens, fidèle surtout à son cher Hector, même au-delà du tombeau. Si elle accordait sa main à Pyrrhus, elle sauvegarderait la vie de son enfant qui est menacée. Pyrrhus le prendrait sous sa protection et le défendrait, dût-il pour cela soutenir la guerre contre

---

(1) Sainte Elisabeth de Hongrie, chassée de son château, descend avec ses enfants dans la ville d'Eisenach et va dans le monastère des Franciscains chanter le *Te Deum* pour les maux qui lui arrivent ; voilà de l'héroïsme chrétien. Sans doute ce mouvement n'est pas dans l'ordre des sentiments humains, mais il nous montre précisément comment le cœur fortifié par la religion a des ressources pour s'élever au-dessus de lui-même.

(2) Acte II, scène 7e.

les Grecs réunis. Dans la tragédie de Racine, la vie d'Andromaque n'est donc pas mise en jeu, il n'y a que celle de son fils et pour le sauver, il ne s'agit que d'oublier le souvenir d'Hector et de régner avec Pyrrhus :

> Songez-y, *lui dit le roi*, je vous laisse et je viendrai vous prendre
> Pour vous mener au temple où ce fils doit m'attendre,
> Et là vous me verrez, soumis ou furieux,
> Vous couronner, Madame, ou le perdre à vos yeux (1).

L'Andromaque de Racine ne met donc en regard de la vie de son fils que la délicatesse de ses sentiments ; elle a toute la dignité d'une épouse des temps modernes.

Elle croit pouvoir tout concilier en se résignant à épouser Pyrrhus et en se donnant aussitôt la mort. Ici elle s'égare. Le dénouement de la tragédie amène, non sa mort, mais son triomphe.

§ V. — *Amour filial.*

GUSMAN DANS *Alzire.*

Dans la tragédie d'*Alzire* nous voyons un père, Alvarez qui « commande à son fils Gusman comme père en lui obéissant comme sujet. Il y a là un de ces traits de beauté morale aussi supérieure à la morale des anciens que les évangiles surpassent les dialogues de Platon pour l'enseignement des vertus ». Mais il y a dans cette œuvre des traits plus caractéristiques : dans Homère, Achille mutilait son ennemi et l'insultait après l'avoir abattu. Gusman est aussi fier que le fils de Pélée, mais, « percé de coups par la main de Zamore, expirant à la fleur de l'âge, perdant à la fois une épouse adorée et le commandement d'un vaste empire, voici l'arrêt qu'il prononce sur son rival et son meurtrier, triomphe éclatant de la religion et de l'exemple paternel sur un *fils chrétien* » (2).

---

(1) **Acte II**, scène 7°.
(2) *Génie du Christianisme*, liv. II, chap. VII.

S'adressant d'abord à Alvarez :

> Je meurs, le voile tombe, un nouveau jour m'éclaire :
> Je ne me suis connu qu'au bout de ma carrière.
> J'ai fait jusqu'au moment qui me plonge au cercueil
> Gémir l'humanité du poids de mon orgueil.
>
> . . . .
> Le bonheur m'aveugla, la mort m'a détrompé ;
> Je pardonne à la main par qui Dieu m'a frappé ;
> J'étais maître en ces lieux ; seul j'y commande encore,
> Seul je puis faire grâce, et la fais à Zamore.
> Vis, superbe ennemi ; sois libre, et te souvien
> Quel fut et le devoir et la mort d'un chrétien.

Puis à Zamore :

> Des dieux que nous servons, connais la différence :
> Les tiens t'ont commandé le meurtre et la vengeance,
> Et le mien, quand ton bras vient de m'assassiner,
> M'ordonne de te plaindre et de te pardonner.

Dans cette tragédie la vraisemblance des mœurs fait défaut, mais « on y plane au milieu de ces régions de la morale chrétienne, qui, s'élevant au-dessus de la morale vulgaire, est d'elle-même une divine poésie... Voltaire est bien ingrat d'avoir calomnié un culte qui lui a fourni ses plus beaux titres à l'immortalité (1) ».

§ VI. — *Amour fraternel.*

SÉLEUCUS ET ANTIOCHUS DANS LA *Rodogune* DE CORNEILLE.

Dans notre premier chapitre, en disant que le poète peut dans son œuvre nous montrer la laideur pour faire ressortir la beauté, nous avons cité la tragédie de *Rodogune*, dans laquelle Corneille a mis en scène une mère dénaturée, Cléopâtre, qui sacrifie à l'ambition ses devoirs les plus sacrés. Ses deux fils sont admirables autant qu'elle est criminelle, et ils sont beaux, non seulement comme fils, mais comme frères. « Leur amitié m'accable », dit Cléopâtre,

---

(1) *Génie du Christianisme*, liv. II, chap. VII.

et elle s'efforce de les diviser par les moyens les plus coupables. Ell e leur a déclaré que celui qui est l'aîné sera couronné roi, et que, de plus, il épousera Rodogune. Mais tous les deux aiment cette princesse. Chacun d'eux désire le sceptre et Rodogune, mais chacun regrette aussi de ne pouvoir être heureux que par la possession de biens dont l'autre sera privé. Ils conviennent donc ensemble que Rodogune choisira elle-même celui qu'elle préfère, que celui-là règnera avec elle, et que l'autre sera heureux du bonheur de son frère :

> Malgré l'éclat du trône et l'amour d'une femme,
> Faisons si bien régner l'amitié sur notre âme,
> Qu'étouffant dans leur perte un regret suborneur,
> Dans le bonheur d'un frère on trouve son bonheur (1).

De son côté, Rodogune elle aussi, veut les pousser au crime pour se venger de Cléopâtre ; elle leur promet d'épouser celui qui tuera sa mère. Tous les deux ne voient qu'une résolution à prendre, celle de faire tous leurs efforts pour ramener à des sentiments moins indignes leur mère et la femme qu'ils aiment.

Au milieu des procédés les plus odieux ils se maintiennent dans les mêmes sentiments, sans faiblir un instant.

Au dernier acte, au moment où Antiochus et Rodogue vont être fiancés, Cléopâtre prise dans le piège qu'elle a préparé, se voit obligée de boire une coupe qu'elle présente aux futurs époux et dans laquelle elle a versé un poison violent. On en voit aussitôt l'effet :

> Elle est ma mère, *s'écrie Antiochus*, il faut la secourir.

Et quand Cléopâtre, sentant la mort courir dans ses veines, lance contre lui les plus affreuses imprécations :

> Et pour vous souhaiter tous les malheurs ensemble,
> Puisse naître de vous un fils qui me ressemble,

Antiochus reprend encore :

> Ah ! vivez pour changer cette haine en amour.

(1) Acte I, scène 5e.

Jusqu'à la fin il reste fidèle aux sentiments qu'il doit à sa mère :

> . . . . . Je ne sais, *dit-il*, dans son funeste sort,
> Qui m'afflige le plus, ou sa vie ou sa mort (1).

Corneille n'essaie pas de nous faire admirer Cléopâtre, il ne prétend pas non plus nous faire admirer Rodogune qui offre sa main à celui des deux fils qui voudra se faire le meurtrier de sa mère ;mais il propose à notre admiration Séleucus et Antiochus, et nous pouvons reconnaître qu'ils en sont parfaitement dignes.

ARTICLE V

LES TEMPS MODERNES

§ I. — *Les souvenirs de l'antiquité et le paganisme dans la littérature moderne.*

Les principes de critique déduits de notre théorie nous ont conduit à donner de grands éloges aux auteurs du xviie siècle. Racine, avec plus de perfection dans la forme, présente des beautés moins élevés que Corneille qui est le poète des sentiments héroïques ; mais tous deux l'emportent sur l'antiquité quand ils sont vraiment chrétiens.

Quelles œuvres merveilleuses ces auteurs nous auraient données, s'ils avaient exprimé plus souvent des sentiments chrétiens, comme Corneille le fit dans son *Polyeucte* ; s'ils avaient exploité l'histoire des peuples modernes avec autant d'art qu'ils traitaient les sujets de l'histoire ancienne, et que Racine se en mit pour traiter l'épisode d'Athalie.

Sans doute quand ils mettaient sur la scène des faits empruntés à l'antiquité, en idéalisant leurs personnages, en généralisant les passions dont ils les animaient, ils leur prêtaient des sentiments qui

(1) Acte V, scène 4e.

appartiennent à l'humanité tout entière et sont de tous les temps. Le Cid n'est pas plus Espagnol que le vieil Horace n'est exclusivement Romain. Souvent même ils puisaient leurs inspirations aux sources du christianisme pour faire parler et agir même des personnages païens. Ainsi Clytemnestre et Phèdre ont des sentiments dans lesquels on reconnaît l'esprit du christianisme. L'Iphigénie de Racine se résigne beaucoup plus facilement à mourir que l'Iphigénie antique ; le sentiment du devoir lui fait accepter son sacrifice, elle devient presque une martyre.

Ces œuvres n'étaient donc pas complètement étrangères à nos croyances et à nos mœurs, à notre civilisation. Mais il faut bien le reconnaître aussi, par les sujets choisis, par les personnages mis en scène, elles ne pouvaient nous créer une littérature nationale. Et nous devons d'autant plus le regretter que nos premiers essais littéraires, notre passé, notre histoire, nous offraient les éléments les plus riches d'une littérature qui aurait eu l'immense avantage d'avoir pris naissance et de s'être perfectionnée sur le sol de la patrie, et qui nous eût complètement appartenu.

Nous avions les chants de nos troubadours, de nos trouvères, nos anciens fabliaux, les romans de chevalerie ; dans un autre genre, les mystères, ou encore les moralités et les comédies (1).

Nos poètes auraient pu trouver dans les monuments primitifs de la tradition chrétienne les plus riches inspirations. Saint-Marc Girardin voit dans les évangiles apocryphes des récits qui ont la grandeur de l'épopée et qu'il ne craint pas de comparer avec des passages d'Homère et de Virgile. Ainsi la descente de Notre-Seigneur aux enfers racontée dans l'Evangile de Nicodème et comparée aux tableaux du même genre tracés par les grands poètes de l'antiquité leur est supérieure à ses yeux, soit pour les scènes qui préparent le tableau, soit pour le tableau lui-même, soit pour la manière dont le drame se dénoue (2).

(1) Un auteur a suivi, plus que les autres, les traditions de notre vieux théâtre parce qu'il y était obligé par le choix de ses compositions et la nécessité de peindre nos mœurs : c'est Molière, et ses œuvres n'y ont rien perdu. « Molière n'est pas né tout seul et il n'a pas tout fait. Il connaissait nos vieilles moralités et nos vieilles farces. Tout ce qu'il y avait dans cet ancien théâtre d'idées comiques, de peintures naturelles et vraies de la vie et des mœurs privées, de caractères heureusement tracés et habilement présentés, Molière l'a pris comme son bien. » (Saint-Marc-Girardin, *Etudes sur la littérature au moyen âge*, p. 348).

(2) *Ibidem : De l'Epopée chrétienne au moyen âge*, page 193 et suiv.

Il est évident que les premiers essais de notre littérature étaient dénués de ce genre de variété et de profondeur que donnent seules la réflexion et l'expérience. Notre langue n'était pas formée ; mais elle se débrouillait peu à peu, façonnée par le génie de la nation. Au xᵉ siècle, les mots latins sont encore employés, mais la phrase n'a plus aucun rapport avec la phrase et la syntaxe latines ; les tours nouveaux sont inspirés par le tempérament du temple, et cette langue nouvelle avec ses rudesses dit ce qu'elle veut dire, elle exprime la pensée avec effort, mais avec force.

Les éléments d'une nouvelle versification se produisent aussi à la même époque. Les races gauloises n'avaient pas l'oreille assez délicate pour sentir les nuances de la prosodie latine ; elles ne saisissaient que l'accent. On compte le nombre de syllabes et l'on ajoute la rime à la fin du vers ; ce rythme beaucoup plus simple ne présentait pas les mêmes difficultés et était plus favorable à la musique.

Sans doute il reste à progresser pour arriver à la juste cadence et à l'harmonie du vers de Malherbe ou de Racine ; mais ce que l'on peut appeler le matériel de notre littérature, les éléments déjà bien caractérisés de ses formes, nous apparaissent dans les œuvres du xᵉ siècle. La prose cadencée de la moniale Hroswitha donne le premier modèle de nos vers libres, si harmonieux dans les fables de La Fontaine et dans les chœurs de Racine.

Ce n'est pas que l'on fit dédain alors des auteurs de l'antiquité ; loin de là, on les recherchait. Hroswitha étudiait Térence pour composer à sa façon des pièces dans lesquelles elle glorifiait la chasteté (1) ; mais elle ne voulait prendre que la forme, la pensée était complètement chrétienne.

Seulement, d'autres se passionnant pour les auteurs païens, leur empruntèrent, non seulement la forme, mais les images, les fictions mythologiques, et firent rentrer ainsi le paganisme dans la littérature chrétienne. Les Italiens Sannazar et Vida commencèrent ; ils introduisirent tout le cortège des nymphes et divinités païennes dans leurs poèmes chrétiens ; ainsi Sannazar fait assister les nymphes du Jourdain au baptême du CHRIST ; elles ont les mains chargées

(1) « J'ai voulu, dit-elle dans sa préface, substituer les histoires édifiantes des vierges pures aux dérèglements des femmes païennes et célébrer selon la faible mesure de mon talent les victoires de la chasteté, surtout celles où triomphe notre faiblesse et où la brutalité des hommes est confondue. »

d'encens et de parfums ; elles s'empressent à préparer des bancs de mousse verdoyante, et à suspendre aux colonnes de leurs palais de cristal des guirlandes de fleurs tressées de roses, d'hyacinthes et de lis. Ceux qui vinrent ensuite, le Tasse, le Camoëns, Milton lui-même, crurent ne pouvoir se passer de ces misérables ressources.

En France, Boileau, qui eut une immense influence, proclama que

> De nos dogmes chrétiens les mystères terribles
> D'ornements égayés ne sont point susceptibles.
> L'Évangile à l'esprit n'offre de tous côtés
> Que pénitence à faire et tourments mérités.

Il était difficile d'accumuler plus d'erreurs et d'insinuations mensongères dans quatre vers médiocres. Si Boileau veut dire que les mystères de notre foi ne sont point faits pour amuser, il a grandement raison ; mais s'il prétend par les « ornements égayés » que les dogmes chrétiens et les récits évangéliques sont trop sévères pour briller des charmes de la poésie, il a mille fois tort.

Est-ce donc que le ciel des chrétiens, tel que nous le voyons dans le poème de Dante, n'est pas aussi beau que l'Olympe avec ses divinités (1)? Est-ce que le Dieu de la Bible créant l'univers d'un tout-puissant *fiat*, présent par sa providence à tous les événements qui se succèdent dans l'histoire du monde, comme Bossuet nous le montre dans son *Discours sur l'histoire universelle*, et tenant en sa main tous les éléments, scrutant par son regard le cœur de l'homme dans ses moindres replis, n'est pas aussi grand que le Jupiter antique avec ses petites passions? Est-ce que

> Celui qui met un frein à la fureur des flots,

ce CHRIST qui sommeille dans la barque et d'un mot calme la tempête n'est pas aussi beau que Neptune disant son *quos ego?*

> L'Évangile à l'esprit n'offre de tous côtés
> Que pénitence à faire et tourments mérités.

_____

(1) « Rien de plus matériel que la théogonie ancienne... ses dieux ont besoin d'un nuage pour les dérober aux yeux... ou on les estropie, et les voilà qui boitent éternellement. Cette religion a des dieux et des moitiés de dieux, la foudre se forge sur une enclume et l'on y fait entrer, entre autres ingrédients, trois rayons de pluie tordue, *tres imbri torti radios*. Son Jupiter suspend le monde à une chaîne d'or ; son enfer est un précipice dont la géographie marque la bouche sur le globe ; son ciel est une montagne. » (Victor Hugo, *préf. de Cromwell*.)

Si Boileau n'avait laissé que ces quelques vers, on devrait affirmer qu'il n'avait jamais lu l'Évangile, qu'il ne connaissait point la crèche, les malades guéris, le pardon accordé au repentir, l'espérance et la joie rendues aux âmes blessées et découragées.

Le Calvaire lui-même, où nous voyons la justice de Dieu punissant le péché, l'humanité régénérée par le sacrifice, la justice et la miséricorde se donnant un ineffable baiser, le Calvaire qui nous montre cette scène d'une grandeur incomparable, Dieu se réconciliant le monde et toutes les générations venant chercher une part de la rançon qui est payée pour elles, le Calvaire est-il donc indigne de la poésie? Klopstock ne l'a pas cru (1). Le *Paradis perdu*, la *Jérusalem délivrée*, les *Lusiades* du Camoëns ne sont-ils pas des poèmes dont les sujets sont empruntés au christianisme? Et ils seraient plus réussis si les auteurs n'avaient demandé qu'au christianisme les ressources de mise en scène dont ils avaient besoin, et s'ils n'y avaient point introduit les fictions mythologiques.

Oui, c'est « un mélange coupable », nous le reconnaissons avec Boileau, mais de plus, c'est un mélange qui diminue la grandeur de l'œuvre. « Les machines poétiques du paganisme sont toutes empreintes d'un caractère particulier de petitesse et d'humanité. Dans le paganisme en effet, c'est toujours la forme qui est substituée à l'idée, et cette forme, tout élégante et toute gracieuse qu'elle est, n'atteint pas à la hauteur de l'idée toute simple (2) ». Saint-Marc Girardin fait cette observation à l'occasion du baptême de Notre-Seigneur, tel qu'il est présenté par Sannazar avec les nymphes et leurs palais de cristal, et il ajoute : « Ces inventions sont mesquines à côté de la scène du Sauveur telle qu'elle est racontée dans les évangiles (3). »

Boileau non seulement évinçait le christianisme de la cité littéraire, mais il en bannissait les souvenirs de la patrie, sous le prétexte ridicule que les noms de héros de l'antiquité sont plus doux à nos

---

(1) « Klopstock ne connaissait pas encore Milton lorsqu'il commença la *Messiade*. Le propre du génie est de ressentir le premier dans sa solitude ce qui deviendra plus tard le besoin de tous les esprits. Toute l'inspiration allemande avec ses obscurités et ses longueurs, mais avec sa profondeur intime, est dans cet immortel ouvrage. Klopstock réalisa ce qu'on avait soupçonné. Il commençait par une Iliade chrétienne la régénération des lettres dans son pays. Son influence fut d'un Gœthe et d'un Schiller. » (Théry, *Tableau des littératures*, t. II, p. 23).

(2) Saint-Marc Girardin, *Études sur la littérature du moyen âge*, p. 244.

(3) Saint-Marc Girardin, *Études sur la littérature du moyen âge*, p. 244.

14. — LA SAINTE VIERGE, par Simon Vouet.

oreilles modernes. Comme si nos chevaliers avec leurs noms plus rudes, par leur bravoure et leur loyauté, par leurs exploits, ne se recommandaient pas mieux à notre admiration qu'Ajax, Achille, Hector lui-même, la plus parfaite des créations héroïques de l'antiquité. Sans faire ce parallèle qui demanderait un volume, quelle figure l'antiquité pourrait-elle nous offrir, prêtant aussi bien à l'épopée que celle de Jeanne d'Arc (1). Avec le christianisme, l'homme grandit sans avoir besoin d'une apothéose mensongère et ridicule ; la divinité descend vers lui pour l'élever jusqu'à elle et l'inonder de ses brillants reflets. Ce n'est pas la poésie chrétienne qui a fait défaut aux poètes, ce sont les poètes qui ont fait défaut à la poésie chrétienne.

§ II. — *Le Romantisme et le réalisme.*

Le XVIIe siècle, malgré ses faiblesses, est notre grand siècle littéraire : il fut un siècle poétique. Le XVIIIe siècle fut raisonneur et sceptique : il eut beaucoup de vertus dans les phrases, mais peu dans les cœurs ; on parla beaucoup de sensibilité, mais il y eut surtout de la sensiblerie ; il n'y eut plus de convictions et la société fut emportée sans contrepoids dans une épouvantable tourmente où disparurent toutes les institutions.

Quand on voulut reconstruire sur les ruines accumulées, il fut facile de comprendre que l'on ne pouvait reconstituer l'ordre social sans lui donner la religion pour base. Les temples étaient rouverts. Chateaubriand dans son *Génie du Christianisme* montra les beautés de cette religion trop longtemps délaissée et calomniée. L'illustre écrivain n'entreprenait point de prouver la vérité du catholicisme, il en dessinait seulement les aspects brillants et sympathiques : il faisait remarquer la beauté de ses rites, de ses cérémonies, la fécondité de sa vie privée par ses institutions et ses œuvres. Il osait comparer sa littérature aux œuvres de l'antiquité. Il ne pénétrait donc pas dans le temple ; il ne montrait pas l'économie des mystères chrétiens. Pour expliquer tout le génie du christianisme, il aurait fallu considérer non seulement les cérémonies des sacrements, mais

(1) Chateaubriand a écrit plusieurs chapitres très intéressants sur ce sujet dans son *Génie du Christianisme*, l'ouvrage tout entier n'est fait que pour montrer la poésie du christianisme.

les grâces qu'ils produisent dans les âmes, avoir une claire vision
de Dieu, de son action sur le monde, dire les relations du ciel avec
la terre ; il aurait fallu la connaissance complète de la théologie et
non pas seulement résumer quelques pages de saint Thomas comme
Dante l'avait fait, mais l'expliquer tout entier. Chateaubriand n'y
était pas préparé, et ce n'est pas l'œuvre d'un seul homme ; toutefois l'auteur du *Génie du Christianisme* rendait un immense service
à la société et spécialement aux arts, il ouvrait une mine féconde
d'où l'on pouvait faire sortir des trésors.

Lui-même donna l'exemple en écrivant son poème des *Martyrs*,
dans lequel il exploitait les grands souvenirs du christianisme naissant, en mettant en regard de la nouvelle religion, le culte barbare
qui était pratiqué dans les sombres forêts de l'Armorique. Dans
cette œuvre, il s'efforçait aussi de faire paraître le sentiment chrétien sous la belle forme antique. Et, il faut en convenir, il ne resta
pas trop au-dessous de sa tâche, du moins il prouva amplement que
l'on pouvait trouver des sujets de poésie ailleurs que dans les souvenirs vieillis de Rome et d'Athènes.

La voie était ouverte, bon nombre s'y lancèrent en marchant
plus ou moins fidèlement sur les traces du chef, en modifiant plus
ou moins les principes qu'il avait posés.

Le mouvement se fit sentir dans tous les arts. A son point de départ il était très louable. Les littérateurs et les poètes abandonnè-
rent les fictions mythologiques dont trop longtemps notre imagination avait été obsédée.

L'art cherchant de nouveaux sujets s'adressa au moyen âge et
il avait raison ; le moyen âge est vraiment notre passé poétique. Il
explora de nouvelles contrées. Les regards se tournèrent vers l'O-
rient, vers l'antique Solyme, vers la terre des patriarches et vers ces
régions où avait résonné la harpe de David.

Tous ne puisèrent pas à ces sources les mêmes inspirations et l'on
pouvait dès le principe saisir des pronostics fâcheux dans les innovations. Toutefois, il faut le reconnaître, les débuts du romantisme
furent brillants. Les littérateurs donnèrent à leur style de la chaleur
et du mouvement, du pittoresque et de l'imprévu ; ils acquirent une
grande habileté à décrire la nature.

Il nous est impossible de suivre toutes les phases de cette histoire
et nous ne pouvons qu'apprécier les points principaux des théories

qui furent émises. Or, des principes posés d'abord, on arriva promptement aux conséquences les plus étranges et les moins acceptables.

Ainsi, après avoir proclamé que l'on devait exploiter notre histoire nationale et la nature entière, les novateurs prétendirent que
l'on pouvait prendre la nature sans choix ni distinction, telle qu'elle
se présente à nos regards avec ses défectuosités. « Si le xviie siècle
nous paraît si froid, si pâle, si monotone, avait dit Victor Hugo,
c'est qu'il n'a voulu admettre que le beau et le sublime ; faisons paraître dans nos œuvres le laid et le grotesque. » Bientôt on érigea
en système que le laid par cela même qu'il existe dans la nature
peut être mis sous nos yeux, et l'on prodigua avec complaisance la
laideur physique et la laideur morale, on mit en scène les fantômes
et les monstres, la canaille et l'infamie, et toutes ces laideurs furent
présentées, non pas comme contraste, mais pour elles-mêmes, à
cause de leur valeur prétendue et de leurs charmes supposés (1).

L'expression fut modifiée comme les pensées. Au début, les romantiques, tout en se servant d'un style neuf, coloré, vrai, expressif, étaient corrects. On connaît assez le style de Chateaubriand.
Victor Hugo proclama bientôt qu'il n'y avait plus ni règle ni modèle. Puis on ne se contenta plus du mouvement et de la vie, ce fut
de l'emportement et du délire. A mesure que les littérateurs et les
poètes s'abaissèrent dans le choix de leurs sujets, ils se permirent
des licences plus effrénées, et le drame populaire fut présenté avec
toutes ses trivialités, toutes les grossièretés de la rue. Ces spectres
débraillés, qui n'apparaissent que dans l'émeute et semblent sortir
de terre, furent produits au grand jour pour le plaisir des lecteurs,
avec leurs guenilles et leur argot, et l'on se garda bien d'adoucir les
traits de ces hideuses figures et de corriger leur langage.

(1) Les romantiques se trompent étrangement quand ils prétendent avoir trouvé les
premiers l'emploi du ridicule et du terrible. Les poètes de l'antiquité connaissaient ces ressources et ils savaient en faire usage. Homère et Virgile nous ont donné dans le genre grotesque l'histoire de Polyphème et des Cyclopes. Virgile a créé les Faméliques mangeant
leurs tables et l'intéressant épisode de Cacus. Le terrible et le fantastique avaient été
employés aussi d'une manière bien saisissante dans les descentes aux enfers, dans les ap-
paritions d'ombres, dans ces mânes venant boire le sang qui doit les faire reconnaître
et sont écartés par le roi d'Ithaque, dans le festin des amants de Pénélope, dans la fable
sublime de Polydore. Le terrible, on le voit employé d'une manière incomparable dans
la trilogie d'Eschyle : Agamemnon, les Choéphores, les Euménides.

ARTICLE VI

LA LITTÉRATURE A NOTRE ÉPOQUE

§ I. — *L'Amour conjugal.*

Après avoir indiqué les transformations qu'a subies notre littérature dans la première moitié du xixe siècle, si nous jetons un coup
d'œil sur les œuvres littéraires produites à notre époque, nous demandant comment y ont été exprimés les sentiments que nous avions
considérés dans l'antiquité et au xviie siècle, assurément la comparaison ne sera pas à l'avantage de notre temps.

Il est certain que nous sommes bien éloignés d'Homère et de Corneille, si, cherchant l'expression de l'amour conjugal, nous considérons les drames et les romans produits depuis vingt ans.

Sur l'amour conjugal, nous voyons dans un volume de George
Sand, un mari qui croit bon de prévenir sa fiancée, Fernande, qu'a-
près leur mariage, si elle vient à en aimer un autre, elle sera libre
de le suivre, parce que nul ne peut commander à l'amour et que
l'amour est la seule loi à laquelle il faut obéir (1). Et quand, ensuite,
il voit qu'un autre, en effet, s'est emparé du cœur de Fernande, il ne
songe aucunement à s'en plaindre. Il fait un voyage en Suisse et
disparaît dans un glacier. Ce n'est pas au nom de la morale que nous
réclamons contre de pareilles œuvres, il est trop évident qu'elles
préconisent la violation des devoirs les plus sacrés, et qu'elles ne
peuvent amener que la dissolution de la société ; mais où est la
beauté dans ces âmes qui ne prennent aucun engagement sérieux ?
Je n'y vois que de la laideur ; l'histoire de ces êtres qui ne suivent
que leurs instincts n'appartient pas à la littérature, elle rentre dans
l'histoire naturelle.

---

(1) La société, écrit Jacques à Fernande, la veille même de son mariage, va vous dicter
une formule de serment. Vous allez jurer de m'être soumise, c'est-à-dire de n'aimer que
moi et de m'obéir en tout. L'un de ces serments est une absurdité, l'autre est une bas-
sesse. Vous ne pouvez pas répondre de votre cœur, même quand je serais le plus grand
et le plus parfait des hommes. Vous ne devez pas me promettre de m'obéir parce que ce
serait nous avilir l'un et l'autre. »

Nous ne concluons pas que dans toute la littérature moderne les saintes lois du mariage ont toujours été vilipendées ; mais nous pouvons dire que, si nous trouvons de beaux sentiments et de salutaires exemples sur ce point si important, ce n'est pas dans les romans et dans les drames, mais dans les livres qui ne donnent que la peinture et l'histoire de faits qui se sont réellement accomplis, comme nous le voyons dans le *Récit d'une Sœur* de Madame Craven. On constate d'ailleurs, en lisant cet ouvrage, que l'amour, qui s'accorde avec le devoir, ne perd rien de sa force et que les littérateurs qui croient devoir rendre l'amour coupable, pour le peindre plus ardent, se trompent à tout point de vue.

Nous pouvons tirer cette autre conclusion qu'il serait facile d'appuyer sur un grand nombre des productions contemporaines, c'est que la littérature de notre époque qui a la prétention de nous représenter la société telle qu'elle est, et d'être vraie, ne l'est pas. Bien qu'aujourd'hui il y ait de profondes misères, il y a cependant plus de fidélité entre les époux et d'attachement au devoir dans les familles qu'il n'y en a dans nos livres. Quel profit y a-t-il donc à produire ainsi de préférence ces scandales et ces turpitudes?

§ II. — *L'Amour paternel.*

L'amour paternel ne brille pas plus que l'amour conjugal dans le drame moderne. Ainsi Casimir Delavigne dans sa tragédie du *Paria* nous montre un père aimant son fils, mais pour sa propre satisfaction. C'est de l'égoïsme.

Je t'aime avec excès, *lui dit-il*, sois à moi sans partage (1).

Il n'essaie pas de détourner son fils de la caste des brahmes comme le faisait le vieux Lusignan à l'égard de sa fille, parce que ce serait un sacrilège, mais parce qu'il ne jouirait plus de lui. Il n'y a rien là d'estimable.

(1) Acte III, scène 4°,

Dans une de ses tragédies, Victor Hugo met en scène un père qui
n'est pas plus estimable, le bouffon Triboulet. Celui-ci n'aime que
sa fille sur la terre :

> Ma fille, ô seul bonheur que le ciel m'a permis !
> D'autres ont des parents, des frères, des amis,
> Moi, je n'ai que toi seule (1).....

Assurément, nous comprenons qu'il aime avec tendresse cette
fille qui est son seul bien ; nous comprenons qu'il lui exprime son
amour avec effusion, nous voulons bien qu'il lui dise :

> Mon univers, c'est toi, toujours toi, rien que toi,
> De tout autre côté ma pauvre âme est froissée ;
> Oh ! si je te perdais !... Non, c'est une pensée
> Que je ne pourrais pas supporter un moment (2).

Mais il ne devrait pas l'aimer seulement pour la consolation et la
jouissance qu'il trouve en cet amour. — Quand elle lui a été ravie,
il ne devrait pas se préoccuper seulement du malheur qui le menace
d'en être privé, il devrait se préoccuper surtout du sort et de l'honneur de sa fille. Il ne l'aime que pour lui-même et nous l'en blâ-
mons.

L'antiquité avait mis sur la scène le père en face d'enfants coupables, mais ce père, fût-il coupable lui-même, comme Œdipe, conservait la grandeur de son caractère, il restait le représentant de la
justice diviné en maudissant ses enfants.

Il est vrai que, même sur le théâtre grec, on vit s'affaiblir les
mœurs antiques. Plaute et Térence après Ménandre mirent sur la
scène des pères faibles lesquels, après s'être irrités justement contre
les désordres de leurs fils, ont le tort de trop s'attendrir et de pardonner quand le coupable ne donne pas de signe de repentir. Ainsi
dans Térence un père Ménédème s'était irrité avec raison contre
son fils, il est impatient de le voir revenir même coupable, et il le
serre dans ses bras, quand il a encore près de lui les complices de ses
débauches. En se conduisant ainsi ce père devient coupable lui-
même.

C'est dans l'Evangile, dans l'admirable parabole de l'enfant pro-

(1) Acte II, scène 3e.
(2) Acte II, scène 3e.

digue que l'on voit le vrai modèle du père qui sait pardonner ; ce
père pardonne à un fils vraiment repentant ; il reçoit dans ses bras
l'enfant qui se jette à ses pieds. De plus l'attitude de ce père qui
sait ainsi pardonner n'est pas moins belle que l'attitude du père qui
maudit son fils coupable. Nous pouvons d'ailleurs le dire, Dieu lui-
même est beau quand il châtie, il est beau quand il pardonne.

Voltaire a fait sur l'*Enfant prodigue* une tragédie dans laquelle
il a été moins bien inspiré que dans celle de *Zaïre*. Le père qu'il met
en scène ne ressemble en rien à celui de l'Evangile. Le principal ressort de la pièce est une intrigue d'amour. Le fils n'est qu'un liber-
tin, qui commet des vilenies telles qu'il ne saurait rentrer dans les
bonnes grâces du spectateur, même en manifestant de meilleurs sentiments. Le père est bien éloigné d'avoir la grandeur et la dignité de
celui de l'Evangile : il est tendre et larmoyant comme les pères que
le xviiie siècle aimait à mettre sur le théâtre ; il pardonne, moins
parce que son fils se repent que parce qu'il l'aime avec excès.

III. — *L'Amour maternel.*

Nous avons admiré l'expression de l'amour maternel dans Homère et dans les tragiques grecs. Euripide, avec sa tragédie sur Andromaque, en avait aussi écrit une sur Mérope dont le sujet a été
exploité par les modernes : Maffei, Alfieri, Torelli, trois Italiens, et
par Voltaire. Sans indiquer toutes les différences qui existent entre
ces quatre compositions, nous ferons remarquer avec Saint-Marc
Girardin qu'elles se ressemblent sur un point très important : elles
donnent à Mérope un caractère qui nous inspire à son égard la pitié
et le respect. Il n'y en en elle rien qui gêne en nous ces deux sentiments : elle aime avec un dévouement sans mesure ; elle est vertueuse, elle est opprimée ; nous pouvons donc l'admirer, la plaindre
à notre aise. L'intérêt qu'elle nous inspire n'est ni divisé, ni troublé.
il est simple et complet. Assurément, elle ne nous captive pas moins
parce qu'elle est pure et vertueuse, et elle n'exciterait pas davantage nos sympathies si, avec cet amour pour son fils qui est une vertu,
nous remarquions en elle des vices plus ou moins honteux, des passions plus ou moins effrénées. *Mérope* est le chef-d'œuvre de Voltaire.

Victor Hugo, dans sa tragédie de *Lucrèce Borgia*, a procédé tout différemment. Par le personnage de Triboulet, il avait voulu montrer que l'amour paternel (il le dit lui-même) sanctifie la difformité physique. Malheureusement l'amour qu'il a donné à Triboulet n'est qu'un amour égoïste, un instinct, et non pas une vertu, et la vertu seule a le pouvoir de sanctifier. Par son personnage de Lucrèce Borgia, il a voulu établir que l'amour maternel purifie la difformité morale. Il a voulu d'après son énergique expression, mettre la mère dans le monstre (1).

Nous ne donnerons point l'analyse de l'œuvre de Victor Hugo (2), nous nous bonerons à dire que, dans Lucrèce Borgia, comme dans Triboulet, l'amour n'est point une vertu. Il ne fait éviter à cette femme aucun crime, il ne la porte à aucun acte de dévouement ; nous ne voyons pas qu'il transforme cette âme odieuse, et par là même qu'à la place de la laideur, il y mette la beauté.

Quand même cet amour serait une vertu, nous aurions encore les plus vives répugnances pour la poétique qui voudrait offrir à notre admiration ce type dans lequel une seule vertu devrait nous faire oublier les vices les plus honteux. Cependant, cette poétique semble suivie par un grand nombre.

Autrefois les poètes donnaient à leurs personnages seulement un vice ou une passion, ayant grand soin de nous montrer cette passion au milieu de qualités qui devaient nous la faire oublier. Aujourd'hui, les littérateurs ne donnent à leurs personnages qu'une seule qualité avec un grand nombre de passions et de vices. Cette vertu solitaire respecte d'ailleurs complètement l'indépendance des vices auxquels elle est associée, et n'est aucunement chargée de purifier l'âme dans laquelle elle se trouve conservée par hasard. Sans

---

(1) Nous prenons le personnage de Lucrèce, tel qu'il a été présenté par Victor Hugo, sans nous demander si cette femme fut vraiment coupable de tous les crimes qui lui sont imputés. Cette discussion appartient à l'histoire.

(2) M. Saint-Marc Girardin montre avec détail comment tout le drame se développe et se soutient par une ressource que l'on ne peut que condamner, parce qu'elle est en dehors de la vérité. Dans les situations si embarrassantes où se trouve Lucrèce vis-à-vis de Gennaro son fils, elle lèverait toute difficulté, si elle disait cette parole : *Je suis ta mère.* Sans doute, cette parole qui s'échappe si facilement des lèvres d'une mère peut lui être pénible à elle ; cependant, il n'est pas vraisemblable qu'elle la garde si longtemps. Mais si elle la disait, la pièce serait finie, et ce n'était pas ce que voulait le poète. Par la manière dont il procède, il fait plus souffrir l'auditeur qu'il ne l'intéresse.

doute, nous sommes heureux de retrouver encore quelques sentiments honnêtes dans une âme pervertie, mais cet intérêt ne saurait
se transformer en admiration.

Corneille ne craignait pas de nous montrer des caractères sans
faiblesse, comme Polyeucte. Cette leçon était grande, et elle ne pouvait que donner à nos âmes un généreux élan en nous montrant un
but que bien peu peuvent atteindre, mais auquel tous doivent aspirer. Racine, dans sa *Phèdre*, nous montrait qu'une seule mauvaise
passion suffit pour perdre une âme ; cette leçon ne manquait pas de
sévérité ; certainement elle était salutaire. Aujourd'hui on vient
nous dire qu'une bonne qualité suffit pour excuser beaucoup de
vices : cette leçon tendrait à nous mettre fort à l'aise, mais elle est
pernicieuse.

De plus, qu'on le remarque bien, si l'art a ses procédés qui n'ont
aucun rapport avec les lois de la morale, il ne saurait cependant
nous faire admirer ce qui est indigne de notre estime. Or, dans *Lucrèce Borgia*, nous avons horreur du monstre et nous n'avons aucun
motif d'admirer la mère.

§ IV. — *L'Amour filial.*

Un des plus beaux exemples de piété filiale que nous ait légués
l'histoire est celui de *Coriolan*. Ce sujet a été traité par plusieurs
poètes (1) ; mais c'est par Shakespeare qu'il a été le mieux compris.
On voit bien dans la tragédie du poète anglais, cet orgueil qui a
porté Coriolan à fuir Rome et à s'allier aux ennemis de la patrie.
Le caractère de Volumnie, sa mère, est parfaitement tracé ; elle
aime son fils, mais elle aime son courage et sa gloire : elle est fière
des victoires qu'il a remportées. « Je vous l'avoue, ma fille, dit-elle
à Virgilie, la femme de Coriolan, je ne ressentis pas plus de joie à
sa naissance, lorsqu'on me dit que j'avais un fils, que la première
fois que je l'ai vu prouver qu'il était homme. — « Mais s'il eût été
tué dans cette guerre ? » reprend Virgilie. — « Alors j'eusse, à sa
place, adopté sa gloire, et son nom m'aurait tenu lieu de postérité. »

---

(1) Chevreau (1613-1701) et La Harpe ont fait chacun une tragédie de *Coriolan*. —
Mascaron, père du prédicateur de ce nom, a écrit un poème sur ce sujet.

Coriolan aurait eu plus de mérite à nos yeux s'il avait eu à céder aux prières d'une mère moins digne de son amour. Mais le sacrifice que Volumnie impose à son orgueil et à ses rancunes en lui demandant de pardonner à Rome est assez pénible, même quand il est demandé par une telle mère pour que nous admirions encore dans le dénouement le triomphe de l'amour filial. Nous admirons le fils qui, sur la demande de sa mère, fait taire sa haine et sa colère, et nous sommes heureux d'admirer aussi la mère qui remporte cette belle victoire.

Destouches, dans sa comédie du *Glorieux*, nous montre l'amour filial aux prises avec la vanité. Le comte de Tufières doit épouser la fille de Lisimon, riche financier. Il parle souvent à celui-ci des grands biens que possède son père et du train magnifique qu'il mène dans ses terres. Or, ce père dont le nom est Lycandre arrive à Paris, non avec un train de grand seigneur, mais très simplement vêtu. Le comte veut le reclure dans un coin de sa maison. Mais celui-ci comprend bientôt le motif d'un semblable procédé, et il veut que son fils bannisse tout mystère et le reconnaisse publiquement. Il sait lui dire que celui-là ne respecte pas son père qui ne le respecte pas devant le tout le monde.

Il est servi par les circonstances, et nous sommes satisfaits quand le comte, après avoir reçu de son père de sévères leçons, se jette à ses pieds en lui disant :

> Mon cœur, tout fier qu'il est, ne vous méconnaît plus :
> Oui, je suis votre fils et vous êtes mon père,
> Rendez votre tendresse à ce retour sincère.

Cette pièce n'est pas un chef-d'œuvre, elle manque de gaieté et d'entrain comme toutes celles de l'auteur ; mais le sujet appartient bien à la comédie, les situations sont amusantes et la leçon est bien donnée.

Nous pourrions citer dans un genre tout différent *La Jeune Sibérienne* de Xavier de Maistre, ce récit simple, mais touchant, dans lequel nous voyons une jeune fille s'exposant à des périls de tous genres et aux plus grandes fatigues pour obtenir la grâce de son

15. — S. Bruno en prière, par Le Sueur.

père ; l'*Amaryllis* d'Autran, petit poème charmant dans lequel l'auteur montre une jeune fille aussi, ne s'exposant point à des aventures périlleuses, mais renonçant à tous ses rêves d'avenir pour se dévouer au service de son père. Elle se dit : Je serai

> son bon ange.
> Plus ce modeste rôle échappe à la louange,
> Plus il est selon Dieu. Rarement il permet,
> A nous femmes, d'atteindre un glorieux sommet :
> Aimer et secourir, et végéter dans l'ombre,
> N'est-ce point, ici-bas, le sort du plus grand nombre?
> Fais comme elles.

Elle prend ce rôle, et, jusqu'à la fin, elle accomplit son obscur mais généreux sacrifice.

§ V. — *Quelques autres œuvres contemporaines.*

L'amour de la patrie avait été exprimé avec grandeur dans l'antiquité, au moyen âge en France ; on peut dire qu'il inspire la *Chanson de Roland*, tout entière. Au XVIIᵉ siècle, le génie de Corneille produisit Horace dont le « qu'il mourût » excitait l'enthousiasme dans tout l'auditoire. Malheureusement il ne songea point à nous montrer ce grand sentiment dans tant d'hommes généreux qui s'étaient dévoués pour la France. Le XVIIIᵉ siècle fit pis encore. Le coryphée de cette époque, en voulant calomnier le catholicisme, essaya de bafouer une des gloires les plus pures et les plus grandes de la France ; il ne laissa qu'une œuvre abominable qui pour toute âme honnête et pour tout Français n'est digne que de mépris. Quelque jour, il faut l'espérer, un poète ou un musicien chantera dignement la *vierge de Domrémy*, libératrice de la France.

L'amour de la patrie a été exprimé avec force et avec éclat dans la *Fille de Roland*, par M. de Bornier.

Cette œuvre n'a pas la correction des tragédies de Corneille et de Racine. Elle est conçue à la manière du drame moderne. La versification, belle dans une grande partie de la pièce, spécialement dans le rôle de Charlemagne, dans bien des passages laisse beaucoup à désirer. La conduite de la pièce n'est pas sans défaut. Il y a des scènes et des rôles même qui ne s'expliquent que par le besoin qu'en avait l'auteur pour arriver à son but. Toutefois nous trouvons dans ce drame ce qu'il y a de plus important, d'admirables sentiments exprimés avec noblesse et fermeté.

L'auteur aurait pu lui donner pour titre : l'expiation ; car l'expiation du crime de Ganelon qui a trahi Roland à Roncevaux est bien l'idée qui domine dans la pièce et la résume ; seulement ce titre lui eût donné un air de mélodrame. L'idée n'en est pas moins exprimée, dès le début, dans la belle narration de Ganelon qui coule comme une lave brûlante, et elle conduit le drame tout entier, elle en est comme la trame. Berthe et Gérald renoncent à l'union qu'ils désirent l'un et l'autre, parce que Gérald, le fils de Ganelon, ne peut s'unir à la fille de celui que son père a trahi, et malgré les encouragements des seigneurs de Charlemagne lui-même, il refuse le bonheur dont il se croit indigne :

> J'entends là cette voix qui ne saurait mentir,
> Je suis le fils du crime et non du repentir.
> Afin qu'aux yeux de tous la leçon soit plus haute,
> Je veux que le malheur soit plus grand que la faute,
> Et le père sera d'autant mieux pardonné
> Que le fils innocent se sera condamné.
> . . . .
> Que mon malheur du moins serve à tous de leçon.
> Pour mieux vaincre à jamais l'esprit de trahison,
> Songez à vos enfants ! Songez que d'un tel crime
> Votre race serait l'éternelle victime,
> Et que tous les remords, tous les pleurs d'ici-bas,
> Toutes les eaux du ciel ne l'effaceraient pas.

Il résiste même aux larmes de Berthe :

> Sire, devant ces pleurs, venez à ma défense.
> Je ne peux rien céder contre ma conscience.

Et Berthe elle-même se soumet :

> . . . . Qui t'aime, te ressemble !
> Dieu fit nos cœurs pareils, que Dieu seul les rassemble !

Gérald, armé de Durandal que sa vaillance a reconquise sur un orgueilleux Sarrasin, s'en va combattre à l'étranger. Charlemagne proclame avec raison que la vraie grandeur est dans celui qui donne d'aussi belles leçons :

> . . . . Barons, princes, inclinez-vous
> Devant celui qui part : il est plus grand que nous (1).

Cette œuvre a l'immense mérite de faire revivre nos gloires nationales et de montrer le sentiment religieux uni à tous les grands sentiments qui ont fait la gloire de la France. Puisse cet exemple être suivi. C'est à cette source que les auteurs puiseraient des inspirations qui, non seulement seraient salutaires, mais constitueraient pour eux les conditions d'un vrai et grand succès.

Gœthe, parlant de la littérature contemporaine, disait : « Aujourd'hui toute la toile est salie ; il n'y a plus de place pour la moindre esquisse (2). » Eh bien ! voilà des pages immenses qui n'ont été que trop négligées, elles auront l'attrait de la nouveauté, bien qu'elles soient notre propre histoire.

Lamartine est de notre temps et son nom restera dans l'histoire de la littérature française. Tout le monde connaît les qualités et les défauts de son style tellement abondant qu'il devient parfois diffus et rend la pensée nuageuse ; mais aussi le plus souvent quelle richesse d'images ! Quelle magnificence de langage dans la *mort de Socrate*, par exemple, le *Crucifix*, le *Lac*, l'*Immortalité*, les *Etoiles !* Sa foi religieuse manque de fermeté ; mais il est un sentiment qui revient plus souvent dans ses chants et auquel il a donné un accent vrai, la tristesse que l'on appelle la mélancolie.

La mélancolie peut être considérée comme une maladie de l'âme ; on pourrait dire aussi qu'elle nous est inspirée par la religion qui nous montre la vie comme une épreuve et la terre comme un lieu d'exil. Mais les littérateurs n'ont pas toujours donné à ce sentiment le caractère qu'il doit avoir. En effet, il ne doit jamais êtres ombre, farouche, systématique ou découragé, mais résigné, aimable, montrant le même le sourire de l'espérance à travers les larmes d'une sainte tristesse. Or, dans les écrits de lord Byron, la mélancolie fut

---

(1) Acte IV, scène 3e.
(2) *Entretiens de Gœthe et d'Eckmann*, p. 217.

sauvage et frénétique ; celle d'Obermann fut sceptique et haineuse ; celle de Werther aboutit au suicide. M. de Chateaubriand dans son *René*, essaya de montrer comment la mélancolie, quand elle domine une âme, en paralyse toutes les facultés et devient un mal incurable ; il condamne même directement ce mal à la fin de son récit par les paroles qu'il met sur les lèvres de Chactas ; mais en le montrant paré de tous les charmes de son style, il contribuait à le faire aimer, à le mettre en honneur. Aux yeux de beaucoup un vice à la mode devient presque une vertu. Si dans notre siècle un trop grand nombre sont malades de cette langueur funeste que René traîne en tous lieux, si un trop grand nombre sont en proie à cette tristesse désespérée qui poursuivait lord Byron, et en conduit quelques-uns jusqu'au suicide, il n'est pas utile de communiquer à d'autres âmes ces impressions fâcheuses. Mais, telle qu'elle est exprimée par Lamartine, la mélancolie a son caractère vrai et ne saurait nuire. Ne lit-on pas avec profit cette méditation sur *le passé* dans laquelle après avoir rappelé à M. de Virieu dans des strophes charmantes tout ce qui a disparu de ce qu'ils ont aimé, il ajoute :

> En vain, dans ce désert aride,
> Sous nos pas tout s'est effacé.
> Viens : où l'éternité réside,
> On retrouve jusqu'au passé.
> Là sont nos rêves pleins de charmes,
> Et nos adieux trempés de larmes,
> Nos vœux et nos soupirs perdus.
> Là refleuriront nos jeunesses,
> Et les objets de nos tristesses
> A nos regrets seront rendus.

La *Pensée des morts*, *Pourquoi mon âme est-elle triste ?* et beaucoup d'autres pièces sont remplies de ce sentiment. Nous n'approuverions pas, il est vrai, le *Novissima verba* ou *Mon âme est triste jusqu'à la mort*, le doute y domine et il y règne une sorte d'irritation qui s'exhale en blasphème.

D'autres poètes étaient aussi bien doués et peut-être mieux encore ; mais plusieurs se sont complètement égarés.

Aujourd'hui on ne pourrait louer le poète des *Odes et Ballades* sans faire bien des réserves et même de très graves reproches.

Alfred de Musset avait un vers plus ferme que celui de Lamartine, mieux ciselé et plus correct que celui de Victor Hugo, mais on peut lui appliquer ce qu'il disait de l'un de ses héros :

> Ce n'était pas Rolla qui gouvernait sa vie,
> C'étaient ses passions. Il les laissait aller
> Comme un pâtre accroupi regarde l'eau couler.

Celui qui se laisse ainsi gouverner par ses passions ne peut que tomber dans la fange, et l'on gémit plus tristement quand celui qui descend si bas avait reçu le don du génie.

D'autres, heureusement, sans avoir autant de ressources, ont produit des œuvres intéressantes. Nous pourrions citer Brizeux :

> Qui chanta son pays et sut le faire aimer;

Auguste Barbier, l'auteur des *Iambes* ; de Laprade, le chantre de *Pernette* ; Autran, qui a écrit *la fille d'Eschyle*, d'un caractère vraiment antique, et *don Juan de Padilla*, drame où l'on voit des sentiments héroïques qui se transmettent comme un héritage dans une famille et grandissent avec les périls et les malheurs.

Il nous serait difficile de louer et plus difficile encore de stigmatiser tout ce qui le mériterait à notre époque. Mais si nous considérons le plus grand nombre des drames et des romans qui depuis vingt ans ont inondé la France, nous pouvons résumer comme il suit nos appréciations :

§ VI. — *Résumé et conclusions.*

1° Pour le fond des œuvres, pour la pensée, l'antiquité mettait sur la scène de grands crimes, mais ces crimes étaient connus et les poètes ne le montraient qu'avec les châtiments qu'ils méritaient et dont ils avaient été punis ; ils donnaient ainsi de grandes et d'utiles leçons.

La littérature contemporaine vise à être vraie et prétend nous représenter la société telle qu'elle est avec ses malaises et ses vices. Si elle se maintenait dans ce programme, il n'y aurait pas lieu de la louer. En effet, à quoi sert de lire des livres, d'assister à un spectacle si nous devons y retrouver seulement ce que nous voyons autour de nous. Malheureusement la littérature ne se tient pas à ce niveau déjà si médiocre, elle s'abaisse bien davantage ; le monde qu'elle nous présente est beaucoup plus dépravé que celui dans lequel nous vivons.

Trop souvent le romancier cherche dans les bas-fonds de la société, jusque dans les égouts, les misères physiques et morales les plus immondes, les aventures les plus scandaleuses, des crimes accumulés, pour en repaître la curiosité de lecteurs trop avides, hélas ! de ces hideux spectacles (1).

Souvent, à la manière de lord Byron, l'auteur dramatique et le romancier donnent au vice une allure fière et martiale, une physionomie qui doit captiver nos sympathies, et ils donnent à la vertu des traits qui la font paraître ridicule. Quand ils n'attaquent pas directement la religion, ils mettent en scène des types qui ont la prétention de personnifier la pitié et n'en sont que la caricature.

Quelquefois le littérateur se flatte d'avoir fait une œuvre morale, parce que, après nous avoir montré le vice étalant ses turpitudes et triomphant dans toute la suite de l'œuvre, il nous le montre à la fin puni et humilié. Mais le plus souvent, ce châtiment tardif ne suffit pas pour rétablir la moralité d'une composition littéraire : la dernière scène n'efface pas assez dans l'esprit du lecteur ou de l'auditeur les tableaux qui l'ont précédée. Plus d'un ne sera porté qu'à rechercher les jouissances coupables dont on lui a fait la peinture

---

(1) Nous ne pouvons que jeter ici au bas de la page quelques exemples, citer quelque noms parmi les plus connus.

Zola, dans une de ses préfaces, donne son *Assommoir* comme le plus chaste de tous ses livres. Or il y présente le peuple beaucoup plus dégradé qu'il ne l'est en réalité ; il met sous les yeux de ses lecteurs les scènes les plus grossières avec le réalisme le plus audacieux ; il n'inflige absolument aucun blâme à ses personnages les plus coupables, et il ne cherche aucunement, en jetant çà et là quelques parfums, à distraire de la puanteur de ce fumier qu'il a extrait des plus sales égouts de la grande ville. Quel est donc le but, quelle est la valeur de cette littérature ? L'auteur semble vouloir nous le dire lui-même : il donne à son volume ce sous-titre explicatif : Histoire naturelle et sociale d'une famille. Histoire naturelle, c'est, en effet, l'histoire de la bête et de la bête vicieuse. Où est le beau dans une pareille œuvre ? Et cette œuvre est la plus chaste de toutes celles de l'auteur !

Guy de Maupassant a un ton très différent, « c'est un styliste qui s'applique, qui choisit minutieusement ses épithètes et qui cisèle ses phrases. Il est réellement fort. Cet aristocrate se croirait insulté si l'on comparait son élégance à la platitude d'Ohnet ou à la trivialité de Zola... Mais derrière ce purisme hautain se cache une perversité fangeuse. Zola est l'énorme et lourd scarabée qui s'abat, se traîne et s'enfouit gravement dans l'ordure. Guy de Maupassant est le coléoptère étincelant comme une pierre fine et qui n'en vit pas moins de cadavres, la mouche d'or venimeuse qui se plaît aux purulences et dont la piqûre imperceptible laisse dans l'organisme un trouble rongeur, parfois mortel... Pour cet auteur il n'existe aucune loi supérieure aux exigences de l'animalité. Jouir le plus

séduisante, en se promettant simplement d'être plus habile que le héros du roman ou du drame pour éviter le châtiment.

D'autres auteurs vont plus loin, et entreprennent de justifier le crime en disant que l'homme y est conduit par un entraînement irrésistible, par la situation qui lui est faite dans la société. De plus, ils accusent la société elle-même d'être injuste et coupable envers ceux qui sont tombés, en ne leur permettant pas de se réhabiliter et de reprendre dans le monde un rang honorable.

Les littérateurs accomplissent cette œuvre de démoralisation non seulement par les personnages qu'ils mettent en scène, mais par les idées qu'ils expriment explicitement, comme s'ils craignaient que le lecteur pût s'y méprendre. Ainsi on a osé dire sur le dévouement : « Là est la vertu dans toute la fleur de sa bêtise, mais là est la misère », et d'autres maximes aussi folles qu'impies : « Le bien et le mal sont des distinctions que nous avons créées, Dieu ne les connaît pas (1). »

Nous ne sommes pas au temps où un poète que l'on accusait d'avoir été trop facile dans une de ses tragédies, pouvait dire pour sa défense : « Les moindres fautes y sont sévèrement punies, la seule pensée du crime y est regardée avec autant d'horreur que le crime même : les faiblesses de l'amour y passent pour de vraies faiblesses ; les passions n'y sont présentées que pour montrer tout le désordre

vivement et le plus longtemps possible des personnes et des choses, des rayons de soleil et des caresses de la brise, c'est le but suprême. Religion, famille, mariage, honneur, respect de soi et des autres, autant de formules puériles ; on en parle comme de la coupe des habits et des accidents de l'air. A vrai dire il n'y a ni pères, ni mères, ni enfants, ni femmes, ni maris, ni frères, ni maîtres, ni serviteurs, ni compatriotes, ni amis, il y a des brutes mâles ou femelles qui ont des appétits, des nerfs, des répugnances ou des attraits, qui cherchent à écarter la peine et à se procurer le plaisir, chacune à sa manière et à sa mesure. Devoir, sacrifice, piété, admiration, patriotisme, charité, courage, art et science, tout ce que les moralistes regardent comme pur et saint, tout ce que les artistes rêvent comme grand et beau, tout ce qui suppose une règle et un ordre immatériel est à peu près inconnu ». R. P. Cornut, *Les Malfaiteurs littéraires*, p. 85 et suiv.

Dans Richepin, les résultats sont plus funestes encore parce que la chute dans le mal est plus voulue et plus profonde. « Avec une rage de lettré haineux et de déclassé jaloux, il met son érudition classique et sa science de normalien au service de la perversité. » (*Idem*).

Sans doute tous nos romanciers contemporains ne sont pas coupables au même degré. Il y a même de la part de certains d'heureuses évolutions. Ainsi M. Paul Bourget qui avait d'abord versé dans la pornographie se relève et arrive à des sentiments vraiment chrétiens, nous l'en félicitons.

(1) Ces maximes ont été émises par Mme G. Sand ; nous les avons recueillies dans des articles de critique, et nous tenons à dire au lecteur que nous n'avons point lu les ouvrages.

dont elles sont la cause, et le vice y est peint partout avec des couleurs qui en font connaître et haïr la difformité. C'est là proprement le but que tout homme qui travaille pour le public doit se proposer, et c'est ce que les premiers poètes tragiques avaient en vue sur toute chose. Leur théâtre était une école où la vertu n'était pas moins bien enseignée que dans les écoles des philosophes. Aussi Socrate, ce sage de l'antiquité, ne dédaignait pas de mettre la main aux tragédies d'Euripide (1). »

2° Les procédés de l'art moderne n'ont aucun rapport avec les procédés de l'art antique Les œuvres de l'antiquité soit dans la littérature, soit dans la musique, la sculpture et l'architecture, avaient un caractère particulier de simplicité. Chaque tragédie présentait une situation, un fait qui n'était point chargé d'incidents et suffisait à la trame de la composition. L'argument de chaque pièce peut être donné en quelques lignes. Cette simplicité était tellement le caractère des œuvres de l'antiquité que, si une composition moderne a quelque peu ce caractère, on ne croit pas pouvoir mieux la louer qu'en disant : C'est simple comme l'antique !

(1) Racine, dans sa préface de *Phèdre*. — Le programme suivi par Alexandre Dumas est bien différent : Encourageant par la manière dont il les apprécie, les unions libres, il a travaillé à détruire autant qu'il le pouvait, les liens du mariage ; il a préconisé le divorce et, ce qui est pis, le divorce escompté d'avance et d'un commun accord par ceux qui, ne s'unissant ainsi que pour un temps, sont décidés à se laisser aller à tous leurs caprices et se sépareront aussitôt qu'ils seront lassés l'un de l'autre. D'ailleurs, la forme a bien ce qu'il faut pour faire pénétrer ces aberrations dans les cœurs. Voici ce qu'en dit Francisque Sarcey. « Il y a dans les drames et les tirades morales de Dumas comme un piment de volupté secrète. On n'y goûte jamais cette satisfaction pleine et douce, cette quiétude de contentement que donnent les œuvres vraiment bonnes qui sont en même temps belles. Il ne sait pas exciter dans les cœurs des sentiments qui les élèvent, qui donnent un noble et salutaire enthousiasme, et quand il provoque le rire, ce n'est point celui qui épanouit les cœurs en leur faisant du bien et dont on aime à garder le souvenir. Ce qui m'irrite contre lui, c'est la prétention qu'il affiche de faire de la morale... quand il n'y a rien de plus démoralisant que ces sortes de spectacles. »

On ne se contente pas de pièces composées dans cet esprit pernicieux ; souvent on met sur la scène les romans les plus immoraux. Peut-être certaines paroles trop impudentes auront été atténuées ; mais la représentation donne d'ailleurs beaucoup plus de puissance aux pensées exprimées. C'est ainsi que les récits les plus naturalistes de Zola n'ont pas écœuré les arrangeurs. Nous semblons parler au nom de la morale, mais nous pouvons ajouter : où est le beau dans ces représentations ? Dans les décors ? mais ce n'est que le cadre.

Ce qui captive dans ces romans comme dans la plupart des pièces de théâtre « ce n'est pas l'amour conjugal que l'on a réussi à rendre burlesque et odieux sur les planches, ni l'amour filial, ni l'amour paternel ou maternel, l'amitié, c'est l'amour coupable, animal. » Ainsi qu'on l'a dit encore avec vérité « ils ont calomnié, enlaidi l'humanité en cherchant et en montrant uniquement la bête humaine. » Ce n'est plus du naturalisme, ce n'est plus du réalisme c'est de l'idéalisme à rebours.

Le xviiᵉ siècle admit des combinaisons plus compliquées, toutefois il crut devoir observer avec rigueur la règle des trois unités proclamée par Aristote et depuis par Boileau.

Les modernes pouvaient procéder avec un peu plus de liberté s'ils en éprouvaient le besoin ; ainsi ils auraient pu n'observer les règles d'unité que dans la mesure où elles sont utiles à la vérité de la représentation et étendre les limites de temps et de lieu un peu plus qu'on ne l'avait fait au xviiᵉ siècle, mais ils allèrent beaucoup plus loin.

Ce ne sont pas seulement les barrières matérielles qui ont été renversées ; mais les grands principes de la morale ne dirigent plus l'inspiration de l'auteur en lui suggérant la pensée de combinaisons qui donneront de l'intérêt à son œuvre et un dénouement qui en fera la moralité. Aujourd'hui, le drame est conduit par des passions qui sont irrésistibles, qui n'ont plus de contrepoids dans la vertu et dans la loi. Elles recherchent avec impétuosité leur satisfaction, et elles ne luttent que contre les événements. Et comme l'auteur n'a que cette ressource pour captiver les spectateurs, il accumule les incidents, ne recule devant aucune combinaison, et il poursuit souvent sa route à travers les complications les plus invraisemblables pour arriver à un dénouement encore plus surprenant que tout ce qui précède (1).

Sans doute il y a souvent dans les drames modernes des dialogues très bien conduits comme il y a dans les romans des descriptions

Ajoutons que ceux qui achètent ces livres ou vont à ces spectacles sont coupables. Vous me dites que ces lectures et ces représentations vous amusent ; je le regrette pour vous. Vous ne vous faites pas honneur à vous-même. Vous n'en éloignez pas vos enfants. Vous leur donnez là de singulières leçons. Les cordes impures du cœur frissonnent bien facilement et qui donc pourra s'assurer ensuite qu'il en a arrêté les vibrations ?

Ceux qui se laissent entraîner ont tort, mais les critiques de journaux se rendent coupables en poussant le public dans le bourbier. Pour constater avec quelle impudence ils le font, il n'y a qu'à lire le *Figaro*, le *Gaulois*. Dans une pièce que le *Monde* déclare « aussi malpropre que possible, un méli-mélo... qu'il est impossible d'analyser décemment », le *Figaro* trouve « une succession de tableaux de la vie parisienne dessinée d'après nature avec un talent d'observation et un art incomparables... C'est une adorable comédie ; les accès de gaieté font rire aux larmes. Que voulez-vous de plus ? »

Le *Gaulois* faisait de la même œuvre un éloge dithyrambique parce que, en assistant à cette comédie, on peut « oublier dans le plaisir l'ennui de vivre ».

Plus que jamais, aujourd'hui il est vrai de dire avec Bossuet : « Au théâtre l'homme y fait à la fois un jeu de ses vices et un amusement de ses vertus. »

(1) Un auteur qui n'a que trop cédé au mauvais goût et contribué à le développer écrivait : « Le public veut des effets ; il ne tient pas à ce qu'ils soient amenés d'une façon logique, pourvu qu'elle lui semble ingénieuse. Avec lui, tout l'art consiste à tirer d'une situation très tendue un effet très inattendu. Le public veut être surpris. Donnez-lui du poivre il ne sent plus le goût du sel. »

faites avec beaucoup d'imagination et d'habileté ; il y a des qualités de détail, mais l'ensemble manque de simplicité et de vérité.

3° Les poètes anciens traçaient en quelques lignes des paysages vrais, gracieux ou grandioses. Toutefois, même les poètes qui ont chanté la nature, comme Hésiode, Théocrite et Virgile, n'en ont point fait la description dans le sens que nous attachons à ce mot. Ils nous ont laissé d'admirables peintures des travaux, des mœurs et du bonheur de la vie rustique ; mais quant à ces tableaux des campagnes, des saisons, des accidents du ciel qui ont enrichi la muse moderne, on en trouve à peine quelques traits dans leurs écrits.

A la Renaissance, la littérature avait beaucoup trop gardé le fatras de la mythologie qui rapetissait la nature. C'est surtout le dix-neuvième siècle qui expulsa « ce peuple de faunes, de satyres et de nymphes, pour rendre aux grottes leur silence et aux bois leur rêverie. Les déserts ont pris sous notre culte un caractère plus triste, plus vague, plus sublime ; le dôme des forêts s'est exhaussé ; les fleuves ont brisé leurs petites urnes, pour ne plus verser que les seaux de l'abîme du sommet des montagnes : le vrai Dieu en rentrant dans ses œuvres, a donné son immensité à la nature (1). »

Avec Chateaubriand qui a dit ces belles paroles et qui fut le chef de l'école nouvelle, nous avons eu de grands paysagistes, Lamartine et beaucoup d'autres.

Malheureusement, trop souvent aussi l'homme disparut au milieu de la nature physique : le cadre absorba le sujet. Mais ce qui est devenu plus fâcheux encore, c'est que, en se complaisant par trop dans la description de la nature physique, nos littérateurs se sont habitués à nous montrer surtout des sensations, des sentiments et des passions matérialisées (2).

Toutefois, dans la littérature moderne, ce n'est pas l'incorrection de la forme que nous déplorons davantage, c'est l'immoralité du fond. Loin de mettre à profit les ressources que lui a procurées le christianisme, elle a méconnu ses bienfaits, elle l'a souvent calomnié, et elle a prêché le vice et le libertinage.

---

(1) *Génie du Christianisme*, V liv., chap. I.
(2) On en peut voir un exemple dans les pages de *Notre-Dame de Paris*. Quand on enlève à Gudule son enfant, elle ne montre pas la douleur d'une mère ; il n'y a plus rien d'humain, c'est la rage de la bête fauve, de la panthère à laquelle on arrache ses petits. Nous sommes loin des lamentations si simples, mais si touchantes d'Andromaque quand on lui enlevait son fils Astyanax.

16. — L'ASSOMPTION DE LA SAINTE VIERGE, par Poussin.

Platon eût chassé honteusement de sa république tous ces écrivains de mensonge et de corruption. Pour nous, ce n'est pas au nom de la morale que nous réclamons ici ; nous nous bornons à protester au nom de l'art dont les lois premières et le but sont étrangement méconnus.

Sans doute, un jour, nous devons l'espérer, notre littérature rentrera dans une meilleure voie ; plaise à Dieu qu'elle n'attende pas pour cela à produire tout à fait l'affreux cataclysme qu'elle semble vouloir préparer !

CHAPITRE V

MUSIQUE

Préliminaires. — Procédés de la musique ; étendue de son expression.

Nous sommes émus par les différentes voix qui se font entendre au sein de la création, par le souffle plaintif ou aigu de la brise, par le gémissement de la vague qui déferle sur le rivage, par les sourds grondements et par les bruyants éclats du tonnerre ; nous écoutons avec intérêt le chant des oiseaux, la phrase courte et uniforme du roitelet, les accents mélancoliques du ramier, les mélodies brillantes et variées du rossignol.

Nous ne savons pas ce qu'éprouvent ces petits musiciens, dans quelle mesure ils souffrent ou se réjouissent, quelle est la valeur de leur chant par rapport aux émotions qu'ils ressentent ; toutefois ces chants nous émeuvent, surtout quand nous y voyons l'expression de sentiments de joie ou de tristesse, semblables à ceux que nous éprouvons nous-mêmes.

La voix de l'homme plus qu'aucune autre nous émeut, parce qu'elle nous traduit directement, et avec une merveilleuse vivacité, les sentiments de son âme.

Assurément, rien que le son de la voix, s'il est plein, vibrant ou suave, peut nous charmer ; mais c'est surtout en nous exprimant des sentiments de joie ou de tristesse, de bonheur ou de tendre mélancolie, d'amour ou d'enthousiasme, que la voix humaine excite en nous des émotions, et c'est aussi par cette expression qu'elle nous donne la jouissance de la beauté.

Analysons les différentes ressources dont l'homme peut user pour donner de l'expression à son chant et celles dont il se sert pour compléter les effets de sa voix.

Nous devons distinguer la mélodie et l'harmonie.

La mélodie est une succession de sons qui se suivent avec des intervalles différents, et plus ou moins de durée, et dans des rapports tels que ces sons, par leur enchaînement, prennent une signification particulière. L'harmonie, bien différente de la mélodie, suppose des sons qui se font entendre simultanément.

Le sentiment de la mélodie est inné au cœur de l'homme. La mélodie est la première chose que remarque celui dont les dispositions naturelles n'ont pas été modifiées par une éducation précoce. Disons plus, c'est elle seule qui attire l'attention de ceux qui sont complètement étrangers aux études musicales. L'harmonie des accompagnements frappe en vain leur oreille, elle n'est pas entendue (1). Bien des peuples n'ont connu ou ne connaissent encore que la mélodie.

Chacun sait que l'artiste, quand il compose, soit une mélodie harmonisée, soit une simple mélodie, est obligé de suivre des lois très compliquées. Il doit observer les lois et les convenances du ton, du mode, du rythme et de la mesure. Il trouve aussi, dans ces procédés divers, les ressources les plus variées ; essayons de les définir.

Le ton, au point de vue de la composition, en plain-chant et en musique, est un diagramme convenu de sons, c'est-à-dire une série de sons dont les intervalles sont déterminés.

En musique le mode et le ton diffèrent. Les tons sont aussi nombreux que les notes de la gamme, ces notes étant prises comme point de départ de diverses gammes ramenées d'ailleurs à la gamme modèle par ce que l'on appelle les accidents. Il n'y a que deux modes : le mode majeur et le mode mineur (2). Mais si la musique n'a que ces deux modes, elle multiplie d'ailleurs à l'infini ses ressources d'expression en passant par le secours de certaines formes, sans blesser l'oreille, d'un ton dans un autre, en modulant.

En plain-chant on ne fait guère attention qu'au mode, et un morceau peut être chanté ou plus haut ou plus bas, selon les voix dont on dispose.

---

(1) « Il y a environ vingt ans, écrivait M. Fétis en 1836, on s'est assuré par diverses expériences, qu'une partie du public de nos spectacles croyait que l'orchestre jouait à l'unisson des chanteurs. » (*La Musique mise à la portée de tout le monde*, p. 45).

(2) « Le mode est majeur quand la troisième note de la gamme d'un ton quelconque est à la distance de deux tons de la première et la 6e à l'intervalle de quatre tons et demi ; le mode est mineur quand ces deux intervalles sont plus petits d'un demi-ton. » (M. Fétis, *Dictionnaire de musique*.)

Nous compléterons ces notions insuffisantes sur le mode et le ton en expliquant les transformations du plain-chant et de la musique. Il nous suffit ici de pouvoir dire que le compositeur trouvera des ressources d'expression dans cette variété de tons et de modes.

Le rythme diffère de la mesure et peut exister sans elle. Dans le plain-chant il n'y a que le rythme.

La mesure détermine rigoureusement la durée proportionnelle des notes.

Le rythme semble laisser au chanteur plus de liberté, il règle cependant le mouvement de sa voix dans ses évolutions; il résulte de la succession combinée des longues et des brèves, il est la proportion dans la division. C'est l'ordre qui fait le rythme et le rythme est l'âme du plain-chant. Ce rythme est appelé libre parce que les temps forts ou faibles ne s'y produisent pas d'une façon isochrone, c'est-à-dire en temps égaux, comme dans la musique moderne (1).

En musique la mesure se joint au rythme; elle le précise et le complète (2).

La même mesure et le même rythme sont susceptibles de mouvements plus ou moins lents, plus ou moins rapides, qui donneront à la mélodie un caractère différent : c'est ainsi que l'on distingue le *vivace*, l'*allégro*, l'*andante*, l'*adagio*.

Il y a des mélodies qui produisent leur effet par elles-mêmes et sans accompagnement d'aucun genre, et ces mélodies deviennent facilement populaires; il en est d'autres qui, pour nous émouvoir, ont besoin d'être soutenues par un accompagnement; il en est d'autres enfin, qui résident tout entières dans l'harmonie qui les accompagne, ou plutôt elles résultent de différentes mélodies qui se croisent, se rencontrent, se séparent pour se rencontrer encore, mais sont reliées dans l'expression de la même pensée musicale, comme les broderies variées d'un même tissu. Ce genre de mélodie pour être bien compris exige une éducation musicale plus complète.

L'harmonie maîtresse de toutes ses ressources n'a pas seulement

(1) Ces notions deviendront plus claires par les appréciations que nous ferons du plain-chant.

(2) « La disposition des longues et des brèves se présentant plusieurs fois dans un ordre que l'oreille remarque est ce que l'on appelle la carrure de la phrase. » (M. Fétis, *La Musique mise à la portée de tout le monde*.)

Le discours est rythmé; la poésie par ses pieds réguliers et ses cadences périodiques, avec le rythme admet la mesure.

des sons se faisant entendre simultanément, mais elle enchaîne les différents groupes de notes qui se succèdent. Comme la mélodie, elle peut moduler, et elle trouve dans les modulations une source abondante de richesses. Les lois de l'harmonie sont trop étendues pour que nous prétendions les faire connaître ici ; nous indiquerons seulement dans un instant, les phases les plus importantes de sa formation.

Avec ces moyens d'expression, il en est d'autres encore, dont le musicien peut tirer un immense avantage. Ainsi, il peut se servir de voix d'hommes, de voix de femmes et de voix d'enfants. Ces voix ont des timbres différents, et peuvent, par leur contraste et leur fusion, produire des effets très riches et très variés. De plus, les voix d'hommes peuvent être rangées en plusieurs catégories. Ajoutons sur les voix d'enfants cette remarque qui explique un fait que chacun a constaté plus d'une fois et qui confirme un point de la théorie que nous avons établie en étudiant le *Beau dans la nature*.

Une voix d'enfant faisant entendre avec simplicité, sans étude et sans art, une mélodie, nous plaît, pour peu que cette mélodie ne soit pas insignifiante et que la voix elle-même ait des qualités ordinaires. Une voix d'homme qui ferait entendre la même mélodie avec le même abandon, sans montrer par ses accents que ce chant a été étudié et qu'il est vraiment senti, ne nous ferait pas le même plaisir. Pourquoi donc sommes-nous plus exigeants envers l'homme ! C'est que dans son chant, comme dans toutes ses œuvres, pour qu'il nous donne le spectacle de la beauté, il doit faire briller son intelligence, nous montrer le fruit de ses réflexions et de sa volonté. Au contraire, pour qu'un enfant nous charme, il suffit que, par les accents de sa voix, il nous exprime son âme, sa candeur et son innocence, ce qui est en lui un don de la nature. Or, cette expression ne réclame de sa part aucune étude, et ce qu'il produit de lui-même est gracieux.

Le compositeur complète l'effet des voix par l'instrumentation ; et, aujourd'hui plus que jamais, il peut profiter de cette ressource, qui s'est perfectionnée de plus en plus à travers les siècles, par l'invention de nouveaux instruments.

Il en est un que nous devons signaler à cause du rôle important qu'il remplit.

« Le christianisme, dit Chateaubriand, a inventé l'orgue ». C'est lui assurément qui a donné à cet instrument son véritable caractère et ses développements. Aussi l'orgue est vraiment l'instrument du temple ; il semble en être la voix puissante ; avec quelle magnificence il lance ses flots d'harmonie à travers les nefs de nos cathédrales et en remplit l'immensité. Comme il exprime bien le sentiment de prière qui s'élève en même temps de l'âme de tout un peuple ! Quelquefois sa voix est retentissante comme celle de la tempête, et les voûtes du temple sont ébranlées ; quelquefois, par son harmonie voilée, il semble ne faire entendre que les soupirs d'une âme qui veut surtout se recueillir devant Dieu et murmurer les accents de la plus humble supplication, ou bien il redit les désirs enflammés du plus ardent amour.

Nous venons de signaler le matériel de la musique, les instruments qui sont aux mains de l'artiste ; mais le musicien, en les employant, devra surtout ne point oublier cette loi qui est la plus importante de son art : se servir des sons pour exprimer des sentiments. Tel sera le but auquel seront subordonnées les combinaisons les plus savantes, les modulations les mieux étudiées et tous les effets de l'harmonie.

Le compositeur se pénétrera profondément du sentiment qu'il veut exprimer, qu'il soit religieux ou profane, que ce soit la tristesse ou la joie, la crainte ou l'espérance, la haine ou l'amour ; et quand il notera son chant, il marquera les nuances, ces précisions qui donneront à la mélodie le fini de l'expression. La nuance modifie l'intensité des sons, le rythme et le mouvement ; elle ne respecte que les intervalles.

L'exécutant, à son tour, devra se conformer avec soin à toutes les intentions délicates du compositeur. Le même morceau de musique prend un caractère bien différent, selon la manière dont il est interprété, et celui qui le chante doit se préoccuper avant tout de bien comprendre et de bien traduire le sentiment dans lequel il a été écrit.

Telles sont les principales ressources dont le musicien peut disposer. Mais ces ressources étant employées avec habileté par l'artiste, quelles sont dans son œuvre l'étendue et les limites de l'expression ?

La musique a de l'expression par elle-même et indépendamment des paroles qui peuvent servir de thème à ses développements. Nier ce fait serait refuser toute signification à la musique instrumentale, et rien que cette observation doit suffire à faire tomber une semblable hypothèse. En effet, la musique instrumentale peut dérouler devant nous toutes les péripéties d'un drame. N'est-ce pas à un drame que nous fait assister la symphonie pastorale de Beethoven? De suaves mélodies, une harmonie tranquille semblent nous faire assister d'abord au lever du jour, quand tout respire encore le calme et la fraîcheur. Un chant simple et doux se fait entendre, et les échos le répètent de vallée en vallée. Bientôt la mélodie s'anime, l'harmonie devient plus brillante, il semble que le soleil inonde la campagne de sa lumière et de ses feux. Pendant que les travaux sont suspendus, le repos est égayé par des danses joyeuses. Mais voici qu'un bruit sourd et lointain d'abord se mêle aux airs de la danse et annonce l'orage. Ce bruit s'approche, la tempête éclate et se fait seule entendre. Les bergers effrayés se sont dispersés. Cependant, peu à peu, le souffle des vents s'apaise, le tonnerre a cessé de gronder, l'orage s'est éloigné, le calme est revenu ; les bergers se sont de nouveau réunis et font entendre un hymne de reconnaissance au Dieu qui fait rayonner son soleil sur les moissons.

La musique a donc par elle-même de l'expression. Elle exprime moins l'idée que le sentiment ; mais aussi elle exprime celui-ci avec une merveilleuse vivacité. Elle parle peu à notre intelligence, mais elle s'adresse à notre cœur, et elle s'en empare avec une rapidité, avec une puissance incomparable ; elle le séduit avant qu'il ait pu songer à se prémunir.

Si le musicien nous exprime la joie, la tristesse, l'enthousiasme, le découragement, il ne nous dira pas quelle est la cause qui a excité ces sentiments ; il ne nous dira pas si la douleur qu'il nous exprime est produite par la mort d'un père ou d'un ami, mais il nous dira, dans ce qu'ils ont de touchant, les regrets d'un cœur brisé par une perte cruelle, et il nous pénétrera de ce sentiment.

Souvent la musique fait préciser l'idée par la poésie et si celle-ci lui prête un concours discret, si elle sert la musique sans empiéter sur son rôle, c'est alors que la musique elle-même remportera ses plus beaux triomphes.

S'il s'agit d'un drame, la poésie fait connaître les rapports dans lesquels les personnages sont les uns à l'égard des autres, elle relie dans un ensemble les différents incidents de l'action, elle établit la trame sur laquelle la musique doit étaler ses broderies ; mais la musique elle-même donne aux sentiments la puissance de l'expression et les fait pénétrer plus profondément dans nos âmes.

La poésie met sur les lèvres d'un personnage ces trois mots : Je vous aime. Pour exprimer ce sentiment, la musique demande beaucoup plus de temps ; au lieu de trois mots, elle a besoin de trois phrases. Mais aussi, pendant que ses mélodies se font entendre à votre oreille, il semble qu'une âme pleine d'amour vous est manifestée et que vous sympathisez avec elle : vous partagez ses douleurs, ses craintes, ses aspirations.

La musique a-t-elle la faculté d'imiter?

La musique a la faculté d'imiter les bruits de la nature, le chant des oiseaux, le mugissement du vent et le grondement du tonnerre ; elle peut rappeler le rythme d'une danse, faire entendre le pas des danseurs et le chant qui les met en mouvement. Cette ressource sera employée avec profit dans la musique instrumentale, et Beethoven n'a point dédaigné de s'en servir dans la symphonie que nous avons citée. Toutefois le compositeur ne doit user de ce moyen qu'avec une grande réserve. Des critiques et même des musiciens se sont moqués avec raison de l'emploi exagéré et ridicule qui en a été fait (1).

La musique a-t-elle la faculté de décrire? Non, évidemment, elle ne peut nous décrire dans leurs formes les objets absents, par exemple un paysage. Seulement, elle nous fait éprouver des impressions du même genre que celles qui seraient excitées en nous par tel ou tel objet, par exemple celles que nous recevrions de la vue de l'Océan pendant une belle soirée.

L'ordre de sentiments dans lequel nous fait entrer l'exécution d'une composition musicale convient peut-être à plusieurs objets. En effet, il est des objets différents qui peuvent nous donner des impressions analogues : par exemple, l'immensité du désert et celle de la mer. Si le musicien excite en nous l'impression de l'immensité,

---

(1) Un musicien anglais s'amusa à faire une composition dans laquelle on remarquait le trop, l'amble, le galop de Pégase ; les mots hauts et bas étaient placés sur des notes hautes et basses ; une élévation soudaine de la voix représentait un vol vers le ciel ; une suite de notes brèves et saccadées imitait le frisson et le tremblement de la fièvre. On peut lire dans *Jérôme Paturot* une critique amusante des morceaux de ce genre.

il ne pourra pas, par les ressources de son art, nous dire avec précision quel est l'objet de la nature auquel correspondent ces grandes émotions qu'il nous communique ; et si, en écoutant son œuvre, nous voulons déterminer cet objet, nous pourrons voir l'immensité de l'Océan où il a voulu nous montrer les profondeurs du désert. Mais, du moins, pour peu qu'il ait réussi et que nous comprenions le langage musical, nous ne sortirons pas du genre de sentiments exprimés par lui ; et si nous confondons le bouleversement de la tempête avec le fracas de la bataille, nous ne prendrons ni l'un ni l'autre pour le calme de l'Océan. Le musicien nous fait donc entrer dans un ordre de sentiments.

Si la poésie intervient pour fixer notre pensée, nous sommes plus promptement et plus profondément émus, et, comme cela arrive souvent, nous sommes peut-être beaucoup plus émus par l'œuvre d'art que nous ne le serions par l'objet lui-même.

Si vous étiez en réalité au désert sous les rayons d'un soleil de feu, aveuglé par la poussière, vous n'éprouveriez que de la fatigue et vous trouveriez peu de poésie dans ces plaines de sable dont on ne peut voir la fin. — C'est Félicien David qui, par son *ode-symphonie* « le *Désert* », vous transporte au milieu de ces vastes solitudes. Le début de son œuvre est magistral : sur les accords d'une harmonie large et grande plane une mélodie vague et indécise, vous avez l'impression de l'immensité. Cette immensité pourrait être, il est vrai, celle de la pleine mer comme celle du désert ; peut-être même vous croiriez jouir du spectacle d'une belle nuit. Mais voici qu'une voix fait entendre ces paroles :

> A l'aspect du désert, l'Infini se révèle,
> Et l'esprit, exalté devant tant de grandeur,
> Comme l'aigle fixant la lumière nouvelle,
>   De l'infini sonde la profondeur.
> Au désert tout se tait et pourtant, ô mystère.
>   Dans ce calme silencieux,
>   L'âme pensive et solitaire
>   Entend des sons mélodieux.

Alors vous n'hésitez plus, et grâce à cette indication vous assistez à une scène du désert. La musique vous donnait une impression profonde, mais cette impression était vague ; la poésie elle-même serait impuissante pour vous montrer un aussi grand spectacle, mais la poésie et la musique se complètent admirablement pour vous en donner la jouissance.

Félicien David, dans la même œuvre, et de la même manière, nous fait assister au lever du soleil. Assurément, le musicien ne pouvait prétendre nous montrer le soleil lui-même avec son disque et le ciel coloré de ses feux ; mais, pendant qu'au milieu d'accords simples et graves, une mélodie commence à se dessiner avec des sons faibles et déliés comme les premières lueurs de l'aube, il fait annoncer par la poésie le lever de l'astre qui, dans un instant, va rayonner « comme un hymne sonore (1) ». Ensuite la mélodie devient plus ferme et plus précise, il semble que l'on voie les objets de la nature se dessiner à la faveur de la lumière qui se répand ; l'harmonie se développe plus brillante et éclate enfin avec une magnificence sans pareille. Et nous avons ainsi des impressions du même genre que celles qui seraient excitées en nous par le spectacle d'un lever du soleil, ou, si l'on veut, le musicien nous exprime les sentiments qu'il a lui-même éprouvés en contemplant des spectacles de ce genre, et il les fait passer dans nos âmes.

Mais la musique par elle-même ne peut décrire (2). D'un autre côté, l'artiste ne doit employer qu'avec une grande réserve les moyens qu'il a d'imiter. Nous pouvons donc conclure que son but doit être d'exprimer des sentiments. Même quand il imite le chant des oiseaux, les bruits de la nature, c'est encore à ce but qu'il doit tendre par cette voie plus indirecte.

Nous pourrions donc dire que la musique est l'expression idéalisée des sentiments de l'âme humaine à l'aide des sons.

Plus les sentiments exprimés seront nobles, grands, dignes de nos sympathies, et de notre admiration, plus la beauté qui nous sera manifestée sera d'un degré élevé.

Quelquefois de grandes qualités de forme paraîtront dans des œuvres qui ne font qu'exciter les mauvaises tendances de l'âme.

---

(1) Paroles de l'*Ode-Symphonie*.

(2) Certains écrivains et même quelques musiciens allemands prétendent que la musique peut démontrer les vérités mathématiques. Ils parlent de problèmes psychologiques dont Beethoven s'est proposé la solution dans ses *Symphonies*. Comme philosophe, ils le mettent sur la même ligne que Hégel et Kant. Sans doute, il ne semblera pas plus difficile à ces messieurs de faire écrire à la musique des pages d'histoire. Il est inutile de réfuter de semblables prétentions.

17. — SAINT VINCENT FERRIER, par Restout.

Ces qualités prouvent l'habileté de l'artiste, mais ne changent pas
le sens de sa composition.

Nous sommes bien éloignés de croire que la musique par elle-
même est forcément inoffensive. En effet, s'il en était ainsi, c'est
que la musique serait incapable de faire vibrer les fibres du cœur
qui correspondent à nos instincts mauvais. Or, nous croyons qu'elle
peut faire vibrer ces cordes tout aussi bien que celles qui correspondent aux nobles passions. Elle peut être amollissante, énervante, nous enlever le courage dont nous avons besoin pour soutenir les luttes de la vie, comme elle peut exciter notre enthousiasme
et notre générosité. Sans doute, une mélodie ne sera pas mauvaise
comme une pièce de poésie, et le sens que nous lui attribuerons dé-
pendra, en partie du moins, des impressions sous lesquelles nous serons nous-mêmes en l'écoutant ; mais il n'en est pas moins vrai que
la musique aura une influence très directe sur notre âme. Cette influence ne sera pas déterminante comme celle d'un discours, elle
participera au caractère de l'art musical qui est vague dans son expression ; mais elle sera cependant funeste ou salutaire, et on ne saurait le nier sans refuser à la musique toute signification.

Les anciens avaient bien compris cette influence de la musique.
Platon, Aristote, Pindare, Plutarque, Apulée ont fait l'éloge du
mode dorien, en le donnant comme éminemment grave et moral (1). Platon voulait qu'il fût en usage avec le mode phrygien dans
la république qu'il avait rêvée, et rejetait les autres modes. Timothée ne fut-il pas banni de Sparte pour avoir ajouté à la lyre plusieurs cordes qui donnaient aux mélodies un caractère efféminé (2)?

Pour dire que la musique est incapable de contribuer à dégrader
le sens moral et à pervertir les cœurs, il faudrait ne pas connaître
le répertoire d'Offenbach. Ses bouffonneries musicales, ses charges,
ses couplets, faits pour accompagner des danses obscènes, non seulement prouvent, par la faveur avec laquelle ils sont accueillis, l'a-
baissement du goût, mais ils contribuent eux-mêmes à l'abaisser ;
ils sont une source d'inspirations malsaines et d'excitations funestes.

(1) Gallien raconte que le musicien Damon, voyant des jeunes gens pris de vin faire
mille extravagances autour d'une joueuse de flûte qui se servait du mode lydien, com-
manda à celle-ci de jouer sur le mode dorien. A peine eût-elle commencé que les jeunes
gens s'apaisèrent et retournèrent chez eux, honteux de leur folie.
(2) Il a rendu la mélodie infâme, disait le décret, en composant dans le genre enharmonique, au lieu du chromatique. « Stafford, *Hist. de la Musique*, p. 146.)

11 *

En attribuant à la musique cette influence bonne ou mauvaise, nous ne faisons que reconnaître son véritable caractère, sa puissance.

Nous pourrions dire que l'origine de la musique, comme celle des autres arts, est divine. Dieu n'a-t-il pas été le premier architecte, quand il a construit cet immense univers que nous admirons? N'a-t-il pas été le premier peintre quand il a recouvert tous les objets qui sont devant nos yeux de couleurs si riches et si variées? Les peintres savent bien que c'est dans la contemplation de la nature qu'ils trouveront les leçons les plus savantes d'harmonie. N'a-t-il pas été le premier sculpteur quand il a façonné de ses mains divines le corps du premier homme? Et c'est lui aussi qui a organisé dans l'univers l'immense concert qui s'y fait entendre sans cesse. Il a dit aux oiseaux quels chants variés ils auraient à moduler, et il a aussi déposé dans le cœur de l'homme tous les secrets de la langue musicale, de cet art qui nous permet de peindre nos sentiments par notre voix et de donner à nos paroles une magnificence, un éclat qu'elles n'auraient pas par elles-mêmes. Oui la musique est grande dans son origine ; mais, comme les autres arts, elle est un instrument qui est confié à l'homme. Les jouissances qu'elle nous procurera auront sur nos âmes un effet salutaire ou funeste.

Considérons rapidement les transformations qu'a subies la musique à travers les siècles.

ARTICLE I

LA MUSIQUE CHEZ LES HÉBREUX ET CHEZ LES GRECS.

Nous négligerons les récits de la fable ; nous ne dirons rien d'Orphée, qui, d'après la tradition, en jouant de cette lyre que lui avait donnée Apollon, attirait les bêtes féroces, les arbres et même les rochers attendris par ses chants ; d'Amphion, qui jouait, dit-on, de la lyre avec tant d'habileté, que les pierres, entraînées par le charme de ses mélodies, venaient d'elles-mêmes se poser pour former les murs de la ville de Thèbes. Ces récits nous montrent l'influence merveilleuse attribuée à la musique par les peuples de l'antiquité. Nous ne dirons rien de la musique des Chinois, des Indous et des Perses, qui n'a aucun rapport avec la nôtre.

Nous savons par plusieurs témoignages authentiques, que la musique fut cultivée en Egypte dès la plus haute antiquité, et que cet art comme plusieurs autres, y avait été porté à une grande perfection (1).

Sans doute Moïse emprunta au pays des Pharaons les connaissances musicales dont il enrichit son peuple. Chez les Hébreux, la musique fut toujours en très grand honneur ; elle relevait la pompe de toutes les cérémonies publiques, et la plupart savaient chanter et jouer de quelque instrument (2).

Délivrés des flots de la mer Rouge, les Israélites se partagent en deux grands chœurs, les hommes sous la conduite de Moïse et d'Aaron, les femmes dirigées par Marie, sœur de Moïse, et ils chantent un hymne de reconnaissance qu'accompagne le son des flûtes et des tambourins. Dans le temple de Jérusalem, quatre mille chantres célébraient les louanges du Seigneur avec les instruments que David avait fait faire pour cet usage (3).

Assurément, la musique des Israélites était expressive, on le sait par les effets qu'elle produisait. Elle apaisait le noir chagrin de Saül et calmait sa frénésie (4). Elle secondait l'action des prophètes ; témoin ceux qui descendaient de la colline de Dieu précédés de personnes portant des lyres, des tambours, des flûtes et des harpes (3). Elysée lui-même demandait un joueur d'instrument pour prophétiser (6). Ces chants laissaient au cœur du peuple les plus doux souvenirs. Exilés sur les bords de l'Euphrate, les Israélites ne pouvaient, sur la demande de leurs maîtres, faire entendre les cantiques qui leur rappelaient le bonheur de la patrie.

(1) Platon fait un grand éloge de la musique des Egyptiens au II⁰ livre des *Lois*.
(2) Il en était encore ainsi du temps de saint Jérôme : *In Christi villula* (Bethléem) *quocunque te verteris arator stivam tenens alleluia decantat. Sudans messor psalmis se avocat, et curva attondens vites falce vinitor aliquid Davidicum canit. Hæc sunt in hac provincia carmina ; hæ, ut vulgo dicitur, amatoriæ cantationes ; hic pastorum sibilus...* (S. Hieron. *Epist. ad Marcellam.*)
(3) Deux cent quatre-vingt-huit maîtres habiles étaient chargés de l'enseignement des autres et n'étaient eux-mêmes que les disciples de vingt-quatre d'entre eux, qui étaient vraiment les chefs de cette population d'artistes. (*Paral.* lib. I, c. xxv.)
(4) I. *Rois*, xvi, 23.
(5) I. *Rois*, x, 5.
(6) IV, *Rois*, iii, 5.

Malheureusement, nous ne possédons intégralement aucun spécimen de la musique hébraïque, nous pouvons seulement présumer qu'au commencement du christianisme, plusieurs cantilènes ont passé dans le chant de nos psaumes.

Nous possédons de la musique des Grecs quatre spécimens, dont trois sont des hymnes adressés à Calliope, à Apollon, à Némésis ; le quatrième consiste en une mélodie composée sur les huit premiers vers de la première ode de Pindare.

Ces quelques compositions et surtout les renseignements qui nous ont été transmis par l'histoire suffisent pour nous faire connaître le système musical des Grecs avec ses différents modes. Plusieurs de ces modes passèrent dans le chant religieux du moyen âge, c'est-à-dire dans le plain-chant, et du plain-chant est issue la musique moderne. Il est donc indispensable que nous disions ici quelques mots sur le système musical des Grecs.

Précisons d'abord le sens de quelques expressions.

Deux sons donnés par la même voix ou par le même instrument, c'est-à-dire par le même timbre, peuvent être plus ou moins distants l'un de l'autre et séparés par un intervalle plus ou moins considérable, de même que dans une couleur verte ou bleue, allant du noir au blanc, on peut établir des degrés qui seront plus ou moins distants les uns des autres, selon qu'ils seront pris à des points plus ou moins foncés de cette nuance. On se sert du mot ton pour désigner le plus ou moins d'élévation dans le son, comme le plus ou moins d'éclat dans la nuance d'une couleur. Par extension, on se sert du même mot pour désigner l'intervalle qui sépare deux sons comme deux nuances, et nous avons dit déjà que, dans la musique, on donne encore au mot ton une signification plus importante.

L'intervalle que nous regardons comme un ton plein, avait la même valeur chez les Grecs. Mais, ce point de départ étant établi, nous ne chercherons pas à comparer leur diagramme à notre gamme: nous l'étudierons en lui-même et nous comprendrons facilement ce qu'il était, en expliquant sa constitution par le tétracorde ou lyre à quatre cordes.

Nous ne parlerons point des différentes lyres inventées ou perfectionnées, disait-on, par Linus, Orphée, Amphion, Terpandre, Pythagore, Timothée, ou Mercure lui-même. Quelques-unes de ces lyres avaient une seule corde ou deux cordes, et donnaient des sons qui étaient comme des points de repère dans la mélodie ou des notes d'accompagnement. D'autres lyres avaient un plus grand nombre de cordes et pouvaient donner la mélodie complète.

C'est sur la lyre à quatre cordes ou tétracorde qu'était basé tout le système musical des Grecs et nous allons voir que ce tétracorde permettait les combinaisons les plus variées.

Les cordes extrêmes du tétracorde étaient toujours montées à un intervalle de deux tons et demi ; mais ces deux tons et demi, qui séparaient les deux sons principaux, pouvaient être divisés et distribués de plusieurs manières par les cordes intermédiaires.

Il y avait d'abord une division qui procédait par deux tons pleins et un demi-ton. Le demi-ton prenait place entre les deux tons pleins, ou auprès du son le plus grave du tétracorde, ou encore auprès du son le plus aigu ; dans ces deux derniers cas, les deux tons pleins se trouvaient juxtaposés.

De ces trois positions différentes du demi-ton dans le tétracorde résultaient trois séries différentes de sons, ou, pour nous servir de l'expression reçue, trois tétracordes qui devenaient la base de trois modes différents dans le système musical, les modes appelés dorien, phrygien, lydien, des noms des peuples chez lesquels ils avaient été employés d'abord.

Chacun de ces tétracordes comprenait trop peu de notes pour servir à la composition d'une mélodie, mais il était complété par d'autres tétracordes du même genre qui lui étaient ajoutés. Cette juxtaposition pouvait être faite de différentes manières. En effet les tétracordes pouvaient être posés au-dessus ou au-dessous par rapport au premier. Les notes invariables, jouant d'ailleurs un rôle plus important dans la composition des mélodies, et étant seules des notes de repos, il en résultait que les mélodies prenaient un caractère différent, selon qu'elles étaient composées avec les tétracordes arrangés de telle ou telle manière. L'emploi et la position différente des trois tétracordes que nous avons indiqués constituaient ainsi non seulement trois, mais quinze modes différents (1). Ces quinze

---

(1) La différence des modes dans la musique moderne est de même fondée sur les positions différentes données aux tons et aux demi-tons.

modes étaient dans le genre appelé diatonique, parce qu'ils procèdent comme on le voit, par tons et par demi-tons.

Avec le genre diatonique, les Grecs avaient le genre chromatique, et le genre enharmonique fondés, eux aussi, sur des divisions du tétracorde, mais différentes de celles que nous avons indiquées.

Voici quelle était la division dans le genre chromatique : les cordes extrêmes du tétracorde étant toujours montées à un intervalle de deux tons et demi, les deux autres cordes partageaient cet intervalle entre deux demi-tons et un trihémiton, c'est-à-dire un intervalle égal à trois demi-tons ; ce trihémiton prenait trois places différentes dans le tétracorde, comme le demi-ton dans le genre précédent (1). Le tétracorde ainsi divisé était d'ailleurs complété par d'autres tétracordes qui pouvaient être placés de différentes manières par rapport au premier. D'où résultaient quinze nouveaux modes qui étaient composés, non plus dans le genre diatonique, mais dans le chromatique, ainsi nommé de χρωμα, couleur, parce qu'il présentait des nuances plus fondues, offrait à l'artiste plus de ressources de coloration.

Le troisième genre, appelé enharmonique, est moins connu que les deux autres, et l'on n'est pas certain qu'il fût employé dans les quinze modes résultant de la combinaison différente des tétracordes. Toutefois, on sait que par ses mélodies il produisait un effet remarquable, et l'on sait aussi sur quelle division du tétracorde il était établi. Les deux tons pleins formaient un seul intervalle et le demi-ton était divisé en deux quarts de ton.

Ces notions générales suffiront pour nous permettre de comprendre la formation des différents modes du plain-chant (2).

(1) De cette division du tétracorde résultait une juxtaposition de demi-tons.
(2) La tonalité de la musique chez certains peuples diffère complètement de celle que nous venons de faire connaître. Ainsi l'échelle tonale des Indous est divisée en vingt-deux parties, qui seraient à peu près des quarts de ton d'après les intervalles de notre gamme ; l'échelle tonale des Chinois se compose de sept tons et demi-tons, mais les demi-tons n'occupent pas la même place que dans la nôtre. Chez les Arabes, les Turcs et les Persans l'échelle tonale se divise en tiers de tons.

Sans doute primitivement, de même qu'il n'y avait qu'un langage, il n'y avait aussi qu'une tonalité musicale ; mais, les peuples s'étant dispersés et ayant pris des tempéraments divers, selon les régions qu'ils habitaient, chacun d'eux forma pour son usage un dialecte musical qui eut son caractère propre, sa syntaxe, et qui de plus fut conforme à son caractère, à son tempérament. Les tonalités qui procèdent par quarts de tons ou par tiers de tons produisent des chants qui ont quelque chose de plus mou et plus énervant ; aussi elles sont en usage chez les peuples orientaux, qui ont bien moins d'activité et d'énergie que les peuples de l'Occident.

Chez les peuples de l'Attique, de même que chez le peuple hébreu, la musique était cultivée avec un grand soin et produisait des effets merveilleux. On sait comment Tyrtée relevait par l'enthousiasme de ses chants le courage de ses compatriotes. Des hymnes célébraient les vainqueurs des jeux Olympiques. Un groupe de musiciens rehaussait le luxe des festins et provoquait la gaîté des amphitryons ; des chants de deuil suivaient le cortège des morts. Il y avait des chants appropriés à toutes les professions (1).

Mais c'est surtout au théâtre que la musique remplissait un rôle important. Voici un passage d'Aristote qui montre que les chants tragiques n'étaient pas sans variété, et comment le rôle du chœur était compris : « Le chant de la scène varie à tout moment, il change de genre, de mode et de mouvement, parce que, voué à l'imitation, il obéit aux diverses passions de chaque interlocuteur ; mais le chant du chœur imite beaucoup moins : ceux qui l'exécutent, exempts de passions, interviennent comme juges ou témoins des événements de la scène. »

Le chœur, en suivant un rythme mesuré et réglé par le coryphée, chantait la strophe en tournant sur la droite et en décrivant une majestueuse procession ; il chantait l'autre strophe en opérant le même mouvement sur la gauche, et l'épode était exécutée sans mouvement.

Chez les Grecs, la mélodie était très simple et renfermée dans quelques notes, elle n'était qu'une espèce de récitatif et ce récitatif était chanté à l'unisson ou seulement avec quelques notes d'accompagnement, comme celles de la quarte et de l'octave, destinées simplement à renforcer le son. Sans doute ces cantilènes ne ressemblaient en rien aux riches compositions que Mendelssohn a écrites sur ces mêmes tragédies, mais cependant elles pouvaient avoir beaucoup de grandeur et de majesté. Personne n'ignore quel est l'effet d'un unisson chanté par des voix nombreuses. Haydn disait n'avoir rien entendu de saisissant comme le chant des cantiques exécutés par quatre ou cinq mille voix d'enfants chantant à l'unisson, avec simplicité et candeur, dans l'église de Saint-Paul de Londres à certains

(1) « Athénée parle du chant des esclaves occupés à moudre le blé, de celui des laboureurs, des moissonneurs, des nourrices, de ceux qui ont soin du bétail, des employés des bains publics, des bergers, des glaneurs, des meuniers, des tisserands, des cardeurs, des enfants. » (Cité par Strafford, *Histoire de la Musique*, p. 131).

jours de l'année (1). Les chants qui deviennent populaires ne sont jamais compliqués.

Les sentiments qui étaient exprimés sur le théâtre des Grecs s'accommodaient d'ailleurs très bien d'une mélodie large et simple. Aujourd'hui, l'opéra ne se donne souvent pour mission que d'exprimer des sentiments de détail, des événements fictifs, qui excitent peu par eux-mêmes l'intérêt des spectateurs. Il ramène sans cesse les insipides redites d'un amour enflammant deux âmes presque inconnues ou bien il exprime les mouvements passionnés et compliqués du drame. Au contraire, les poètes de l'antiquité ne mettaient sur la scène que des faits glorieux, empruntés à l'histoire de la patrie, des événements importants desquels ressortaient de grandes leçons de morale.

Chez les Grecs, la musique était de la poésie chantée, et chez les modernes la poésie disparaît sous l'expression musicale. Par cette dernière observation, nous ne voulons point rabaisser l'art moderne mais nous constatons un fait qui permet de conclure qu'en traversant les siècles, la musique a su prendre un rôle plus important et plus indépendant de la poésie.

« Les poètes grecs étaient d'ailleurs musiciens et arrangeaient eux-mêmes la musique de leurs pièces (2). » La mélodie est sœur de la poésie. Il est probable que les premiers poètes furent musiciens ou que les premiers musiciens furent poètes. D'après la tradition, Orphée, Pindare, Homère chantaient leurs poésies.

ARTICLE II

PLAIN-CHANT ; SA FORMATION, SON HISTOIRE, SES RESSOURCES
D'EXPRESSION.

Dès les premiers siècles du christianisme, le chant des psaumes fut en usage dans les assemblées des fidèles ; nous le savons par

---

(1) Meyerbeer, dans l'*Africaine*, en faisant exécuter par tout l'orchestre à l'unisson une mélodie très simple, n'a-t-il pas arraché des applaudissements enthousiastes à un public habitué aux effets compliqués de l'art moderne ?
(2) Strafford, *Histoire de la Musique*, p. 143.

des témoignages nombreux qu'il serait trop long de rappeler ici. De plus nous pouvons croire, en nous appuyant sur de graves autorités, que les mélodies qui furent adoptées pour ces chants, venaient du temple de Jérusalem (1). Des analogies ont été remarquées entre les chants de quelques psaumes et quelques nomes grecs (2) ; mais les Grecs et les Hébreux, ainsi que nous l'avons déjà remarqué, avaient pu prendre des inspirations aux mêmes sources, spécialement chez le peuple égyptien (3). Nous allons, dans un instant, expliquer les modes du plain-chant en les faisant sortir des modes grecs ; mais ce rapprochement entre les deux tonalités ne s'oppose point à ce que le chant des psaumes vienne directement d'une source plus ancienne. Le chant des psaumes, institué par David, avait été conservé avec la même fidélité que toutes les autres prescriptions du culte hébraï-que, et les Juifs, qui se convertirent en grand nombre à la foi nou-velle, n'avaient point de motifs de rejeter ces chants auxquels ils devaient être profondément attachés (4).

Ces chants passèrent en Occident. Saint Ambroise, qui organisa le chant dans l'église de Milan, nous apprend lui-même, par une let-tre écrite à sa sœur Marceline, qu'il adopta pour la psalmodie les chants en usage dans les églises d'Orient et spécialement ceux de l'église d'Antioche.

Avec le chant des psaumes, saint Ambroise admit aussi celui des hymnes et autres chants alors en usage dans les assemblées des fi-dèles, mais en rejetant tout ce qui lui sembla ne pas avoir un carac-tère assez religieux. Lui-même fit un assez grand nombre de com-positions qui nous ont été conservées (5).

(1) Nous pouvons citer le père Martini.

(2) On donnait chez les Grecs le nom de nome à des chants réglés par les lois et que l'usage avait consacrés.

(3) Clément d'Alexandrie affirme que les Grecs ont emprunté le mode dorien à la psal-modie des Hébreux. — Sur la valeur de l'art musical chez les Juifs on pourrait lire, bien que ce soit dans un ouvrage sur l'architecture, le 6me des *Entretiens* de M. Viollet-le-Duc.

(4) Plusieurs historiens vont jusqu'à dire que les Juifs voyant les chrétiens en posses-sion de leurs chants, renoncèrent alors à les garder tels qu'ils les avaient reçus de leurs pères, et leur substituèrent de nouvelles mélodies.

(5) Pendant la persécution suscitée contre lui par l'impératrice Justine, devenue arienne, saint Ambroise demeura plusieurs jours renfermé dans l'église avec le peuple. « La foule veillait dans l'église, prête à mourir avec son évêque », nous dit saint Augustin dans ses *Confessions*. Et c'est pendant qu'il était ainsi sous le coup des plus terribles menaces, pendant que les partisans de l'impératrice remplissaient la ville de leurs clameurs, que saint Ambroise composa plusieurs hymnes qu'il faisait chanter au peuple et qui sont arri-vées jusqu'à nous.

Dans ce travail qui devint la base du chant ecclésiastique, l'archevêque de Milan adopta quatre modes grecs : le dorien, celui que les Grecs estimaient le plus, le phrygien, le lydien, le mixolydien, et il les prit dans le genre diatonique. Cependant on remarquait aussi quelques passages dans le genre chromatique (1). On lit dans un manuscrit attribué par Gerbert et d'autres auteurs anciens à Odon de Cluny : « Dans certains passages, la voix devient lascive par des intonations trop délicates et des intervalles trop petits », c'est-à-dire qu'il y avait une succession de demi-tons (2).

Saint Grégoire fut le réformateur et l'on peut même dire le créateur du chant qui porte son nom. Au milieu des préoccupations de son pontificat, il voulut apporter à cette grande œuvre toute son attention, dirigeant lui-même une des écoles de chant qu'il avait fondées, et même, dans un âge avancé, accablé d'infirmités, ne voulant pas s'affranchir de ce soin (3) ; mais il y mit de plus son génie. Il s'appliqua à choisir les plus belles mélodies parmi toutes celles qui étaient alors en usage, se servit du recueil d'antiennes connu sous le nom d'*Introïts* et *Graduels* que l'on devait au pape saint Célestin, adopta le chant de la *Préface* attribué au pape Gélase, et composa sans doute lui-même un certain nombre de mélodies.

Son recueil complet contenait des chants pour toute l'année et pour toutes les parties de l'office ; quelques-unes de ces pièces étant communes à un grand nombre d'offices comme les *Kyrie*, les *Gloria*, les *Credo*, les *Sanctus*, et d'autres étant réservées pour telle fête, comme les *Introïts*, les *Graduels*.

Saint Grégoire rejeta les formes chromatiques. Mais aux quatre modes adoptés par saint Ambroise il en ajouta quatre autres formés avec les premiers par un renversement de tétracordes.

Pour expliquer avec clarté la constitution de ces différents modes, nous avons besoin de désigner chacun des sons qui les composent. Or, chez les Grecs, les sons du tétracorde étaient désignés par les cordes qui les produisaient, chacune de ces cordes ayant un nom

---

(1) M. Fétis le dit dans la *Biographie de saint Ambroise*.

(2) Peut-être même était-ce une succession de quarts de tons, et alors ces passages auraient été dans le genre enharmonique : le texte cité n'est pas explicite. Nous avons cru cependant, devoir adopter l'opinion de M. Fétis qui ne voit là que le genre chromatique.

(3) Jean Diacre, son historien, nous dit que, de son temps, on conservait encore le lit duquel ce grand pontife faisait redire la leçon à ses élèves et la verge dont il les menaçait.

18. — DAVID APAISANT LES FUREURS DE SAUL, par Vanloo.

particulier selon sa place dans l'instrument. Saint Grégoire, pour désigner ces sons, se servit des sept premières lettres de l'alphabet (1); mais pour plus de facilité nous nous servirons, pour désigner ces mêmes sons, des noms qui leur furent donnés dans le cours du XIᵉ siècle, et qui leur ont été conservés depuis.

Dans le chant grégorien, le mode dorien présenta la série des sons que nous désignerions ainsi : *ré, mi, fa, sol, la, si, ut, ré* (2). Or, dans cette série de sons, nous voyons deux tétracordes présentant, le premier, les notes : *ré, mi, fa, sol ;* le second, les notes : *la, si, ut, ré*. L'ordre de ces tétracordes étant interverti, on avait l'échelle d'un nouveau mode dans la série des sons : *la, si, ut, ré, mi, fa, sol, la*. Ce nouveau mode reçut le nom du mode ancien précédé d'une préposition empruntée à la langue grecque hypo (υπο, dessous), et fut appelé hypodorien ; le plus ancien fut aussi nommé authentique (de αυθεντης, qui est indépendant), et le nouveau plagal (de πλαγιος, dérivé).

De même, avec les modes phrygien, lydien, mixolydien, saint Grégoire forma les modes hypophrygien, hypolydien, hypomixolydien.

Les différentes notes de la gamme deviennent ainsi le point de départ d'échelles de sons dans lesquelles les tons et les demi-tons occupent des places différentes comme il est facile de le voir par le tableau suivant :

Tons authentiques.

1ᵉʳ ton dorien	RÉ mi	fa sol LA	si	ut ré			
3ᵉ ton phrygien	MI	fa sol la	si	UT ré mi			
5ᵉ ton lydien		FA sol la	si	UT ré mi	fa		
7ᵉ ton mixolydien		SOL la	si	ut RÉ mi	fa sol		

Tons plagaux.

2ᵉ ton hypodorien		la si	ut RÉ mi	FA sol la			
4ᵉ ton hypophrygien		si	ut ré mi	fa sol LA si			
6ᵉ ton hypolydien			ut ré mi	FA sol LA si	ut		
8ᵉ ton hypomixolydien			ré mi	fa SOL la si	UT ré		

(1) Peut-être d'autres s'en étaient servis avant lui, mais il régularisa cet usage.

(2) La série des sons : *ré, mi, fa, sol, la, si, ut, ré*, prit le nom de gamme, de la lettre employée par les Grecs pour désigner la note la plus basse de toutes les séries de tétracordes en descendant le γ (gamma).

D'autres combinaisons contribuèrent à donner un caractère particulier à chacun des huit modes. Ils eurent chacun une dominante, c'est-à-dire une note autour de laquelle s'enroule la mélodie et qui est un point de repère pour l'oreille ; nous l'avons indiquée par des majuscules. Cette dominante est choisie dans chaque ton de manière à donner un jeu facile avec les notes voisines au-dessus et au-dessous. Le *si* et le *mi* ne furent choisis comme dominante pour aucun ton parce que la voix ne se repose pas volontiers sur un demi-ton et de plus le *si* peut varier. En effet, saint Grégoire, comme le faisaient les Grecs, évita ordinairement dans la composition des mélodies le rapport direct de *fa* à *si* ; et quand ce rapport se présenta, le *si* fut bémolisé, c'est-à-dire baissé d'un demi-ton.

La finale, c'est-à-dire la note sur laquelle la mélodie doit se terminer, fut la même dans le mode authentique et dans le mode plagal, bien que l'échelle des deux modes diffère. Ainsi, dans le mode plagal hypodorien, comme dans le mode dorien, son authentique, la finale est *ré*. Nous avons indiqué la finale par des majuscules, mais différentes de celles qui indiquent les dominantes, elles sont plus petites (1).

On le voit, saint Grégoire ne brisait pas avec les traditions des

---

(1) Pour que le tableau ci-dessus parle aux yeux avec plus de clarté, nous avons indiqué par un trait la place des demi-tons.

Notre gamme est sortie du diagramme des Grecs formé d'un enchaînement de tétracordes. Or, celui qui connaîtrait le système musical des Grecs seulement par ce que nous en avons dit pourrait s'étonner de la place donnée aux demi-tons. En effet, si nous considérons cette série de sons *si, ut, ré, mi, fa, sol, la, si, ut*, nous pouvons remarquer qu'entre les deux demi-tons *si ut* et *mi fa*, il n'y a que deux tons pleins *ut ré* et *ré mi*, tandis qu'entre les deux demi-tons *mi fa* et *si ut*, il y a trois tons pleins. Cette particularité vient de la manière dont les quatre tétracordes qui composaient le diagramme des Grecs étaient enchaînés. Dans la série des quatre tétracordes il y avait des tétracordes conjoints, c'est-à-dire ayant une note commune, ainsi le premier et le second, de même le troisième et le quatrième ; mais le deuxième et le troisième étaient disjoints, c'est-à-dire n'étaient point reliés par une note commune. Le diagramme complet des Grecs pourrait donc être représenté par la série des notes : *la, — si, ut, ré,* MI, *fa, sol, la, — si, ut ré,* MI, *fa, sol, la,* le *la* qui commence la série des notes étant ajouté pour le besoin des octaves, et les deux *mi* appartenant chacun à deux tétracordes différents. On voit d'ailleurs que dans ces tétracordes *si, ut ré, mi, — fa, sol, la* le demi-ton occupe bien la même place. Nous indiquons cette composition du diagramme antique afin de montrer comment peut être résolue la difficulté que nous avons signalée. Il y a bien d'autres lois du système musical des Grecs dont nous ne disons rien. On peut consulter sur ce point le savant ouvrage de M. Tiron.

De même, nous avons dit que la finale est la même dans le mode authentique et dans le mode plagal ; cette règle souffre dans les applications quelques exceptions que nous pourrions expliquer par des règles particulières ; mais, sur le plain-chant comme sur la musique des Grecs, nous sommes obligé de nous limiter dans les détails.

Grecs, puisqu'il établissait comme eux la distinction des nouveaux
modes sur le renversement des tétracordes ; cependant il modifiait
le système ancien en donnant une importance particulière à la dominante dont il faisait la note de repos, tandis que, chez les Grecs,
les notes de repos étaient les notes variables du tétracorde.

Telle fut la constitution du chant grégorien, de ce chant sur
lequel furent écrites des mélodies dont la beauté a toujours
été admirée, même par des hommes étrangers au sentiment religieux.

Sans doute, ce chant a été profondément altéré en traversant les
siècles. La notation alphabétique avait été employée dès les premiers siècles. Or, cette notation pouvait suffire à ceux qui connaissaient déjà les mélodies, mais elle était insuffisante pour ceux qui
devaient les apprendre. En indiquant seulement les sons, elle livrait
le rythme, le mode d'exécution à l'arbitraire, à la fantaisie de chacun. Pour obvier à cet inconvénient, on ajouta bientôt des signes
qui partageaient les notes en groupes et distinguaient les phrases
mélodiques. Dans plusieurs manuscrits, ces signes, appelés neumes,
furent superposés à la notation littérale ; malheureusement, ils furent employés seuls dans un grand nombre d'autres manuscrits. Et
cette notation neumatique, n'indiquant point avec précision les rapports des sons entre eux, les intervalles qui les séparent, a créé pour
les siècles suivants les plus graves difficultés. Les mélodies, aban-
données ainsi en partie à la mémoire des chantres, devaient subir
de graves altérations, et la lecture, ou plutôt l'interprétation des
neumes, est encore aujourd'hui la difficulté à résoudre pour rétablir
le chant grégorien dans sa pureté.

En Gaule, Charlemagne, dont le génie élevé accomplit tant de
réformes importantes, s'appliqua à celle du chant (1).

Des hommes remarquables, Rémy d'Auxerre, et Hucbadd de
Saint-Amand, au neuvième siècle, Odon de Cluny, au Xe siècle, tra-
vaillèrent avec beaucoup de science et de talent, non seulement à

(1) Pendant qu'il était à Rome, une discussion s'éleva entre les chantres français et
les chantres romains ; l'empereur, consulté, mit fin à la querelle par ces remarquables
paroles : « Déclarez, dit-il, quelle est l'eau la plus pure, celle que l'on prend à la source
vive des fontaines, ou celle des rigoles qui n'en découlent que de loin. » Et comme on lui
répondit que l'eau de la source était plus pure : « Remontez donc, leur dit l'empereur,
à la fontaine de saint Grégoire, dont vous avez évidemment corrompu le chant. »

ramener aux véritables traditions du chant grégorien, mais à faire progresser cet art.

Une innovation de la plus haute importance, qui avait été entrevue et commencée par Hucbald, fut réalisée par Gui d'Arezzo, et elle a procuré à ce musicien une gloire impérissable. Cette innovation consista dans des noms donnés aux différentes notes de la gamme et dans l'usage de la portée, c'est-à-dire de plusieurs lignes sur lesquelles sont écrites les différentes notes, leurs relations étant ainsi établies d'une manière précise (1).

Le savant religieux nota lui-même, avec ce nouveau procédé, les mélodies que l'on chantait alors.

Bientôt, l'imprimerie multiplia beaucoup plus encore les exemplaires. Malheureusement les textes anciens furent de nouveau altérés. A mesure que la musique envahissait le sanctuaire, on négligeait le plain-chant, on n'en comprenait plus l'exécution. Les neumes (2), que l'on avait quelquefois multipliés à tort, avec leurs notes nombreuses, parurent une surcharge ; on tendit à les abréger. On appauvrit le plain-chant en visant à le faire syllabique.

(1) Gui d'Arezzo, ayant remarqué que, dans l'hymne de la fête de saint Jean-Baptiste, les premières notes sur lesquelles on commence à chanter les hémistiches des trois premiers vers s'élèvent chacune d'un degré, se servit des syllabes qui portaient les notes pour fixer les sons eux-mêmes dans la mémoire des enfants auxquels il apprenait à chanter, et conseilla cette manière de procéder à ceux qui étaient en relation avec lui. « Si vous voulez, dit-il, imprimer dans votre mémoire un son pour pouvoir le retrouver partout et dans quelque chant que ce soit, de manière à l'entonner sans hésitation, il faut mettre dans votre tête la teneur d'une mélodie très connue, et, pour chaque chant que vous voulez apprendre, avoir présent à l'esprit un chant du même genre qui commence par la même note, comme par exemple cette mélodie dont je me sers pour enseigner aux enfants qui commencent et même aux plus avancés :

> Ut *queant laxis* Resonare *fibris,*
> Mira gestorum Famuli tuorum,
> Solve *polluti* Labii reatum,
> Sancte Joannes.

On le voit, Gui d'Arezzo conseillait seulement de prendre un moyen avec lequel chacun pût retenir plus facilement les sons de la gamme ; il proposait un exemple, sans prétendre donner des noms fixes à ces sons. Ensuite, on trouva plus utile de laisser ces noms, empruntés à l'hymne citée par Gui d'Arezzo, attachés invariablement aux mêmes notes. La septième note n'était pas nommée par cette hymne ; mais, quand on voulut rendre ces noms invariables, on la nomma *si*. Au XVe siècle, *do* fut substitué à *ut* par les Italiens pour la facilité de la solmisation.

C'est ainsi que les innovations se faisaient graduellement. Gui d'Arezzo lui-même n'avait fait que réaliser ce que l'on voit indiqué dans les traités d'Hucbald de Saint-Amand, bien que le nom de celui-ci soit à peine connu.

Le Père Lambillotte lui-même consacrait 32 pages in-8° dans son *Esthétique du Chant Grégorien* à énumérer les manuscrits qu'il avait étudiés.

(2) On appelle neume un groupe de notes qui se traduit par une vocalise.

Aujourd'hui et depuis des années déjà on travaille à une restauration du chant religieux. Tous les manuscrits anciens ont été étudiés ; on en connaît un grand nombre remontant au ixe siècle, et, pour les siècles qui suivent, ils sont plus nombreux encore. Or il est facile, en contrôlant ces manuscrits les uns par les autres, de reconnaître quelles altérations ont subies les exemplaires de date plus récente et quel est le véritable texte. Comme l'a très bien dit le docte dom Guéranger : « Lorsque des manuscrits différents d'époque et de pays s'accordent sur une version, on peut affirmer qu'on a retrouvé la phrase grégorienne. »

Le P. Lambillotte donna un fac-similé d'un manuscrit déposé à l'abbaye de Saint-Gall et qui date du ixe siècle et peut-être de la fin du viiie (1). M. Danjou publia le manuscrit de Montpellier. Après eux d'autres ont continué avec ardeur ces études importantes. Nous devons un hommage spécial au R. P. dom Pothier dont les travaux contribueront beaucoup à nous rendre le chant de saint Grégoire dans toute sa pureté et avec toute sa richesse.

L'exécution défectueuse de ce chant, plus que les altérations qu'il a subies, nous empêche souvent d'en comprendre les beautés.

Ce chant n'est pas mesuré, mais rythmé. La durée des notes varie et n'est point indiquée par des signes précis. Les règles d'exécution peuvent être formulées avec clarté, mais elles réclament du chanteur beaucoup plus d'intelligence et de sentiment que l'on ne serait tenté de le croire. Il faut qu'il comprenne le texte dont le chant n'est que la brillante traduction, qu'il comprenne bien la phrase mélodique, qu'il sache dire chaque groupe de notes, qu'il fasse sentir l'accent, qu'il mette des pauses discrètes, qu'il distingue les membres de phrase et ne sépare pas les parties qui sont unies par le sens des mots ou les liens de la mélodie, et tout cela avec beaucoup de discernement ; comme dans le discours, pour mieux faire sentir ce qui est dit, la voix prend plus de rapidité ou de lenteur, de douceur ou de puissance, détache chaque membre de phrase sans disloquer la pen-

---

(1) Au monastère Saint-Gall, avec ce manuscrit, il en existe huit autres à peu près aussi anciens, du moins notés de la même manière. Il y en a d'autres tout pareils à Einsiedeln, à Trèves, à Wolfenbüttel ; ces manuscrits sont au moins du ixe ou xe siècle. Il y en a un très ancien aussi, quoique d'une notation différente, à la bibliothèque de Laon, un autre à Angers, un autre brûlé en partie, mais semblable aux deux précédents, à Chartres.

sée, fait ressortir le mot important et donne du relief à la syllabe qui doit frapper l'oreille.

Il est évident que l'exécution ainsi comprise demande beaucoup d'étude et d'attention. Sur ce point si important, le R. P. dom Pothier n'aura pas rendu de moindres services qu'en restituant les textes primitifs. Nous pourrions ajouter que les conquêtes faites par le savant bénédictin sur ces deux points très distincts, les textes et l'exécution, se recommandent mutuellement. Les textes puisés aux meilleures sources, contrôlés par un grand nombre de manuscrits appartenant à des contrées et à des époques différentes, portent les caractères les plus irrécusables d'authenticité (1). Et, d'un autre côté, la manière dont il les interprète, appuyée sur la tradition, donne à ces antiques mélodies tant de charme et de suavité, et les mélodies elles-mêmes ainsi interprétées deviennent la traduction si vraie, si simple et en même temps si riche des sentiments religieux exprimés par les textes, que l'on ne saurait désirer quelque chose de plus rationnel, de plus parfait.

Le sens des paroles et le rythme oratoire sont le point de départ et donnent les principales règles d'exécution ; la phrase mélodique elle-même dans son ensemble et ses parties se dessine et s'explique en traduisant le texte ; les neumes qui se succèdent plus ou moins nombreux ne sont jamais une surcharge, mais d'élégantes vocalises qui complètent et ornent la pensée ; tout le chant prend de la souplesse et de la légèreté, en ne perdant rien de la gravité et de l'accent de piété qui doit en être le principal caractère (2).

Jusqu'ici beaucoup avaient entrevu les beautés du plain-chant, mais à mesure que l'on reviendra plus complètement aux textes anciens et à la manière vraie de les interpréter, ces beautés seront mieux comprises (3).

Sans doute toutes ces mélodies ne sont pas également expressives, ou du moins n'ont pas le même genre d'expression ; mais aussi les

(1) Le R. P. Pothier a parcouru toute l'Europe pour confronter les manuscrits ; lui-même en possède plus de 50 de différentes dates et dont quelques-uns sont très anciens.
(2) Le R. P. dom Pothier a présenté ses principes d'exécution dans son volume de *Mélodies grégoriennes.*
(3) Pour cette nouvelle édition nous avons demandé à M. l'abbé Bretescher, auteur de plusieurs excellents ouvrages sur le plain-chant et l'harmonie, de vouloir bien contrôler et compléter au besoin nos appréciations, et il l'a fait avec un dévouement dont nous lui sommes reconnaissant.

textes liturgiques ont des significations différentes. Considérez les offices de Noël, de saint Etienne, de saint Jean et des saints Innocents qui se suivent dans nos livres de prières. Chacune de ces fêtes donne un thème particulier : celle de Noël exprime la joie, celle de saint Etienne est dramatique, celle de saint Jean rappelle les souvenirs du disciple bien-aimé et celle des saints Innocents fait entendre de touchantes lamentations. Chantez les mélodies qui traduisent ces textes et vous verrez qu'elles les expriment avec des accents d'une admirable vérité.

Ces mélodies, sans les paroles, n'auraient à peu près aucune signification, mais elles traduisent parfaitement les textes et elles n'en sortent pas, ce qui est un mérite de plus. La musique, non seulement, développe le texte, mais elle s'abandonne à ses inspirations et va souvent beaucoup plus loin que les paroles. A l'occasion d'un mot, elle produit tout un drame avec sa mise en scène. Il n'en est pas ainsi des mélodies du plain-chant : si elles s'attardent sur quelque neume, ce n'est pas pour dire autre chose, mais pour dire avec un accent plus senti.

Ajoutons que si la bonne exécution du plain-chant n'est pas sans difficulté, cependant, plus facilement encore que pour la musique, on obtiendra des résultats convenables (1). Enfin, comme nous le

---

(1) Sans doute il faudra former les chanteurs, leur faire comprendre chacun des morceaux ; mais, à mesure qu'ils progresseront, cette étude de détail et de préparation immédiate se simplifiera.

Assurément, dans la musique, le mécanisme des règles à observer est beaucoup plus compliqué ! Est-ce donc qu'il ne faudra pas travailler pour organiser des chœurs, s'assurer des différentes parties, monter l'accompagnement, surtout si l'on a recours à l'orchestre comme il arrive parfois ? Au contraire, si l'on veut pour le plain-chant utiliser les différents timbres de voix d'hommes et de voix d'enfants qui apporteront une heureuse variété, soit qu'on les groupe dans un même chœur, soit qu'on les sépare pour former des chœurs qui se répondent, la formation de ces différents genres de voix ne compliquera pas les études et le travail.

L'erreur, sur le point qui nous occupe, quand elle existe, ne provient-elle pas de ce que l'on ne voudrait rien faire pour le plain-chant ? Il est livré à l'inexpérience d'hommes auxquels on abandonne cette besogne comme s'il devaient toujours s'en acquitter assez bien, même quand ils la font d'une façon misérable et ridicule, et avec lesquels on croit avoir assez fait quand on s'est assuré qu'ils chantent à peu près juste et que l'on est convenu avec eux du salaire qu'ils recevront à la fin de chaque année. Si parfois on leur fait faire quelques études, ces études auront pour objet des morceaux de musique préparés pour quelque fête, et sur lesquels on portera toute leur attention et toute leur activité.

Le *Kyrie*, d'après tel maître moderne, sera répété chaque jour pendant un mois ou deux mois, l'introït et le graduel ne le seront pas une seule fois ; peu importe qu'ils soient massacrés, c'est du plain-chant. Ajoutons que ces études de musique par elles-mêmes ne préparent aucunement au plain-chant ceux qui les font : ces deux genres diffèrent complètement.

verrons bientôt, la musique s'est donné pour mission d'exprimer le sentiment dramatique, le mouvement et le tumulte des passions, et elle a tout ce qu'il faut pour cela mais ce n'est pas ce que demande l'assemblée des fidèles. Le plain-chant au contraire avec ses moyens plus simples, plus contenus, exprime d'une façon beaucoup plus vraie le sentiment religieux, il traduit avec beaucoup plus de vérité et aussi avec une grande puissance, avec éloquence les textes liturgiques.

Ce caractère lui vient des sentiments qui l'ont inspiré et aussi de sa constitution mélodique. Le principe premier de tout art, celui qui informe pour ainsi dire toute production artistique, c'est l'inspiration le souffle qui est comme la conception de l'œuvre. Si l'inspiration, naît d'un sentiment de foi ou d'amour divin, l'œuvre sera religieuse ; si elle vient au contraire d'un sentiment profane ou mondain, l'œuvre sera profane.

De plus, la constitution mélodique du chant de l'église consiste dans le diatonisme de ses mélodies qui procèdent toujours par tons ou demi-tons naturels, ce qui leur donne un caractère de placidité, de calme religieux, sans exclure l'élégance et la richesse.

Les huit modes qui composent son échelle mélodique ajoutent une variété incomparable à la mélodie liturgique. Le plain-chant est supérieur en modalité à la musique moderne, qui, pour rompre la monotonie de sa dualité modale, est obligée de recourir au moyen artificiel des modulations.

Assurément ce chant est bien le chant religieux par excellence, le chant de l'église.

Après ces aperçus historiques, et pour justifier ces appréhensions, il n'est pas superflu de montrer les ressources du plain-chant, en considérant la constitution de ses modes et en citant quelques exemples.

Quel est donc dans l'art lequel, à ce compte, on obtiendrait de bons résultats, et comment les obtiendrait-on quand il s'agit d'un art qui a été déjà beaucoup trop négligé dans le passé et dont il faut faire revivre les traditions ?
Nous ne pouvons suffisamment discuter ici cette question pratique. Nous avons voulu seulement justifier les mots auxquels se rattache cette note en faisant entrevoir comment pour le plain-chant avec moins de dépense et de travail que pour la musique on peut arriver à une exécution convenable. La suite de notre texte prouvera que pour l'Eglise, avec égalité de succès, le résultat obtenu par le plain-chant sera de beaucoup supérieur à celui que l'on obtiendrait par la musique.

Ses huit modes, désignés par des noms qui servent à les caractériser, offrent chacun des ressources particulières au compositeur.
En effet, la mélodie de chaque morceau de chant s'enroulant autour
de la dominante, se maintenant de préférence entre cette dominante
et la note fondamentale et se terminant toujours sur cette dernière
note, les différents morceaux prennent une physionomie particulière, selon qu'ils sont écrits sur tel ou tel mode. Et ces différences
bien marquées entre les différents morceaux sont une grande richesse pour le plain-chant.

1º Le mode dorien *gravis* (RÉ, *mi, fa, sol,* LA, *si, ut, ré*) prend son
caractère dans les fréquentes progressions de quinte qui vont de sa
note fondamentale à sa dominante, et qui s'élèvent souvent jusqu'au
si ordinairement affecté d'un *bémol*. Il est grand sans emphase, plein
d'une onction qui n'a rien de mou ni d'efféminé et rend bien la joie
telle qu'elle peut s'exprimer aux pieds des autels. Il devient plus brillant quand il monte de sa dominante aux notes plus élevées de son
échelle.

Dans ce mode, ont été écrits l'ancienne *O crux splendidior cunctis
astris...,* empreint d'une piété si vraie, si recueillie ; le *Salve, Regina...,*
expression si touchante de la prière inspirée par la confiance et par
l'amour ; le bel introït de la fête de la Toussaint, qui exprime parfaitement la joie et l'exaltation, mais l'exaltation qui se possède et
la joie qui s'élève vers Dieu ; la prose de la fête de Pâques, *Victimæ
Paschali laudes,* qui annonce dans un dialogue rapide, avec un sentiment si vrai de bonheur, la grande nouvelle de la résurrection du
Sauveur ; cet autre dialogue, admirable de simplicité et de grandeur, *Gloria, laus et honor... ;* la belle antienne du *Magnificat* des
secondes vêpres de la fête de Noël, *Hodie Christus natus est...* Citons
encore, bien que d'une date postérieure à saint Grégoire, la prose du
jour de la Pentecôte, le *Veni sancte Spiritus...*

2º Le mode hypodorien, *tristis* (*la, si, ut,* RÉ, *mi,* FA, *sol, la*),
reste dans les sons graves. L'intervalle entre sa finale et sa dominante n'est que d'une tierce mineure (1) : ses degrés disjoints ne

---

(1) On appelle intervalle de seconde, de tierce, de quarte, etc., un intervalle qui sépare
deux notes distantes de deux, de trois, de quatre degrés, etc., par exemple *ut ré*, intervalles de seconde, *ut mi* de tierce, *ut fa* de quarte. La tierce mineure comprend deux intervalles consécutifs dont le premier est un ton et le deuxième un demi-ton : *la ut ;* la
tierce majeure comprend deux tons pleins consécutifs : *ut mi.*

dépassent pas l'intervalle d'une quarte ; le *si* bémol y est fréquent pour éviter le triton.

Aussi il convient pour exciter à la douleur, modérer les passions et déplorer les misères de cette vie (1). Quand il s'élève au-dessus de sa dominante, il prend de la majesté, comme dans l'antienne de l'Ascension : *O rex gloriæ*, ou dans les antiennes O de l'Avent.

L'Eglise l'a employé avec avantage pour les reproches si pleins de tristesse que Notre-Seigneur adresse, le jour du Vendredi saint, au peuple qui a méconnu son amour : *Popule meus, quid feci tibi aut in quo contristavi te...* Elle l'a employé aussi pour les chants que nous redisons dans le temps de pénitence et d'affliction : *Parce Domine... Inter vestibulum et altare plorabunt sacerdotes... Domine, non secundum peccata nostra...*, pour la première antienne des laudes de la fête de Noël, dans laquelle s'exprime avec un sentiment si touchant de tristesse le regret de ceux qui n'ont pas encore été, comme les bergers, adorer l'Enfant Jésus dans la crèche ; le beau répons du jour de Pâques, *Christus resurgens...*

Dans ce mode aussi ont été écrits le *Libera me, Domine...*, ce cri de l'âme demandant au Seigneur d'être délivrée de la mort éternelle, d'être épargnée au jour terrible du jugement ; la pose de la messe des défunts est d'un effet beaucoup plus puissant encore (2). Ce chant présente trois mélodies qui se succèdent alternativement et conviennent toutes les trois parfaitement aux paroles de cette hymne, dans laquelle les menaces de la colère divine se mêlent aux accents de la plus tendre supplication. Ne croirait-on pas entendre la trompette des anges faisant résonner les échos des sépulcres entr'ouverts ? Il semble que l'on voit s'ouvrir ce livre dans lequel tout est écrit et que l'on va entendre la sentence qui doit séparer les justes et les coupables. Quel drame terrible, et comme il se termine bien par le cri de l'âme épouvantée se jetant entre les bras de la miséricorde divine ! Elle a déjà fait entendre cette prière :

> *Recordare, Jesu pie,*
> *Quod sum causa tuæ viæ,*
> *Ne me perdas illa die.*

(1) Les Pythagoriciens s'en servaient, le soir, pour calmer les soucis de leur âme et se préparer au repos.

(2) Cette composition appartient au deuxième mode, bien qu'elle soit écrite dans un ton *surabondant*.

19. — LA VISION D'EZÉCHIEL, par Raphaël.

Mais une dernière supplication vient, après les strophes terminées, sans rime et avec une mesure rompue, afin qu'elle soit remarquée davantage : *Pie Jesu, Domine, dona eis requiem ;* elle demande le repos éternel pour ceux qui ne sont plus sur la terre.

La poésie des paroles du *Dies iræ* n'est pas celle de Virgile ; mais elle est magnifique de simplicité, de grandeur et d'énergie, et le chant n'est pas moins admirable que la poésie dont il est l'éloquente expression.

3° Le mode phrygien *mysticus* (MI, *fa, sol, la, si,* UT, *ré, mi*), a de la vigueur et de la force, il devient facilement entraînant et il exprime bien l'enthousiasme; il a aussi des accents très différents, de la douceur et de la suavité, et il exprime bien le respect et l'adoration (1).

Les premiers caractères lui viennent de la puissance avec laquelle il établit sa dominante sur la note *ut,* de la facilité avec laquelle il admet les intervalles disjoints très étendus. Il prend de la douceur et de l'onction dans l'emploi de ses tierces mineures et dans le demi-ton qui précède ordinairement les repos.

Le *Pange lingua* écrit dans ce mode est une invitation touchante à l'adoration et à la prière. L'introït de la fête du saint nom de Jésus exprime bien l'enthousiasme inspiré par l'amour. L'antienne *Salva nos* des complies est une prière touchante avec laquelle on se jette entre les bras de Dieu pour s'y reposer.

4° Le mode hypophrygien *harmonicus* (*si, ut, ré,* MI, *fa, sol,* LA, *si*) est appelé harmonieux, non parce qu'il se prête plus qu'un autre à l'harmonie moderne, — il fait en effet le désespoir des organistes, mais il présente facilement une succession de sons agréables à l'oreille : il est mélodique. Il se tient dans des notes plus basses que son authentique, sa dominante n'est distante de sa finale que d'une quarte ; il rejette les intervalles étendus, recherche les intervalles conjoints, spécialement dans ses progressions et emploie fréquemment les demi-tons. Aussi, tout en participant du caractère de son authentique il n'en a pas la véhémence et l'énergie, mais il a plus de douceur et d'onction.

---

(1) Les Lacédémoniens s'en servaient pour s'animer au combat, et c'est en entendant les mélodies de ce mode que, d'après saint Basile, Alexandre se levait pour courir au combat.

Il est, avec le dorien, celui que Platon et Aristote préféraient ; et encore ils en interdisaient l'usage aux jeunes gens parce que ce mode pouvait les ébranler trop fortement et les faire sortir des bornes de la convenance.

Nous pouvons citer dans ce mode l'introït de la fête de Pâques, les antiennes *Christum regem... Sancta Maria, succurre miseris...* le *Te Deum* qui appartient au 3e et au 4e modes réunis ; le *Subvenite sancti*, par lequel on demande avec de tendres supplications et aussi, avec confiance aux saints et aux anges de Dieu de venir recueillir l'âme de celui dont on va confier à la terre la dépouille mortelle.

5° Le cinquième mode lydien (FA, *sol, la, si,* UT, *ré, mi, fa*) justifie bien le nom de *lætus* qui lui a été donné. Il note ses mélodies sur la partie de l'échelle tonale qui convient à la voix de ténor et prend ainsi le gracieux qui distingue ce genre de voix. De plus l'absence presque complète de demi-tons lui donne de l'entrain et de la fermeté. « Il calme les soucis, dit Cassiodore, il rassérène l'âme et la fortifie par le plaisir qu'il procure, il dissipe l'anxiété et ranime l'espérance. » Il prend facilement l'accent du triomphe, et il exprime bien les sentiments de confiance et de foi (1).

On peut citer dans ce mode l'introït *Lætare...*, l'antienne *O sacrum convivium...* le *Regina cœli*, dans lequel il y a un mélange si parfait de louange et de prière (2).

6° Le sixième mode hypolydien *devotus* (*ut, ré, mi,* FA, *sol,* LA, *si, ut*), tout en se servant des mêmes éléments que son authentique et en gardant ainsi son charme particulier, prend plus de gravité en baissant de quatre notes son échelle tonale. De plus, il multiplie les demi-tons et préfère les degrés conjoints à la marche bondissante des grands intervalles. Aussi il convient à la prière, à l'expression des sentiments tendres et affectueux, de douce exhortation, d'espérance et de commisération.

Nous pouvons citer un grand nombre d'antiennes écrites dans ce mode : *Ave verum... Homo quidam fecit cœnam magnam... O quam suavis est... Inviolata...* la belle antienne *O quam metuendus est...* l'introït *Os justi,* calme comme l'âme du juste qui, dans la solitude et la paix, médite la loi du Seigneur ; l'introït, plus remarquable encore, de la messe pour les défunts : *Requiem æternam...* Quels accents plaintifs dans ce chant, quelles tendres supplications, et en

(1) Les Grecs, tout en lui accordant un caractère vif et animé, le regardaient comme amollissant, c'est pourquoi Platon le bannissait de sa République.
(2) Quelques auteurs rangent cette antienne parmi les morceaux du 6e ton. Nous croyons plus exact de la regarder avec M. Fétis et d'autres auteurs comme étant du 5e ton.

même temps quelle humble confiance ! Il semble que nous enten-
dons les gémissements de l'âme désolée qui va se jeter dans le sein
de Dieu. Nous devons citer aussi le *Stabat Mater*... « La liturgie catholique, dit Ozanam, n'a rien de plus touchant que cette complainte
si triste dont les strophes monotones tombent comme des larmes,
si douce que l'on y reconnaît bien une douleur divine consolée par
les anges, si simple enfin, dans son latin populaire, que les femmes
et les enfants en comprennent la moitié par les mots, l'autre moitié
par le chant et par le cœur (1). »

7º Le mode *myxolydien angelicus* (SOL, *la, si, ut,* RÉ, *mi, fa, sol*),
se sert des notes les plus élevées de l'échelle tonale ; il emploie fréquemment des progressions de quinte et spécialement de la quinte
la plus élevée dans le plain-chant *sol, ré.* Il ne fait que très peu usage
de demi-tons ; aussi il n'admet guère les modulations gracieuses,
mais il se distingue par la grandeur et l'énergie de son expression,
la vivacité et la variété de ses mouvements.

Les morceaux assez rares écrits dans ce monde sont d'un grand
caractère. Ainsi l'introït de la fête de Noël : *Puer natus est...*, celui
de l'Ascension : *Viri galilæi...*, l'antienne des obsèques : *In paradi-
sum...*

Au 7ᵉ mode aussi, bien que l'on y reconnaisse un heureux mélange
du 8ᵉ, appartient la prose *Lauda, Sion, Salvatorem...* l'une des plus
belles pièces de la liturgie catholique. Par combien de sentiments
elle nous fait passer, depuis son début, si grandiose et si simple, pris
sur les notes graves de l'échelle vocale, jusqu'aux strophes si riches
d'onction et de piété qui la terminent : *Ecce panis angelorum...*

8º Le huitième mode hypomyxolydien *perfectus* (*ré, mi, fa,* SOL,
la, si, UT, *ré*), tient de son authentique la quinte supérieure qui lui
donne de l'éclat et de la force. Il acquiert de la douceur par l'emploi
fréquent de sa quarte inférieure dans lequelle le demi-ton occupe
le milieu, ce qui en fait la plus douce de toutes les quartes. Ces différentes conditions tendent moins à imprimer à ce mode un cachet ex-
clusif qu'à lui prêter des ressources multiples qui le rendent propre
à tous les genres d'expression, ce qui, sans doute, lui a fait donner le
titre de parfait. Aussi il n'en est point qui ait été aussi fréquemment
employé.

(1) Ozanam, t. V. p. 169.

Bornons-nous à citer l'introït du premier dimanche de l'Avent, le premier spécimen sorti de la plume de saint Grégoire (1) ; l'hymne *Verbum supernum prodiens...* qui nous redit avec tant de gravité et d'onction l'institution de la sainte Eucharistie ; l'antienne du samedi saint, *Vespere autem sabbati...* qui nous annonce avec un sentiment si vrai la joie de la résurrection ; l'hymne des Vêpres de la Toussaint, *Placare, Christe, servulis...* le *Veni Creator spiritus...* l'antienne de la bénédiction des cierges, *Lumen ad revelationem...* le chant pour la bénédiction du cierge pascal, *Exultet jam angelica* (2)...

ARTICLE III

DE L'HARMONIE : SES COMMENCEMENTS ; DIAPHONIE : CONTREPOINT ; DÉCHANT ; LES ABUS ; PALESTRINA.

Les tonalités musicales, fondées sur des intervalles de tiers ou de quarts de ton sont constituées au profit de la parole, dont elles peuvent plus facilement reproduire les nuances diverses, et elles comportent un très grand nombre de modes. Nous ne dirons pas qu'elles sont absolument inharmoniques : elles peuvent permettre des relations de sons qui s'accordent entre eux : cependant elles réclament, pour les combinaisons harmoniques, des calculs beaucoup plus compliqués que les autres tonalités, puisqu'elles obligent à choisir entre un plus grand nombre de sons ceux qui peuvent s'harmoniser. Aussi, les peuples chez lesquels ces tonalités sont en usage ne se servent que de la mélodie.

Les Grecs ne dédaignèrent pas toujours le genre enharmonique qui procède par quarts de ton, mais surtout dans la belle époque ils se servaient principalement du genre diatonique, et plusieurs indices importants nous autorisent à croire qu'ils accompagnaient leurs

---

(1) On lit dans des manuscrits très anciens : « Sic orsus est canere : *Ad te levavi animam meam...* »

(2) Nous aurions pu faire beaucoup d'autres citations ; ainsi en emprunter un grand nombre aux offices de la nuit, tant à l'office des morts qu'à celui des fêtes, ainsi à celui de la fête de Noël, à celui de la fête de saint Donatien. Mais nos lecteurs connaissent ces trésors de notre liturgie, et ceux qui ne les connaîtraient pas seront heureux de faire eux-mêmes ces études.

mélodies de notes consonantes, par exemple de l'octave et de la quarte (1).

Ce même accompagnement fut employé de bonne heure au moyen âge. « La musique, nous dit Isidore de Séville, qui vivait au commencement du VIIᵉ siècle, est une modulation de la voix et aussi une concordance de sons simultanés. »

Hucbald, au commencement du Xᵉ siècle, nous donne sur ce point des renseignements plus positifs : il fait connaître les notes avec lesquelles on accompagnait la mélodie. Après avoir recommandé les successions de quarte et de quinte, « vous verrez, disait-il dans son enthousiasme, une suave harmonie naître de ce mélange de sons : *suavem ex hac sonorum commixtione concentum.* »

Et, sans doute, le moine de Saint-Amand n'était pas le seul à se complaire dans cette harmonie qui nous semblerait aujourd'hui bien désagréable. La tierce, qui nous charme davantage avec la sixte, et nous est indispensable pour la formation de l'accord parfait, n'y était point admise. Cet accompagnement peut d'ailleurs être considéré comme un simple renforcement de son qui donnait plus de puissance à la mélodie et suffisait à des oreilles qui n'étaient point habituées à toutes les richesses de notre harmonie moderne. Hucbald l'avait appelé diaphonie, nom qu'il garda pendant plusieurs siècles.

On ne devait pas tarder à établir d'autres relations entre les sons, Hucbald lui-même avait dit : « La quarte et la quinte, jointes à l'octave, font naître d'autres consonances. » Mais l'habitude et la timidité, en face d'innovations dont il ne comprenait pas la valeur, l'empêchèrent d'employer ces intervalles qu'il avait entendus. Après lui, on commença à se servir de la tierce et de la sixte, d'abord comme de symphonies imparfaites ; puis on comprit bientôt que ces intervalles avaient autant de droit que la quarte et la quinte à entrer dans l'harmonie.

La portée inventée, ou du moins perfectionnée par Gui d'Arezzo, et la musique mesurée, dont l'usage commença vers la fin du XIᵉ siècle (2), permirent bientôt des innovations plus importantes en-

---

(1) Ainsi ils se servaient de la double flûte, laquelle donnait sans doute deux sons distants l'un de l'autre en s'accordant ensemble.

(2) On donna aux notes des formes différentes qui marquèrent la durée de chacune, et de là ce nouveau genre de musique prit le nom de musique figurée ou musique mesurée *musica mensurabilis.*

core dans l'harmonie. L'accompagnement ne fut plus condamné à suivre le chant principal d'une manière uniforme en montant et en descendant avec lui, il put marcher librement et former lui-même une mélodie. A une note du chant purent correspondre plusieurs notes de l'accompagnement ou réciproquement, et l'accompagnement put comprendre plusieurs parties ainsi harmonisées.

Nous pouvons dire avec M. de Coussemaker, qu'au XIIᵉ siècle on était en possession de tous les éléments de cette harmonie que les modernes ont appelée consonante, parce qu'elle présente une succession de sons sur lesquels l'oreille peut également se reposer, tandis que dans l'harmonie, qui est en usage depuis plusieurs siècles, des dissonances sont employées, afin de rendre plus agréables les consonances qu'elles précèdent.

Mais bientôt on eut à regretter dans l'art musical des procédés de mauvais goût et de graves abus. De bonne heure dans l'accompagnement libre avait paru ce que l'on appela le déchant, c'est-à-dire que l'on eut la fantaisie d'harmoniser sur le chant principal un autre chant dont les paroles étaient toutes différentes, le plus souvent un chant populaire. Le déchant avait d'abord pris faveur dans les fêtes mondaines, mais bientôt il s'introduisit dans le chant d'église, et alors dans ces étranges compositions, avec les paroles sacrées se faisaient entendre les paroles d'une chanson vulgaire ou même grossière.

Un peu plus tard, au XIIIᵉ siècle, les compositeurs, afin de ne pas pousser aussi loin le scandale, écrivaient des messes en prenant seulement pour thème des airs populaires mais ce procédé était encore complètement inconvenant.

Le pape Jean XXII lança une bulle dans laquelle il condamnait tout ce qui tendait à compromettre la dignité du chant ecclésiastique ; mais il ne proscrivait pas la diaphonie, à laquelle depuis quelque temps déjà on avait donné le nom de contrepoint, et il était permis d'employer cet accompagnement avec toutes les ressources propres à donner plus d'expression aux mélodies sacrées.

Malgré les défenses des souverains pontifes, les abus continuèrent et ne firent que s'aggraver jusqu'à la dernière partie du XVIᵉ siècle. C'était, dans ce que l'on appelait alors le contrepoint fleuri ou la musique farcie, une profanation croissante de l'art et du bon goût par le mélange le plus étonnant de paroles sacrées et de paroles profânes, par un arrangement tellement bizarre de parties qu'il semble calculé pour amuser le regard de celui qui le considère sur le papier plutôt que pour plaire à l'oreille.

Au milieu de ce désordre, quand la musique allait être expulsée de l'Eglise comme y étant un objet de scandale et non d'édification, parut Palestrina, et cet homme à jamais illustre, qui plus qu'aucun autre a honoré son art, put, par la beauté, et surtout par le caractère profondément religieux de ses compositions, arrêter cette sentence de proscription (1).

Palestrina, il est vrai, ne se servit que des moyens qui étaient alors en usage, mais il s'en servit avec une habileté merveilleuse et surtout un sentiment qu'on ne saurait assez louer. Il employa le contrepoint fugué, mais en renfermant la fugue dans quelques notes, afin que les paroles fussent facilement entendues (2).

« C'est une chose merveilleuse, dit M. Fétis, à l'occasion de la troisième messe écrite par Palestrina dans ce fameux procès de la musique, c'est une chose merveilleuse que de voir comment l'illustre compositeur a su donner à son ouvrage un caractère de douceur angélique par des traits d'harmonie large et simple mis en opposition avec des rentrées fuguées riches d'artifice et donnant par là naissance à une variété de style inconnue jusqu'alors. Quant à la facture, à la pureté de l'harmonie, à l'art de faire chanter toutes les parties d'une manière simple et naturelle et de faire mouvoir six parties avec toutes les combinaisons des compositions scientifiques dans l'étroit espace des deux octaves et demi, quant à toutes ces qualités, elles sont au-dessus de nos éloges. C'est le désespoir de quicon-

---

(1) Le Pape Paul IV avait chargé les cardinaux Vittelozzi et Borromée de faire exécuter les décisions du concile de Trente sur la musique. Ceux-ci, avec le conseil qu'ils s'étaient adjoint, avaient déjà décidé : 1º que l'on ne chanterait plus à l'avenir les messes et les motets où des paroles profanes étaient mêlées aux paroles sacrées ; 2º que les messes, composées sur des thèmes de chansons populaires, seraient bannies à jamais. Il y avait bien en dehors de ces compositions des messes dites *sine nomine*, c'est-à-dire composées sur un thème inconnu ; elles étaient surchargées de puérilités de mauvais goût et l'on mettait en doute qu'il fût possible de composer des messes satisfaisantes dans le genre du contrepoint figuré. C'est alors que Palestrina fut chargé de composer trois messes. S'il atteignait le but proposé, la musique devait être conservée à l'église ; autrement une résolution devait être prise par laquelle, vraisemblablement, la musique religieuse aurait été ramenée au contre-point simple, c'est-à-dire au faux-bourdon. Les deux premières messes furent jugées très belles, et la troisième excita un véritable enthousiasme.

(2) Cette condition était une de celles qu'il fallait remplir pour que la musique fût conservée à l'église.

que a étudié sérieusement le mécanisme et la difficulté de l'art d'écrire (1) »

Palestrina avait rapproché le rôle de l'harmonie de celui de la mélodie. Dans ses compositions, la mélodie seule ne produirait pas son effet, il lui faut l'accompagnement des autres parties. Les phrases harmoniques se succèdent comme des soupirs qui s'exhalent vers Dieu avec le plus ardent amour, et l'harmonie elle-même devient une véritable mélodie.

ARTICLE IV

APPARITION DE LA TONALITÉ MODERNE ; SES CARACTÈRES

Palestrina, pour les œuvres admirables qu'il avait produites, n'avait eu recours qu'à l'harmonie consonante. Quelques années plus tard, Monteverde, en employant les accords dissonants, allait créer dans l'harmonie des ressources toutes nouvelles et contribuer beaucoup à accomplir dans l'art une révolution considérable.

Jusqu'alors on acceptait seulement les dissonances de prolongation (2); on ne voulait point employer les dissonances naturelles, on évitait le triton, le rapport du *fa* au *si*. Monteverde osa faire entrer ces deux notes *fa* et *si* dans un accord, mais voici dans quelles conditions. Cette dissonance se résout sur une consonance, laquelle non seulement fait oublier ce que la dissonance avait de désagréable, mais procure une jouissance plus grande, précisément en raison de cette dissonance qui l'a précédée. Cette innovation, qui fut d'abord en butte à de violentes attaques, devait être bientôt acceptée et ouvrir une voie par laquelle on entrait dans un monde merveilleusement riche et ignoré jusqu'alors.

Avec cette première dissonance que nous avons indiquée, d'autres furent bientôt employées et devinrent une ressource très pré-

---

(1) *Dict. biog.* de M. *Fétis*, art. Palestrina.
(2) Une même note, se faisant entendre dans deux accords successifs, donne parfois une dissonance dans l'un de ces deux accords ; c'est ce que l'on appelle dissonance de prolongation ou dissonance artificielle.

cieuse. Les dissonances, en effet, établissent des affinités, des attractions, des liens plus étroits entre les différents ordres de sons.
Elles font éprouver à l'oreille le besoin de certains repos dans des
résolutions qu'elles font pressentir et qu'elles appellent. Jetées à
propos et avec intention entre des accords consonants, elles les fé-
condent, les animent, elles donnent du mouvement à l'harmonie,
en font un tissu plus serré et plus riche.

L'innovation que Monteverde avait eu le courage et l'habileté de
faire accepter était très importante au point de vue de l'harmonie,
mais elle allait avoir des conséquences plus considérables encore
pour la composition des mélodies.

En effet, les dissonances, dans les passages où elles se font entendre, ont pour résultat de faire oublier le ton de la mélodie, et surtout, employées dans cette intention, elles permettent de poursuivre
la mélodie dans un nouveau ton, sans que l'oreille en soit choquée.
Par les attractions ascendantes et descendantes données aux notes
naturelles des accords, on put établir entre les différents tons une
affinité qui les réunit tous dans une fusion générale.

Aussi ces innovations dans l'harmonie contribuèrent beaucoup
au développement de la tonalité moderne dont nous devons donner les caractères au point de vue de la mélodie.

Cette tonalité n'apparut pas tout à coup et complète, les transformations se firent graduellement.

De même que les innovations attribuées à Gui d'Arezzo dans la
notation avaient été indiquées antérieurement et que celles de Monteverde pour l'harmonie peuvent être signalées dans des œuvres de
musiciens plus anciens, de même les transformations dans la mélodie ne se firent pas brusquement. Mais nous ne pouvons discuter ces
détails, et il ne serait pas facile de le faire avec précision. L'art dans
son histoire est comme un fleuve qui, en fuyant à travers les bois ou
dans les gorges des montagnes, se dérobe à notre regard quand nous
voudrions le suivre dans son cours. Il reparaît bientôt, mais à notre
insu il s'est enrichi de plusieurs affluents : nous le voyons large et
magnifique au milieu de la plaine qu'il féconde.

Voici donc au point de vue mélodique, les principaux caractères
que nous reconnaissons à cette tonalité moderne arrivée à sa forme
complète.

Il n'y eut plus, comme dans la tonalité du plain-chant, des échelles différentes de sons ayant comme point de départ les différentes notes de la gamme. Chaque note de la gamme devint, il est vrai, la note fondamentale d'une gamme particulière, mais toutes ces gammes furent ramenées à une gamme modèle, celle de *do*, les tons et les demi-tons, par le moyen des dièses ou des bémols, y étant placés de la même manière que dans celle-ci.

Il n'y eut que deux modes, le mode majeur et le mode mineur, différents l'un de l'autre en ce que, dans le mode majeur, la première tierce inférieure est majeure, c'est-à-dire comprend deux tons, et dans le mode mineur, cette même tierce est mineure, c'est-à-dire comprend un ton et un demi-ton. Les différentes gammes furent d'ailleurs majeures ou mineures.

Dans toutes les gammes, soit majeures, soit mineures, la dominante fut toujours la cinquième note au-dessus de la tonique ou note finale.

Dans ce nouveau système, tous les types sont donc ramenés à deux : la gamme majeure et la gamme mineure ; mais aussi, pour obtenir plus de variété dans la composition des mélodies, on apprit à passer d'une gamme dans une autre gamme, on apprit à moduler, et les rapports qui existent entre les différentes gammes permettent de passer de l'une dans l'autre sans blesser l'oreille.

Par l'emploi habituel des accidents, dièses et bémols, on revenait au genre chromatique qui procède par demi-tons, ou du moins on s'en rapprochait.

La constitution de la mélodie moderne se dessina bientôt avec sa période, sa carrure, son repos, sa cadence, son rythme. Les cadences devinrent plus régulières, les phrases de plus longue haleine, l'expression plus saisissante et plus colorée.

Cette révolution offrait à l'art des ressources d'expression toutes nouvelles.

Le plain-chant, avec ses mélodies poursuivies dans le genre diatonique et composées surtout d'intervalles conjoints, accompagné d'accords d'une importance presque égale pour l'oreille, avait un caractère de gravité, de calme, qui convenait parfaitement à l'expression du sentiment religieux.

Mais la musique moderne, avec ses mélodies chargées d'accidents divers, ses formes chromatiques, ses modulations fréquen-

20. — Saint Clair guérissant des aveugles, par Flandrin.

tes, son accompagnement, dans lequel les dissonances donnent un mouvement perpétuel, devenait beaucoup plus capable d'exprimer les différents sentiments du cœur humain, les passions avec leur mobile variété, leurs élans impétueux, leurs oppositions imprévues, leurs contrastes heurtés, leurs nuances infinies.

Rien que le passage du mode majeur dans le mode mineur offre de grandes ressources pour l'expression des différents sentiments. Le mode majeur exprime la joie et l'enthousiasme, le mode mineur est très propre à exprimer les battements d'un cœur comprimé par la tristesse. Sans doute il n'y a plus que ces deux types, puisque les différentes gammes sont modelées sur celle de *do ;* mais, en passant, par le moyen des modulations, de l'une de ces gammes dans une autre, par exemple de celle de *do* en celle de *ré,* l'oreille reçoit des impressions différentes par le déplacement des demi-tons.

La révolution musicale, que nous venons de raconter brièvement, eut son influence sur tous les genres de composition.

ARTICLE V

MUSIQUE MODERNE

§ I. — *Musique sacrée.*

Avant que la révolution que nous venons de raconter se fût imposée aux esprits, des musiciens illustres écrivirent pour l'Eglise des œuvres magistrales dans le genre fugué de l'harmonie consonante. Nous ne saurions les oublier.

Citons celles de Roland de Lattre (Orlando Lasso), contemporain de Palestrina, et qui, avec plus d'animation que celui-ci, avait cependant de la gravité et de la grandeur ; celles d'Allegri dont le *Miserere* est justement célèbre ; celles de Vittoria dont les chœurs de la Passion sont d'un effet si énergique et si saisissant qu'ils ne craignent pas la comparaison avec tout ce que la musique moderne a produit sur ce même sujet avec des ressources beaucoup plus compliquées.

Quand on entend ces grandes œuvres, on ne regrette aucunement que ceux qui les ont écrites n'aient pas eu à leur disposition les ressources de l'art moderne. C'est la pensée que l'on a surtout quand on entend les admirables compositions de Palestrina. Ce prince des musiciens religieux a mis dans ses chants tant de majesté, d'ampleur, de simplicité, tant de suavité et de tendresse, un sentiment si pur, si calme, si profondément religieux, qu'il semble n'avoir éprouvé aucune difficulté. Nul mieux que lui n'a su peindre les douleurs maternelles de la Vierge au pied de la croix, les angoisses et les ineffables tristesses de l'Homme-Dieu, ses reproches au peuple qui refuse le salut. Nul mieux que lui n'a su donner l'accent de la piété et de la louange à ces mélodies qui doivent s'élever avec l'encens autour de l'autel, quand s'immole la sainte victime. S'il est des chants qui puissent nous donner une idée des concerts par lesquels les anges célèbrent au ciel le Dieu trois fois saint, ce sont bien ceux de Palestrina. Mieux que tout autre, il comprit le style convenable pour l'église, et il le porta à sa perfection. Après lui, on a fait de belles choses d'un autre genre, mais où il y a moins l'expression vraie du sentiment religieux, moins de grandeur et de piété.

Après que le genre dramatique, avec la nouvelle tonalité, eut envahi la musique religieuse, il y eut encore des œuvres remarquables et d'un grand caractère ; ainsi, nous devons citer les motets de Carissimi, d'une suavité qui est si pénétrante ; les psaumes de Marcello, écrits dans un stye si pur, si noble, si puissant et en même temps si varié ; les nombreuses et belles compositions de Sébastien Bach ; celles de Durante, dont le style est sévère, l'harmonie toujours pure, la modulation savante et toujours conforme au sens de la phrase musicale ; celles de Léo, qui, avec autant de majesté que celles de Durante, ont plus de charme et touchent le cœur par l'accent de la plus tendre dévotion ; la célèbre messe de *Requiem*, de Mozart, et cet *Ave verum* dont on a pu dire qu'on le croirait écrit avec une plume dérobée à l'aile d'un archange.

Sans doute, d'autres œuvres encore pourraient être signalées ; ainsi le *Stabat* de Pergolèse, bien qu'il ne mérite pas les éloges exceptionnels qui lui ont été parfois décernés. Les douleurs de la Mère de Dieu y sont traduites par des accents qui saisissent, mais aussi le dessin trop brillant de certaines mélodies, les effets trop compliqués, trop recherchés de l'orchestration, loin de servir à l'expression du sentiment religieux, ne peuvent qu'en distraire. Certains passages manquent d'élévation de style ; les procédés sont dramatiques mais des moyens plus contenus seraient plus propres à traduire une douleur profonde et conviendraient mieux à un chant composé pour l'église. Le *Salve Regina*, du même artiste, est une œuvre moins importante, mais plus digne d'être louée sans restriction.

Lesueur, dans ses compositions de musique religieuse, s'efforça de donner à chacune de ses œuvres un caractère particulier, selon l'esprit de la fête pour laquelle elle était écrite. Il dramatisa ainsi la musique d'église, mais dans une juste mesure. Ses inspirations sont toujours grandes et nobles, son style large et soutenu ; ses *oratorios* de la Passion ont des accents vraiment pathétiques. Il est la gloire de la France dans le genre religieux.

Plusieurs messes ont été écrites par Cherubini et Niedermeyer dans un style grave et magistral.

Il faut le reconnaître aussi, souvent, depuis le XVIIe siècle, les compositeurs de musique religieuse suivirent une voie fausse, employèrent des procédés qui n'étaient point en rapport avec la dignité du culte catholique et ne traduisirent que des sentiments humains. Sans doute, le chant religieux prend comme point de départ les sentiments de l'âme humaine et il les exprime, mais il doit être aussi une prière, et il doit élever vers Dieu les cœurs de ceux qui l'écoutent. Toute œuvre musicale qui ne va pas à ce but est déplacée à l'église.

§ II. — *Musique profane.*

C'était surtout l'art profane qui devait profiter des ressources nouvelles ; aussi l'opéra commença quelque temps après que la tonalité moderne se fut produite avec ses ressources, et pour ne pas être incomplet nous devons en dire un mot.

En Italie, dans la dernière partie du XVIe siècle, quelques musiciens, Galilée, Peri, Caccini, résolurent de produire sur la scène des compositions dans lesquelles la musique serait, comme autrefois chez les Grecs, associée à la poésie pour compléter son expression. Galilée, le premier, fit paraître sur l'épisode du comte Ugolin, une pièce qui fut favorablement accueillie. Ensuite parurent, avec non moins de succès, *Daphné* et *Euridice*.

Dans ces premiers essais, la partie la plus importante consistait en récits dont la mesure était quelquefois indiquée à l'acteur et quelquefois aussi était livrée à son inspiration. La voix était soutenue par des instruments divers, mais qui ne donnaient qu'une tenue monotone des mêmes notes. Ces récitatifs, assez languissants, étaient coupés par quelques airs précédés de ritournelles et accompagnés, mais d'une basse qui, en les suivant note pour note, leur donnait de la lourdeur. Ces motifs, les récitatifs et les couplets reçurent dans les siècles suivants différentes formes. Peu à peu ils se perfectionnèrent sous le rapport de la mélodie et de toutes les ressources qui peuvent leur donner de la valeur (1).

Au milieu du XVIIIe siècle, parurent les duos, les trios ; puis vinrent les grands chœurs et les finales.

C'est peut-être par les chœurs dont ils ont enrichi leurs opéras que les compositeurs français se sont surtout distingués.

§ III. — *Oratorio.*

A Rome avait pris naissance un autre genre de composition, l'*oratorio*, dont le style est ordinairemeent plus élevé que celui de l'opéra. Les sujets qu'il traite l'obligent à garder ce ton plus noble et plus soutenu (2). L'opéra met souvent sur la scène des faits appartenant à la vie commune, des passions individuelles avec leurs calculs, leurs préoccupations souvent mesquines, leurs déceptions. L'oratorio ne choisit que de grands faits appartenant à l'histoire, il

---

(1) Dans la seconde moitié du XVIIIe siècle, ces airs étaient tous composés d'une manière régulière : ils comprenaient d'abord un mouvement lent, ensuite un allégro, puis revenait le premier mouvement ; mais l'effet était souvent affaibli par ce retour du premier mouvement. Majo donna le premier exemple d'un air à un seul mouvement, allégro. Paësiello, Cimarosa, Mozart ont écrit beaucoup d'airs comprenant d'abord un mouvement lent, puis un allégro. Rossini commence par un allégro modéré, continue par un andante ou un adagio, et termine par un mouvement vif et rythmé. Le mieux est de ne pas adopter une seule de ces manières, mais de les employer chacune à propos.

(2) Saint Philippe de Néri, fondateur de la congrégation de l'Oratoire, voulant détourner les habitants de Rome du carnaval en leur procurant des divertissements plus nobles, fit écrire par des musiciens habiles les premières compositions de ce genre, qui prirent le nom d'*oratorios* de la maison où ils furent exécutés.

entreprend de nous décrire les spectacles grandioses de la nature, les grandes émotions de l'âme. Aussi ce genre a-t-il été traité par les maîtres les plus habiles, et il nous offre d'incomparables chefs-d'œuvre. Ne suffit-il pas de citer les oratorios de Hændel, vraiment « empreints d'une grandeur homérique (1) », aux allures simples et puissantes : le *Messie, Judas Machabée, Athalie, Samson;* ceux de Haydn : la *Création,* poème vraiment magnifique et à la hauteur de ce grand sujet, et les *Saisons,* non moins belles que la *Création.*

§ IV. — *Instrumentation ; accompagnement ; la symphonie ;
la fugue.*

L'instrumentation qui fait l'accompagnement de ces différents genres de composition avait nécessairement complété ses ressources à mesure qu'ils progressaient.

Dès les premiers temps où fut inauguré l'opéra, l'orchestre comprenait des instruments variés ; mais ces instruments parlaient tour à tour comme les acteurs (2). Carissimi et Lulli, son imitateur, adoptèrent les premiers un trio continu exécuté par des violons de différentes grandeurs et renforcés tour à tour par les autres instruments. Au XVIIIᵉ siècle, Marcello, Scarlati, Leo, Durante, Durante surtout, qui eut comme l'instinct de tous les prodiges que devait opérer l'harmonie, firent progresser rapidement l'orchestration. Comme pour se rendre plus sûrement maîtres de cette force qu'ils allaient faire grandir rapidement, ils réduisirent l'orchestre à un simple quatuor, c'est-à-dire à deux parties de violons, un alto et une basse. Les autres instruments, hautbois, bassons, trombones, en étaient momentanément exclus pour y être rappelés, mais comme auxiliaires obligés. C'est ainsi que l'ordre devait s'établir dans cette région de l'art musical et que devaient être organisés les éléments divers de cette merveilleuse puissance.

Galuppi fit une innovation très importante en faisant chanter

---

(1) M. Fétis, *Biographie des musiciens,* art. Hændel.
(2) On possède une partition de Monteverde dans laquelle on compte trente-deux instruments de treize espèces différentes. Chaque genre d'instrument était affecté à un personnage : les esprits infernaux étaient accompagnés par deux orgues, Pluton par quatre trombones, Apollon et un chœur de bergers par le flageolet, etc.

l'orchestre, qui jusque-là ne faisait que suivre et accompagner les
chanteurs. Bientôt Cimarosa et Paësiello lui donnèrent un rôle plus
important encore : ils le chargèrent du chant et de la mélodie : les
voix exécutèrent un chant plus simple dont les sons des divers instruments faisaient comme l'ornement et la broderie (1).

Ces premiers progrès avaient été réalisés en Italie ; mais c'est en
Allemagne et en France que l'orchestration allait prendre ses derniers développements et produire ses effets les plus ravissants.

Le Nord avait entendu les accords sévères des Bach et des
Hændel. Gluck arrive en France, et, après avoir formé les instrumentistes inexpérimentés de Lulli, il donne à l'orchestration les
mouvements et les accents du drame et lui fait exprimer des effets
isolés et indépendants. Haydn et Mozart donnèrent à cette partie
de l'art des formes encore plus savantes. Ils ne furent pas toujours
compris ; mais Rossini, en allant plus loin encore dans la voie des
innovations, fit tout accepter par l'habileté de ses procédés, et spécialement de celui-ci : en redisant plusieurs fois la même phrase musicale, il la fait comprendre plus sûrement, il la fait pénétrer plus
profondément dans l'âme après que l'oreille s'y est habituée. Toutefois, il faut ajouter, pour être juste, que, si le compositeur italien
se fit mieux comprendre que les maîtres allemands, ce ne fut pas
sans abaisser l'art sous plusieurs rapports.

L'orchestre, avec les ressources variées dont il dispose, est le complément indispensable de l'opéra et de son expression dramatique.
La mélodie n'exprime qu'un sentiment à la fois, tandis que souvent,
au milieu d'une situation très complexe, dans l'âme de l'auditeur
s'entrechoquent, se croisent sans se confondre, avec une étonnante
rapidité, des sentiments multiples. Or l'orchestre nous dira ce que
la mélodie ne nous dirait pas ; chaque instrument sera un chanteur
de plus dont la voix complétera, enrichira la mélodie, comme la
couleur enrichit les formes du dessin. De même encore, en se faisant
entendre avec les chœurs, les cent voix de l'orchestre avec leurs
timbres différents, avec leurs accords variés mêlés de dissonances,

(1) Ces accompagnements, qui doivent présenter des formes gracieuses, sémillantes
et vives, ont été employés très souvent dans les airs bouffes italiens que l'on désigne par
ces mots : *Notes et paroles*. Les opéras de Mozart et de Boïeldieu en offrent des exemples
très intéressants.

avec leurs modulations étonnantes, mais pleines de vie et de feu, contribueront beaucoup à nous émouvoir davantage. L'orchestre pourra même parfois remplir le rôle qui était confié au chœur dans le drame antique : en exprimant des sentiments différents de ceux qui sont sur les lèvres des chanteurs, il donnera à ces sentiments la sanction dont ils ont besoin.

Les ouvertures, par lesquelles la musique instrumentale fut appelée à préparer le public à l'audition de l'opéra, prirent une importance spéciale. Le plus souvent elles présentent les différents motifs qui paraîtront dans les scènes principales, et elles sont ainsi, non pas, comme on l'a dit parfois, le résumé de la composition, mais elles en sont l'annonce et le préambule ; par leur ensemble elles préparent l'auditeur aux impressions que doit lui faire éprouver la suite de l'œuvre. Les morceaux de ce genre les plus justement célèbres comprennent deux parties : la première expose des idées que la seconde reproduit en leur donnant plus de développement et de richesse. L'ouverture de la *Flûte enchantée* de Mozart, dans laquelle on admire un début large et magnifique, un intérêt croissant et une péroraison pleine de chaleur, est considérée à bon droit comme le modèle du genre.

L'orchestration ne voulut pas se borner à enrichir l'opéra, elle s'en détacha pour produire un genre de composition dans lequel nous pouvons admirer des chefs-d'œuvre ; la symphonie. Si la musique est vague dans son expression, c'est bien surtout dans la symphonie, et nous devons ajouter surtout dans les symphonies dont les titres ne sont que l'indication du ton dans lequel elles sont écrites, et par là même n'annoncent point le genre des sentiments qui sont exprimés. Cependant, quelles impressions profondes la symphonie ne nous communique-t-elle pas, quand elle nous redit, par la voix des instruments, les grandes inspirations de Haydn, de Mozart, de Beethoven? Nous avons dit, d'ailleurs, dans nos préliminaires, de quelle manière et dans quelle mesure la musique instrumentale rien que par ses ressources spéciales, a de l'expression.

Ajoutons un mot sur un procédé qui a pris dans la musique moderne un caractère et une importance qu'il n'avait point autrefois : la fugue. La fugue existait dans le déchant et dans les canons du moyen âge. Palestrina et quelques autres après lui employèrent le contrepoint fugué ; mais c'est avec les combinaisons dont s'est enrichie l'harmonie depuis le xviie siècle que la fugue a pris son vrai caractère et déployé toute la puissance de ses effets.

Il était facile de trouver l'idée de la fugue dans la ressemblance des deux tétracordes qui composent la gamme *do, ré, mi, fa, — sol, la, si, do*, ressemblance qui permet de reproduire à une quinte prise dans le tétracorde supérieur la mélodie déjà dessinée dans le tétracorde inférieur. Mais cette idée première ne faisait pas connaître des lois et des ressources que l'expérience et l'étude seules pouvaient révéler.

Palestrina avait opéré une fusion entre la mélodie et l'harmonie au point que, dans ses œuvres, la mélodie sans harmonie serait presque sans signification. Mais, dans les compositions où la fugue est employée avec habileté, la mélodie ne perd point de sa valeur et l'harmonie garde ses richesses. Au milieu des flots de l'harmonie, la mélodie se dessine et reparaît à plusieurs reprises ; elle est chantée en même temps par plusieurs voix et distinctement par chacune d'elles et, frappant ainsi l'oreille d'une manière incessante, elle pénètre l'âme plus profondément. « La fugue, lorsqu'elle est maniée par un homme de génie comme Sébastien Bach, Hændel, ou Cherubini, est la plus majestueuse, la plus énergique, la plus harmonieuse de toutes les formes musicales (1). »

La musique profane emploie avec avantage ce procédé pour exprimer le mouvement des passions. Nous pouvons citer le chœur final de la *Fête d'Alexandre* de Hændel, un passage important du chœur de la *Conjuration* dans le *Guillaume Tell* de Rossini. La musique d'église et l'oratorio n'ont point à le dédaigner. On connaît le magnifique *Alleluia* du *Messie* de Hændel. On pourrait citer aussi plusieurs passages des messes de Cherubini.

C'est surtout dans la musique instrumentale, et spécialement dans la musique d'orgue, que la fugue peut se produire avec plus d'éclat. Elle offre à l'organiste des ressources vraiment incomparables. Aux grandes orgues qui parlent seules, il faut un langage puissant, énergique, des effets harmoniques d'une trame serrée et large tout à la fois. Or, c'est bien ce que l'on remarque dans ce motif qui

_____

(1) M. Fétis, *La Musique mise à la portée de tout le monde*, p. 156.

va se développant, à travers des torrents d'harmonie, dans cette harmonie qui n'est elle-même que le développement, l'amplification riche et précise du premier motif. Là il n'y a plus à redouter de confusion dans les paroles. De plus, le mécanisme du clavier permet à l'artiste de rendre les effets les plus compliqués, de produire ces combinaisons nombreuses qui varient la symphonie de la fugue sans nuire à son unité. Ce genre d'harmonie prend sur l'orgue un caractère ferme et de longue haleine qui semble donner à l'instrument des poumons infatigables. Il est grandiose et se prête parfaitement à l'expression du sentiment religieux, il est puissant comme la voix des grandes eaux et semble exprimer parfaitement les sentiments multiples du peuple réuni pour élever vers Dieu ses supplications.

§ V. — *L'école italienne et l'école allemande.*

Depuis plus d'un siècle, deux grandes écoles se sont partagé le monde musical et ont soutenu des luttes très vives qui ne sont point encore apaisées.

Gluck, avec ses disciples, c'est-à-dire l'école allemande, se préoccupa surtout de la vérité de l'expression, rechercha l'accent vrai, une mélodie simple, une harmonie large et puissante, et rejeta ce qui ne semble tendre qu'à flatter l'oreille ou à faire valoir la voix du musicien.

Piccini, avec ses partisans, c'est-à-dire l'école italienne, rechercha davantage des mélodies brillantes et se préoccupa moins de l'harmonie.

L'art allemand parle davantage à la pensée, s'empare de l'âme avec plus de puissance. L'art italien, avec ses chants gracieux, surchargés souvent d'ornements parasites qui ne servent point à l'expression du sentiment et que réprouverait un goût sévère, flatte davantage l'oreille, amuse et aussi, par l'éclat de la forme, distrait l'esprit de la pensée exprimée. Sans doute le génie de la mélodie ne fait point défaut à l'Allemagne et l'Italie a produit des harmonistes remarquables. Mais chacune des deux écoles s'est distinguée par les tendances que nous indiquons.

A notre époque, un Allemand, Meyerbeer, et un Italien, Rossini, ont produit des œuvres remarquables sans paraître se souvenir de leur origine. Le premier a montré dans ses œuvres une imagination merveilleuse ; il a donné à ses mélodies et à son harmonie un éclat, une puissance de coloris que pourraient envier bien des musiciens célèbres en Italie. Le second a su donner à ses conceptions une grâce, une élégance et parfois même une force et une grandeur vraiment remarquables ; il a su produire des effets d'orchestration auxquels l'Allemagne applaudirait. Ces deux artistes ont-ils réussi à fondre les deux genres, à faire oublier la division des deux écoles, et à les rapprocher pour l'avenir? Nous ne le croyons pas. Elles seront distinctes, tant que les nationalités conserveront leur caractère.

La vérité n'appartient point à l'une des deux écoles répudiant les qualités de l'école rivale, et l'art doit tendre à opérer une fusion qui réunisse des qualités différentes, mais nécessaires à sa perfection. Toutefois, l'art, dans chaque contrée, ne doit point chercher à se débarrasser du caractère qui résulte du tempérament de chaque peuple, il perdrait cette saveur native qui est le cachet distinctif des mélodies sorties spontanéément du génie de chaque race.

Si nous devions attribuer nos préférences à l'une des deux écoles, nous les accorderions à celle qui se préoccupe surtout de l'expression de la pensée et du sentiment, but principal de l'art.

§ VI. — *Les principaux musiciens de l'époque moderne : Sébastien Bach, Hændel, Gluck, Mozart, Haydn, Beethoven, Meyerbeer, Rossini.*

Nous venons de jeter un coup d'œil sur les différents genres de composition qui se sont développés avec les ressources de la tonalité moderne. Nous avons indiqué quelques œuvres dans le genre religieux. Il nous serait impossible d'apprécier avec détail les œuvres produites dans les autres genres ; mais nous pourrions peut-être apprécier dans leur ensemble, les œuvres des musiciens les plus célèbres, déterminer le caractère, le tempérament de ces artistes. Nous saurons ainsi le sens général du langage qu'ils nous ont tenu, des sentiments qu'ils ont exprimés. Le nom de ces hommes illustres s'est déjà plus d'une fois rencontré sous notre plume, mais nous al-

21. — JUPITER, par Phidias.

lons essayer de préciser bien que sommairement, les traits de leur physionomie (1).

Sébastien Bach (1685-1754) nous apparaît avec une stature vraiment colossale, et peut-être le tempérament musical le plus vigoureusement trempé qui ait existé. Il se distingue par une puissance exceptionnelle de conception, par une science prodigieuse de combinaisons qui n'appartiennent qu'à lui, par un emploi particulier des moyens les plus puissants. Quelquefois ses mélodies étonnent de prime abord, mais elles arrivent toujours à produire de grands effets. D'ailleurs, par ces moyens puissants, Bach exprime des sentiments nobles, élevés, énergiques, quelquefois tendres et même naïfs. On ne saurait entendre, sans être profondément ému, les accents si vrais, si profondément pathétiques de certains passages de ses oratorios, et spécialement de sa *Passion* sur le texte de saint Mathieu. Sans doute il puisait ses inspirations dans la ferveur de ses convictions religieuses. Ses conceptions se déroulent pleines et puissantes, comme les eaux d'un fleuve magnifique ; ces eaux sont impétueuses parfois, mais elles coulent entre les bords solides et bien définis d'un lit large et profond, et nous jouissons avec bonheur de la vue de ce fleuve, qui eût été effrayant s'il n'eût été contenu.

Hændel (1684-1759) est assurément un des artistes qui ont fait le plus d'honneur à l'art musical. Il nous frappe dans ses compositions par une grandeur et une simplicité que nul n'a su allier au même degré que lui. Il semble qu'il a écrit pour des armées d'exécutants et que sa musique est la musique des peuples. Supérieur à Bach en ce qu'il est plus facile à exécuter et plus facile à comprendre, par cela même il produit plus sûrement son effet.

Avec la force d'un géant il a aussi très souvent la sensibilité d'un cœur profondément ému, non la sensibilité maladive d'un Werther, mais plutôt l'émotion puissante d'un héros. Il possède, au plus haut degré, cette vigueur et cette énergie qui se communiquent à l'âme de l'auditeur pour l'élever et le fortifier.

Il a écrit beaucoup d'opéras, et ce n'est que dans les quinze der-

(1) Ces appréciations sur les grands musiciens ont été rédigées d'après les notes que M. Albert Bourgault-Ducoudray, professeur au Conservatoire de musique de Paris, a bien voulu nous donner.

nières années de sa vie, et après des revers subis sur la scène qu'il se
consacra au genre oratorio ; mais les œuvres qu'il écrivit alors lui ont
acquis une gloire incomparable. Nous donnerons à Gluck de grands
éloges ; mais Hændel lui reste supérieur de toute la hauteur qui met
le genre oratorio au-dessus du genre opéra ; ses œuvres principales
sont *Esther*, *Athalie*, *Joseph*, *Judas Machabée*, et surtout le *Messie*.

Gluck (1714-1787), génie antique, a traduit tous les grands sentiments que les tragiques grecs aimaient à mettre sur la scène. Mieux
qu'aucun autre il a su nous peindre le beau moral. Il aimait à exprimer la vertu, les sentiments les plus désintéressés, le dévouement
le plus héroïque, les actes d'une générosité que l'on peut appeler sublime. Ainsi il nous montre dans *Alceste* une épouse renonçant à la
vie pour sauver son époux, dans *Iphigénie en Tauride* deux amis voulant se sacrifier l'un pour l'autre. Le mérite de Gluck n'est pas d'a-
voir mis ces faits sur la scène, ils étaient connus depuis longtemps ;
mais sa gloire est d'avoir avec les ressources de son art, traduit les
sentiments qui accompagnent et qui engendrent ces actes d'admirable dévouement par des accents si éloquents, si pathétiques et si
vrais, qu'il nous fait aimer la conduite de ses héros, que nous la trouvons toute simple, toute naturelle, et ainsi il nous élève au-dessus
de nous-mêmes, purifie nos âmes, fortifie notre courage.

Gluck, de même que Corneille, et avec des formes plus parfaites,
a su nous donner de grandes leçons ; comme Eschyle et Sophocle,
il a su nous présenter la nature humaine idéalisée et nous la montrer
avec des formes agrandies, épurées, ennoblies. Il a donné à la déclamation poétique dans le récitatif une force inconnue avant lui et
qui depuis n'a point été surpassée. Sa mélodie est abondante, expressive ; son harmonie puissante et virile concourt à l'expression, fortifie la mélodie sans jamais l'entraver.

Mozart (1766-1791), on l'a dit avec raison, est le Raphaël de la
musique. Il se servait de notes de la même manière que le peintre
d'Urbin se servait de couleurs : dans la musique de l'un, comme
dans la peinture de l'autre, on ne voit aucune trace d'effort ou de
travail ; il semble que, par une sorte d'enchantement, ou, si l'on veut,
par une faveur spéciale venue d'en haut, l'œuvre s'est produite
d'elle-même, avec l'ensemble le plus séduisant, les proportions les

plus justes, des formes exquises et une incomparable suavité d'expression. Quelquefois certains passages, des rentrées, par exemple,
de prime abord vous paraissent trop courts, puis vous vous abandon-
nez à l'impression générale que vous communique la composition :
vous réfléchissez ensuite sur ce qui vous avait semblé un défaut,
et vous reconnaissez que le tort était de votre part, que vous aviez
mal jugé, et que l'artiste a bien donné à chaque partie de son œuvre
une importance convenable. Du reste, pour apprécier les justes proportions d'une composition et les intentions délicates de l'artiste,
il faut un goût très exercé. Or le goût est chose rare : la majorité
est frappée plutôt par l'exagération que par la juste mesure.

La musique de Mozart est l'expression d'une âme élevée, noble,
qui a pu souffrir, mais a supporté la souffrance avec courage, qui
ne s'est point laissée aller à des rêveries sans but ni aux langueurs
d'une mélancolie énervante ; et quand vous l'entendez, cette
musique, elle produit sur vous l'effet d'une belle scène de la nature,
d'un beau paysage au milieu duquel vous jouissez d'un calme et
d'un repos qui vous préparent à supporter de nouvelles fatigues.

D'un autre côté, il est vrai, Mozart n'a pas des accents qui correspondent à tous les besoins de notre nature, il laisse dans les profondeurs du cœur humain des échos qu'il ne fait jamais résonner.
Il s'élevait sans effort à la peinture du beau moral, et il en trouvait
facilement l'expression dans le calme et la sérénité de son âme, dans
sa nature chaste et honnête, dans le caractère même de son talent ;
mais il semble avoir ignoré les agitations profondes de l'âme. Excepté la finale de *Don Juan* et quelques autres pages vraiment dramatiques, tout ce qu'il a écrit nous maintient dans des régions pures
et tempérées où règne sans cesse la sérénité, l'ordre, l'harmonie.
Nous serions injustes, d'ailleurs, si nous lui en faisions un reproche,
car s'il ne nous console pas en gémissant avec nous, il nous donne
ces émotions pures qui rafraîchissent nos âmes et les fortifient (1).

(1) Nous croyons mensongères les imputations lancées contre sa moralité, et il nous
semble que le passage suivant d'une lettre qu'il écrivait à son père qui allait mourir, suffirait à les démentir «... Je remercie Dieu de m'avoir accordé la grâce de reconnaître la
mort comme la clé de notre véritable béatitude. Je ne me mets jamais au lit sans penser
que, tout jeune que je suis, je puis ne pas me relever le lendemain ; et cependant aucun de
ceux qui me connaissent ne pourra dire que dans les habitudes de la vie je sois morose ou
triste. Je rends grâce à mon créateur tous les jours de ce bonheur, et je le souhaite de tout
mon cœur, à tous les hommes mes frères. » Le père de Mozart mourut en 1787 et lui-même
trépassa quatre ans plus tard.

Haydn (1732-1810) est le créateur de la symphonie, et l'on peut ajouter que dans ce genre, lequel d'ailleurs lui a procuré sa plus grande gloire sous bien des rapports, il n'a été surpassé par aucun. Lui-même semble s'élever dans chacune de ses compositions. Les premières œuvres qu'il produisit ont peu d'étendue, mais elles présentent un plan complet, une grande netteté de pensées et une rare élégance de formes ; vinrent ensuite ses grandes symphonies et ses admirables quatuors.

Haydn, mieux qu'aucun autre, savait tirer parti de l'idée la plus simple en apparence, la développer de la manière la plus savante, la plus riche en harmonie, la plus inattendue dans ses effets sans jamais cesser d'être élégant et clair. Sa pensée devient plus riche et plus brillante à mesure qu'elle se développe, et cependant elle n'est jamais surchargée, elle est toujours abondante sans être diffuse ; l'œuvre quand elle s'achève, ne laisse rien à désirer, et elle n'a rien dit de trop. Mais ce n'est pas seulement par des qualités de forme et de composition que Haydn se distingue ; ses inspirations, d'une pureté, d'une suavité, d'une fraîcheur incomparables, sont bien l'expression de son âme profondément vertueuse. Son oratorio de la *Création* et celui des *Saisons* seront toujours regardés comme des plus beaux monuments de l'art musical.

Le caractère de Beethoven (1770-1827) est complètement différent de celui de Mozart. D'un tempérament véhément et fougueux, avec une âme portée naturellement au grand et au sublime, il trouvait dans ces dispositions une aptitude toute particulière à exprimer les sentiments héroïques ; parfois il rugit comme un lion blessé.

La vigueur de son tempérament n'exclut point en lui le calme nécessaire à la réflexion. Il a le sentiment religieux, peut-être un sentiment mal défini, des aspirations plutôt que des convictions ; mais il a dû puiser, dans la contemplation de l'infini et dans les grandeurs entrevues d'un monde plus parfait que le nôtre, l'inspiration vraiment sublime de la plupart de ses andantes.

Cet artiste excellait surtout à rendre tous les sentiments, toutes les passions qui agitent le cœur humain. Il semble que tout a été exprimé par lui, toutes les joies et tous les tressaillements, depuis le bonheur irréfléchi de l'enfance jusqu'à l'enthousiasme du guerrier enivré par la victoire, toutes les tristesses, depuis la mélancolie qui fait souffrir sans que l'on sache pourquoi, jusqu'à la douleur la plus profonde et la plus désespérée. Il a des soubresauts qui font frémir et des caresses qui attendrissent.

On trouve aussi dans ses œuvres l'expression d'une âme qui souffre, qui éprouve des besoins inassouvis et qui ne peut être satisfaite par ce qui l'entoure (1). Ce n'est pas quand il nous tient ce langage que l'art exerce une influence salutaire. L'art, en effet, en nous mettant sous ces impressions de malaise, en nous jetant dans des aspirations vagues, nous détournerait du vrai but de la vie, distrairait notre sensibilité des objets auxquels elle doit s'attacher et réduirait à l'inertie notre volonté. En nous promettant un idéal élevé, mais indécis, et dont l'objet et la raison n'existeraient nulle part, il ne ferait que nous séduire par un mirage trompeur. Sans doute l'art musical ne peut produire brusquement des effets aussi funestes, mais il a son influence, et l'impulsion qu'il nous donne dépend assurément du langage qu'il nous tient. D'ailleurs, ces accents auxquels il nous est difficile d'applaudir sont rares dans l'œuvre du maître.

Meyerbeer (1794-1864) a su employer une manière de moduler qui lui était personnelle et qui n'est pas sans charme, bien qu'à la première audition elle semble tourmentée. Il a su produire des effets d'orchestration vraiment splendides ; ses idées sont toujours vêtues avec éclat et présentées dans des cadres magnifiques, mais il nous laisse dans le monde des réalités. Il nous ébranle et il nous émeut bien plus qu'il nous élève. Il fait entrer d'ailleurs dans sa composition tous les éléments qui peuvent l'enrichir, il accepte volontiers tous les moyens qui lui semblent utiles pour arriver à produire l'effet qu'il recherche. Assez souvent il arrive à un résultat grandiose ; mais, de sa préoccupation à rechercher des ressources qui captivent et éblouissent, il résulte aussi parfois que son œuvre manque d'unité et surtout de simplicité.

(1) Beethoven vécut dans des temps agités et malheureux ; mais, de plus, avec un fonds de bienveillance, il avait un caractère violent et soupçonneux. Il eut le malheur de perdre la délicatesse de l'ouïe avant l'âge de 30 ans et cette infirmité ne fit que s'accroître jusqu'à la fin de sa vie. Il eut toujours d'illustres protecteurs, et, avantage bien rare pour un musicien, il put jouir pendant de longues années du bénéfice de sa renommée, mais cependant il eut à lutter contre les difficultés de la vie. Il essayait de relever son courage en lisant la vie des grands hommes de Plutarque et en étudiant les ouvrages de Platon. Il essayait de philosopher, mais la philosophie à laquelle il se livrait était sans base solide. Nul doute que, si Beethoven se fût adressé au véritable auteur de toute consolation, il eût été moins malheureux et ses ouvrages y auraient gagné (Détails biographiques et réflexions empruntés à M. Félix Clément. *Les Musiciens célèbres.*)

Rossini (1792-1809) a fait preuve, dans ses nombreuses compositions d'une grande habileté et aussi d'une grande souplesse de talent. Il a trouvé des mélodies d'une fraîcheur exquise et il a traduit avec des accents vraiment pathétiques les passions légitimes, les sentiments nobles et généreux du cœur humain. Dans son *Guillaume Tell*, son chef-d'œuvre, il est vrai, ne nous donne-t-il pas les impressions que l'on éprouverait en présence des grands paysages de la Suisse, au milieu de ses montagnes, de ses lacs et de ses glaciers? Quelle grâce simple et champêtre dans certains chants, et dans d'autres quelle noble fierté, quelles puissantes aspirations vers cette liberté que veut reconquérir une nation opprimée?

Rossini ne cherchait pas toujours assez, il s'arrêtait parfois à des qualités de métier et se dispensait ainsi de poursuivre des beautés idéales qui auraient eu bien plus de valeur. Cependant, si nous ne tenons pas compte de son *Stabat* et de sa messe composés depuis son *Guillaume Tell*, et qui manquent d'un cachet vraiment religieux, mais que d'ailleurs il n'avait point écrits pour l'église, nous pouvons dire qu'il a sans cesse progressé. Sa messe est supérieure à son *Stabat* pour l'expression, mais elle lui est inférieure au point de vue de l'invention musicale.

ARTICLE VI

DE LA MUSIQUE A NOTRE ÉPOQUE

§ I. — *Musique religieuse.*

Quels vœux devons-nous former pour l'avenir?

A l'église, pendant nos saints offices, c'est le plain-chant d'abord qui doit se faire entendre et il s'acquittera mieux de son rôle important à mesure que son exécution sera plus conforme aux traditions primitives.

La musique avec sa tonalité si différente de celle du plain-chant, mais aussi avec ses ressources si variées et si riches, sera-t-elle écartée du sanctuaire?

Bien que ce genre soit essentiellement dramatique, il peut aussi exprimer le sentiment religieux, l'exprimer avec une grande puissance. Nous nous garderons donc de l'exclure. Mais nous demanderons que les compositions admises aient un caractère vraiment religieux, et pour cela, voici les conditions qui s'imposent d'elles-mêmes.

D'abord tout emprunt fait à la musique profane doit être rejeté. Nous ne voulons pas, pour accompagner nos saints mystères, des chants qui ont d'abord retenti dans des théâtres et dans les fêtes mondaines. Ils provoqueraient dans nos églises des réminiscences qui ne doivent pas en franchir le seuil, et, d'ailleurs, dans l'inspiration qui les a conçus, ces chants n'ont pu trouver des accents vraiment religieux (1).

Ces emprunts ne sont pas plus acceptables pour l'orgue que pour les voix.

Nous demandons que les moyens employés par le compositeur, que les ressources d'expression auxquelles il a recours se maintiennent dans le genre qui convient à l'église. Sans doute nous n'avons pas seulement à faire entendre des lamentations ou des hymnes funèbres en présence d'un cercueil; nous devons célébrer les joies de la Nativité et le triomphe de la Résurrection ; nous n'avons pas seulement dans notre sainte religion les mystères douloureux, nous avons aussi les mystères joyeux ; mais il faut reconnaître aussi qu'il y a

---

(1) Dans ces placages, il est impossible de bien faire concorder les paroles des textes sacrés avec la coupe des phrases musicales ; mais là n'est pas le plus grave inconvénient. Si l'on veut se faire une idée des contre sens grossiers auxquels on arrive par ces tentatives, on peut lire dans l'excellent ouvrage de M. d'Ortigue : *La Musique à l'église*, ce qu'il dit sur un recueil de ce genre : les *Concerts spirituels* publiés à Avignon. « On y voit défiler toutes les parties liturgiques de la messe, le *Kyrie*, le *Gloria*, le *Credo*, le *Sanctus*, l'*Agnus Dei*, sur des morceaux de l'*Armide* de Gluck, toute la prose *Dies iræ* sur *la Flûte enchantée* de Mozart, tout le *Stabat* sur les *Noces de Figaro* et *Don Juan*. Ici il faut admirer l'à-propos avec lequel le verset *O quam tristis et afflicta* a été appliqué à l'air *Voi che sapete*, le verset *Pro peccatis* sur l'air *Batti, batti, o bel Mazetto*, comme ailleurs la prose *Lauda, Sion, Salvatorem*, est ajustée sur l'air *Fin ch'an dal vino*, et l'*In te Domine, speravi* sur le trio des *Masques*, p. 326.

D'autres recueils en ce genre ont été publiés depuis. Ainsi on a édité un recueil de messes collectionné sur les opéras de Rossini.

Sans doute, il faut le reconnaître en le déplorant, on exécute trop souvent pendant nos saints mystères de la musique que l'on dit écrite pour l'église et qui a un caractère moins religieux que certains morceaux que l'on pourrait emprunter au théâtre. Mais l'un n'excuse pas l'autre.

Nous recommandons l'ouvrage de M. d'Ortigue que nous venons de citer le chapitre sur les *Mois de Marie*, p. 261.

des rythmes et des accents, une agitation, un fracas que l'on ne saurait concilier avec l'auguste gravité dont ne peuvent jamais se départir nos saintes cérémonies. A l'église, même la joie ne doit pas s'exprimer de la même manière qu'au théâtre.

La condition la plus importante que nous ayons à mettre, et celle-là pourrait nous dispenser d'en poser aucune autre, c'est que le compositeur s'inspire de convictions religieuses et qu'il expérimente par lui-même les sentiments qu'il doit exprimer.

Sans doute la musique a ses lois et ses procédés, mais ses productions, plus que celles d'aucun autre art, livrent les émotions et les sentiments de l'artiste et mettent son âme en communication directe avec l'âme de l'auditeur. Comment donc le musicien nous fera-t-il éprouver le sentiment religieux s'il ne l'éprouve pas lui-même, et s'il n'a pas pour principale préoccupation de nous l'exprimer? C'est bien lui surtout qui doit dire avec saint Augustin : « Ce ne sont pas vos applaudissements, ce sont vos larmes que je veux (1). »

Est-ce bien avec ces dispositions que se mettent à l'œuvre ceux qui prétendent composer de la musique religieuse? Sans doute ils cherchent des effets auxquels ils attribuent l'accent religieux, mais leur grande préoccupation est de faire une œuvre qui leur assure la vogue et le succès. Peut-être ils rencontreront par hasard quelques phrases qui pourront donner le change et satisfaire des âmes qui, elles-mêmes, ne sont pas vraiment chrétiennes. Mais, à vrai dire, ce ne sera le plus souvent qu'une mauvaise contrefaçon ou même une caricature de la prière, ce sera du sentimentalisme ou du drame. Or la vraie musique religieuse, pas plus que la vraie dévotion, ne se fait comédienne. Il y a des morceaux de musique écrits sur nos textes sacrés et qui ne sont pour nos églises qu'une indigne profanation.

Les grandes œuvres musicles modernes présentent une difficulté particulière. Elles ont été écrites avec accompagnement d'orches-

_____

(1) Palestrina dans le genre religieux n'a jamais été surpassé. Sans doute il avait le génie, mais il avait aussi une vraie piété, une foi ardente et l'on pourrait dire la sainteté. Il était le disciple fervent de saint Philippe de Néri, et quand il commença à composer la messe dite du pape Marcel, il écrivait sur le manuscrit ces mots que l'on y voit encore : « Mon Dieu, aidez-moi. » Aussi les cardinaux chargés d'apprécier son œuvre ne purent que dire en empruntant à Dante son poétique langage : « Une harmonie si belle et si douce ne peut venir que des cieux où est le bonheur éternel. »

tre. Or, celui-ci ne peut se produire à l'église qu'avec un véritable désavantage. En effet, les nuances délicates qui donnent une grande valeur à l'orchestration dans une salle de concert disparaîtront le plus souvent avec les échos multiples des voûtes immenses de nos cathédrales. La voix puissante de l'orgue n'a point à redouter ces inconvénients : la force de ses jeux est proportionnée à l'édifice, et sa place, sérieusement étudiée, ne laisse point à des chances incertaines l'effet qu'il doit produire. Mais, quand bien même l'orchestre ne perdrait aucune de ses ressources en se produisant à l'église, il n'y sera jamais complètement à sa place, avec ses timbres variés, avec le frémissement de ses instruments à cordes, avec l'éclat de ses trompettes, l'agitation et le tumulte de ses effets. L'orgue n'a point entrepris d'accompagner les drames du théâtre et il est incapable de traduire toutes les passions qui s'agitent sur la scène ; l'orchestre, à son tour, est impropre à l'expression du sentiment vraiment religieux. De là on peut conclure dans quelles mauvaises conditions se produiront à l'église les œuvres qui mettent dans l'orchestre une grande partie de leur expression et de leur valeur.

On pourrait ajouter que, même dans les églises des grandes villes, si on ne requiert le personnel des théâtres, l'exécution des grandes œuvres modernes sera toujours très incomplète, soit pour l'orchestre soit pour les chœurs ; et même avec le personnel des théâtres, le succès n'est aucunement assuré.

Et, avec tout ce bruit que l'on fait, quel résultat obtient-on ? Le public est attiré par la célébrité du nom de l'auteur. Convoqué pour l'audition d'une œuvre musicale, il se pose en critique ; il entend la messe comme il assisterait à une représentation théâtrale, il se retire plus ou moins enchanté, ou mécontent, discutant la composition de l'orchestre et des chœurs, appréciant le ténor ou le baryton qui a fait les solos. Mais si les auditeurs ont prié quelques instants, c'est malgré la musique ; ils ont pris une pieuse récréation, c'est-à-dire qu'ils ont agréablement passé leur temps, nous le supposons du moins, en assistant à nos saints mystères. Il n'y a pas là seulement un contre sens.

Mille fois mieux vaudrait le plain-chant, surtout si, pour en assurer la bonne exécution on se donnait un peu de la peine considérable que l'on prend pour ces entreprises qui ne sauraient aboutir à bien. Avec les ressources dont on dispose dans les grandes paroisses, on arriverait sûrement et sans autant de réclame à des succès de meilleur aloi et plus utiles (1).

Que l'on choisisse du moins des œuvres sévères et de préférence celles qui peuvent se passer de l'orchestre. Pourquoi ne pas revenir aux maîtres, à Palestrina, et à ceux qui s'en rapprochent davantage? La foule sera beaucoup mieux captivée par ce genre si différent de celui du théâtre et elle trouvera à l'église ce dont elle a besoin (2).

Que l'on ne prétexte pas la difficulté d'exécution provenant d'un genre inusité aujourd'hui. Ce genre en lui-même ne présente pas plus de difficultés que la musique moderne ; il serait plus juste de dire qu'il en présente moins, et quand il aura été compris, les divers morceaux seront appris très facilement. Pourquoi donc ne pourrait-on pas en France ce qui est pratiqué journellement ailleurs, dans beaucoup de villes d'Allemagne et des bords du Rhin. Ayons le bon sens de reconnaître ce que l'on fait de bien chez nos voisins et de mettre à profit les bons exemples qui nous sont donnés (3).

Que l'orgue garde donc cette place de choix qui lui est confiée, et qu'il remplisse dignement sa mission. Tout musicien ne doit se

(1) Ce n'est pas seulement notre opinion, nous pouvons citer des autorités :

« Que ces partitions de motets, tant vantés, ces messes en musique à grand orchestre, ces symphonies exécutées très difficultueusement par cent instrumentistes et chanteurs sont inférieures aux notes simples du plain-chant sous le triple rapport de la convenance, de l'utilité et même du succès ! » (Félix Clément, *Histoire générale de la Musique*.)

L'auteur de *La Juive* et de *La Reine de Chypre*, l'Israélite Halévy, disait un jour : « Comment les prêtres catholiques qui ont dans le chant grégorien la plus belle mélodie religieuse qui existe sur la terre, admettent-ils dans leurs églises les pauvretés de notre musique moderne. »

« Quoi qu'on fasse, dit M. Fétis, dont l'autorité est si grande, on ne donnera jamais un caractère vraiment religieux à la musique sans la tonalité austère et sans l'harmonie consonante du plain-chant. »

On pourrait faire un volume de citations de ce genre.

(2) Dans ces dernières années, il a été fondé à Paris une école de musique religieuse, dont les professeurs ont une valeur incontestable : MM. Bordes, Guilmant, Vincent d'Indy. Leur but est de remettre en honneur la musique religieuse palestrinienne et d'améliorer la musique religieuse moderne tant instrumentale que vocale.

(3) Voici des renseignements que nous devons à l'obligeance d'un ecclésiastique, très bon musicien, qui a séjourné un an successivement à Mayence, à Cologne et à Ratisbonne : « Dans ces églises, les offices sont toujours chantés dans le style *alla Palestrina*, et chaque dimanche, il y a une messe nouvelle. En 1872, à Mayence, la maîtrise comprenait simplement 12 soprani, 8 alti, 4 ténors, 4 basses.

« Chaque samedi, en moins d'une heure, on préparait la messe entière, avec *Credo*, les vêpres et le salut. »

Sans doute, il n'y a pas là le tintamarre et les réclames de mauvais goût par lesquels la veille de chaque fête, on annonce les morceaux qui doivent être exécutés et les chanteurs qui se produiront ; mais il y a des chants vraiment religieux et la prière pendant les saints mystères.

22. — SOPHOCLE.

servir des ressources d'imitation et de description qu'avec une grande réserve, mais l'organiste surtout doit dédaigner ces moyens pour rechercher des effets plus grands et plus sérieux (1). Quand l'orgue parle, il faudrait que les fidèles pussent continuer leur prière commencée, que son chant fût tellement d'accord avec le sentiment qui convient à l'église qu'il se fît entendre sans la distraire, qu'il imposât ses accents religieux sans gêner les sentiments de piété auxquels chacun se livre.

§ II. — *Musique profane.*

Bien que nous ne puissions discuter le genre profane en nous servant de notre expérience personnelle, nous en dirons un mot en nous servant des appréciations d'hommes autorisés comme nous l'avons fait déjà pour tracer le caractère des grands musiciens.

Le compositeur, suffisamment pourvu aujourd'hui des ressources accumulées par ses devanciers, n'a point à se préoccuper des procédés nouveaux. Il a entre les mains tout ce qu'il lui faut pour arriver à de grands résultats. Qu'il se préoccupe donc principalement des pensées et des sentiments à exprimer.

Nous ne dirons pas qu'à notre époque l'art musical ne produit rien qui soit digne de nos sympathies et de notre admiration. Loin de là, mais un grand nombre de ces productions nous laissent indifférents ou ne peuvent provoquer qu'un blâme sévère. Pourquoi donc produit-il ainsi des œuvres médiocres ou mauvaises? Sans doute parfois l'artiste manque de science musicale, mais il est bien plus souvent en défaut parce qu'il n'entreprend que de traduire des sentiments indignes d'occuper l'attention publique, ou même parce qu'il se fait l'écho des mauvaises passions.

---

(1) M. d'Ortigue dit avec raison que les imitations d'orage, dans lequelles on entend d'abord des chants de pasteurs et de danses, puis le bruit du vent et le tonnerre avec ses sourds grondements, et de nouveau le chant des pasteurs, ces effets peuvent servir à tirer d'affaire un improvisateur embarrassé et amuser le public, mais ne conviennent aucunement à la dignité de l'église. Pendant longtemps, il était d'usage qu'à ces versets du *Te Deum* : *Judex crederis esse venturus,* l'organiste fit entendre d'abord le son de la musette comme si la trompette du jugement dernier devait d'abord mettre en fuite les bergers et les troupeaux. » C'est du Michel-Ange détrempé dans du Florian », ajoute M. d'Ortigue.

Le plus souvent le musicien n'écrit pas lui-même les paroles qui feront le sujet de sa composition ; mais alors nos observations s'adressent à celui qui prépare son œuvre.

Nous savons que, dans un opéra, la poésie ne doit pas empiéter sur la musique, que la première doit seulement donner un canevas très court qui disparaîtra pour ainsi dire sous les riches développements de la seconde. Mais, d'un autre côté, la musique suivra la voie qui lui est tracée, elle ne pourra que développer le thème qui lui aura été offert par la poésie. Que l'auteur du *libretto* sache donc présenter au musicien des pensées et des sentiments qui deviennent une source de grandes et nobles inspirations. Pour la musique comme pour les autres arts, nos grands souvenirs patriotiques ont été beaucoup trop délaissés ; que cette mine précieuse et féconde soit exploitée à l'avenir.

Que le compositeur cherche un légitime succès dans la grandeur des sentiments exprimés et qu'il ne se fasse pas un mérite de résoudre des difficultés accumulées à plaisir. Ce n'est pas en compliquant les effets qu'il nous captivera davantage et qu'il fera des œuvres dignes de notre admiration (1).

Une des ressources, dont on pourrait user aujourd'hui, serait de varier plus qu'on ne le fit, l'accompagnement des grandes compositions, actuellement, l'orchestre presque tout entier accompagne un duo et même une romance, d'où résulte inévitablement de la mono-

---

(1) Ce n'est pas d'aujourd'hui seulement que des artistes se préoccupent de briller, non en nous exprimant des pensées qui nous intéressent, des sentiments qui nous touchent, mais en prouvant leur habileté dans le procédé. Cette faiblesse est trop naturelle au cœur de l'homme pour qu'elle ne date pas de loin ; les exécutants et les compositeurs y sont d'ailleurs également exposés. Platon dans ses *Lois* blâme ceux qui, par le désir de plaire, « imitent sur le luth le son de la flûte » (Fin du Livre III). Il en est aujourd'hui qui se font applaudir en jouant du violon sur une seule corde. Assurément Platon n'applaudirait pas.

On pourrait réclamer contre un autre abus qui tend à abaisser la poésie et la musique : l'abus des décors, le luxe exagéré de la mise en scène. Meyerbeer, assistant à une répétition de son *Robert le Diable*, et voyant tous les décors que l'on avait préparés, dit au Directeur du théâtre : « Mais vous ne comptez donc pas sur ma musique ? » Et il semble, en effet, souvent que l'on ne compte ni sur la poésie, ni sur la musique, tant on se préoccupe de parler aux yeux. Nous pouvons en appeler ici à l'autorité d'Aristote : « C'est le moyen qui s'éloigne le plus de l'art et qui tient le moins à la poésie ; car à toute force la tragédie peut se passer de représentation et d'acteurs : c'est à l'art du costumier plutôt qu'à celui des poètes qu'appartient ce qui doit être fait pour contenter les yeux » (*Poétique*, chap. VI, § 8). On dirait ces paroles écrites d'hier, tant elles ont d'à-propos. Que les musiciens protestent donc avec les poètes contre un pareil abus, et qu'ils protestent surtout par la valeur de leurs compositions.

tonie. L'orchestre n'a plus autant de ressources pour produire ses grands effets, et l'auditeur est fatigué avant la fin de l'exécution par le volume considérable de sons, et par cet ensemble de timbres qui frappent sans cesse son oreille. Pourquoi ne diviserait-on pas de temps en temps les ressources de l'orchestre, et ne ferait-on pas parler successivement les instruments, un peu comme on le faisait du temps de Monteverde? Quand il se ferait entendre ensuite dans son ensemble, l'orchestre agirait avec une puissance victorieuse.

L'art musical pourrait ainsi demander au passé plus d'un conseil utile ; mais c'est surtout en puisant ses inspirations à des sources élevées, en s'adressant aux nobles instincts et aux grandes passions qu'il pourra se retremper et produire des œuvres qui resteront.

Sans doute, il est des genres plus légers, utiles à nos délassements, et que nous ne devons pas proscrire, l'opérette, le vaudeville. Mais ceux qui écrivent ces compositions pourraient amuser sans corrompre, procurer une agréable récréation en suggérant de bons sentiments. La gaieté n'est pas de la bouffonnerie, et le sel gaulois ne peut que s'affadir dans des scènes burlesques ou immorales dont ne devrait rire aucune personne honnête.

C'est surtout aux grandes compositions que nous demandons de grandes inspirations. Il nous semble que le genre oratorio pourrait être exploité avec un grand profit; il offrirait une heureuse variété en face du grand opéra, et, par les sujets qu'il traite, il contribuerait à donner à l'art musical cet élan puissant dont il a besoin.

Nous devons ajouter un mot sur la danse.

Cet art est inspiré et réglé par la musique ou du moins par le rythme. En effet, si le son d'aucun instrument n'accompagne la danse, c'est encore le sens de l'ouïe, le sentiment du rythme qui règle le mouvement. Mais cet art a ses lois spéciales.

C'est l'expression qui est le principal, pour ne pas dire l'unique élément de la beauté de la danse. Pour cette loi fordamentale, la danse ne diffère pas des autres arts ; seulement elle a ses moyens particuliers d'exprimer.

Les lignes, résultant de la pose momentanée des différents membres, seront plus ou moins gracieuses, et nous pouvons ajouter qu'elles auront plus de valeur à mesure qu'elles se rapprocheront davantage de ces lignes, de ces formes étudiées et choisies que recherche la statuaire ; le rythme qui détermine la rapidité, la cadence des mouvements, sera aussi plus ou moins agréable. Mais, en dernière analyse, la danse sera plus ou moins belle, selon l'expression qu'elle prête à celui qui l'exécute, selon l'expression qu'il prend par ses différentes poses, par le jeu varié des traits de son visage et de toute sa physionomie.

Une danse ne peut donc être belle que dans la mesure où elle nous exprime une âme heureuse, décente et honnête. Chez certains peuples, les danses, que l'on peut appeler guerrières, auront un autre caractère, elles exprimeront l'exaltation du guerrier qui ne demande qu'à affronter le péril ; mais la raison de la beauté de ces danses reste la même.

Aujourd'hui, trop souvent les danses n'ont rien que d'insignifiant ou de déshonnête.

Inutile de dire que les mouvements qui ne tendraient qu'à faire ressortir la souplesse et l'agilité musculaire ne sont qu'une mauvaise ressource et se rattachent aux exercices des acrobates. Les tours de force, les ornements plaisent un instant, étonnent, comme dans la musique, à cause de la difficulté vaincue ; mais, étrangers à l'art réel, il est très rare qu'ils n'en affaiblissent pas l'expression.

CHAPITRE VI

PEINTURE

Préliminaires : des ressources spéciales de la peinture.

Chaque art doit user sagement des ressources particulières dont il dispose et ne pas oublier le but principal auquel il tend.

Assurément, les ressources de la peinture sont immenses. Elle est libre de grouper ses figures et de les mettre sur des plans successifs. Elle peut présenter son personnage porté sur les nues ou traversant l'espace, prêter à son regard des aspirations que la statuaire ne lui donnera jamais, communiquer à sa chair les apparences de la vie, concentrer sur son front, par ses calculs et ses artifices, les rayons d'une lumière éblouissante. Pour compléter ses effets, elle peut à son gré faire voir dans son cadre les profondeurs d'un paysage, des montagnes et des fleuves, des plaines fertiles ou des rocs sauvages, des solitudes mystérieuses ou des villes aux monuments accumulés.

Avec ces ressources, la peinture peut nous représenter toutes les richesses de la nature ; mais c'est l'homme surtout qu'elle doit nous montrer. Comme la littérature et la musique, elle a pour objet principal de nous exprimer l'âme humaine avec les nuances si variées de ses sentiments et de ses aspirations.

A certaines époques, quand l'art n'était point en possession de ses ressources, il se borna à représenter ses personnages isolés, sans aucun accessoire, comme on peut le voir dans les basiliques italiennes. Plus tard, il apprit à nous les représenter, encadrés par tout ce qui peut faire ressortir leur beauté au milieu de toutes les splendeurs de la nature. Malheureusement, il ne sut pas longtemps user de ces ressources avec discrétion. L'humanité, dans les œuvres qu'elle accomplit ne peut stationner sur les sommets de la perfection. Les peintres se préoccupèrent bientôt de représenter l'homme au milieu des sites les plus riches et les plus pittoresques, ils s'attachèrent à l'éclat du coloris, à l'exacte vérité du détail. La véritable beauté de l'homme disparut sous l'effet luxuriant de sa propre chair, sous l'étalage des étoffes somptueuses et tout l'éclat de la nature extérieure. Bien plus, des objets qui n'étaient que des accessoires, comme des draperies, des fruits, des fleurs, devinrent des tableaux.

Il ne faudrait pas conclure que nous n'accordons aucun mérite à ces genres secondaires. Le paysage, non seulement effaçant l'homme, mais étudié comme objet unique d'une composition, peut nous charmer et produire en nos âmes les suaves et bienfaisantes impressions qu'y fait naître le spectacle même de la nature ; même réduit à ces proportions, il n'est donc pas sans intérêt. Toutefois, nous croyons pouvoir classer ainsi les différents genres de peinture : l'histoire sacrée, l'histoire profane, les compositions allégoriques, le paysage historique, le *genre*, comprenant surtout les scènes de la vie familière, la peinture d'animaux, le paysage simple, les études de fleurs et de nature morte.

Ajoutons que certains tableaux d'un genre secondaire peuvent, d'après la manière dont ils ont été compris et traités par le peintre, prendre plus d'importance que des tableaux qui seraient d'un genre plus élevé, d'après le sujet choisi. Une scène de famille peut être d'un style plus grand, peut exprimer des pensées plus profondes qu'un tableau d'histoire traité d'une façon incomplète. La valeur d'une œuvre dépend de plus d'une condition, et le choix du sujet n'est que le premier pas fait par le peintre. Nous pourrions ajouter le point de départ est élevé dans la mesure où il met l'artiste dans la nécessité d'interpréter la nature.

Parcourons rapidement les différentes périodes de l'histoire de la peinture.

ARTICLE I

La Peinture dans l'antiquité, dans les catacombes, dans les basiliques italiennes ; décadence de cet art.

Nous reconnaîtrons bientôt que les Grecs au siècle de Périclès, ont produit des œuvres admirables d'architecture et de sculpture,

Il serait étonnant qu'arrivés ainsi à la perfection dans deux des arts du dessin, ils n'eussent pas, à la même époque, pratiqué le troisième au moins avec une grande habileté. Pline, dans son *Histoire naturelle*, donne le nom de plus de cent peintres grecs, le sujet d'un grand nombre de leurs œuvres et même la composition de quelques-unes. Nous savons que Polygnote, dont Aristote disait : « Regardez ses tableaux, parce qu'ils font les hommes plus beaux qu'ils ne sont », décora les portiques du Pœcile d'Athènes et de la Lesché de Delphes. Parrhasius avait appris de Socrate l'art d'exprimer les passions humaines (1). Zeuxis, d'après Pline, comprit mieux que ses devanciers l'art d'éclairer ses figures (*luminum umbrarumque invenisse rationem traditur*). Apelle, qui s'attacha à la personne d'Alexandre, a laissé un nom plus célèbre encore. Les Grecs, si difficiles pour les délicatesses de la forme, admiraient la grâce de ses figures. Mais il ne peignit que le portrait, bien inférieur, à ce point de vue, à Polygnote qui avit traité surtout des sujets historiques, des scènes patriotiques (2).

Toutes les œuvres des peintres grecs ont disparu ; mais dans les ruines de Pompéi, ensevelie sous une éruption du Vésuve, la 79e année de notre ère, on a trouvé des fragments considérables de peintures murales (3), des vases décorés aussi de figures très intéressantes. Quand on considère ces œuvres, on reconnaît sans hésiter que les peintres de l'antiquité savaient traiter tous les sujets, agencer parfaitement une grande composition, distribuer les groupes, dessiner des raccourcis, suivre les lois de la perspective. On reconnaît aussi qu'ils savaient donner à leurs personnages du mouvement, l'expression du geste et du visage. En un mot, ils connaissaient toutes les ressources de leur art (4).

Cependant toute cette science allait disparaître, et l'art allait sommeiller pendant plusieurs siècles ; mais avant de subir cette décadence, il se mit au service de la religion nouvelle qui se levait

---

(1) Socrate avait sculpté lui-même un groupe de trois Grâces.

(2) Pour l'histoire des peintres grecs on peut lire avec profit le volume de Beulé, *Causeries sur l'art*.

(3) Nos devons citer spécialement la mosaïque représentant la bataille d'Issus.

(4) Polygnote ne se servait que de quatre couleurs. Toutefois le rouge, le jaune, le bleu et le blanc se prêtent aux combinaisons les plus variées et suffisent pour produire un coloris brillant. *Le Couronnement de la Sainte Vierge* de Velasquez semble n'être peint qu'avec du rouge et du bleu, et cependant quelle variété de nuances !

sur le monde, et il produisit des œuvres vraiment dignes d'admiration.

Au commencement de l'ère chrétienne, pendant que les œuvres exécutées au grand jour dans les cirques, les théâtres et les palais des Césars, n'étaient qu'une dégénération de l'art grec, un art nouveau se formait dans l'obscurité des catacombes. La foi nouvelle, il est vrai, ne recrutait point ses adeptes parmi les illustrations contemporaines. Les dessinateurs qui venaient prier dans les galeries souterraines, peindre sur les tombes de leurs frères, n'étaient pas sans doute des plus habiles de leur temps. Ils travaillaient à la lueur de la lampe et sous la menace de la mort. Les idées qu'ils avaient à rendre n'avaient point été exprimées jusqu'alors. Aussi il ne faut pas chercher dans leurs essais la correction du dessin. Mais la pensée même dans les œuvres de l'exécution la plus barbare, est rendue avec une étonnante vigueur, le sentiment est exprimé avec une intensité surprenante. Toujours on reconnaît sans hésitation ce cachet de spiritualisme qui sera le caractère le plus marqué et le plus grand mérite de l'art chrétien. Quelquefois la ferveur, dont le cœur de l'artiste est enflammé, semble lui faire retrouver des procédés oubliés, lui révéler des principes qu'il n'a jamais connus, et son crayon sait, avec les formes les plus amples et les plus vraies, traduire les pensées et les sentiments les plus élevés.

Avec les peintures des catacombes, nous devons citer quelques mosaïques exécutées dans les basiliques, spécialement celle que que l'on voit dans l'hémicycle de Sainte-Pudentienne, et qui date du IVe siècle. Toutes les conditions de l'art y sont observées : « disposition savante et animée des personnages, amples étoffes, attitudes variées, accent individuel ; vous ne sentez la décadence qu'à certaines faiblesses d'exécution et de détail, et par compensation, vous découvrez dans ces figures des trésors tout nouveaux, d'austères et chastes expressions, une fleur de vertus, une grandeur morale dont les œuvres de l'antiquité, même les plus belles, ne sont jamais qu'imparfaitement pourvues (1). »

D'autres mosaïques que celle de Sainte-Pudentienne offrent de l'intérêt. Tous les principes de l'art ne furent pas oubliés subitement. Même dans les œuvres où la décadence est plus avancée, il

(1) M. Vitet, t. I, p. 21.

reste encore un caractère de grandeur et de dignité. Ces saints et ces saintes dessinés sur un plan uni se présentent avec une majestueuse indépendance. La nature extérieure ne distrait point l'homme des hommages qu'il leur adresse ; aucun accessoire ne rappelle autour d'eux qu'ils ont posé leur pied sur la terre. Le paysage n'apparaît même pas à l'état rudimentaire dans ces compositions. Il y a dans ces peintures une austérité et une ampleur qui conviennent bien à l'art religieux.

Mais, dans ces œuvres, avec cette sévérité et cette simplicité, il faut reconnaître aussi des incorrections qui se multiplient. Les dessinateurs ne sont point conduits à simplifier par un calcul savant, mais par l'impéritie qui chaque jour les contraint à supprimer ce qu'ils sont incapables de représenter. Si les figures sont raides, c'est qu'on ne sait plus les dessiner autrement, et cette insuffisance est plus manifeste encore dans certains détails. Certaines incorrections prouvent avec clarté que les dessinateurs ne font pas mieux parce qu'ils sont incapables. Par exemple, l'œil ouvert outre mesure et dessiné dans une figure de profil comme il le serait dans une figure de face, ne permet pas de s'y tromper. Cette méthode, qui est celle des enfants et que les dessinateurs de tous les peuples trouvent instinctivement à leur début, sera toujours un témoignage irrévocable d'inhabileté et, l'on pourrait dire, de barbarie.

Les peintres essaient de racheter leur insuffisance par des moyens extérieurs, par la dimension exagérée des figures, par des étoffes chargées de riches broderies. Dans la pénurie où il languissait, l'art italien avait saisi, comme une ressource excellente, ce luxe matériel inspiré par le goût byzantin.

Dans la mosaïque de San-Marco, la décadence apparaît avec tous ses défauts. Celles qui furent ensuite exécutées dans les absides de Saint-Jean-de-Latran, de Sainte-Marie-Majeure, de Saint-Clément, sont d'un mérite incontestable, d'une rare magnificence ; mais elles datent de la fin du xiiiᵉ siècle, et sont conséquemment contemporaines de Giotto et de Cimabué.

Du viᵉ au xiiiᵉ siècle, l'art de la peinture déclina donc vers une décadence complète. Quelles furent les causes de cette décadence? On ne peut sans injustice prétendre trouver ces causes dans l'influence exercée par le christianisme sur les arts. Comment des écri-

vains ont-ils osé émettre une semblable opinion quand ils reconnaissent ensuite que les merveilles de la peinture appartiennent à
l'art religieux, que les fresques les plus belles ont été exécutées au
Vatican sur la demande et sous l'inspiration des souverains pontifes?

Nous ne dirons pas davantage que cette décadence fut le résultat
de l'influence byzantine. L'art n'était pas plus négligé à Constantinople qu'à Rome. Dans la ville de Constantin, comme à Rome, l'art
avait reçu la consécration de la foi nouvelle. La difficulté agitée un
instant en Orient sur le type du Sauveur ne fut qu'une querelle sans
importance, et l'univers chrétien s'empressa de croire avec saint
Jean Chrysostome, saint Grégoire de Nysse, saint Ambroise, saint
Jérôme, que le Sauveur n'avait voilé sa divinité qu'autant qu'il
était nécessaire pour ne pas éblouir les regards des hommes ; que
nouvel Adam, il était apparu comme le modèle des formes les plus
accomplies (1). La persécution intentée par les empereurs iconoclas-
tes contre les images et ceux qui les exécutaient, n'eut d'autre résultat que de faire refluer sur l'Italie des artistes dont les services ne
pouvaient y être un malheur. L'art grec, après avoir été purifié
comme la religion nouvelle, par les épreuves de la persécution et
de l'erreur, pouvait bien s'unir à l'art de Rome, dont les premières
fleurs étaient écloses dans l'obscurité des catacombes sur une terre
imbibée du sang des martyrs.

Pourquoi donc l'art, comme un nouveau Sisyphe, fut-il condamné
à voir rouler son rocher au bas de la montagne, pour le remonter
ensuite avec tant de difficulté. La peinture devait subir le même
sort que les autres arts. Si l'art antique, arrivé à une décrépitude
honteuse à travers de scandaleuses débauches, avait pu être préservé de la ruine, il eût été sauvé par le christianisme ; mais le christianisme devait régénérer d'abord les nations elles-mêmes, les anciennes races de l'Europe fondues avec des races nouvelles ; et l'art
lui-même, pendant cette transformation, devait sommeiller dans
le tombeau avant de se réveiller, plein de jeunesse et d'avenir. Jetons un coup d'œil rapide sur cette résurrection, sur cette renais-

---

(1) D'après ces paroles de Tertullien: « Ne aspectu quidem honestus... si inglorius, si
ignobilis meus erit Christus », quelques évêques avaient prétendu que le Sauveur avait
été le plus laid parmi les enfants des hommes et que les formes abjectes, sous lesquelles il
avait paru, avaient rendu le mystère de la rédemption plus sublime.

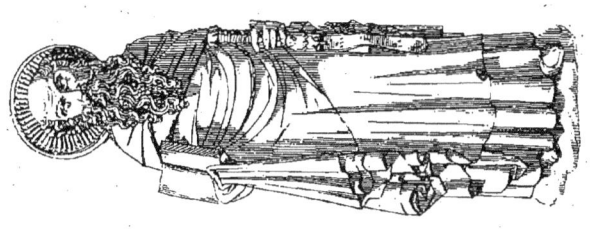

XVᵉ SIÈCLE

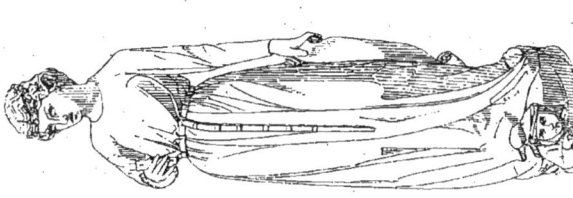

XIVᵉ SIÈCLE

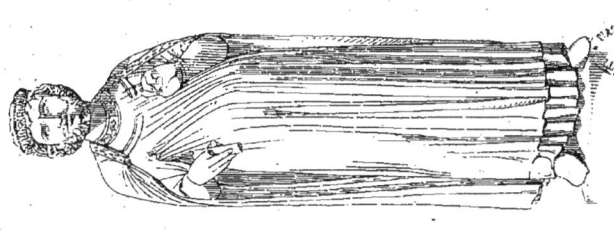

XIIIᵉ SIÈCLE

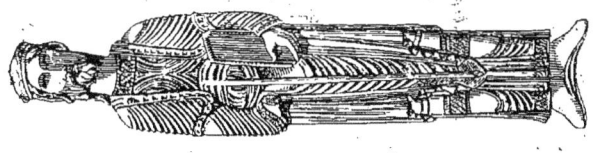

XIIᵉ SIÈCLE

23. —

sance qui date pour nous, non du xive ou du xve siècle, mais du xiiie siècle, dans lequel apparurent tant d'hommes illustres et tant d'œuvres fécondes.

ARTICLE II

RÉSURRECTION DE L'ART. — QUELQUES MOTS SUR LES PEINTRES QUI ONT CONTRIBUÉ A DÉVELOPPER CE MOUVEMENT DANS LES DIFFÉRENTES VILLES DE L'ITALIE.

A Florence, plus que dans aucune autre ville des artistes nombreux s'efforcèrent de retrouver les procédés oubliés. Nous ne pouvons que rappeler les noms de Cimabué, né en 1420, et dont le mérite a été trop exalté (1) ; de Giotto, son élève, qui donna des attitudes plus variées à ses personnages, beaucoup plus de vérité et de sentiment à l'expression de leur physionomie. Quand il peignait le Sauveur crucifié, il s'attachait surtout à rendre, non pas la douleur physique, comme on l'avait fait jusqu'alors, mais la souffrance morale. Stéphano marqua davantage les membres sous la draperie, essaya des raccourcis et un peu de perspective d'architecture ; Taddéo Gaddi (1300-1352) se fit remarquer par la grâce de ses figures et par la vivacité de son coloris. Giottino surpassa ses devanciers par la variété des poses et la suavité d'expression qu'il savait donner à ses personnages. Il cultivait son art avec enthousiasme ; mais, d'un caractère mélancolique, il vécut dans la solitude et le dénûment et mourut de consomption à la fleur de l'âge.

André Orcagna (1329-1389), surnommé le Michel-Ange de son siècle, et Bernard, son frère, se distinguèrent par les peintures qu'ils

---

(1) Toute la ville de Florence se réunit un jour pour transporter une madone de Cimabué de son atelier à l'église Santa-Maria-Novella. Le tableau était porté par les principaux magistrats ; des trompettes exécutaient des fanfares, le peuple suivait en chantant des couplets à la gloire de l'artiste. Ce fut une telle allégresse que le quartier de la ville, témoin de cette fête, reçut le nom de Borgo Allegri qu'il a toujours gardé. Mais quand on considère le tableau lui-même conservé dans l'église de Florence, on ne peut s'expliquer l'enthousiasme dont il fut l'objet que par l'abaissement profond où l'art était plongé

exécutèrent au Campo-Santo de Pise (1). Paul Ucello se voua d'une manière spéciale à l'étude de la perspective linéaire.

Masaccio et Masolino étudièrent chez Ghiberti, qui s'était rendu célèbre par la sculpture des portes du baptistère de Florence et s'exerça aussi dans la peinture. Les deux élèves, à l'exemple de leur maître, se passionnèrent pour les chefs-d'œuvre de l'antiquité, et les premiers, ils entreprirent un voyage à Rome pour les étudier. Ils firent progresser le dessin, non seulement par des contours plus simples et plus harmonieux, mais par le modelé plus complet de la forme ; mieux que leurs devanciers, ils surent emprunter à la nature des expressions idéalisées.

Lippi (1402-1469) étudia moins l'antiquité que la nature. Il introduisit dans ses compositions des paysages variés, se distingua surtout dans les sujets dramatiques, et excella à rendre les types passionnés. Le premier, il profana la représentation de la Sainte Vierge en ne produisant qu'un portrait ; aussi, les anges, dont il entourait la reine du ciel, ont des figures communes que n'illumine aucun rayon de béatitude céleste. « Le plus souvent ils semblent n'être là que pour dire ou faire quelque espièglerie » (2).

Dominique Ghirlandajo (1451-1495) sut traiter le portrait avec plus de succès que ses devanciers, et se servit de cette ressource pour donner à ses personnages des attitudes plus variées et plus vraies. Dans ses compositions, il rendit les détails avec plus de fidélité qu'on ne l'avait fait jusqu'alors. Il fit faire des progrès à la perspective aérienne et s'essaya avec succès à des effets de lointain. A cette époque, rarement on essayait de représenter un lever ou un coucher de soleil, une nappe d'eau s'étendant jusqu'à l'horizon. Ghirlandajo, le premier, nous offre un exemple de ce genre dans un tableau où l'on voit au premier plan les lagunes de Venise. Toujours les sujets religieux furent traités par lui avec un grand sentiment et une dignité parfaite : il surpassa ses devanciers et se surpassa lui-même en

(1) Les habitants de Pise avaient fait mettre dans leur cimetière de la terre de Judée, apportée sur plusieurs navires, afin d'avoir la consolation de reposer dans cette terre sanctifiée par les souffrances de l'Homme-Dieu. Ce lieu fut entouré de portiques à la décoration desquels furent appelés les plus grands artistes. Giotto y avait représenté la vie de l'homme symbolisée par l'histoire de Job : André peignit le triomphe de la mort, Bernard, le jugement dernier, et André, l'enfer.

(2) M. Rio, *Histoire de la peinture en Italie*, prem. éd, p. 117.

peignant la vie de saint François d'Assise, et particulièrement la
scène de la mort de saint François.

Verocchio (1432-1488) moula sur modèle vivant, afin d'étudier
avec plus d'exactitude les formes de la nature. C'est chez Verocchio
qu'étudia Léonard de Vinci, tandis que Michel-Ange étudiait chez
Ghirlandajo.

Ce n'était pas seulement à Florence que l'art se développait.
Dans la plus grande partie de l'Italie, en France et même dans toute
l'Europe, des peintres produisaient des œuvres intéressantes.

Un Flamand, Jean Van Eyck, vers l'an 1410, découvrait le procédé de la peinture à l'huile, ou du moins le perfectionnait (1). Ce
procédé passait bientôt en Italie. A peu près en même temps, on
inventait la gravure, qui permet de répandre les compositions de
chaque pays dans les contrées les plus éloignées. Ces découvertes
devaient puissamment contribuer aux progrès des arts.

Disons un mot d'une école dont les artistes dispersés dans les
villes d'Italie se rapprochaient cependant par l'esprit qui les ani-
mait. Ils ne se préoccupaient pas surtout de découvrir ou de transmettre des procédés, mais exprimaient avec candeur leurs sentiments ; ils connaissaient moins peut-être que les artistes de Florence, les ressources du métier, mais aussi, mieux qu'eux, ils se
maintenaient dans les données du spiritualisme chrétien. Cette
école que l'on peut appeler école spiritualiste, et que quelques auteurs ont appelée école ombrienne, contribua puissamment à élever l'art jusqu'à cet apogée de perfection dans lequel nous allons
l'admirer (2).

Parmi ces artistes, nous devons ranger les enlumineurs, ces pieux
cénobites, qui, pour glorifier Dieu en exerçant encore leur imagination, enrichissaient d'ornements leurs livres de prières. Ils étaient
bien préservés, par les sentiments qui les inspiraient et les sujets
qu'ils traitaient, d'entacher leur travail de naturalisme ou de pa-

---

(1) Ce peintre trouva le moyen de faire sécher certaines couleurs qui ne sèchent lentement, en y mêlant de l'huile de lin cuite.
(2) « Il ne faut pas chercher, dit M. Rio (ouv. cit., p. 168), les éléments de l'école mys-
tique dans une seule ville ; ainsi à Florence ; nous les trouverons dispersés sur les collines
d'alentour, comme autant de fleurs odoriférantes, dans les modestes bourgades de la Tos-
cane, dans les petites villes semées sur les flancs de l'Apennin, depuis Fiesole jusqu'à
Spolète, mais surtout dans les cloîtres, dans les montagnes de l'Ombrie, près du tombeau
de saint François d'Assise. »

ganisme. Pour eux, peindre c'était prier ; aussi, leurs sujets préférés, étaient la vie de la Sainte Vierge, les principales fêtes de l'Eglise, les dévotions populaires, les sacrements. Souvent, dans ces enluminures, le dessin n'est pas très correct, surtout pour les personnages ; mais, par la fraîcheur du coloris, par la finesse des détails, elles ont un charme très attachant, elles sont une expression parfaite de la piété sincère dont étaient animés ceux qui les exécutaient.

A Sienne et à Bologne, plus que dans aucune autre ville, se formèrent des peintres qui se distinguaient par la pureté de l'inspiration religieuse. Dans la première, parurent Guido, dont on possède une peinture vraiment remarquable, portant la date de 1221 ; Ducio, dont la cathédrale de Sienne conserve un tableau préféré à bon droit par Rhumor aux œuvres de Cimabué ; Ambroise et Pierre di Lorenzo, qui peignirent au Campo-Santo, dans le style des enluminures, avec bien des incorrections de dessin, mais aussi avec beaucoup de naïveté et de grâce la vie des Pères du désert. Simone Memmi, dont Pétrarque a fait l'éloge, peignit au Campo-Santo la vie de saint Raynier. Thaddée Bartolo fit sur la vie de la sainte Vierge un grand nombre de compositions qu'il put produire en concurrence des artistes florentins.

A Bologne, il y eut Vital et Lorenzo, liés d'une étroite amitié et travaillant aux mêmes compositions, si ce n'est quand ils peignaient des crucifiements, Vital n'ayant pas le courage de coopérer à cette œuvre ; Jacopo et Avanzi, réunis par la même fraternité de pinceau, Jacopo se refusant, lui aussi, à peindre le crucifix pour peindre surtout les images la Sainte Vierge.

Lippo Dalmazio, dont les vierges encore après plusieurs siècles étaient à Bologne l'objet d'une vénération moitié religieuse, moitié patriotique. Le plus célèbre des artistes de Bologne est Francia, dont le talent fut heureusement influencé par les œuvres du Pérugin. Il eut, d'après Vasari, plus de deux cent vingt élèves, et, déjà avancé en âge, il se lia d'amitié avec le jeune Raphaël.

La gloire la plus pure de l'école spiritualiste est sans contredit le bienheureux Angelico de Fiesole (1387-1445). Le frère Angélique vécut et travailla à Florence, mais, s'étant, jeune encore, consacré à la vie religieuse, il ne subit aucunement l'influence de l'école qui se développait dans le palais des Médicis. Sans doute, il connaissait peu les procédés de son art, et l'intérêt de ses œuvres ne consiste aucunement dans la perfection du dessin, dans le relief des figures, dans la vérité des détails, dans la distribution bien calculée des ombres et des lumières, dans une savante ordonnance des groupes. Ces qualités y font à peu près complètement défaut ; souvent même les membres des personnages ne se retrouveraient qu'incomplètement sous la draperie. Mais le bienheureux excellait à donner aux saints qu'il peignait l'expression de paix et de piété angélique dont son cœur était inondé.

Toutes les fois qu'il peignait JÉSUS-CHRIST sur la croix, il versait des larmes abondantes ; on le trouvait parfois ravi dans une pieuse extase devant l'image à laquelle il travaillait, et de lui on peut dire avec vérité, plus que d'aucun autre, que peindre c'était prier. Son imagination, exclusivement nourrie d'amour, se montra impuissante à rendre la cruauté des bourreaux, quand il peignit la lapidation de saint Étienne (1) ; mais elle était inépuisable, quand il s'agissait de représenter des scènes célestes, le couronnement de la Sainte Vierge, le ravissement des saints, la joie et la gloire des anges.

Fra Angelico eut plusieurs disciples, parmi lesquels Benozzo Gozzolli et Gentil, de Fabriano. Le premier peignit au Campo-Santo, en vingt-quatre compositions, toute l'histoire des patriarches depuis Noé jusqu'à Salomon, et mit dans l'exécution de ce travail un mélange de grandeur et de simplicité qui convient admirablement à la représentation des scènes de la Bible. Le second, dont l'influence fut très étendue, répandit beaucoup de compositions dans le duché d'Urbin.

Parmi les imitateurs zélés du frère Angélique, nous devons encore compter Antoine de Foligno et son frère Nicolas de Foligno, qui fut le maître du Pérugin.

Nous aurons suffisamment apprécié le Pérugin, quand nous aurons dit qu'il résume parfaitement l'école ombrienne, qu'il fut le maître de Raphaël et qu'il eut une influence réelle sur le talent de cet artiste. Dans la prière de Notre-Seigneur au jardin des Oliviers, on voit très bien comment, ainsi que l'ont fait beaucoup des peintres appelés primitifs, il se préoccupait de la pensée à exprimer beaucoup plus que de la vérité de la représentation, de la mise en scène.

(1) Chapelle Pauline au Vatican.

Nous voici arrivés à cet artiste qui atteignit la plus grande perfection à laquelle se soit jamais élevé l'art de la peinture. Pour apprécier ses œuvres, il est bon de considérer d'abord le mouvement artistique que l'on a nommé Renaissance, et de constater par quelles actions diverses il fut produit, quels furent ses différents résultats.

ARTICLE III

Ce que fut le mouvement qu'on a appelé Renaissance. Raphael, Léonard de Vinci, Michel-Ange.

On pourrait croire que ce mot de Renaissance indique un mouvement dans lequel l'art a repris une vie toute nouvelle et retrouvé des procédés oubliés. Mais en réalité, pour les arts plastiques, encore plus que pour les autres arts, on s'en est servi surtout pour désigner le retour à l'antiquité qui se produisit d'abord en Italie.

Sans doute ce retour fut enthousiaste. On fouilla le sol de toutes parts pour lui reprendre tous les débris qu'il recélait. Quand une statue était retrouvée, elle était payée au poids de l'or ; des hymnes et des fêtes saluaient son apparition.

Cette étude ardente de l'antiquité pouvait être justifiée par les motifs les plus louables. L'art païen il est vrai, avait exprimé des sentiments tout différents de ceux que l'on avait à rendre ; il avait eu le tort de déifier la beauté corporelle, mais aussi il l'avait montrée dans toute sa perfection. Et pourquoi cette même beauté, après avoir été idolâtrée, après avoir été trop souvent une amorce pour les mauvaises passions, n'aurait-elle pas été appelée à traduire les chastes aspirations et à servir la vertu? Pourquoi l'art chrétien lui-même n'aurait-il pas demandé au paganisme de lui restituer pour la glorification de Dieu ce don profané, et ne lui aurait-il pas fait traduire les sublimes doctrines apportées par Jésus-Christ pour régénérer l'humanité? Ne s'était-il pas servi souvent, pour la décoration de ses basiliques, d'ornements enlevés aux temples païens renversés? Ici il ne s'agit plus d'un débris mutilé, mais de la beauté de l'homme que le Verbe de Dieu lui-même associa à sa nature divine, de cette beauté illuminée par les splendeurs de la foi nouvelle, rehaussée par la pratique des plus pures vertus. N'était-ce pas comme un glorieux trophée, que la religion devait ambitionner de placer dans ses temples pour attester sa victoire sur les égarements passés?

L'art moderne pouvait donc avec profit considérer les chefs-d'œuvre de l'antiquité pour en étudier les belles formes, pour apprendre à rendre les idées chrétiennes avec autant d'habileté que l'antiquité avait traduit les idées païennes. Malheureusement, on se prit d'admiration, non seulement pour la beauté du langage, mais pour les idées elles-mêmes, pour une beauté toute sensuelle, et cette beauté, non seulement on la fit paraître dans les sujets mythologiques auxquels on eut le tort de revenir, mais on se plut à la faire briller dans des compositions où elle n'était qu'un contresens. Des tableaux religieux manquèrent de la vérité la plus indispensable. On en plaça même parfois dans les églises, qui, non seulement n'inspiraient pas des sentiments de piété, mais jetaient le trouble dans les âmes (1).

Jamais une tête de Jupiter ne pourra devenir une tête de Christ, et jamais une beauté purement mondaine, fût-elle la plus parfaite, ne pourra représenter la vierge de Nazareth. Si l'artiste n'a pas d'autre ambition que de nous mettre sous les yeux la beauté corporelle, il peut faire des Junon ou des Apollon, mais s'il veut traiter des sujets chrétiens, il doit avoir des inspirations toutes différentes.

A Florence et à Rome, on se prit d'enthousiasme pour l'étude de l'antiquité. Mais l'impulsion donnée à l'art dans ces deux centres fut différente. A Rome, les artistes avaient devant les yeux les souvenirs du paganisme, mais ils pouvaient étudier aussi les vieilles mosaïques des basiliques dont Ghirlandajo avait gardé une telle impression que, dans un âge avancé, il disait que c'était là vraiment la peinture pour l'éternité. Sur le Forum, le paganisme se produisit avec plus de grandiose qu'à la cour des Médicis. Il était moins voluptueux parmi les ruines de la Ville éternelle qu'au milieu des fêtes de Florence. A Rome, il n'était qu'un sujet d'étude, un trésor

(1) Vassari parle du Saint-Sébastien de Fra Bartholomeo, qui devenait un objet de scandale dans l'église où il était placé; et cependant Fra Bartholomeo fut un de ceux qui essayèrent de réagir contre le mouvement pernicieux de la Renaissance.

à exploiter et non une source d'inspiration pour les œuvres à produire. Enfin, les sujets demandés au Vatican étaient les plus élevés, les plus capables d'agrandir la pensée des artistes : c'était l'histoire de l'Eglise, l'Ancien et le Nouveau Testament, les dogmes catholiques.

A Florence, Savonarole lutta avec ardeur pour arrêter le torrent et il obtint de magnifiques victoires sur le paganisme. Dans les *Anathèmes* qu'il faisait dresser sur la place publique, les personnes mondaines venaient jeter des objets de toilette et les artistes sacrifiaient leurs études et même des tableaux qui offensaient les bonnes mœurs. Malheureusement pour l'art chrétien, le moine succomba dans la lutte et le sensualisme triompha.

Ce fut un entraînement, on pourrait dire général. On ne voyait plus rien qu'à travers les formes dont s'était servie l'antiquité (1). Alors aussi, comme il est arrivé bien des fois depuis, des artistes chrétiens par le cœur furent païens dans leurs compositions religieuses. Ainsi, Michel-Ange lisait assidûment la Bible et il était admirateur de Dante et de Savonarole, il louait Angelico de Fiésole, et cependant on peut dire qu'il n'a pas été assez chrétien dans ses peintures de la chapelle Sixtine. Rome elle-même céda au flot envahissant.

Après avoir donné ces aperçus, il nous sera plus facile d'apprécier les grands artistes de la Renaissance.

Raphaël (1483-1520) recueillit des mains du Pérugin l'héritage de l'école ombrienne. Il reçut de l'école spiritualiste l'inspiration et le sentiment religieux qui s'y transmettaient traditionnellement, et de plus, il put profiter de toutes les ressources acquises à Florence.

A peine âgé de dix-huit ans, il avait produit le *Sposalizio*, si gracieux et si chaste, quand il fut appelé à Rome par les souverains pontifes. On demandait à ce jeune homme d'orner de fresques les grandes salles du Vatican. Les sujets de la première salle étaient la Théologie, la Philosophie, la Poésie, la Jurisprudence. Raphaël symbolisa ces pensées dans des figures d'une beauté si parfaite et d'une expression si vraie, que jamais on n'a rien fait en ce genre qui

(1) Cet engouement se manifestait de toutes les manières. Erasme se moque avec raison du moine qui, prêchant sur la passion de Notre-Seigneur devant Jules II et les cardinaux, compare Notre-Seigneur à Curtius et à Décius, à Phocion, à Socrate, et en somme, ne dit rien de JÉSUS-CHRIST.

puisse leur être comparé. Ces figures ne sont cependant que comme des accessoires dans la décoration. Les grandes compositions, et surtout celle de la Théologie, sont les pages les plus admirables que la peinture ait jamais produites.

Ces sujets en eux-mêmes étaient abstraits et l'artiste en a fait sortir des poèmes grandioses. Pour caractériser la Théologie, il a choisi le mystère de la présence réelle, qui résume en effet tous les mystères de la foi catholique, et il nous montre Notre-Seigneur sur l'autel, enveloppé des voiles du mystère, et, au ciel, visible dans son humanité, mais toujours également digne d'être glorifié. Dans la partie inférieure du tableau, de chaque côté de l'autel sur lequel le Saint Sacrement est exposé, sont rangés en groupes animés et pittoresques les plus grands théologiens de l'Eglise latine. Un des docteurs plus rapprochés de l'autel montre du doigt le ciel où le Sauveur apparaît au sein d'une gloire éclatante, entouré des personnages les plus illustres de l'Ancien et du Nouveau Testament, des patriarches, des apôtres et des martyrs, de ceux qui ont préparé sa venue, l'ont fait connaître ou ont scellé la foi de leur sang. Dans cette partie supérieure, le Père Eternel, environné des hiérarchies célestes, bénit le monde entier qui adore son Fils ; au-dessous, au milieu d'anges tenant les saints Evangiles, le Saint-Esprit révèle les sublimes secrets du paradis. Entre les membres de cette auguste assemblée, il n'y a donc point de dispute, mais il règne une entente parfaite ; et c'est à tort que l'on a nommé cette composition Dispute du Saint Sacrement.

Au contraire, dans le tableau de la *Philosophie*, mal nommé École d'Athènes, les sages de l'antiquité, isolés ou escortés de quelques disciples, ne se retrouvent dans l'accord d'aucune pensée qui les réunisse. L'artiste a su rendre le genre d'idées de chacun de ses personnages, et, pour ainsi dire, le tempérament de ses doctrines par la pose, le costume et le geste.

Raphaël encore adolescent, en débutant au Vatican par le tableau de la *Théologie*, montra tout ce qu'il avait emprunté à la pieuse école du Pérugin, et donna la mesure des progrès qu'il allait réaliser. La scène céleste par laquelle il commença est traitée dans la manière plus étroite et plus sèche de son maître ; les docteurs sont posés avec plus de hardiesse, dessinés avec plus de facilité et d'ampleur.

Dans son tableau de la *Philosophie*, le peintre fit preuve d'une science de composition que l'on n'a point dépassée depuis. L'antiquité elle-même avait montré bien de l'habileté dans l'expression d'une seule figure, mais elle n'avait pas connu à un degré aussi élevé cet art de grouper et de faire agir en un tableau un si grand nombre de personnages, de mettre à la fois, dans la composition, de l'ordre et du mouvement, de la symétrie et de l'imprévu, de conserver l'unité d'impression avec des figures aussi variées, de représenter une seule action avec un si grand nombre d'acteurs (1).

Dans les autres salles, Raphaël représenta les victoires du christianisme naissant, les luttes et le triomphe de la papauté. Dans la dernière salle, le tableau de la bataille de Constantin contre Maxence fut exécuté par Jules Romain, mais les cartons avaient été dessinés par Raphaël, et nous pouvons reconnaître dans cette œuvre le génie du maître qui eut la gloire de s'élever, dans tous les genres, à une perfection qui n'a jamais été surpassée. Nous ne croyons pas qu'aucune peinture de bataille puisse être comparée à celle-ci. L'ordre règne au milieu des détails d'une mêlée acharnée, et tout y est du style le plus élevé.

Nous ne pouvons discuter avec détail toutes ces compositions qui d'ailleurs n'ont pas toutes à nos yeux le même mérite. Bornons-nous à dire que dans l'une d'elles, l'*Incendie du vieux Bourg*, Raphaël, préoccupé de montrer qu'il pouvait lutter avec Michel-Ange, fit un étalage fâcheux de science anatomique, et quand il fit son *Isaïe* pour lutter avec les prophètes de la Sixtine, il fut encore inférieur à lui-même par suite de cette préoccupation mesquine de rivalité. Malheureusement il eut des torts plus graves encore en acceptant l'influence païenne qui envahissait tous les arts.

C'est surtout dans les travaux qu'il fit en dehors du Vatican que Raphaël céda au flot qui entraînait l'art moderne. Sans doute la décoration de la Farnésine est traitée avec une élévation de style à laquelle on reconnaît la supériorité du peintre d'Urbin ; mais cette

---

(1) Dans la *Messe de Bolsen* et la *Délivrance de saint Pierre* le peintre avait à lutter contre la difficulté provenant de la disposition mauvaise du champ qu'il avait à couvrir et qui était coupé par une fenêtre. Mais le peintre, pour ces tableaux, sut si bien disposer sa composition, que celui qui la voit pour la première fois dans une gravure est tenté de croire que l'espace a été fait pour la composition et non pas la composition pour l'espace.

La gloire de Raphaël n'est pas d'avoir été choisi pour traiter de tels sujets, mais de les avoir traités avec une supériorité incontestable.

24. — Tombeau de François II et de Marguerite de Foix, par Michel Columb.

facilité avec laquelle il passait des *Stanzes* à l'histoire de Psyché et au *Festin des Dieux*, tout en nous montrant la souplesse de son talent, établissait aussi une parenté entre le style de la Farnésine et celui d'œuvres qui, sans doute, n'excluent pas la poésie, mais réclament une inspiration et une exécution toutes différentes.

Ne pas dire un mot des Vierges de Raphaël serait être trop incomplet. Quelques-unes seulement ont été faites pour des églises, la *Vierge au Baldaquin*, peinte pour l'église de Saint-Laurent, à Pérouse, celle commandée pour un monastère de la même ville. Assurément nous ne pouvons qu'admirer ces tableaux d'un sentiment si élevé et l'on peut dire si religieux : les saints qui sont en prière près de la Vierge et de l'Enfant contribuent à donner une auguste gravité à la composition. Le sentiment religieux peut être exprimé par des formes plus austères, mais il s'allie aussi à cette beauté et à cette élégance des formes. Notre-Seigneur fut le plus beau des enfants des hommes et sa très sainte Mère fut la plus parfaite des créatures, Raphaël fut le peintre le mieux doué pour nous traduire ces traits divins.

Admirons encore la *Vierge de Saint-Sixte* qui semble répondre à cette prière que nous adressons à la Vierge Marie quand nous lui demandons de nous montrer un jour dans le ciel son divin Fils, *nobis post hoc exilium ostende*, elle est comme un ostensoir, dans une lumière resplendissante, présentant son Fils à nos adorations. La sainte Barbe qui est près d'elle semble bien un peu mondaine dans son costume et surtout dans sa pose, mais, quand le peintre donne tant à admirer, on ose à peine émettre quelque critique.

Nous voudrions louer aussi sans réserve la *Vierge au donataire*, mais cet enfant, dont la mère semble avoir peine à contenir l'impétuosité, nous inspire-t-il le respect que nous devons avoir pour l'Enfant-Dieu?

Quant aux autres Vierges, elles ont été faites pour des princes ou de riches seigneurs. Ce ne sont point des tableaux de piété ; elles sont bien dans les musées dont elles font la richesse, et cette observation suffit pour atténuer toutes les critiques qui pourraient se mêler à l'admiration qu'inspire toujours le talent de Raphaël. Ce sont des scènes charmantes ; l'enfant Jésus est toujours gracieux ; sa mère le contemple avec ravissement ; mais ce n'est point la **Vierge** de Bethléem ; bien que le plus souvent elle baisse les yeux, elle n'est point assez simple dans sa pose et même parfois dans sa parure. Dans plusieurs de ces compositions, il n'y a de véritable adoration pour l'Enfant Jésus que de la part du saint précurseur.

Raphaël, dans aucune de ses compositions, ne nous a montré l'intérieur de l'atelier de Nazareth, qui nous eût donné de si précieuses leçons ; il n'a point représenté Notre-Seigneur sur la croix ; il n'aimait pas les scènes austères de l'Evangile. L'esprit du paganisme qui se mêlait si largement à l'air qu'il respirait ne portait pas de ce côté-là ses inspirations.

Nous n'avons point à écrire son histoire, mais nous rejetons les calomnies lancées sur ses derniers jours.

Nous ne reconnaissons point non plus les différentes manières qu'il aurait eues successivement et dont la dernière serait la moins acceptable. Il n'y avait que la transformation d'un talent qui se développait, mais en subissant différentes influences. C'est au milieu de son séjour à Rome qu'il peignit ses Vierges mondaines et qu'il décora la Farnésine ; mais alors il était en relation avec l'Arioste, le poète le plus licencieux de son temps. Et ses dernières œuvres ne sont point celles qui nous laissent plus de regrets.

La dernière Vierge qu'il peignit fut celle de Saint-Sixte et son dernier tableau fut la *Transfiguration de Notre-Seigneur*. Sans doute, dans ce dernier tableau, la mère du possédé, la présence de saint Laurent et saint Julien dans la scène céleste donnent prise à des critiques. Mais, pour l'ensemble de la composition, il faut reconnaître que jamais Raphaël ne s'est élevé plus haut. En effet, dans cette représentation, l'artiste abordait le problème le plus difficile que puisse se proposer la peinture. Il n'avait pas seulement à nous montrer le Sauveur opérant quelque guérison miraculeuse ou célébrant la sainte cène avec ses apôtres ; mais il voulait nous peindre son humanité transfigurée, illuminée par cette gloire éblouissante dont elle sera revêtue au ciel, et dont les apôtres ne purent soutenir l'éclat sur le Thabor. Ici, ce n'est plus une âme sanctifiée, rayonnant à travers son enveloppe de chair qui doit nous apparaître, mais la divinité transfigurant l'humanité.

Le moyen âge, pour exprimer la pensée, employait souvent des moyens extérieurs, avait recours à des attributs, à un symbolisme un peu matériel. Mieux qu'aucun autre Raphaël avait fait comprendre l'expression de ses personnages par la pose, le geste et les traits de la physionomie, et il n'avait eu besoin d'aucun autre secours pour rendre la pensée avec toutes ses nuances, si ardent que fût le désir, si élevée que fût l'extase ; mais c'est dans le Christ de la Transfiguration qu'il a laissé le plus bel exemple de cette puissance. Pour faire briller l'humanité transfigurée sur le Thabor, il n'a eu recours qu'au contraste de l'humanité déchue dans le possédé que l'on présente pour être guéri, aux apôtres restés au bas de la montagne. Les deux groupes de la composition sont reliés dans une parfaite unité, par la pensée si profonde de ce contraste et aussi par le geste énergique de plusieurs apôtres, indiquant sur la montagne Celui qui délivrera le démoniaque. De plus, le groupe de la terre, par son agitation et ses ombres vigoureuses, contribue à faire ressortir la splendeur et le calme de la scène céleste.

Raphaël est le plus grand des peintres, mais il eût été plus grand encore, si, aux sujets mythologiques, il avait préféré des sujets patriotiques, et si, en traitant les sujets religieux, il avait été plus vrai en étant plus chrétien.

Après avoir admiré Raphaël, nous devons rendre nos hommages à Léonard de Vinci (1452-1519), ce génie universel qui excellait dans tous les arts et devançait également ses contemporains dans toutes les sciences. Nous ne possédons de lui que quelques peintures, et encore la plus importante est dans un déplorable état de dégradation. Cependant, elles ont suffi pour lui assurer une gloire impérissable dans l'histoire de l'art. Ces quelques œuvres sont même tellement connues et tellement admirées, qu'il devient comme inutile d'en faire ressortir la valeur. Qui ne connaît par quelqu'une des innombrables copies qui en ont été faites, la *Cène* du réfectoire de Sainte-Marie-des-Grâces? La plupart de ces copies sont très défectueuses, mais les œuvres de Léonard, comme celles des grands maîtres, ont ce privilège, que, traduites, même par des copies incomplètes, elles conservent encore assez de beautés pour captiver notre admiration. Qui ne s'est plu à considérer la belle ordonnance de cette composition? Dans un instant tout est compris. Le Sauveur vient de dire à ses apôtres : « L'un de vous me trahira. » Ils sont sous le coup de l'émotion dont cette parole les a frappés, et ils manifestent des sentiments divers qu'il est facile de reconnaître. Le Sauveur reste calme, la tête légèrement inclinée, les yeux baissés comme pour ne point voir le mal, ni faire connaître le coupable ; son geste a tant de noblesse, de simplicité, de vérité, qu'en le considérant, on ne saurait en imaginer un autre.

Qui ne connaît le portrait de la *Joconde*, si parfaitement étudié dans tous ses détails, d'un dessin si scrupuleux, si élégant? Il n'est peut-être aucune peinture qui puisse être rapprochée de la nature avec le même avantage que ce portrait.

Léonard de Vinci était doué d'une grande intelligence, et, plus qu'aucun peintre peut-être, il s'attacha à poursuivre dans ses œuvres la beauté idéale.

Nous reconnaîtrons sans peine la puissance du génie de Michel-Ange (1474-1564), sa science étonnante, son énergie sans égale. Nous dirons volontiers, avec un critique, des prophètes et de sybilles qu'il a peints dans la chapelle Sixtine, que « après les avoir vus, on ne peut les oublier. Il reste au fond de la mémoire une impression d'étonnement et de frayeur qui se mêle à tous les rêves et qui frappe de mesquinerie les plus hardies créations qu'on trouve au réveil (1). » Mais cette représentation dans son ensemble n'est-elle pas faite pour étonner par son aspect matériel plus qu'elle ne parle à l'esprit, et le mérite suprême de l'art n'est-il pas de nous exprimer des pensées?

Il nous semble moins difficile d'apprécier le *Jugement dernier*, parce qu'ici le sujet est donné et nous savons ce que l'artiste doit nous dire. Or, dans cette œuvre, Michel-Ange a fait preuve sans doute d'une science merveilleuse, mais tous ces corps accumulés, se heurtant, s'agitant dans les poses les plus violentes et souvent les plus étranges, le Christ lui-même perdu dans ce pêle-mêle, rivalisant de vigueur par un geste qui convient à un hercule, mais n'est pas le geste du Dieu qui a créé le monde d'une parole et d'une parole aussi séparera les justes des coupables ; toute cette composition ne nous met point devant les yeux le grand spectacle du jugement dernier avec le ciel ouvrant ses éblouissantes profondeurs pour recevoir les élus et les abîmes se creusant pour engloutir les damnés. Sans doute, parmi toutes ces figures, il y en a d'un sentiment admirable, comme le damné qui est entraîné par le

(1) Gustave Planche, *Portraits d'artistes*, I, p. 84.

démon et qui semble si bien voir toute l'étendue de son malheur.
Mais nous ne voyons point toutes les générations se pressant devant
le tribunal du souverain Juge. Caron comme un furieux dans sa
barque frappe sur un groupe de damnés (1). Il y a une accumulation
de corps dans un état de nudité inconvenante, surtout pour le lieu
saint. On pourrait dire que le sujet est matérialisé. Saint Thomas
met le mérite d'une œuvre d'art dans la forme qui se spiritualise
pour mieux faire paraître la pensée ; ici la forme matérielle s'est
épaissie, a tout encombré et la pensée a été amoindrie.

Michel-Ange, pendant sa jeunesse, avait beaucoup étudié les antiques dans les jardins des Médicis, et, malgré l'énergie de son tempérament et l'indépendance de son caractère, plus qu'aucun autre il
subit l'influence de la Renaissance, et plus qu'aucun autre aussi il
eut une influence désastreuse sur les générations qui suivirent.

Fra Bartholomeo (1469-1517) était un disciple fervent de Savonarole, et c'est après que le grand réformateur eut succombé qu'il
entra au couvent de Saint-Marc. Pendant quatre années, tout entier à sa douleur et aux exercices de la piété, il ne voulut pas s'occuper d'art. Vers 1502, il venait de reprendre ses pinceaux quand
Raphaël arriva à Florence. Les deux artistes se lièrent d'amitié.
Raphaël enseignait la perspective à Bartholomeo, et Bartholomeo
le coloris à Raphaël. Le talent de Bartholomeo, retrempé dans les
méditations du cloître, produisit un grand nombre d'œuvres remarquables, où l'on admire l'élévation de la pensée, la belle disposition
des groupes, l'excellent agencement, la souplesse et la vérité des
draperies, souvent aussi la beauté du coloris. Abertinelli (1474-1515),
lui aussi, fut l'ami de Fra Bartholomeo et son collaborateur dans
quelques-unes de ses œuvres.

On reconnaît facilement aux œuvres d'Andréa del Sarto (1468-
1539) qu'il ne suivait point les principes de Savonarole ; elles sont
remarquables par le coloris, l'animation et la grâce des figures, la
correction du dessin, mais elles manquent de noblesse, d'expression
et de beauté idéale.

---

(1) Michel-Ange n'était pas seul coupable de ces réminiscences païennes ; nous avons
dit déjà comme elles avaient tout envahi. Dante, le grand poète catholique, dans la *Divine comédie*, fait transporter les âmes dans l'enfer par le vieux nocher, et avant de pénétrer dans le ciel, il invoque Apollon ; il appelle le Christ : O sommo Giove. Mais le tort de
l'un ne donne pas raison à l'autre.

A Rome, Raphaël avait vécu entouré d'un grand nombre d'artistes travaillant sous sa direction ; mais, quand cet illustre maître mourut, tous ses disciples se dispersèrent : les liens qui les unissaient, étaient brisés. Jules Romain se retira à Mantoue, Penni à Naples Perino del Vaga à Gênes..

La décadence fut rapide dans l'école romaine. Les uns voulurent imiter Raphaël, mais les qualités du maître chez les élèves se transformèrent en défauts, le sentiment devint de l'affectation, la grâce et l'élégance ne furent presque plus qu'une recherche maniérée. D'autres, et en plus grand nombre peut-être, voulurent imiter Michel-Ange et se lancèrent dans une voie plus fausse encore et plus désastreuse. Ils voulurent faire parade de science anatomique, mais ils n'eurent pas la puissance et l'énergie de l'artiste florentin. Souvent, en recherchant de la passion et du mouvement, ils ne trouvèrent que des poses contournées, et souvent aussi ils produisirent des œuvres beaucoup plus inconvenantes que celles de Michel-Ange. L'art perdit donc ses qualités les plus essentielles, la noblesse, l'élévation du sentiment, de la pensée.

Baroccio essaya vainement de lutter contre l'envahissement du mauvais goût et de ramener les peintres aux principes que l'on ne comprenait déjà plus.

Le Caravage, que l'on peut reconnaître à ses ombres d'une vigueur exagérée, eut une grande réputation et une influence très étendue, mais il ne copia le plus souvent qu'une nature commune et sans distinction, et il abaissa l'art à un réalisme grossier.

A Rome, le paysage seul progressa et arriva à sa perfection au milieu du xviie siècle. Pierre de Cortone se distingua en ce genre, mais les plus habiles paysagistes furent des étrangers, les deux Poussin et Claude Lorrain. Cependant la Ville éternelle restera toujours le centre des arts ; elle possède les incomparables modèles auxquels les artistes des différentes contrées de l'Europe iront demander la révélation des grands principes de l'art.

Nous devons encore jeter un rapide coup d'œil sur les écoles qui se formèrent en Italie, en dehors de Florence et de Rome et sur ces écoles de Flandre et d'Espagne, et nous étudierons ensuite avec plus de détails l'école française.

ARTICLE IV

Aperçu rapide sur les écoles vénitienne, lombarde, bolonaise, napolitaine, espagnole, flamande, anglaise

Les peintres vénitiens se distinguèrent surtout par l'habileté avec laquelle ils rendaient la nature, et principalement par la vérité et la richesse du coloris. Mais ils ne se préoccupèrent pas assez de la vérité historique dans la représentation de chaque fait, ils la dédaignèrent même parfois au point qu'à première vue on reconnaît à peine le sujet de leurs tableaux.

Ils introduisaient souvent des portraits dans leurs compositions. Sans doute, ce genre en lui-même fut traité par eux avec les qualités les plus brillantes. Ils possédaient pour cela les ressources les plus favorables, assez de dessin pour copier la nature fidèlement et spirituellement, le coloris le plus vrai et le plus éclatant ; de plus une imagination fleurie, gracieuse et poétique. Mais ces portraits brillants, introduits en grand nombre, dans la représentation des scènes de l'Evangile, les faisaient ressembler à des fêtes vénitiennes.

Ajoutons, toutefois que si les compositions de ces peintres manquent de vérité, elles ne montrent pas le sujet sous un aspect qui le déprécie et provoque le rire ; le brillant de la mise en scène laisse parfois ignorer le fait, mais ne le rend pas ridicule.

Rappelons les noms célèbres de Paul Véronèse (1513-1572), qui résume parfaitement les qualités et les défauts de cette école (1) ; du Tintoret (1518-1594), dans les compositions duquel on reconnaît plus de verve d'exécution, plus de mouvement, mais aussi plus de négligence. Le Titien (1477-1576) se fait remarquer dans l'école vénitienne par la pureté de son goût, par plus de réserve dans la mise en scène, par la dignité et la noblesse de ses figures. Dans toutes ses œuvres, cependant, il reste encore à une immense distance de Ra-

(1) Dans ses *Noces de Cana*, il fait asseoir à la même table que le Sauveur, François Iᵉʳ, Charles-Quint, le sultan, un grand nombre de seigneurs, revêtus de brillantes étoffes et d'armures étincelantes. On y voit aussi des musiciens, des pages et des lévriers ; les artistes de l'époque composent l'orchestre; toute la scène est encadrée de palais magnifiques. Il est évident que l'œuvre ainsi traitée manque son but principal, elle charme les yeux beaucoup plus qu'elle ne s'adresse à l'intelligence et au cœur.

phaël pour la grandeur de la composition, l'expression de la pensée et l'élévation du style.

Les frères Bellini avaient fondé là gloire de l'école vénitienne. Georgione (1477-1511), dans sa courte carrière, montra les mêmes qualités que le Titien. Sébastien del Piombo (1485-1547) alla à Rome prêter le secours de son pinceau à Michel-Ange, quand celui-ci voulut entrer en lutte directe avec Raphaël, en joignant à son dessin le coloris de Venise. Bassano traduisit d'une manière grotesque les scènes de l'Evangile (1). Canaletto peignit avec succès des paysages et des vues de Venise.

Le peintre le plus illustre de l'école lombarde fut Le Corrège (Antonio Allegri) (1494-1534). Cet artiste connaissait parfaitement toutes les lois du dessin et toutes les ressources de la couleur ; il se servait surtout avec beaucoup d'habileté du clair-obscur, non point en prenant comme Rembrandt l'ombre pour point de départ, mais plutôt la lumière. Il avait tout ce qu'il fallait pour traiter d'une façon brillante les scènes du paganisme, et c'est par là surtout qu'il se distingua. Il peignit dans la coupole de Parme le triomphe de la Sainte Vierge. Sans doute, c'est une fête brillante de joie, éclatante de lumière, mais elle a le caractère d'une apothéose plutôt que celui d'une assomption ; elle ravit d'admiration un artiste, mais elle ne satisfait pas le spectateur qui cherche au delà des merveilles de l'art une pensée, un sentiment qui parlent à son âme.

A la fin du xvie siècle, les Carrache, nés à Bologne, s'efforcèrent de relever l'art de la peinture de l'abaissement dans lequel il s'abîmait de plus en plus, et, pour accomplir cette œuvre de régénération, ils revinrent franchement à l'étude des grands maîtres. Bientôt ils remportèrent la victoire sur l'opposition qui leur était faite, ils ouvrirent une académie à Bologne et à Rome ensuite. Ces artistes, dans leur enseignement, essayaient une fusion des différents styles, un mélange des beautés caractéristiques de chaque école ; mais ils dévièrent aussi en faisant ces emprunts. Ils se préoccupèrent surtout

---

(1) « Sous le pinceau de Bassano, les brillants banquets de Véronèse devinrent des régalades rustiques ; l'adoration des bergers, l'apparition des anges aux pasteurs ne furent plus que des scènes d'écurie ou de marchés aux bestiaux. » (M. Coindet, *Histoire de la peinture en Italie.*)

des qualités extérieures et matérielles de la peinture, ils recherchèrent les grands effets pittoresques, les raccourcis, plutôt que la pureté de la forme et la puissance de l'expression. De plus, le métier était substitué à l'originalité individuelle, la recette tenait lieu d'inspiration.

Cependant il est impossible de ne pas reconnaître la valeur de l'école bolonaise, quand on sait qu'elle a formé le Dominiquin, le Guide, l'Albane, Lanfranc, le Guerchin, les deux Molla et bien d'autres artistes très remarquables.

Le Dominiquin exécuta un grand nombre de fresques ; mais son œuvre la plus célèbre est la *Communion de saint Jérôme* que l'on a placée au Vatican en regard de la *Transfiguration* de Raphaël. — Le Guide est séduisant par la forme et la couleur, mais il manque d'accent dans l'expression de sa pensée, et il a emprunté le plus grand nombre de ses sujets au paganisme. — L'Albane ne cherche point à s'élever dans les hautes régions de l'art ; il se plaît à grouper de riantes figures d'enfants au sein de frais paysages ; aussi reste-t-il païen dans ses sujets religieux. — Le Guerchin a toutes les qualités et aussi tous les défauts de l'école bolonaise. Son œuvre principale est le tableau de *Sainte Pétronille*.

A Naples, parut Salvator Rosa (1615-1673) qui peignait avec une verve et une vigueur incomparables. Ses sujets préférés sont des haltes de brigands au milieu de paysages de l'aspect le plus sauvage. Dans ses batailles, il excelle à peindre le pêle-mêle de la lutte la plus acharnée. Dans ses marines, nous oserions dire qu'il le dispute à Claude Lorrain lui-même pour l'éclat de la lumière et la transparence de l'air. Salvator Rosa occupe une place à part dans l'histoire de la peinture. Il parle à l'imagination, mais l'entraînement avec lequel il travaillait lui a fait négliger des beautés de détail, et les sujets qu'il a traités sont d'un intérêt secondaire.

Il faut oublier les écoles de Rome et de Florence, si l'on veut apprécier avec équité celles de Flandre et d'Allemagne. Les artistes de ces contrées idéalisaient la nature moins que ceux d'Italie, et de plus ils avaient sous les yeux une nature plus commune, des costumes qui ne se prêtaient aucunement au style des grandes compositions et qui ne pouvaient que paraître bizarres aux yeux des étrangers. Sous le pinceau de Léonard de Vinci et de Raphaël, les faits de l'Evangile, qui ne sont que des scènes de la vie familière et dans lesquels figurent la Sainte Vierge, l'Enfant Jésus, sainte Anne, saint Joseph, se transformaient et devenaient des tableaux d'un sentiment suave et d'un style élevé. En Hollande et en Allemagne, les mêmes scènes restent des intérieurs de ménage qui nous font sourire, tant elles sont traduites avec bonhomie.

Cependant, parmi les peintres nombreux des écoles du Nord, plusieurs ont produit des œuvres auxquelles il faut reconnaître un mérite réel. Bien qu'ils nous traduisent l'âme humaine à travers une enveloppe plus épaisse, ils nous expriment avec vérité les sentiments humains et religieux, ce fond de la nature qui reste le même dans toutes les contrées.

On admire avec raison le *Triomphe de l'Agneau*, peint par Van Eyck pour un des autels de l'église de Gand ; mais nous croyons devoir admirer plus encore les tableaux de Memling dans lesquels la nature est plus idéalisée. On pourrait reconnaître à Memling, non pas la même piété, mais la même suavité qu'à Angelico de Fiésole, avec une science plus complète du dessin. Il y eut aussi Otto Vénius, Michel Coxcye, De Vos et d'autres encore qui essayèrent de se rapprocher de l'école italienne, mais paralysèrent leurs ressources natives dans cette froide imitation.

En Flandre et en Hollande, l'élan pour l'art religieux fut arrêté par la Réforme. Les peintres ne surent plus que transcrire la nature avec une fidélité qui ne fut pas sans poésie, mais ils ne se distinguèrent plus que dans le portrait, les marines, le paysage. Nous ne parlons pas des scènes de taverne, des kermesses, de ces fêtes en plein vent, où le peuple se livre sans mesure aux joies les plus grossières. Les peintres flamands ont fait merveille en ce genre ; mais, si nous ne craignions pas de paraître trop sévère, nous dirions que malgré l'habileté avec laquelle ces tableaux sont exécutés, nous donnerions volontiers tous les fumeurs, tous les pots de bière des musées de Flandre, pour une des fresques de Raphaël.

Rubens (1577-1640) séjourna longtemps en Italie, mais il n'en rapporta que l'amour de la mythologie et du nu, et il resta toujours Flamand. Moins trivial que Joardens qui ne traduisit que d'une façon grossière les scènes de l'Evangile, et moins élégant que Van Dyck, il traita tous les sujets de la même manière, avec une couleur épaisse et lourde, avec des carnations luxuriantes et de brillantes

25. — Moïse, par Michel-Ange.

étoffes. Il ne sut point donner aux scènes de l'Evangile l'élévation du style et la gravité qui leur conviennent. Il était plus à l'aise quand il traitait des bacchanales ou des allégories, et il aimait assez les scènes historiques dans lesquelles il pouvait faire paraître des personnages contemporains; aussi c'est dans le portrait qu'il réussit, ainsi que son élève Van Dyck (1).

Rembrandt (1606-1674) occupe une place à part dans l'histoire de l'art. Il sut se servir avec une habileté exceptionnelle des ressources du clair-obscur. Dans la plus grande partie de son tableau, au milieu des ombres condensées, il ne nous montre que des figures aux formes incertaines, comme elles nous apparaîtraient dans un épais crépuscule ; mais aussi, par cet artifice, les personnages qu'il veut nous faire voir, acquièrent un relief, une lumière sans pareille. Rembrandt est un des artistes qui nous étonnent davantage par les procédés : mais nous ne craignons pas de dire que ce mérite est secondaire à nos yeux. Nous pouvons lui reprocher d'avoir trop dédaigné la vérité qui résulte de la couleur locale, de nous avoir représenté la descente de croix comme si ce fait s'était passé dans les environs d'Amsterdam ; mais nous lui faisons un reproche bien plus grave de ce qu'il n'a vu dans les faits de l'Evangile que le côté humain. Du reste, il empruntait souvent le sujet de ses œuvres à la vie de Notre-Seigneur, non parce qu'il voulait nous traduire ce qu'il y a de divin dans les faits de l'Evangile, mais parce que ces faits se prêtaient bien aux mouvements dramatiques et aux effets de lumière qu'il recherchait, et c'est pour cela qu'il représenta plusieurs fois la résurrection de Lazare.

En Allemagne parut Albert Dürer (1471-1528). Cet artiste produisit un grand nombre de compositions religieuses et de portraits qui lui acquirent une célébrité que l'on comprend, surtout en tenant compte de l'époque à laquelle il vécut.

Les gloires de l'école espagnole ne sont pas aussi nombreuses que le prétendrait la fierté de la nation ; elles se réduisent à quelques

(1) Une des plus belles compositions de Rubens, la croix apparaissant à Constantin qui va combattre Maxence ; n'a peut-être pas tout le grandiose et l'animation vraie que l'on désirerait, mais l'attitude de Constantin a de la dignité.

noms (1). Ces noms, il est vrai, occupent une place élevée dans
l'histoire de la peinture.

Velasquez (1599-1660) fit deux voyages en Italie et il y étudia les
maîtres mais il garda son tempérament. Il savait avec un rare
talent approprier les ressources de son dessin et de sa couleur aux
différents sujets qu'il traitait et fut également habile dans le portrait et dans la peinture d'histoire.

Ribeira (1598-1656) se fit l'élève de Michel-Ange de Caravage ;
il fut violent comme son maître, et il n'eut pas plus de distinction
que lui dans ses œuvres. Il aimait surtout à peindre des scènes
terribles de supplice et de martyre, et il les traduisait avec un réalisme qui devient hideux.

Zurbaran (1598-1662) emprunta, lui aussi, au Caravage son exécution vigoureuse, mais il s'en servit pour peindre des moines dans
le calme de la méditation ou dans le ravissement de l'extase. Il
prouva ainsi qu'avec des procédés semblables on peut exprimer des
pensées différentes.

Murillo (1618-1682) se distingua par un mélange de naturalisme
et de mysticisme ; il sut traduire avec un sentiment pieux, mais cependant aussi avec des formes qui ne sont pas assez dégagées du
monde des sens, les visions de saints, les faits miraculeux, le triomphe de la Vierge Marie s'élevant vers les cieux au milieu des anges.
Les vierges de Raphaël, bien qu'elles ne soient pas toujours d'un
sentiment assez grave, par leurs formes épurées, appartiennent au
monde idéal ; celles de Murillo, même quand elles élèvent leur regard vers le ciel, appartiennent à la terre.

L'Angleterre a produit beaucoup plus de riches collectionneurs
que de grands artistes.

Reynolds et Thomas Laurence ne se distinguèrent que par des
portraits bien composés et dessinés avec exactitude. Flaxman avait
étudié l'art antique et s'efforça d'y revenir dans ses œuvres ; il traduisit dans des dessins énergiques Homère, Hésiode, Eschyle et
Dante. Actuellement les Anglais font surtout des tableaux de genre,
des paysages étudiés avec soin et dont parfois l'éclat semble un peu

(1) Des historiens, Valentin, par exemple, élèvent jusqu'à 800 le nombre des peintres
espagnols.

brillanté. Citons Lendseer qui eut le mérite de nous traduire les
mœurs des animaux avec un sentiment élevé et poétique.

ARTICLE V

HISTOIRE DE LA PEINTURE EN FRANCE. — MOYEN AGE. — RENAIS-
SANCE : LE XVIIᵉ ET LE XVIIIᵉ SIÈCLE. — LOUIS DAVID ET LES
PRINCIPAUX PEINTRES QUI L'ONT SUIVI JUSQU'A NOTRE ÉPOQUE.

Au moyen âge, la France avait eu ses écoles d'enlumineurs qui
ne le cédaient en rien à celles d'Italie. Dans un grand nombre d'é-
glises avaient été exécutées des peintures : à Saint-Julien du Mans,
des anges qui pouvaient rivaliser en grâce avec ceux d'Angelico de
Fiésole ; dans l'église des Jacobins de Toulouse, des peintures peut-
être aussi belles que celles de Giotto. Malheureusement, ces œuvres
et d'autres qu'il serait trop long de citer, ont été ou détruites ou
gravement détériorées. Dans l'église de Saint-Savin, en Poitou, on
voit encore des peintures murales du XIIᵉ siècle, peut-être plus importantes que tout ce qui avait été fait en ce genre à la même époque en Italie. L'exécution en est très simple ; les formes peu modelées sont arrêtées par des traits un peu durs, mais les personnages
sont posés avec un mouvement dramatique, des gestes vrais et très
énergiques.

A mesure que les jours des fenêtres s'étaient accrus, la peinture
s'était emparée de ce champ magnifique qui lui était offert, en le
remplissant de vitraux vraiment remarquables par l'éclat et l'harmonie de la couleur. Si le dessin des figures n'est pas parfait, on peut
dire du moins que l'effet est bien calculé pour être vu à distance. Les
poses sont simples, parfois naïves, mais pleines de signification :
les mouvements sont quelquefois exagérés, mais cette exagération ne
doit pas être considérée tout à fait comme un défaut ; elle fait mieux
comprendre le geste du personnage. Les étoffes sont jetées souvent
avec bonheur, et les plis sont indiqués par quelques traits marqués
avec précision.

Le premier nom vraiment célèbre, que nous rencontrons dans l'histoire de la peinture en France, est celui de Jean Cousin. Cet artiste dessina des vitraux pour plusieurs églises, mais son œuvre la plus remarquable est un *Jugement dernier*, dans lequel il a fait preuve d'une science très complète, bien qu'elle soit moins étonnante que celle de Michel-Ange. Dans les figures fantastiques des démons, dans les tours crénelées et autres détails du même genre, on reconnaît les ressources un peu matérielles du moyen âge, mais aussi on ne voit pas dans cette composition Caron avec sa barque, et elle a un caractère plus chrétien que la fresque de la chapelle Sixtine. Jean Cousin semblait appelé par sa science profonde à une grande influence sur l'art français, et, cependant, son nom nous apparaît isolé dans l'histoire.

La Renaissance italienne eut en France son influence ; elle y donna de l'élan à la peinture, mais elle lui communiqua aussi ses mauvaises inspirations. Sans doute, l'école française garda toujours les traits les plus marqués de son caractère, comme un homme vigoureusement trempé ne peut renoncer à son tempérament, quelque influence qu'il subisse d'ailleurs. Les Français, placés dans une zone tempérée, ont assez d'imagination pour suivre les inspirations des muses mais la raison domine leurs œuvres et en fait le principal mérite. Or, en étudiant le style gracieux et poétique des maîtres italiens, nos peintres acquirent peut-être du brillant dans la mise en scène, mais ils se familiarisèrent avec le langage et les symboles du paganisme.

Simon Vouet (1590-1649) étudia pendant quatorze ans, en Italie, les œuvres des maîtres et emprunta spécialement à Paul Véronèse la science de faire plafonner les figures, c'est-à-dire de les faire paraître se relevant sur la surface horizontale d'un plafond. Il forma un grand nombre d'élèves parmi lesquels furent Charles Lebrun, Pierre Mignard, Lesueur, et produisit des œuvres nombreuses. Pour répondre à toutes les demandes qui lui étaient adressées, il se fit une manière trop expéditive ; ses compositions étaient dessinées avec une élégance suffisante, mais sans ce caractère et sans ce sentiment profonds que la méditation seule peut produire. On y retrouve trop souvent les mêmes poses et surtout les mêmes profils ; la couleur, mise en teintes uniformes, manque de vérité et de puissance.

Charles Lebrun (1619-1690), doué d'une imagination brillante, d'un esprit élevé et judicieux, fut appelé par Louis XIV à diriger tous les travaux de peinture et de sculpture des palais de Versailles et du Louvre. Son influence fut savante et répondit bien aux vues magnifiques du monarque ; mais il ne sut pas laisser assez d'initiative personnelle aux artistes obligés de travailler sous ses ordres, et il se montra souvent inquiet du talent de rivaux moins favorisés que lui.

Lebrun fit un grand nombre de compositions religieuses. Le sentiment en est toujours élevé, les personnages y sont groupés avec goût et expriment bien, par leur pose et le détail de leur physionomie, le rôle qu'ils ont à remplir. Il peignit aussi les batailles d'Alexandre, dans lesquelles il faisait allusion aux triomphes de Louis XIV. Ces toiles sont des plus belles de l'école française pour la science et la grandeur de la conception ; mais la couleur en est défectueuse et empêche les différents plans de se débrouiller ; aussi elles ont été rendues très avantageusement par la gravure.

Pierre Mignard (1610-1695) avait plus d'esprit que de génie et se recommandait surtout par une élégance qui tournait souvent à l'affectation. Dans la décoration du dôme du Val-de-Grâce, à Paris, il sut mettre des qualités supérieures de composition et de dessin.

Eustache Lesueur, d'une nature douce et mélancolique, a souvent été nommé le Raphaël français, non que l'on ait jamais pensé à l'égaler au peintre d'Urbin ; mais, mieux qu'aucun autre, il montra dans ses œuvres cette facilité de conception, cette abondance de ressources et surtout cette suavité d'expression, tant admirée dans celles de Raphaël. Peut-être mieux que le peintre d'Urbin, il nous fait oublier son art et ses moyens, pour émouvoir notre âme en séduisant moins notre regard par le charme des formes.

L'œuvre de Lesueur à bon droit la plus célèbre, est la *Vie de saint Bruno* représentée en vingt-deux tableaux. Devant l'*Apollon du Belvédère* on se redresse, dit-on, comme pour se mettre à l'unisson de cette pose si fière du dieu qui vient de frapper le serpent Python ; mais devant les tableaux de la *Vie de Saint Bruno*, bien mieux encore que devant la statue antique, on ne songe plus à la forme, on oublie toutes les discussions d'art et de métier pour suivre avec recueillement ces scènes de la vie du cloître que le peintre nous a mises sous les yeux. Dans ces compositions, il ne faut chercher ni l'éclat de la couleur, ni une science qui étonne. La science n'y fait pas défaut, la couleur y est suffisante ; mais ce n'est pas par là que nous sommes saisis. Le peintre a dédaigné tout ce qui ne devait pas contribuer à nous faire partager les impressions de son âme, les sentiments qu'il nous traduisait dans un langage si simple et si convaincu. Par l'éclat de la couleur il n'aurait rien ajouté à la modestie de ces poses, à la suavité de ces contours.

Dans ses autres compositions religieuses, Lesueur sut trouver des combinaisons plus complexes : ainsi, dans son tableau de *Saint Gervais et de saint Protais* conduits au supplice, il y a plus de vigueur plus de tumulte ; les personnages ont plus de mouvement, les draperies sont plus agitées ; dans ses tableaux mythologiques, son coloris a plus d'éclat. Les moyens plus contenus qu'il employa pour la vie de saint Bruno n'étaient donc point de l'impuissance de sa part, mais la réserve prudente d'un talent qui savait varier ses ressources selon les différents sujets qu'il traitait. Le tableau de *Saint Paul prêchant devant l'Aréopage, le Martyre de saint Laurent*, celui de *saint Gervais et saint Protais* sont des plus belles œuvres de l'école française.

Nicolas Poussin (1594-1665) travaillait à Paris avant que Simon Vouet y fût connu. Il passa à peu près toute sa vie à Rome étudiant les belles lignes des horizons de la campagne romaine, les chefs-d'œuvre de la Renaissance et surtout ceux de l'antiquité, mais demeura toujours Français par le caractère de ses œuvres. Plus qu'aucun autre, il se distingua par la pensée, par la *raison* qui, comme nous l'avons dit, semble la prérogative la plus marquée de notre école de peinture. Philosophe plutôt que poète, il s'appliquait à bien exprimer les différentes passions de l'âme ; il rendait aussi avec une grande fidélité le caractère, les mœurs et le costume des différents peuples. Sévère plutôt que gracieux, il donnait toujours à ses personnages de la distinction et de la noblesse ; leur geste est bien indiqué sous les plis abondants de leurs amples draperies ; ils ressemblent souvent à des statues antiques qui auraient pris un peu plus de passion et de mouvement. Du reste, Poussin fut plus sensible aux beautés de l'art antique qu'aux sentiments du christianisme; il a réussi dans les sujets religieux moins par une conviction émue que par cette convenance raisonnée qu'il mettait dans toutes ses compositions.

Poussin peignit un grand nombre de paysages du style le plus élevé. S'il était moins habile que certains peintres contemporains à rendre un site avec cette vérité qui nous donne les impressions que nous recevons de la nature elle-même, il savait cependant reproduire chaque objet avec une exactitude irréprochable : les arbres avec leurs feuillages différents, les effets de la lumière variés selon les heures du jour ; mais surtout mieux qu'aucun autre, il sut choisir la nature, l'interpréter, la composer, nous la montrer avec cette grandeur que l'on peut appeler héroïque. Les paysages de Poussin par eux-mêmes nous font penser, de plus, ils sont toujours animés de figures qui contribuent à nous donner des impressions plus profondes, ils encadrent des scènes de la plus haute poésie. Bornons-nous à citer ses *Bergers d'Arcadie* et la scène du *Déluge*.

Avec Poussin vivait à Rome Claude Gelée, dit le *Lorrain*, qui, lui aussi, sut nous montrer dans ses œuvres la nature idéalisée. « Regardez, dit M. V. Cousin, ces belles et vastes solitudes éclairées par les premiers ou les derniers rayons du soleil. Dites-moi si ces campagnes, ces arbres, ces eaux, ces montagnes, cette lumière, ce silence, si toute cette nature ne vous impressionne pas; si derrière ces horizons lumineux et purs vous ne remontez pas involontairement, en d'ineffables rêveries, à la source invisible de la beauté et de la grâce (1).

Deux autres artistes français vécurent aussi très longtemps à Rome, Valentin et Jacques Courtois dit le Bourguignon.

Le premier imita le Caravage en lui restant inférieur. Il semble n'avoir étudié que dans les tavernes des soldats, des buveurs et des mendiants, la réalité prise au hasard. Ses personnages sont parfois revêtus de riches étoffes et de brillantes armures, mais ils n'ont pas pour cela des sentiments plus nobles. Sans doute il sait mettre dans l'exécution beaucoup de force et de vérité matérielle, mais il ne fallait pas lui demander l'expression de la beauté morale ou seulement l'expression significative du geste que le peintre trouve moins en considérant la réalité qu'en réfléchissant. Un jour, on voulait faire admirer à Poussin un tableau du Caravage représentant la mort de la Sainte Vierge : « C'est une scène de domestiques », répondit le grand peintre, et Valentin est resté inférieur au Caravage qu'il voulut imiter.

(1) *Du Vrai, du Beau et du Bien*, 231.

Jacques Courtois peignit des batailles avec beaucoup de verve et d'énergie.

Philippe de Champaigne naquit à Bruxelles, mais il vint de bonne heure à Paris : c'est là que son talent se développa, et par le caractère de ses œuvres il appartient vraiment à l'école française. Sa plus belle œuvre est l'*Apparition de saint Gervais et de saint Protais à saint Ambroise*. Philippe de Champaigne s'est distingué surtout par les nombreux portraits qu'il a peints. Quelquefois les figures de ses compositions ne sont pas suffisamment idéalisées ; mais, dans le portrait, le naturel et la vérité de l'expression sont à leur place.

Jean Jouvenet saisissait bien le côté pittoresque de son sujet, donnait des attitudes vraies à ses personnages, jetait ses draperies avec ampleur, peignait avec un coloris chaud, harmonieux et transparent, mais n'approfondissait point assez les nuances différentes de l'expression, manquait souvent de distinction et de noblesse.

Comme peintres de portraits, nous devons citer Lefébure, Largillière et surtout Hyacinthe Rigaud.

Au commencement du XVIIIe siècle, Watteau, dans un joyeux délire, avait brisé le sceptre de Lebrun. La peinture devenait l'expression de la corruption des mœurs et d'un dévergondage qui ne craignait pas de prendre ses ébats au grand jour. Quelques artistes de cette époque d'égarement eurent du talent, de l'imagination, du sentiment ; mais, victimes du temps où ils vécurent, ils ne trouvèrent sous leurs pinceaux, pour toutes leurs compositions, que des poses maniérées et d'une affectation ridicule. Le plus souvent, ces peintres ont représenté des scènes pastorales : ce sont des bergers habillés de satin rose, dansant au son des tambourins et des pipeaux rustiques, ou se disant de langoureuses paroles. Les arbres et les rochers eux-mêmes, perdus dans des teintes vaporeuses, semblent vouloir s'attendrir. Qu'il suffise de nommer, sans marquer les nuances qui les séparent, Lemoine, Vanloo, Restou, Natoire, Boucher. Toutefois, reconnaissons que, même dans le genre religieux, ces peintres produisirent parfois des œuvres intéressantes.

Joseph Vernet et Greuze, dans leur sphère, d'ailleurs étroite, essayèrent de lutter contre le désordre ; le premier peignit, avec imagination et grandeur, des marines, des naufrages. Le second peignit de bons portraits et des scènes de famille dans lesquelles il visait à être dramatique.

Vien, et après lui Regnault, Vincent et d'autres encore avaient déjà fait de louables efforts pour faire rentrer l'école française dans la voie des études sérieuses et des traditions nationales, quand parut Louis David, qui était doué de l'énergie nécessaire à un réformateur. Il entreprit de revenir résolument à l'antiquité ; pour cela il alla en Italie et se mit à étudier toutes les statues et les bas-reliefs que Rome possédait et s'efforça d'en faire passer les beautés dans ses tableaux. On l'a dit plus d'une fois, beaucoup de ses personnages semblent des statues antiques transportées sur la toile, et souvent aussi ils ont moins de vie qu'il n'en faudrait même pour la statuaire.

David, pour bannir de la peinture le maniéré et l'incorrection, tomba dans la rigidité et la raideur. La couleur terne de ses tableaux rend plus fâcheux encore ces défauts. De plus, pour remettre en honneur la science anatomique, l'artiste eut souvent le tort de nous montrer ses personnages dans un état de nudité inacceptable et contraire à toute vraisemblance.

Louis David choisissait de préférence des sujets qui répondaient aux goûts de l'époque et le mettaient à même de faire prévaloir ses doctrines. Il n'essaya jamais de traiter les scènes de l'Evangile ; elles ne convenaient ni à ses idées, ni à son talent trop dépourvu de sensibilité et d'émotion.

D'ailleurs, pour juger ses œuvres, il faut les comparer, non pas à celles de Léonard et de Raphaël, mais bien à celles qu'elles devaient faire oublier, et par ce rapprochement, on reconnaît que le service rendu par le réformateur n'a pas été sans importance.

Toutefois il restait beaucoup à faire. L'art avait remonté vers l'antiquité, mais il n'était pas redevenu français. Il avait reconquis un matériel qui n'était pas sans valeur, mais avec lequel il ne pouvait que difficilement nous redire notre vie, nos pensées, nos traditions.

Alors surgissaient les doctrines nouvelles du romantisme qui ouvraient aux esprits des horizons nouveaux, mais qui contribuèrent aussi à jeter l'anarchie dans le domaine de l'art.

La direction de David avait été une dictature ; délivré de cette discipline sévère, l'art reprit sa liberté individuelle. Mais si la liberté individuelle est indispensable au progrès, l'affranchissement complet peut aussi avoir ses inconvénients.

On peut dire que depuis David, bien des progrès ont été faits, mais isolément. Chacun, selon son inspiration, marcha dans une voie différente et chercha un genre spécial de perfection, selon son tempérament et ses goûts : celui-ci, l'aspect vrai de la nature ; celui-là, l'expression idéalisée. Dans tel atelier on se passionna pour la couleur, dans tel autre pour la ligne et la forme, et l'art fut pour ainsi dire fractionné.

Gros compléta par l'étude de la nature les austères leçons qu'il avait reçues de David, il donna à ses compositions du mouvement, de la vie et de la couleur. Dans ses batailles, il ne se borna pas à représenter quelques chefs paradant au premier plan et des soldats destinés seulement à former des lignes de perspective dans l'immensité de la plaine, mais, comme dans celles de Salvator Rosa et du Bourguignon, les armées se disputent la victoire avec acharnement. De plus, ses plans se dégradent bien, ses lointains sont vrais ; si on peut blâmer des faiblesses dans l'exécution des détails, l'ensemble a de la grandeur. Gros peignit aussi la coupole de Sainte-Geneviève dans laquelle il représenta les grandes époques religieuses de la France. Sans doute, on reconnaît dans cette œuvre le pinceau d'un maître, le dessin est ferme, la couleur brillante ; mais l'artiste qui peignait avec un entrain remarquable n'était point à l'aise dans ce genre de composition qui demande la réflexion et l'élévation du style, et il y a moins réussi que dans ses peintures de batailles.

Géricault, avec plus d'ardeur encore que Gros, rechercha les formes et les aspects vrais de de la nature afin de rendre sa pensée d'une manière plus dramatique et de nous émouvoir plus profondément. Il n'étudia pas seulement le corps humain comme David, mais l'homme. Son œuvre la plus importante fut le *Naufrage de la Méduse* qui souleva de violentes récriminations, mais ouvrit à l'art des horizons nouveaux.

Gros et Géricault s'inspiraient avec intelligence et profit des doctrines du romantisme ; mais combien d'autres après eux devaient en abuser !

Parmi les peintres qui marchèrent d'un pas résolu dans ces voies nouvelles, citons Eugène Delacroix. On peut dire que cet artiste

26. — Notre-Dame de Pitié, par Michel-Ange.

envisageait toujours son sujet au point de vue pittoresque. Il nous
étonne par l'énergie, par la puissance de l'effet, et, sans être violent,
il est merveilleux par l'éclat et l'harmonie de la couleur. Mieux que
nul autre dans les temps modernes, il a rivalisé sous ce rapport avec
l'école vénitienne, et dans cette imitation il a gardé son originalité.
Cet artiste maniait si bien les ressources de la couleur que, dans
certains emplacements mal éclairés de la galerie d'Apollon au Louvre, il a su créer la lumière en faisant paraître son œuvre éclatante,
malgré l'obscurité. Il faisait plus que cela encore, il appropriait parfaitement sa couleur avec sa tonalité au sujet qu'il traitait, et elle
prenait ainsi un accent dramatique.

Cependant, ses œuvres ont été sévèrement critiquées et, nous
croyons devoir ajouter, avec raison. Nous nous garderons bien de
prétendre qu'il ne savait pas dessiner, et lui-même ne songeait aucunement à nier l'importance de la correction des formes, mais il se
laissait entraîner par son tempérament à poursuivre les merveilles
du coloris et était bien moins exact dans son dessin que les Vénitiens.

Or, si la couleur contribue puissamment à donner aux objets représentés par le peintre l'aspect qu'ils ont dans la nature, si elle
prête aux formes plus de charmes, ce n'est pas par la couleur que le
peintre exprime sa pensée, mais par les formes et les lignes. Une gravure peut produire sur nos âmes un effet très puissant, mais les
couleurs les mieux harmonisées, par elles-mêmes, ne feront que ré-
jouir nos yeux, sans rien dire à notre intelligence et à notre cœur. La
nuance des lèvres ne nous donnera pas l'idée d'une bouche, et la plus
légère inflexion dans la ligne qui les sépare en modifie l'expression.
Aucune ressource ne doit être négligée de propos délibéré, mais le
dessin est plus indispensable que la couleur à la peinture.

Si nous signalons le défaut des œuvres de Delacroix, nous sommes bien éloigné de les juger toutes avec la même sévérité, et nous
reconnaissons que plusieurs sont dignes d'admiration par le sentiment dramatique qui les distingue, ainsi la *Barque de Dante*.

Ingres suivit et enseigna à ses élèves les traditions classiques. Il
avait étudié sous David, mais de bonne heure il comprit que la peinture ne doit pas reproduire des statues dans ses cadres, et il donna à
ses personnages plus de vie et de souplesse que n'en avaient ceux
de son maître. Toutefois lui aussi dédaigna trop encore parfois l'éclat

du coloris, la puissance de l'effet, et bien que nous proclamions l'importance de la forme, nous reconnaissons aussi la valeur de ces ressources secondaires. La correction du dessin, la noblesse et l'élévation du style furent sa préoccupation exclusive. Il aborda d'ailleurs avec le même esprit, les sujets empruntés à la religion, à l'histoire, à la fable, et l'art si élevé qu'il soit, ne supplée pas toujours la conviction intime et la ferveur du sentiment. Ses vierges sont belles, mais hautaines, sans candeur, sans tendresses ; son *Christ* est plein de calme et de dignité, la pensée est imprimée sur son front et dans son regard, mais c'est un Christ philosophique, ce n'est pas le Sauveur Jésus, celui qui offre des consolations à toutes les tristesses et apaise les tempêtes du cœur, comme il calmait les flots du lac de Génésareth. Ingres semble s'être surpassé lui-même dans son *Saint Symphorien*. Le jeune martyr marchant au supplice encouragé par sa mère et les bras levés au ciel, est d'une beauté antique et du sentiment le plus chrétien. Cette figure est peut-être le chef-d'œuvre de l'art moderne.

Paul Delaroche fit un grand nombre de tableaux d'histoire dans lesquels il envisageait son sujet à un point de vue un peu anecdotique, mais composés cependant et exécutés avec un talent incontestable ; ses œuvres furent souvent jugées avec beaucoup trop de sévérité (1), et elles font assurément honneur à l'école française du xixe siècle.

Ary Scheffer sembla hésiter longtemps dans sa marche, cherchant les procédés à suivre et les sujets à traiter ; mais à mesure qu'il s'avança d'un pas plus ferme, il fit preuve d'un talent plus élevé et plus profondément spiritualiste.

Devant son tableau de *Saint Augustin et sainte Monique*, on peut faire des observations sur la transparence trop vaporeuse de la couleur et sur la sécheresse des formes, mais nous dirons avec M. Vitet que « ce n'est pas en présence de telles œuvres que l'on marchande son admiration. » Jamais âme ravie par l'intuition des choses célestes ne nous fut manifestée avec autant de clarté que celle de sainte Monique dans ce tableau. Dans la limpidité de son regard, brille comme un reflet du spectacle sublime qu'elle contemple, et nous participons à son extase. De plus, l'idéal si élevé de cette composition

_____

(1) Nous ne pouvons admettre les attaques de Gustave Planche contre Paul Delaroche.

n'a rien de banal, rien de convenu, il sort des entrailles mêmes du sujet et nous est traduit avec une étonnante précision.

Nous ne prétendons point citer tous les peintres, même ceux de renom, mais nous rappelons ceux dont les œuvres peuvent nous faire connaître la marche suivie par la peinture.

Horace Vernet, doué d'une rare facilité, d'une mémoire prodigieuse, a peint un grand nombre de batailles qui ont été accueillies par le peuple avec enthousiasme ; mais si les batailles de Gros sont des épopées, celles d'Horace Vernet ne redisent que le bulletin officiel. On peut y reconnaître les détails de l'uniforme et le type du troupier, mais on n'y retrouve pas la physionomie belliqueuse du soldat français ; cette physionomie est rapetissée. Souvent les dimensions de la toile ont contribué à capter l'admiration du public ; mais la *Vision d'Ezéchiel*, par Raphaël, n'a pas un pied carré en surface, et seule elle a plus de valeur que tous les tableaux d'Horace Vernet, parce qu'ils manquent de la vraie grandeur, de noblesse et d'élévation de style.

C'est dans les églises que depuis bon nombre d'années on exécute les œuvres les plus sérieuses.

Rappelons les noms d'Orsel et de Perrin, qui, après avoir puisé des inspirations aux vraies sources de l'art chrétien dans les basiliques de Rome et au *Campo-Santo* de Pise, peignirent à Notre-Dame-de-Lorette, le premier, la chapelle de la Sainte Vierge, et le second, la chapelle du Saint-Sacrement dans un style où l'on voit « la tendresse onctueuse de l'école ombrienne unie à la justesse et à la mesure de l'esprit français (1) ». Non moins religieux dans l'expression que Giotto et Fra Angelico, ils avaient à leur service plus de science que ces artistes, et ils n'oublièrent pas un seul instant que, tout en restant fidèles aux sentiments chrétiens, ils devaient tenir compte de toutes les conquêtes et de tous les progrès qui avaient été réalisés. Leur mort prématurée causa une perte immense à l'art chrétien.

Heureusement Hippolyte Flandrin recueillit ce glorieux héritage ; il avait autant de science et le même esprit de foi. Sur la porte de son atelier, à la villa Médicis, il avait écrit ces belles paroles : « Mon Dieu, mon cœur a été ravi par la beauté des œuvres de vos mains, et je passerai ma vie à célébrer mon maître. » Et toute sa

(1) Vitet, t. III, p. 251.

vie il fut fidèle à la grande mission qu'il se donnait. Malheureusement lui aussi succomba trop tôt à la fatigue. Cependant il réalisa des œuvres considérables, la frise de Saint-Vincent-de-Paul, où l'on voit toutes les générations converties par la prédication des apôtres s'avançant vers les palmes promises, les peintures de Saint-Germaindes-Prés, parmi lesquelles il faut citer avec un éloge tout spécial l'*Entrée de Notre-Seigneur à Jérusalem* et la *Marche au Calvaire*.

Nous avons reconnu l'incomparable talent de Raphaël, le grand mérite de Lesueur et de Poussin, mais nous pouvons dire que Perrin, Orsel, et Hippolyte Flandrin sont ceux qui nous donnent l'idée la plus complète de l'art religieux, possédant toutes les ressources dont il a besoin, ceux qui ont uni le sentiment le plus chrétien aux formes les plus parfaites. Ils ont mieux que personne jusqu'ici réalisé cette parole de Simart : faire vivre le sentiment chrétien dans la forme antique. En effet, c'est l'esprit de l'art antique qui a inspiré ces formes à la fois si simples, si parfaites, et ces formes nous expriment le sentiment chrétien dans toute sa grandeur, dans toute son élévation, dans ses plus chastes et ses plus ardentes aspirations. Dans l'*Entrée de Notre-Seigneur à Jérusalem*, il y a toute la simplicité et toute l'ampleur du récit de l'Evangile (1).

Nous sommes heureux de louer notre compatriote, M. Alexis Douillard, qui, en continuant les traditions de Flandrin, a déjà fait dans nos églises beaucoup d'œuvres très belles où l'on voit, avec un sentiment non moins chrétien, une vigueur de modelé qui permet peut-être de jouir plus facilement de la pensée exprimée. Citons

---

(1) Les frises de Saint-Vincent-de-Paul étant terminées, H. Flandrin invita son maître, M. Ingres, à les visiter. Celui-ci monte sur les échafaudages. Le disciple toujours plein de respect pour son maître, et disposé à recevoir ses appréciations, comme des sentences sans appel, attend en silence, l'œil fixé sur M. Ingres. Celui-ci, après avoir promené lentement son regard sur cette longue procession, se retourne vers son élève : « Vous les avez donc vus? » lui dit-il avec un accent profondément ému et des larmes dans les yeux. C'était le plus grand éloge qu'il pût faire. Hippolyte Flandrin, dans le silence de ses méditations, dans les extases de sa foi vive, avait eu de ces visions auxquelles l'artiste si habile qu'il soit, ne saurait s'élever, s'il n'a pas les convictions les plus profondes. Ces saints et ces saintes qui marchent, portant les instruments de leur martyre ou du travail dans lequel ils se sont sanctifiés, nous disent ce qu'ils ont été sur la terre, les tribulations qu'ils ont traversées, leurs travaux et leurs fatigues, mais leurs regards expriment si bien l'amour de Dieu dans toutes ses nuances et avec une satisfaction si parfaite, qu'ils n'appartiennent plus à la terre, mais ils jouissent du bonheur de l'éternité. C'est une procession qui est partie d'ici-bas, mais elle est au terme, elle défile sur le parvis du ciel. Angelico de Fiésole avait autant de piété, il n'avait pas autant de science ni les mêmes ressources d'expression.

encore avec éloge M. Lenepveu qui a fait beaucoup d'œuvres d'un grand caractère.

Il serait injuste de parler de l'art religieux de notre époque sans faire l'éloge de l'école allemande, dont les œuvres sont toujours d'un sentiment si grave, si suave et si chrétien. Les idées des Allemands, traduites par le dessin, ne perdent rien de leur richesse et de leur poésie et prennent de la précision. Les maîtres de cette école, Overbeck, Muller, Cornélius, Mintrop, Schnorr, Fuhrich, Steinle, ont suivi avec moins d'habileté que les artistes français les principes de l'art antique. Souvent ils sont en dehors de la nature, ils sont même maniérés, si l'on veut, mais ils le sont avec candeur et simplicité ; ils sacrifient souvent les lois de la plastique au désir de rendre leurs pensées avec plus de richesse, leurs sentiments avec plus d'intensité ; mais un chant qui nous émeut, sans suivre les formules rigoureuses de la méthode, est préférable à des vocalisations irréprochables qui ne nous impressionneraient pas (1).

Actuellement, les peintres de l'école française connaissent parfaitement toutes les ressources du procédé, ils savent rendre la nature avec une vérité surprenante, et, sous ce rapport, ils ont fait des conquêtes vraiment précieuses, mais ils restent indécis sur la direction à prendre et souvent ils produisent des œuvres qui sont sans valeur au point de vue le plus important : l'expression de la pensée et du sentiment.

Souvent l'artiste choisit un sujet non pour la valeur du fait, mais à cause des ressources pittoresques qu'il présente. Le journal l'*Autographe*, donnant le croquis d'un tableau qui devait paraître à l'une de nos expositions publiait en même temps cette lettre du peintre : « Ne me reproche pas, mon vieux L..., d'avoir fait mon père Noé pour le ciel et pour l'eau ; j'ai bien fait d'autres tableaux pour un ton de culotte et de fichu, et c'était bien pis. »

Le tableau est au Luxembourg. On peut reconnaître que Noé, rendant grâces à Dieu, est simplement une tache de couleur sur le ciel. Le peintre s'est préoccupé uniquement de l'effet matériel et pitto-

(1) Dans l'imagerie allemande, il y a de l'imagination et de la poésie, mais aussi de la raison et de la convenance, tandis que l'imagerie française se perd peu à peu près complètement dans un sentimentalisme qui fausse le dogme et dans des puérilités ridicules. La dentelle et la dorure ne sauraient racheter ce qu'il y a de niais dans ces gondoles, ces cœurs, ces colombes, que l'on arrange de toutes les façons possibles et impossibles, et dont on arrive à nous faire le plus insipide ragoût.

resque de l'eau, de l'arche et du ciel. Il n'a aucunement songé à nous montrer cette grande scène de Noé rendant grâces au Dieu qui l'a sauvé des eaux du déluge. Souvent on ne donne au tableau un titre que pour le besoin du catalogue.

Quelques-uns traitent des scènes de l'Evangile avec un réalisme qui saisit le public, mais abaisse le sujet ; ainsi Munkacsy dans son *Christ devant Pilate*. Son Christ ne ressemble-t-il pas à un Juif vulgaire? — Ed. Gebhart donne autant de vérité à ses personnages, mais leur laisse plus de dignité ; de même le peintre Hofmann.

Jean-Paul Laurens a une grande puissance d'effet et d'expression ; avec des sujets mieux choisis il eût tiré un très beau parti de son incontestable talent. Puvis de Chavannes nous transporte dans un monde tout différent, un monde idéalisé, plein de poésie, mais qui semble avoir été conçu seulement avec des souvenirs du monde réel et dans lequel toutefois on aimerait à vivre.

Beaucoup, aussi par le choix du sujet ou par les formes qu'ils emploient, se traînent dans un réalisme déplorable. D'autres s'obstinent à traiter des sujets empruntés à la fable pour y trouver le prétexte à des libertés dégoûtantes. Les personnages mythologiques, recherchés par ces artistes pour des motifs blâmables, perdent sous leur pinceau le peu de décence et de pudeur qu'ils avaient dans l'antiquité.

Les études sont faites, l'armée est abondamment pourvue de munitions, qu'elle se mette donc en marche ; elle possède tous les moyens, il ne lui reste qu'à considérer le but et à y tendre. Le voici indiqué par V. Cousin : « Jeunes artistes, qui entreprenez de renouveler la palette française, qui voudriez ravir au soleil sa chaleur et son éclat, songez que de tous les êtres de l'univers, le plus grand encore c'est l'homme, et que ce que l'homme a de plus grand, c'est son intelligence et surtout son cœur ; qu'ainsi c'est ce cœur qu'il faut mettre et répandre sur votre toile. Voilà le but élevé de l'art (1). »

Que l'artiste ait donc des convictions sérieuses, qu'il choisisse des sujets dignes de nous intéresser, et que pour les traiter il ne perde pas de vue l'idéal que les maîtres ont su faire briller dans leurs compositions.

(1) *Du Vrai, du Beau*, p. 220.

CHAPITRE VII

SCULPTURE

Préliminaires. — Des procédés de la sculpture.

La sculpture a pour mission de nous représenter l'homme, son corps et son âme. Comme les autres arts, elle doit savoir que l'expression est la première condition de son mérite, mais elle ne devra jamais sacrifier à l'expression la beauté plastique des formes.

Dans la nature, un personnage peut rester beau à nos yeux même quand ses traits sont contractés par la passion, pourvu que cette passion soit généreuse : la couleur des yeux, le feu des prunelles, la transparence de la peau sous laquelle le sang afflue nous empêchent de remarquer le désordre qui règne dans ses traits et ce qu'il y a de désagréable dans certains détails de sa physionomie. De plus, cette expression animée du visage varie et se transforme rapidement. — Au contraire, par la sculpture, ces traits sont immobilisés, et nous en remarquons tous les détails.

De plus, le sculpteur nous met le personnage devant les yeux avec un plein relief et nous permet de le considérer sous ses différents aspects. Cette autre condition, en lui offrant davantage de ressources, lui rend le succès plus difficile, parce qu'elle l'oblige à donner à ces différents aspects des silhouettes convenables.

Le peintre nous montre les formes revêtues de couleurs et nous représente la figure humaine entourée de divers accessoires, avec les circonstances qui nous expliquent la situation.

La sculpture nous met le personnage devant les yeux sans la cou-

17*

leur (1) ; elle nous le présente isolé ; elle doit donc procéder avec
beaucoup plus de réserve et de précaution que la peinture.

Le sculpteur devra pour ainsi dire mesurer tout d'abord l'intensité du sentiment à exprimer en se demandant quels gestes traduisent ce sentiment. Il choisira de préférence un sentiment contenu,
des attitudes plutôt que des mouvements. « L'expression de la douleur, dit Emeric David, peut être plus forte dans un récit que dans
une représentation théâtrale, plus forte au théâtre que dans un tableau, plus forte dans un tableau que dans un ouvrage de statuaire (2). »

Dans une statue tout sera donc calculé, mesuré avec le plus grand
soin, la pose générale, le geste, le détail des formes, afin que rien ne
pèche contre les lois de la beauté plastique. Mais, d'ailleurs, la beauté
la plus élevée résultera surtout de l'expression.

L'exécution de la sculpture en bas-relief est soumise à des lois
spéciales. Qu'il nous suffise de dire ici que le bas-relief ne doit pas
prétendre à des effets que la peinture seule peut réaliser, qu'il ne
doit pas chercher à reproduire des plans se succédant et s'éloignant
de plus en plus dans la profondeur d'un paysage. L'ombre portée
par des reliefs sur le fond ne permettra jamais de supposer que ce
fond est un ciel et jamais par là même l'exécution du bas-relief ne

_____

(1) La polychromie peut être appliquée à des statues placées sur les murs d'un édifice
qui lui-même est décoré de peintures ; mais elle ne pourrait que compromettre la valeur
d'une statue qui serait vraiment une œuvre d'art. La statuaire, comme les autres arts,
ne doit pas prétendre triompher en nous faisant illusion par l'objet qu'elle met sous nos
yeux. Une statue pourra provoquer au plus haut point mon admiration sans que
j'oublie un seul instant qu'elle n'est après tout qu'un bloc de marbre. Si cette statue est
polychromée, ses couleurs me rappelleront peut-être mieux ce que j'ai vu dans la nature,
mais elles me distrairont de la pensée exprimée.

Que l'on ne s'y trompe pas, c'est précisément parce que la statue polychromée se rapproche trop de la nature, que, loin de gagner par ce surcroît qui lui est donné, elle perd de
sa valeur ; elle acquiert un genre de vérité qui nuit à la vérité plus importante qu'elle
doit exprimer et qui n'avait pas besoin de ce complément. Nous pourrions même dire que
si une polychromie était acceptable, ce serait une polychromie conventionnelle comme
celle des statues posées sur les murs de nos églises, et dont les vêtements sont rehaussés
d'or : la plus mauvaise polychromie serait celle qui irait jusqu'à nous faire illusion. Chacun peut juger de l'impression qu'il en recevrait par l'effet que produisent sur lui les figures de cire. Phidias et d'autres artistes célèbres de son temps exécutèrent des statues de
dieux et de déesses dans lesquelles les métaux se mêlaient à des marbres de différentes
couleurs, mais cet alliage était un luxe matériel et ne tendait pas à une imitation plus
exacte de la nature, et l'on peut dire que c'était un sacrifice fait par ces grands artistes
au goût de leurs contemporains, habitués à voir peindre les idoles de bois. Cet usage fut
suivi sous l'Empire romain, même pour les statues des empereurs ; mais on sait que les
arts étaient alors dans une décadence complète.

(2) Emeric David, _Recherches sur l'art statuaire,_ p. 387.

pourra justifier les profondeurs que l'on voudrait lui donner par la composition. Bien que Ghiberti et d'autres sculpteurs de la Renaissance aient violé cette règle et n'aient pas craint de superposer dans un bas-relief non seulement des personnages, mais des groupes, nous croyons que les frises du Parthénon seront toujours les plus beaux et les meilleurs modèles à suivre. Or, ces bas-reliefs ne présentent point de personnages superposés. Mais on dira peut-être : il ne sont qu'une frise représentant une espèce de procession et ornant la partie supérieure d'un monument, et, si l'on veut représenter des faits, il faut bien mettre les personnages en scène et établir différents groupes. Nous répondrons : de même que tous les sujets ne conviennent pas à la peinture, de même pour la sculpture, il faut bien se maintenir dans les limites de ce que cet art peut dire. L'artiste ne doit pas l'oublier en choisissant son sujet et il ne peut que gagner à se rapprocher le plus possible des données de l'art antique. Dans la sculpture, plus que dans aucun autre art, la Grèce légua à la postérité des modèles d'une incomparable beauté, des chefs-d'œuvre dont le mérite semble grandir davantage en traversant les âges, à mesure que les œuvres produites contribuent à en démontrer la supériorité.

ARTICLE I

La Sculpture dans l'Inde et dans l'Egypte. — La sculpture en Grèce.

Les statues de l'Inde et de l'Egypte ne sont pas sans intérêt ; mais, dans ces contrées, l'art, après avoir atteint un degré assez élevé de perfection, s'était immobilisé. Les statues des dieux, avec leurs formes convenues et parfois bizarres, avec leurs bras raides et immobiles, leurs jambes attachées l'une à l'autre, leurs corps accroupis sur des sièges de porphyre auxquels ils semblent attachés, étaient faites beaucoup moins pour plaire aux mortels que pour les effrayer. Toutes ces représentations avaient un langage plutôt symbolique qu'expressif par les formes. Mais voici que sous le soleil de l'Attique toutes ces divinités se transforment, elles prennent du mouvement, leurs bras s'assouplissent, leurs mains s'ouvrent, leurs lèvres parlent, leurs yeux voient. Non seulement elles deviennent vivantes, mais elles revêtent les formes les plus gracieuses et les plus nobles. Sous le ciseau des Grecs, les dieux de l'Olympe deviennent les plus beaux d'entre les humains, et c'est grâce à cette beauté incomparable, que leur a prêtée le ciseau de l'artiste, qu'ils ont été admirés par tant de siècles, qu'ils captivent encore nos regards quand on ne croit plus aucunement à leur puissance.

En même temps que les Grecs abaissaient les dieux au niveau de l'humanité, ils ennoblissaient, ils divinisaient la beauté de l'homme, et cette sorte de culte chez un peuple qui avait à un degré si élevé le sentiment de l'art devait avoir pour résultat de donner à cette beauté de l'homme un merveilleux éclat.

Les Grecs, mieux qu'aucun autre peuple, comprirent les lois de la beauté plastique et la firent paraître dans leurs œuvres. Ils rejetaient l'expression des sentiments qui auraient pu la compromettre ; sous le ciseau du sculpteur, les passions trop ardentes, les mouvements impétueux devenaient plus modérés, rentraient dans la mesure. Quelques œuvres sembleraient, de prime abord, faire exception : ainsi le *Laocoon*, les *Lutteurs*, le *Discobole ;* mais qu'on les considère plus attentivement, et l'on reconnaîtra qu'elles ne s'écartent pas des règles généralement suivies alors autant que l'on serait porté à le croire. Ainsi, dans le *Laocoon*, nous voyons assurément l'expression d'une situation violente, désespérée; cependant il est facile de constater que, dans ce groupe, ce n'est pas l'action qui domine ; on voit moins des personnages qui luttent que des personnages qui souffrent, encore cette souffrance n'est pas dépourvue de calme ; les muscles des membres sont contractés, mais ils ne sont pas crispés.

Il serait faux, et injuste d'ailleurs, de dire que l'art grec n'exprimait que la beauté corporelle. Sans doute, trop souvent il fut profondément sensualiste, mais aussi, dans un grand nombre d'œuvres, il nous a montré une beauté beaucoup plus élevée, beaucoup plus complète, une beauté qui suppose la beauté de l'âme, l'harmonie de ses facultés, la prédominance de l'intelligence et de la volonté sur les tendances grossières et vicieuses.

27. — La Force, par Paul Dubois (*Tombeau de Lamoricière*).

Surtout dans les esprits les plus cultivés, les idées religieuses s'é-
taient heureusement modifiées. Jupiter n'était plus seulement le fils
révolté de Saturne, il était devenu une puissance intelligente et morale. On conserve au Vatican un buste en marbre de Jupiter, présumé à bon droit l'œuvre de Phidias ; c'est bien le maître des dieux
tel que dut le concevoir l'immortel sculpteur, idéal pour l'âme et
pour le corps. Toutes les formes sont larges et grandes, mais mesu-
rées, pleines de suavité et de noblesse ; la chevelure abondante couronne le front sans le voiler, et retombe en boucles nombreuses le
long des joues et sur les épaules : au-dessous de ce vaste front que
l'éternelle méditation semble avoir rendu plus proéminent vers le
milieu, le regard profond se dérobe sous d'épais sourcils ; les narines
sont gonflées par la fierté et marquent aussi de la bienveillance ; la
barbe s'écarte pour montrer un sourire de mansuétude et d'ineffable
tendresse, et sur tous les traits semble s'épanouir la fleur brillante d'une
jeunesse impérissable. Dans le même musée, on voit une tête de Junon
d'une admirable beauté ; les lèvres sont sensuelles, mais la partie
supérieure de la tête est empreinte d'une fierté noble et grande ; une
statue de la *Pudeur*, d'un caractère bien différent et très belle aussi.
Nous voudrions citer un plus grand nombre de ces statues dont les
reproductions suffisent pour enrichir nos musées ; nous voudrions
analyser l'*Ilissus*, le *Thésée* et bien d'autres, les limites dans lesquelles nous devons nous maintenir ne nous le permettent pas.

L'art que Phidias et Praxitèle avaient porté si haut, quand il se
mit au service de l'Empire romain, déclina rapidement. Rappelons
seulement ces paroles de Pline dans lesquelles on ne voit que trop
ce que la sculpture était devenue de son temps : « Aujourd'hui, dit-
il, les portraits ne représentent plus l'effigie vivante des personnes,
mais leur luxe et leur opulence. La mollesse des mœurs a perdu les
arts : parce qu'on a négligé l'image des âmes, on néglige aussi celle
des corps... *Et quoniam animarum imagines non sunt, negliguntur
etiam corporum* (1).

(1) Cité par Charles Blanc, *Grammaire des arts*, p. 477.

ARTICLE II

LA SCULPTURE AU MOYEN AGE, SPÉCIALEMENT EN FRANCE.

Au moyen âge se forma un art nouveau qui atteignit dans la première moitié du XIIIᵉ siècle le caractère et les qualités qui le distinguent ; les figures, dont il a décoré les porches et les murs de nos cathédrales, sont le digne complément de l'architecture ogivale.

Cet art fut essentiellement spiritualiste. La plus grande préoccupation du sculpteur était l'expression de la pensée et du sentiment ; les formes extérieures n'étaient jamais pour lui que l'enveloppe de l'idée. L'honneur était surtout à l'âme comme au maître du logis (1). Le corps était même parfois amaigri et recevait peu de mouvement ; et, par suite de cette simplification, le regard se porte d'abord sur ces faces doucement inclinées qu'anime avec tant de charme une angélique piété. D'ailleurs, ces saints et ces saintes, ces anges, aux ailes déployées n'ont point à porter les fardeaux, qui courbent vers la terre ; il semble que plus de force physique leur serait inutile. Avec cette taille plus élancée, le corps lui-même à la suite de l'âme, paraît plus léger pour s'élever vers le ciel.

Quelquefois, le peu d'espace réservé à chacune de ces statues contribue beaucoup à leur donner des poses plus raides, des tailles plus amaigries ; mais si le sculpteur, gêné par cette situation, après l'avoir acceptée, en tire avantage, l'expression qu'il donne à ses personnages ne perd rien de sa valeur, et il a plus le mérite d'avoir surmonté une difficulté (2). Le plus souvent le sculpteur ne subissait aucune contrainte et procédait en toute liberté, il ne suivait dans ses procédés que le sentiment qui l'inspirait.

(1) Hugues de Saint-Victor.
(2) Des critiques exagérant cette difficulté ont voulu en tirer parti pour proscrire non seulement non seulement la statuaire qui décore les édifices du style ogival, mais le style ogival lui-même comme incompatible avec la bonne sculpture. Les sculptures admirables qui décorent les cathédrales du moyen âge répondent éloquemment à de semblables reproches. Peut-être pourrait-on réclamer avec raison contre les groupes posés dans les voussures de ses portes et suspendus contre toutes les lois de l'équilibre ; mais il serait facile de faire droit à cette critique en remplaçant ces groupes par des feuillages.

Ajoutons qu'il y aurait une grossière erreur à supposer que la
naïveté et le sentiment religieux étaient les seuls guides des bons
imaigiers du XIIIe siècle. Ces hommes possédaient une science très
approfondie de leur art. Il suffirait, pour s'en convaincre, de discuter quelques-unes de leurs œuvres. Que l'on considère, par exemple,
quelques-unes des statues placées dans la partie supérieure de l'édifice ; on voit comment la pose du personnage, la proportion de ses
différents membres sont parfaitement calculées pour que, vu d'en
bas, il produise bon effet. Ces statues, vues dans l'atelier, avec ce
cou allongé, ces jambes rapetissées, ces draperies rapprochées des
pieds pour ne point laisser voir de dessous désagréables, seraient
assez défectueuses, mais, dans la place qu'elles occupent, elles sont
admirables (1).

On peut aussi remarquer comment, dans un très grand nombre
de ces statues, la pose du personnage est parfaitement calculée pour
faire valoir le vêtement qu'il porte. En effet, pour faire une bonne
figure vêtue, il ne suffit pas de prendre une statue grecque et de la
couvrir d'un vêtement ; ce procédé ne pourrait produire, et n'a produit, quand il a été employé, qu'un mauvais résultat. Toute la pose,
le jeu des hanches, le mouvement des bras, doivent être calculés en
vue du costume que porte le personnage. Or il est facile de reconnaî-
tre que les artistes du XIIIe siècle et du XIVe siècle avaient parfaitement compris cette loi.

L'art du moyen âge et l'art grec avaient employé des formes et
des moyens très différents, et ils n'avaient point, en effet, à exprimer le même genre de beauté. Nous n'attribuerons point à la sculpture du XIIIe siècle le même degré de perfection qu'à la sculpture
du siècle de Périclès, mais nous pouvons dire sans crainte qu'elle
était dans une voie vraie et qu'au fond elle suivait la même loi qu'a-
vait suivie l'art grec ; elle exprimait avec une sincérité parfaite et
une grande habileté la beauté qu'elle avait mission de nous manifes-
ter. Un habile critique ne craint pas de pousser plus loin le rapprochement entre l'art du moyen âge et l'art grec : « Si je disais que,
parmi les statues du moyen âge, celles qu'on peut sans crainte appeler des chefs-d'œuvre, vrais modèles de sentiment moral et d'ono-

---

(2) Qu'il nous suffise de citer en ce genre les anges placés sous les pinacles des contreforts de la cathédrale de Reims, les statues de la galerie des Rois d'Amiens.

tion religieuse, sont conçues et exécutées dans l'esprit de l'école de Phidias, j'aurais l'air de faire un paradoxe, et pourtant je n'affirmerais que la chose du monde la plus facile à démontrer. Une madone du xiiie siècle, drapée et modelée naïvement par un habile *imaigier* qui n'a pas vu d'antiques, mais qui consulte la nature, tout en obéissant à la foi, ressemble plus à une statue de Phidias et en reproduit mieux les beautés essentielles qu'un marbre sculpté à Rome, au temps des Antonins, par un savant et subtil praticien venu de Sicyone ou d'Athènes (1). » Rappelons en finissant d'autres paroles, non pas d'un critique, mais d'un artiste dont l'appréciation en faveur de la statuaire du moyen âge aura d'autant plus d'autorité que lui-même a réussi aussi dans la sculpture, mais en suivant des procédés très différents. « Plus je vois les monuments gothiques, écrivait David d'Angers, plus j'éprouve de bonheur à lire ces belles pages religieuses si pieusement sculptées sur les murs séculaires des églises. Elles étaient les archives du peuple ignorant ; il fallait donc que cette écriture devînt si lisible que chacun pût la comprendre. Les saints sculptés par les gothiques ont une expression sereine et calme, pleine de confiance et de foi. Ce soir, au moment où j'écris, le soleil couchant dore encore la façade de la cathédrale d'Amiens, les visages calmes des saints de pierre semblent rayonner (2). »

Les qualités délicates et précieuses qui avaient distingué l'art du xiiie siècle s'altèrent au xive et surtout au xve siècle. La grâce de l'expression n'est plus aussi naïve, quelquefois les poses sont tourmentées, le sentiment devient maniéré et tourne à l'affectation.

Il ne faut pas croire, cependant, qu'au xve siècle il ne se produisit aucune œuvre remarquable ; il en est une que nous pouvons citer sans crainte et qui date de la fin du xve siècle, c'est le tombeau de François II et de Marguerite de Foix, qui avait été exécuté dans l'église des Carmes à Nantes et qui est placé maintenant dans la cathédrale de la même ville. Dans cette œuvre, dont l'auteur est Michel Columb, nom peu célèbre, il est vrai dans l'histoire de l'art, on retrouve l'expression des convictions profondes et de la ferveur du moyen âge, et l'on peut y admirer en même temps une habileté d'exécution qui surpassait tout ce qui avait été fait jusqu'alors.

---

(1) M. Vitet, t. I, p. 38.
(2) Cité par Reichensperger dans l'*Art gothique*, p. xxxiii.

Chateaubriand ne craignait pas de dire que ce monument était le chef-d'œuvre de l'art catholique en France (1). Le tombeau du cardinal d'Amboise dans la cathédrale de Rouen, ceux de Marguerite de Bourbon et Philibert de Savoie, dans l'église de Brou, sont plus riches de détails et de découpures qui charment le regard, mais ils ont moins de valeur réelle. Michel Columb a aussi sculpté le beau groupe de la mise au tombeau que l'on voit dans la chapelle de l'abbaye de Solesmes.

ARTICLE III

La Sculpture a la Renaissance, spécialement en Italie.

Sans affaiblir les éloges que nous venons de donner à la sculpture pendant les siècles du moyen âge, nous pouvons dire qu'elle devait

---

(1) Sur ce tombeau, les princes sont représentés revêtus des insignes de leur puissance, les mains jointes et comme endormis du sommeil le plus calme. Autour de leur couche se range tout un imposant cortège. Aux angles sont les vertus qu'ils ont pratiquées pendant leur vie : la Prudence, la Tempérance, la Force, la Justice ; sur les côtés, les apôtres, ces colonnes de l'Eglise dont ils ont été, eux aussi, les fidèles serviteurs ; à la partie antérieure, les saints qu'ils avaient eus pour patrons ; à l'autre extrémité, les hommes les plus illustres qui ont gouverné la France, Charlemagne et saint Louis. Trois anges dominant le mausolée semblent attendre le réveil qui associera à leur félicité ceux dont ils protègent la dépouille avec les regards de la plus tendre sollicitude.

Dans l'angle le plus saillant, on voit la statue de la *Tempérance*. Avec un regard extatique, habitué à pénétrer les visions du monde surnaturel, elle tient d'une main le frein avec lequel elle se modère elle-même, et de l'autre l'horloge pour régler son temps.

Dans l'angle le plus saillant à droite on voit la *Force*. Revêtue d'une cuirasse et avec un casque sur la tête, elle arrache un monstre d'une tour en ruines ; c'est le Mal dont elle se rend maîtresse. A gauche est la *Justice*.

A droite on voit la *Prudence*. Avec un regard tourné vers le passé, exprimé par la figure d'un vieillard ingénument placée en arrière, sous la coiffure, elle tient d'une main un miroir dans lequel elle s'observe, non pour satisfaire sa vanité, on le voit bien, mais pour s'observer dans ses pensées et dans les mouvements de son âme : c'est un examen de conscience qu'elle fait ; et si l'autre main elle tient un compas, c'est qu'elle mesure toutes ses démarches et règle ses actions avec sagesse.

Assurément, nous préférons ces images à celle d'un squelette armé d'une faux ou à celle d'un cadavre soulevant le couvercle de son cercueil et à bien d'autres représentations lugubres que l'on a trop souvent placées sur les tombeaux dans nos églises. La mort pour nous donner d'utiles leçons n'a pas besoin de tout cet appareil repoussant ; elle peut prendre le langage que lui a fait parler Michel Columb Ce langage est sévère, mais plein de suavité et d'une douce mélancolie, et il n'est pas sans poésie.

chercher à réaliser des progrès. L'art chrétien se donne pour mission de traduire les qualités les plus élevées de l'intelligence et du cœur ; il ne pourra donc jamais trouver des formes trop choisies, trop pures, trop expressives. « Le but de l'art, disait souvent Simart, doit être de faire vivre le sentiment chrétien sous la belle forme de l'antiquité. »

Ainsi que nous l'avons dit dans l'histoire de la peinture, à partir de la fin du xiiie siècle, on étudia avec plus d'attention la nature, et, à partir de la fin du xie siècle, on étudia avec ardeur les chefs-d'œuvre de la Grèce. Malheureusement on emprunta aussi à l'antiquité son sensualisme. La sculpture fut atteinte plus profondément que la peinture dans ses forces vitales.

La France avait devancé l'Italie par les belles sculptures dont elle avait orné ses cathédrales. La façade de Notre-Dame de Paris était terminée que l'école de Pise ébauchait ses premières sculptures. Mais l'Italie devança de beaucoup la France dans le retour à l'antiquité. Tout en condamnant les écarts, nous devons dire un mot de ce mouvement artistique et signaler ses principales productions.

Nicolas de Pise, le premier, s'efforça d'imiter les bas-reliefs d'un sarcophage ancien ; mais ce modèle était de l'époque romaine et n'avait pas la belle simplicité des œuvres de la Grèce. Ses travaux et ceux de ses élèves montrent de la recherche ; ils n'ont pas la perfection et la noblesse qu'André de Pise sut faire paraître dans la sculpture de l'une des portes du baptistère de Florence.

Vinrent ensuite Jacopo della Quercia qui posa ses figures avec une grâce inconnue jusqu'alors ; Orcagna, qui, comme beaucoup de ses contemporains, était architecte, sculpteur et peintre ; il exécuta un bel autel pour l'église San-Michele à Florence.

Ghiberti réalisa de plus grands progrès encore et se rendit célèbre par la sculpture des portes du baptistère de Florence, si belles que Michel-Ange les proclamait dignes d'orner l'entrée du Paradis. Donatello, son rival et son ami, travailla surtout pour les Médicis ; il ne sut pas donner à ses œuvres la grandeur du style et cette beauté qui résulte de l'expression d'un sentiment élevé. Antoine et Bernard Rosellini, en répandant dans toute l'Italie leurs œuvres élégantes et faciles, accentuèrent aussi le mouvement vers le paganisme.

Lucca della Robia avait été ému par les prédications de Savo-

narole, mais il ne chercha point à réagir ; il se préoccupait surtout
de trouver des émaux dont il coloriait ses figures de vierges en-
cadrées de guirlandes de fleurs et de fruits.

Verocchio produisit deux œuvres importantes : la statue équestre
de *Bartolomeo Colleoni*, pour Venise, et le groupe de *Saint Thomas
touchant la plaie du Christ*, pour l'église de San-Michele à Florence.

L'artiste qui eut à la Renaissance une influence prépondérante
fut Michel-Ange. Sans doute il faut reconnaître son génie, sa science
incomparable. Il étudia avec passion l'anatomie et il en acquit la
connaissance à un degré tel qu'il laissa loin derrière lui tous ses devanciers et qu'aucun de ceux qui l'ont suivi, même après avoir pro-
fité de ses leçons, ne peut lui être comparé. Ce qui est plus précieux,
il eut au plus haut degré la science d'animer le marbre, que d'autres
savent polir et arrondir sans jamais lui communiquer la vie. Nous
reconnaissons donc son immense talent qui efface celui de tous ses
rivaux.

Nous voudrions n'exprimer que de l'admiration pour son *Moïse*.
Assurément nous reconnaissons la puissante intention de l'artiste.
Il lisait assidûment la Bible ; il avait conçu une grande idée du
confident de Jéhovah, du conducteur du peuple de Dieu. Mais, pour
réaliser sa conception, il a pris des moyens extraordinaires, des
formes qui ne sont plus dans les conditions de la beauté plastique.
Les traits du visage semblent s'agiter, mais la saillie du menton
est demesurée ; les cornes qui sont fixées sur le front représentent mal des rayons de lumière ; cette barbe qui ruisselle en flots
abondants, et qui va jusqu'à recouvrir les Tables de la Loi, finit par
être longue et serait bien embarrassante ; le costume, avec ce paquet
de draperies jeté sur le genou droit, est bien étrange ; tout dans cette
physionomie est inusité et semble ne plus appartenir aux formes ordinaires de la nature. Phidias, pour rendre majestueux son *Jupiter*,
l'avait fait colossal, mais en augmentant régulièrement les proportions et en conservant la correction des détails. Michel-Ange n'a pas
respecté cette loi première de la statuaire. Le grand caractère de
Moïse nous est donc indiqué, mais par des moyens qui ne sont pas
dans les conditions de la beauté plastique. Ceux qui comprennent
cette grande physionomie admirent ; ceux qui ne voient que l'exagération des formes restent froids ou mécontents.

Nous pouvons reconnaître toute la perfection des figures que fit Michel-Ange pour la chapelle des Médicis et que l'on a nommées le *Jour et la Nuit*, l'*Aurore* et *le Crépuscule*. Elles ont au plus haut degré le cachet de grandeur et de puissance dont l'artiste marquait toutes ses œuvres ; mais elles n'en sont pas moins d'une nudité inconvenante ; et comment ne pas s'étonner de les voir sur des tombeaux, seraient-ce ceux de la famille qui a le plus contribué au retour de l'art vers le paganisme?

Nous pouvons admirer du moins sans réserve le groupe de *Notre-Dame de Pitié* placé dans une des chapelles de Saint-Pierre de Rome et par lequel le grand sculpteur a prouvé que, s'il savait animer le marbre, il pouvait aussi lui faire exprimer le calme de la mort. Le corps du Sauveur, reposant avec abandon sur les genoux de sa mère, est bien privé de la vie ; cependant il est sans raideur désagréable, et ses formes sont d'une élégance parfaite. C'est ainsi que toujours devrait être présentée à la vénération des fidèles, l'image de celui qui fut le plus beau des enfants des hommes et mourut crucifié, mais sur lequel la mort ne devait point avoir d'empire.

Toutes les œuvres de Michel-Ange ont une grande valeur; mais son influence contribua beaucoup à lancer l'art dans une voie fâcheuse. Il s'était passionné pour la beauté exprimée par tout le corps, et, comme un nouveau Prométhée, il pouvait faire sortir d'un bloc de pierre un homme qui semblait doué de la vie : il s'égarait au point de vue de l'expression du sentiment religieux, il faisait de l'art, mais du moins c'était de l'art grand et élevé. Ceux qui voulurent marcher sur ses traces n'eurent pas sa science et son énergie ; souvent ils se sont perdus dans des études de musculature, et souvent aussi ils ont recherché des nudités qui s'adressent aux passions les plus mesquines et les plus grossières.

Dans les temps modernes, Canova acquit une grande célébrité ; il étudia l'antiquité plus que ne l'avait fait Michel-Ange ; aussi il est resté plus froid que lui et il s'est distingué surtout par l'habileté du ciseau.

Un Danois, Thorwaldsen, se fit aussi l'imitateur des anciens, tout en faisant paraître dans ses œuvres la dureté de son tempérament d'homme du Nord.

ARTICLE IV

LA SCULPTURE EN FRANCE A LA RENAISSANCE ET DANS LES TEMPS
MODERNES.

Nous avons signalé les œuvres de Michel Columb comme les dernières productions du moyen âge, et aussi les plus parfaites parce
qu'elles présentent au plus haut degré des pensées graves et le sentiment religieux uni à la correction de la forme.

L'enthousiasme pour la Renaissance italienne était le trophée le
plus brillant que Charles VIII avait rapporté de ses conquêtes, et le
mouvement fut si prompt que le goût nouveau marqua son empreinte
sur les arabesques qui encadrent les œuvres de Michel Columb à
Nantes et à Solesmes.

Au XVI\ siècle se distinguèrent Jean Goujon (1512-1572) et Germain Pilon. Le premier est le plus célèbre des sculpteurs français.
Ses œuvres les plus remarquables sont la *Fontaine des Innocents* et
les cariatides de la salle des Cent-Suisses. Sur la *Fontaine des Innocents* on admire dans d'étroits cadres de pierre, modelées en bas-
reliefs avec la plus grande habileté des nymphes dont un critique
n'a pas craint de dire qu'elles « sont l'idéal de la grâce (1) » ; et cependant nous ne croyons pas qu'elles atteignent la perfection de
l'art antique. Les cariatides de la salle des Cent-Suisses sont encore
plus éloignées de cette perfection, bien qu'elles soient « les plus belles
qui aient été faites après celles de l'Erectheium (2) ». Sans doute, il
y a dans leur pose de la fermeté et de la souplesse, elles sont immobiles sans être inertes, mais leurs têtes, trop individualisées, ne conviennent pas à de tels corps. Il semble que l'artiste a voulu donner à
leurs traits ce genre de beauté que l'on appelle le joli, et un joli
visage ne convient pas à des colosses.

Germain Pilon fut le rival de Jean Goujon, mais en lui restant
très inférieur. Il savait varier sa manière selon les sujets qu'il traitait, donner à ses œuvres de la force ou de l'élégance, mais parfois

(1) Gustave Planche, *Portraits d'artistes*, p. 170.
(2) Le même auteur, *Article sur Jean de Goujon*.

aussi il devenait maniéré. Ses figures ont bien moins de grandeur que celles de Jean Goujon, l'ajustement et l'exécution de leurs draperies laissent souvent à désirer.

Au XVIIᵉ siècle, deux sculpteurs, Simon Guillain et Jacques Sarrazin, entreprirent de renouveler l'art qui avait beaucoup faibli dans la dernière moitié du siècle précédent. Ils auraient pu revenir aux traditions de l'art français, étudier les figures qui ornent nos cathédrales, mais le goût de l'époque ne les dirigeait pas de ce côté. Le moyen âge était méconnu et injurié. Ils allèrent donc en Italie, étudièrent avec passion les œuvres de Michel-Ange, puis revinrent en France interprétant le style du maître et le modifiant chacun selon ses dispositions naturelles. Simon Guillain, dont la plupart des œuvres ont été détruites dans la Révolution, demeura plus large, plus, ferme, plus grand dans sa manière. Jacques Sarrazin fut plus animé, plus gracieux. Ses cariatides du pavillon de l'Horloge au Louvre sont assurément une œuvre très intéressante ; toutefois, ces figures, par l'animation de leur pose, sortent du rôle qu'elles ont à remplir.

A la suite de ces maîtres et se transmettant leur enseignement, vinrent les Anguier, Girardon, Lerambert, Coysevox, Coustou, Bouchardon, les deux Lemoyne, Pierre Puget qui occupe une place à part dans l'histoire de la sculpture en France.

Après avoir travaillé à des proues de navires dans les chantiers de Marseille, Pierre Puget, lui aussi, partit pour l'Italie, sans autre ressource que son travail : il acquit une telle habileté dans les trois arts du dessin, qu'il mérita le nom de Michel-Ange français. En architecture, il avait le sentiment du grandiose ; dans la peinture il composait avec sagesse et parfois il arriva à un excellent coloris. Son œuvre la plus remarquable est le *Milon de Crotone*.

A l'époque de Louis XV, le goût était corrompu ; la sculpture, comme la peinture, entra dans la voie la plus fausse ; il n'y eut plus de simplicité, ni de vérité ; la nature fut réputée pauvre, l'antique froid et sans caractère. On prétendit tout créer, même la forme. L'esprit le plus pesant affectait de la fougue, de l'inspiration et de l'enthousiasme. La recherche fut prise pour de la grâce, la raideur pour de l'énergie. Des sentiments outrés, des attitudes maniérées, des membres contournés, des draperies pesantes et entortillées : tel fut le sublime de l'art. Les défauts produits par un tel aveuglement

28. — Le Parthénon, construit par Phidias.

devenaient plus choquants dans la sculpture que dans la peinture par l'isolement et l'immobilité du marbre.

Pendant le règne de Louis XV, quelques artistes essayèrent de revenir à la nature, d'autres étudièrent l'antiquité, mais ces efforts en différents sens eurent des résultats peu marqués.

Nous venons de le voir, depuis la Renaissance, on avait vécu surtout des souvenirs de l'antiquité ou bien, l'on s'arrêtait aux enseiguements de Michel-Ange. Sans doute, pendant les périodes que nous venons de parcourir, l'habileté du ciseau ne faisait pas défaut. Les artistes des XVIe et XVIIe siècles avaient une connaissance très approfondie des procédés matériels de leur art. Ils savaient même donner à leurs œuvres des qualités d'expression très importantes, cette clarté qui fait qu'on les comprend à première vue, de l'abondance dans la composition, de la dignité et de la grandeur dans le style. Mais la valeur de ces œuvres fut le plus souvent compromise parce que les artistes se préoccupaient d'emprunter à l'antiquité, non seulement ses procédés, son langage, mais ses idées ; ils s'oubliaient à nous redire ce qu'elle avait dit. Ils choisissaient de préférence des sujets mythologiques. Souvent même, quand la pensée de l'œuvre leur était imposée, ils la faussaient par la manière dont ils l'interprétaient, afin de la faire voir à travers les formes dont ils étaient idolâtres. Germain Pilon, chargé par Catherine de Médicis d'élever un monument à la mémoire d'Henri II son époux, sculpta le groupe des *Trois Grâces* et, en représentant ces figures se tenant par la main, il prétendait exprimer l'union qui avait régné entre la reine et son époux, dont le cœur était renfermé dans une urne portée par le groupe. Cet écart de l'un des premiers artistes de la Renaissance ne montre que trop une manière de procéder qui fut presque générale. L'art eût été bien supérieur si, en consultant l'antiquité, il avait su rester français et chrétien quand il devait l'être ; mais souvent il n'était pas français, et il ne pouvait pas être sincèrement chrétien ; les artistes qui travaillaient pour les églises se préoccupaient davantage encore des dieux et des déesses dont ils devaient orner les jardins de Versailles. De tous les arts, la sculpture fut celui qui fut le plus profondément imprégné du paganisme de la Renaissance.

Pradier et David ont été les deux sculpteurs les plus célèbres au

XIXe siècle, mais ils se sont distingués d'une manière très différente. Le premier n'a traité que des sujets mythologiques. Toute sa préoccupation était pour l'exécution et la perfection de la forme. Il avait une habileté de main exceptionnelle ; mais il dédaigna la réflexion au point qu'il n'aurait pu faire un bon portrait. Si l'œil, en effet, peut constater la forme du visage, il faut que la réflexion intervienne pour lui donner l'expression qui lui convient. Pradier a toujours estimé la forme et dédaigné la pensée. Or, c'est par la pensée que l'homme arrive à marquer sa place dans l'histoire. Cet artiste, en réduisant son art au maniement du ciseau, a fait fausse route ; par l'exécution il se rapproche des maîtres de la Grèce et il serait admis dans leurs rangs glorieux s'il n'eût méconnu le caractère dominant de son art : la chasteté (1).

David (1789-1865) dont le ciseau fut toujours chaste et noble, délaissa complètement les personnages mythologiques pour célébrer les gloires de la patrie, et nous ne saurions le louer assez pour cette mission qu'il se donna et qu'il remplit d'ailleurs, non seulement avec un grand éclat, mais avec un généreux désintéressement, économisant sur le salaire de ses travaux lucratifs pour en exécuter de gratuits. Ses œuvres si elles ne sont pas irréprochables, ont assurément des qualités incontestables et très précieuses. Elles ont un caractère éminemment dramatique (2).

La sculpture ne doit exprimer que des situations relativement calmes, des attitudes plutôt que des mouvements. Elle doit toujours, dans ses productions, offrir à notre regard la correction et l'harmonie générale des lignes. Mais nous faisons plus de cas que l'antiquité de la beauté morale, et, forcément, dans les œuvres de l'art moderne, par la nature des sujets qui sont traités, cette beauté prend une importance beaucoup plus grande.

Des critiques ne remarquant pas comment cette voie que doit suivre l'art moderne est toute différente de celle qu'a suivie l'art antique, déplorent amèrement le sort de nos sculpteurs, moins favorisés que ceux de l'antiquité pour l'étude du modèle vivant. Ils disent que la sculpture, par suite de cette situation désavantageuse faite

(1) Gustave Planche, *Portraits d'artistes*, II, p. 372.
(2) On cite cette parole d'une vieille femme à la vue de la statue du grand Condé, la première que donna l'artiste à son retour d'Italie : « Ma fine, c'est comme l'orage. »

à l'artiste, ne saurait fleurir désormais. Ils seraient tentés d'ajouter que le plus sage pour elle serait d'abdiquer. Sans doute, si l'art moderne ne devait que continuer l'art antique, il ferait sagement en se déclarant incapable de remplir un semblable mandat. Mais non, plus glorieuse est sa mission. Il doit exprimer surtout la beauté de l'âme bien supérieure à la beauté du corps, et cette beauté, il l'exprimera sans doute par tout le corps, par la pose, le geste du personnage, mais il la fera briller surtout dans les traits du visage. Nous n'avons donc point à regretter si amèrement que les membres ne nous soient montrés que sous le vêtement.

La question du nu dans la peinture et la sculpture est très importante ; faisons sur ce sujet quelques observations et posons des principes.

Sans doute, une statue vêtue peut être d'un sentiment plus immoral qu'une autre qui ne serait pas vêtue ou le serait incomplètement.

Nous savons aussi que l'art peut ne pas se donner pour mission de prêcher la morale : son objet est d'exprimer la beauté. Parfois il peut ne nous faire admirer que la beauté physique ; mais il ne doit pas prétendre nous la faire admirer en violant les lois de la morale.

La pudeur est la fleur de la plus belle des vertus, la chasteté : elle en est l'ornement et l'indice. Elle peut donner à la beauté physique elle-même un éclat qui est sans doute un reflet de ce vêtement de lumière qui enveloppait nos premiers parents dans le paradis terrestre. « Si votre œil est simple, nous dit l'Evangile, tout votre corps sera lumineux. » Mais, dans la déchéance où nous sommes, la beauté corporelle ne saurait se produire sans ces voiles que Dieu lui-même imposa à Adam et Eve après leur faute. Et si la pudeur est comme un vêtement dont l'âme aime à s'envelopper, celui qui veut nous faire admirer la beauté corporelle dans une œuvre d'art doit avoir un profond respect pour ce sentiment délicat ; et s'il prétend réussir en méprisant ces légitimes susceptibilités, si son inspiration est licencieuse, s'il s'adresse aux mauvaises passions, ce n'est plus la lumière qu'il recherche et qu'il répand sur son œuvre, ce sont les ténèbres : *Vide ergo ne lumen quod in te est, tenebræ sint*, et ce n'est plus le sentiment de la beauté qu'il excite en nous. « Qu'un artiste se complaise dans la reproduction de formes voluptueuses, en agréant aux sens, il trouble, il révolte en nous l'idée chaste et pure de la beauté (1) » Du moins sûrement avec la beauté physique il fait paraître dans son œuvre le vice, la laideur morale.

Souvent l'artiste, sans avoir des intentions perverses, mais avec un esprit vide de pensées, préoccupé surtout de questions de métier, se complaît dans l'exécution du nu, et il le met dans son œuvre beaucoup plus que le sujet ne le réclame ; il produit aux regards du public des études qui devraient rester à l'atelier, qui n'ont d'intérêt que pour les artistes et quelques critiques, mais laissent le public froid et indifférent ou satisferont tout au plus une curiosité malsaine. Que l'artiste le sache donc bien : son œil exercé ne remarque pas la nudité parce qu'il est captivé par l'élégance et la perfection des formes, mais le public qui ne sait point apprécier cette élégance et cette perfection ne voit au contraire que la nudité.

Souvent, non seulement l'artiste dépense son intelligence et son activité à parfaire des formes dont il est trop idolâtre, mais son inspiration est mauvaise. Celui qui choisit tel sujet pour avoir l'occasion d'exhiber des nudités veut le scandale et il ne manquera pas de le produire.

Disons toute la vérité : trop souvent les artistes veulent flatter les mauvais instincts de la foule et surtout des acheteurs, et ceux-ci se rendent coupables à leur tour. « Praxitèle, ayant exposé dans l'île de Cos, pour être vendues au même prix, deux *Vénus* dont l'une était nue et l'autre vêtue, celle-ci fut préférée parce qu'elle était plus modeste (2). » Le contraire arriverait aujourd'hui.

Et cependant les œuvres de ce genre à notre époque sont plus mauvaises à tout point de vue que celles de l'antiquité. Elles sont moins réussies parce que ceux qui les exécutent sont dans des conditions moins favorables que ne l'étaient les artistes grecs. Elles sont plus pernicieuses parce qu'elles sont le fruit d'une mauvaise inspiration, et qu'elles sont faites au mépris des lois morales, que tous n'observent pas, parce que tous n'en ont pas le courage, mais auxquelles tous rendent au fond de leur cœur un secret hommage.

Le christianisme n'a point amoindri nos jouissances esthétiques. Il nous a mieux fait comprendre la valeur de la beauté morale et il en a élevé l'idéal, et nous devons lui en être reconnaissants.

---

(1) V. Cousin.
(2) M. le comte de Grimouard de Saint-Laurent, *Guide de l'Art chrétien*, tome I, p. 276.

Ce que nous venons de dire est vrai pour la peinture comme pour la sculpture, avec cette différence que, si la sculpture donne le relief complet des formes, la peinture a plus de séduction par le charme de la couleur, et, par là-même, elle est tenue à plus de réserve.

Le costume moderne offre des difficultés particulières, mais l'artiste n'a pas seulement à nous représenter des personnages qui ont appartenu au XIXe siècle. De plus, il n'est pas impossible de tirer un parti convenable, même du costume moderne. David d'Angers, à l'occasion duquel nous sommes entré dans cette discussion, par la manière dont il a traité ce costume, en l'interprétant avec une sage liberté, a suffisamment prouvé que, pour faire de la sculpture monumentale, il n'est pas nécessaire de draper des Français dans la toge romaine.

David fut novateur avec un heureux équilibre de savoir et d'audace. Ses œuvres, toutes d'élan, manquent peut-être parfois d'harmonie et d'unité, de ces qualités qui se trouvaient au plus haut degré dans l'art antique et qui ne sont pas incompatibles avec l'expression dramatique du sentiment. L'art moderne doit s'efforcer de plus en plus d'accomplir cette conciliation, importante et difficile, il est vrai, mais qui doit assurer son triomphe.

CHAPITRE VIII

ARCHITECTURE

Préliminaires. — Différentes conditions de beauté d'un monument

Vitruve, architecte de l'empereur Auguste, résumait en trois mots les principes qui doivent présider à la construction de tout édifice. Il faut avoir égard, disait-il, à l'utilité, à la solidité, à l'agrément : *Hæc autem ita fieri debent, ut habeatur ratio utilitatis, firmitatis, venustatis.*

En effet, il faut d'abord songer à l'utilité. Toute construction doit être parfaitement appropriée à l'usage que l'on en veut faire.

Il faut songer ensuite à la solidité de l'édifice : qu'il soit solide, riche autant que possible, sans frais inutiles. Nous demanderons même que l'édifice, non seulement soit construit dans les meilleures conditions de stabilité, mais se présente à notre regard avec des apparences de solidité et de durée.

Ces deux premiers principes sont importants ; cependant, nous n'avons point à nous en occuper : ils appartiennent pour ainsi dire à l'industrie. L'art doit les respecter fidèlement, mais son mérite sera de donner à ses productions la troisième qualité réclamée par Vitruve, la beauté (1).

_____

(1) Viollet Le Duc, dans ses *Entretiens sur l'architecture*, dit que « pour l'architecture, l'art c'est l'expression sensible, l'apparence pour tous d'un besoin satisfait ». (XIIe entr. p. 24). Cette notion de l'art pour l'architecture est incomplète et fausse. Un monument pourrait exprimer parfaitement le besoin qu'il satisfait et n'avoir aucune beauté, aucun intérêt au point de vue de l'art proprement dit, à moins que, parmi les besoins que le monument doit satisfaire, on ne compte celui que nous avons de la beauté. Mais évidemment ce n'est pas le sens de la définition, laquelle désigne seulement par besoin l'usage que l'on doit faire de l'édifice.

De tous les arts, l'architecture est celui qui emploie les moyens les plus matériels ; plus qu'aucun autre, il doit donc observer les conditions qui appartiennent à l'élément sensible et que nous admirons dans les œuvres de l'architecte suprême : l'unité, la variété, la proportion, l'harmonie.

Tout système architectural est soumis à cette loi qui se prête elle-même à des combinaisons de formes très différentes, mais ne perd jamais ses droits. Des édifices construits à de longs intervalles de temps, sous des influences diverses de mœurs et de climat, pourront se montrer avec des apparences très différentes ; mais si nous les jugeons beaux, c'est que nous y reconnaissons ces conditions d'unité, de proportion, d'harmonie et de variété.

Le moyen âge procédait avec plus de liberté que l'art grec ; il compliquait davantage ses combinaisons. Cependant, lui aussi, discutait, mesurait, équilibrait pour l'œil les différents membres de la construction et les détails de l'ornementation. La basilique du XIIIᵉ siècle et le temple grec ne sont pas réglés avec le même système de proportion : ces deux édifices n'ont pas été conçus dans le même mode ; l'harmonie qui résulte de leurs formes n'est pas la même ; cependant le désaccord d'un détail avec l'ensemble, dans l'un comme dans l'autre, produirait l'effet d'une désagréable dissonance.

Cette variété de combinaisons, dans lesquelles peuvent se retrouver l'unité et l'harmonie, est assurément une ressource pour l'architecte ; mais elle est aussi pour lui une difficulté. Dans la nature, nous voyons que l'architecte suprême a diversifié ses productions à l'infini : il nous offre le spectacle de la beauté, sous les aspects les plus dissemblables dans des êtres sans nombre qui se présentent chacun avec un caractère différent. Mais l'inépuisable fécondité du Créateur ne sort jamais que volontairement des règles posées par son intelligence souveraine. L'homme, par un insigne privilège, en travaillant sur la matière, semble marcher sur les traces de Dieu, façonnant la nature physique ; mais, malheureusement, il ne connaît qu'imparfaitement les lois qui doivent le diriger. Il ne suit point des formules précises, et cette latitude qui lui est donnée rend son succès plus incertain, devient pour lui un embarras et souvent un écueil. Il arrivera que l'architecte violera gravement les lois auxquelles il ne devrait jamais contrevenir, et cela sans qu'il s'aperçoive de cet écart. Le sculpteur, reproduisant la figure humaine, pour peu qu'il ait la pratique de son art, s'apercevra sans hésitation, en comparant la copie et le modèle, d'une disproportion choquante ; mais l'architecte n'a pour guide que le sentiment et des raisonnements établis sur des données qui se modifient dans chaque œuvre nouvelle (1).

Cette latitude met l'architecte en péril ; de plus, autorisant les applications les plus diverses de principes indéterminés, bien qu'invariables, elle rend plus difficile aussi l'appréciation des œuvres produites. La critique ne se prononce plus avec la même assurance devant des édifices si différents d'aspect et dans lesquels cependant elle doit retrouver les mêmes qualités. Les opinions les plus contradictoires sont émises, non seulement sur tel édifice en particulier, mais sur un système d'architecture pris dans son ensemble. Du moins ces opinions divergentes s'accordent sur le point que nous voulons établir et sont unanimes à proclamer que les conditions d'unité, d'harmonie, de protection, sont indispensables à la beauté d'un édifice.

On a dit avec raison de l'architecture qu'elle est une musique fixée (2). Sans doute, il faut savoir l'entendre, cette musique, ou plutôt la deviner ; elle ne provoque pas notre attention en frappant notre oreille par des sons, mais elle n'en a pas moins sa vérité et ses charmes. Pythagore croyait entendre l'harmonie des sphères célestes se promenant dans l'espace (3), et son ravissement n'était pas l'effet d'une hallucination. Il y a aussi une harmonie qui résulte des lignes du monument, de ses formes générales et de ses détails.

Ces qualités, pour ainsi dire matérielles de l'architecture, sont une condition de sa beauté ; mais la condition principale de la beauté d'un édifice est l'expression.

L'architecture n'exprimera pas des pensées complexes et variées comme les autres arts ; cependant elle a son expression, une expression claire et précise, qui nous saisit et nous communique des impressions profondes.

---

(1) Les mathématiques offrent une ressource indispensable, mais le mérite le plus élevé d'une œuvre architecturale sera toujours le fruit du sentiment et de l'inspiration de l'artiste. La Renaissance qui prétendit établir des règles fixes, des formules, était en contradiction avec l'antiquité qu'elle prétendait imiter.

(2) Mme de Staël, disait de Saint-Pierre de Rome : « La vue d'un tel monument est comme une musique continuelle et fixée qui vous attend pour vous faire du bien, quand vous vous approchez. » (*Corinne.*)

(3) Cicero, *Somnium Scipionis*, X.

1º Le climat de la contrée s'impose de plusieurs manières à l'esprit de l'architecte et imprime un cachet particulier à son œuvre. Les édifices ne peuvent être construits de la même manière dans le Nord et dans le Midi. Dans le Midi, les habitations sont surmontées de terrasses sur lesquelles on peut prendre le repas du soir, ou respirer la fraîcheur de la nuit ; on n'a point à se préoccuper de donner un écoulement aux eaux de pluie très rares dans ces contrées. Dans le Nord, les toits sont très aigus, se rapprochent le plus possible de la perpendiculaire, afin que le vent ne puisse soulever la couverture. Le pignon est absent de l'Egypte, il apparaît dans la Grèce, mais très surbaissé ; il s'élève en Italie, et il devient plus aigu à mesure que l'on remonte vers les régions de la pluie et de la neige. Les autres parties de l'édifice prendront de même un caractère particulier selon la région dans laquelle il est construit.

« Enveloppée, close, frileuse, l'architecture dit clairement au spectateur : J'ai peur du froid, de la neige, de la pluie, du vent ; je suis vêtue en conséquence. Ouverte, épanouie, souriante, ornée de sculptures délicates semblables aux broderies d'un voile léger, et, peinte de couleurs vives pareilles aux fraîches nuances des étoffes de printemps et d'été, elle nous apprend en termes joyeux qu'elle est née aux rayons d'un soleil ami et qu'elle a plus d'espérances que de craintes (1). ».

Chaque contrée, avec sa physionomie avec sa végétation, avec sa flore, agira plus directement encore sur l'esprit de l'architecte, en devenant pour lui une source d'inspiration à laquelle il ne peut se dispenser de puiser : l'architecte qui vit au milieu d'un pays de plaines, dépouillé de végétation, ne produisant que quelques arbres, n'aura pas dans l'imagination les mêmes combinaisons de formes, les mêmes motifs de décoration que l'architecte qui habite un pays accidenté, sur un sol qui produit des arbres et des fleurs très variés. On le voit bien en comparant, par exemple, l'architecture de l'Inde avec celle de l'Egypte.

Les monuments seront donc en rapport avec la nature qui les encadre et dont ils ont reçu un reflet.

2º Les monuments expriment la vie, les mœurs, les convictions du peuple par lequel ils ont été construits.

(1) M. Charles Lévesque, t. II, p. 28.

Dans les autres arts, la littérature, la musique, la peinture, la sculpture, l'artiste se préoccupe surtout d'examiner l'homme, ses pensées, ses sentiments, les diverses situations de son âme : l'architecte ne se propose pas d'exprimer l'homme, mais c'est l'homme, la société qui s'imposent à sa pensée et s'expriment dans son œuvre, et c'est pour cela que les monuments rappellent avec tant de fidélité le souvenir des peuples par lesquels ils ont été élevés.

Chaque peuple écrit lui-même son histoire, imprime le cachet de son tempérament particulier, de ses mœurs, dans ses habitations privées, dans ses palais et ses monuments publics.

L'architecture des peuples de l'antiquité nous apprend que la vie publique avait pour eux une grande importance, que l'homme, alors plus que dans les temps modernes, appartenait à la société, qu'il était d'abord citoyen. Son habitation s'effaçait pour laisser paraître les monuments publics. Dans son habitation il y avait une partie considérable attribuée à la vie publique et dans laquelle il donnait audience, représentait. Là étaient les objets qui devaient être offerts aux regards des visiteurs, les tableaux généalogiques, les images des ancêtres et même les autels dressés aux dieux domestiques. — Les maisons grecques prenaient encore un caractère particulier par les appartements réservés aux femmes.

En France et en Italie, les palais des grands eurent cela de commun : avec les vastes salles dans lesquelles les rois et les seigneurs donnaient des audiences et convoquaient des assemblées nombreuses, on y voit des appartements privés où ils se retiraient et vivaient d'une vie dans laquelle ils s'appartenaient à eux-mêmes. Au contraire, celui qui visite l'Alhambra de Grenade et l'Alcazar de Séville reconnaît facilement, par l'absence complète d'appartements réservés, que les rois maures ne désiraient point s'affranchir de la vie commune et des plaisirs qu'ils trouvaient au milieu de leur cour nombreuse. Le palais de la sultane, appelée Généralife, n'est qu'une répétition de l'Alhambra, du moins au point de vue qui nous occupe. C'est le même esprit qui en a disposé les différentes parties.

L'architecture exprimera, non seulement les mœurs, mais les croyances qui font la vie de la société. C'est ainsi que les temples, sans traduire avec précision des dogmes et des doctrines, prendront un caractère particulier conforme à la religion de ceux qui les élèvent.

29. — Abbaye de Saint-Benoit-sur-Loire.

Les Grecs avaient admirablement compris les lois de la beauté plastique ; il semble que ces lois étaient passées dans leur vie et qu'elles présidaient à toutes leurs œuvres, que sous ce beau ciel, au sein de ces ravissants paysages, devant ces montagnes qui présentaient toujours au regard les plus gracieuses et les plus pittoresques découpures, et surtout au milieu de ces populations douées au plus haut degré du sentiment de l'art, rien ne pouvait se produire qui ne fût d'un beau caractère, grave et riche en même temps, harmonieux et bien proportionné. Mais, d'un autre côté, les peuples de l'Attique vivaient sous les lois d'une morale facile, ils avaient créé des dieux à leur image et ne se préoccupaient que peu des biens d'une autre vie ; le bonheur de la vie présente semblait leur suffire. Or les temples grecs ont bien l'expression de ces mœurs et de ces croyances.

Il semble, en effet, que dans ces monuments nous retrouvons l'esprit dont étaient animés Pindare et Sophocle dans leurs inimitables poésies, la raison profonde qui dirigeait Platon dans ses théories souvent sublimes. « En demeurant dans un ordre d'idées purement naturelles, dit M. l'abbé Godard, l'aspect de ces œuvres si régulières, où le nombre est calculé aussi bien que pour une délicieuse musique, je sens un calme qui n'exclut pas la vie descendre en moi, comme si mon oreille recueillait les plus solennelles paroles de la sagesse antique (1). » Et des divinités, dont l'empire ne s'élevait pas au-dessus des régions de ce monde, ne pouvaient trouver des temples plus beaux que ceux qui furent élevés dans l'Attique. Mais, d'ailleurs, dans ces édifices on ne remarque point d'aspirations vers une vie supérieure, ils sont caractérisés par les nombreux supports qui les appesantissent vers la terre, par les lignes horizontales de l'entablement. Dans la religion des Grecs, la divinité était abaissée ; le Dieu était comme écrasé sous le plafond du temple. Selon Pline, la Minerve d'or de Phidias s'élevait à 15 mètres, et l'édifice où elle était n'en avait pas 17. A Olympie, d'après Strabon, Jupiter qui était assis, en se levant eût emporté le toit du temple.

Bien différentes furent les croyances des sociétés chrétiennes.

Le chrétien accepte la vie comme une épreuve, la terre est pour lui un exil, les joies éphémères qu'il rencontre dans son pèlerinage ne lui font point oublier le bonheur de la patrie à la quelle il aspire.

(1) *Cours d'Archéologie*, p. 338.

Le Dieu qu'il adore est infini, mais par l'incarnation de son Verbe il a élevé jusqu'à lui l'humanité. Aucun art ne saurait exprimer ce mystère, base de la doctrine catholique. Nous ne supposons pas, d'ailleurs, qu'une doctrine ait le pouvoir d'enfanter un système architectural, à la formation duquel devront concourir beaucoup d'autres circonstances (1). Mais les peuples régénérés par le christianisme, s'ils produisaient un système d'architecture, devaient lui donner un caractère différent de celui de l'architecture grecque. Et comment n'auraient-ils pas manifesté leurs convictions en donnant un caractère particulier à l'œuvre qui est le témoignage le plus éclatant de leur foi religieuse.

On sait qu'il en fut ainsi. Dans les constructions ogivales les lignes et les formes verticales dominent ; des flèches élancées portent jusqu'aux nues la tête du monument ; les nefs divisées et les chapelles multipliées donnent à l'édifice des profondeurs mystérieuses. Il semble que le Dieu du ciel résidant perpétuellement dans le silence du tabernacle y invite l'homme à d'ineffables entretiens. Dans ces retraites cachées, l'âme se recueille volontiers, le cœur se laisse aller à de douces effusions au milieu desquelles il quitte la terre et s'élève vers les cieux (2).

Nous nous gardons bien de conclure que le style ogival seul exprime le sentiment chrétien ; chaque peuple a ses créations inspirées par des circonstances spéciales. L'Italie possédait les traditions de l'antiquité, elle se garda bien de les délaisser; elle les développa au contraire. En présence du Panthéon d'Agrippa, le Souverain

---

(1) Nous verrons que l'arc ogive fut adopté non comme ressource d'expression, mais comme moyen de solidité.

(2) « L'esprit est l'ouvrier de sa demeure, a écrit M. Michelet, voyez comme il travaille la figure humaine dans laquelle il est enfermé, comme il imprime la physionomie, comme il en forme et déforme les traits : il creuse l'œil de méditation, d'expérience et de douleur ; il laboure le front de rides et de pensées ; les os même, la puissante charpente du corps, il la plie et la courbe au mouvement de la vie intérieure. De même, il fut l'artisan de son enveloppe de pierre, il la façonna à son usage, il la marqua au dehors, au dedans, de la diversité de ses pensées, il y dit son histoire, il prit bien garde que rien n'y manquât de la longue vie qu'il avait vécue ; il y grava tous ses souvenirs, toutes ses espérances, tous ses regrets, tous ses amours. Il y mit, sur cette froide pierre, son rêve, sa pensée intime. Dès qu'une fois il eut échappé des catacombes, de la crypte mystérieuse où le monde païen l'avait tenu, il la lança au ciel cette crypte ; d'autant plus profondément elle descendit, d'autant plus haut elle monta ; la flèche flamboyante s'échappa comme le profond soupir d'une poitrine oppressée depuis mille ans. Et si puissante était la respiration, si fortement battait ce cœur du genre humain, qu'il fit jour de toutes parts dans son enveloppe, elle éclata d'amour pour recevoir le regard de Dieu.

Pontife exprimait le regret que cette belle œuvre eût été souillée d'abord par de fausses divinités et le désir qu'un temple plus beau encore fût consacré au vrai Dieu. Michel-Ange promit qu'il ferait mieux et qu'il placerait dans les airs la coupole du Panthéon (1). En effet, par son puissant génie, le temple païen tout entier fut élevé comme sur un autre temple.

Des critiques ne craignent pas de dire que cette basilique est l'œuvre d'architecture la plus digne du dogme catholique.

« C'est presque une ogive solide portant un second dôme qui monte ainsi que le premier et sur lequel la croix monte encore, poussant de degré en degré le regard jusqu'au zénith et l'âme jusqu'à Dieu (2). »

De même, Sainte-Sophie de Constantinople, Saint-Marc de Venise et bien d'autres édifices de ce genre sont d'admirables sanctuaires qui s'harmonisent très bien avec les dogmes catholiques.

Le temple prendra donc une expression spéciale selon le culte pour lequel il est élevé, et cette expression sera d'ailleurs modifiée par des circonstances nombreuses de climat, de mœurs, de civilisation.

3° Non seulement le temple, mais tout édifice prend de l'expression dans sa destination spéciale, destination qui nous est manifestée par son aspect. Un château fort se dressant fièrement sur un escarpement abrupt nous apprend que ceux qui l'ont construit voulaient se prémunir contre toute attaque. Une riante villa posée avec sa gracieuse ornementation au milieu de frais bosquets, nous dit que là on jouit sans défiance ; une bourse, par le libre accès qu'elle donne sur ses péristyles largement ouverts, invite les commerçants à venir y traiter leurs affaires ; une prison, avec ses lourdes portes et ses fenêtres bardées de fer, nous dit assez clairement que l'on a pris des précautions contre ceux qui sont là (3). Un monastère construit sur des hauteurs désertes, comme la Chartreuse de Grenoble, où les ab-

---

(1) Cette parole est attribuée à Michel-Ange. Cependant Bramante donna les premiers plans, et Michel-Ange n'eut la direction des travaux qu'après Raphaël, Julien de San-Gallo, Balthazar Perruzi. Il est vrai qu'il modifia considérablement les plans donnés jusqu'alors et arrêta la forme de la coupole. Peu importe d'ailleurs l'authenticité de cette parole, elle exprime un fait qui existe et qui a toute sa valeur.

(2) M. Ch. Lévesque, *Science du beau*, tome II, p. 49.

(3) On cite avec raison la prison de Mazas comme ayant un aspect vraiment typique.

bayes du Mont-Cassin, de Subiaco, ou du mont Saint-Michel, nous annonce que ceux qui ont choisi cette demeure veulent vivre loin du monde, plus près du ciel, dans le silence et la prière. Un temple nous dit qu'il est la demeure de Dieu, non seulement parce que nous voyons sur son frontispice la représentation de la divinité que l'on y adore, comme en Egypte le soleil avec ses rayons, en Grèce Minerve avec ses attributs, dans les pays chrétiens, la croix, symbole de la rédemption, mais parce que, dans son ensemble, il revêt une physionomie d'auguste gravité, de grandeur ou de magnificence, qui nous inspire le respect. Le temple aura des traits communs avec des autres monuments de la contrée, mais il aura aussi une physionomie spéciale qui le fera reconnaître sans difficulté. Ce langage des édifices, nous le comprenons, il nous raconte le drame de la vie humaine auquel nous participons.

Ajoutons que l'architecte devra faire paraître avec clarté la destination de l'édifice par ses formes générales et par le caractère de sa décoration. Il remplira du reste facilement cette condition, s'il procède d'une manière logique ; si : 1º il cherche une disposition qui réponde parfaitement au programme et satisfasse à tous les besoins; si : 2º il choisit des moyens de construction qui soient bien en rapport avec les dispositions adoptées ; et si : 3º la décoration dont il pare sa construction est propre à la faire valoir, à l'expliquer tout en l'embellissant.

C'est ainsi que les deux premières conditions, indiquées par Vitruve, l'appropration de l'édifice, de sa construction rentrent dans les lois de l'art. Un édifice, mal disposé, ne répondant point aux besoins pour lesquels il est élevé, mal construit, avec un mauvais choix de matériaux, avec l'emploi de la fonte ou du granit eût été plus convenable, pourrait flatter le regard, mais il ne serait pas véritablement beau, parce qu'il choquerait le goût et la raison.

La sculpture et la peinture contribueront à exprimer la destination de l'édifice en développant par des détails précis la pensée que l'aspect du monument indique sommairement.

4º Dans une œuvre architecturale, l'expression s'enrichit encore de tous les souvenirs qui s'y rattachent. L'édifice nous redit son passé, l'intelligence de celui qui en a dessiné les plans, la constance de ceux qui en ont réalisé l'exécution, tous les événements dont il a

été le témoin silencieux. C'est surtout par ce concours de circonstances et de souvenirs, que le temple prend une signification plus
précise et qu'il devient un des symboles les plus éloquents de la foi
d'un peuple.

De cette dernière considération nous pouvons déduire plusieurs
conséquences très importantes.

Les édifices seront mieux compris par le peuple qui les a élevés
et qui en connaît l'histoire. On dit avec vérité que les monuments
expliquent l'histoire et font connaître bien des faits oubliés. Mais
il faut ajouter que l'histoire est indispensable à l'intelligence des
monuments. Pendant plusieurs siècles, on n'eut que du dédain pour
les constructions ogivales, et les intelligences les plus élevées ne
voyaient dans ce genre d'architecture, qu'un désordre, un chaos in-
descriptible, non pas un art, mais une compilation, un composé
d'éléments disparates et hétérogènes rassemblés par une fantaisie
ignorante. Or il est à remarquer que ceux qui dépréciaient ainsi les
monuments du moyen âge calomniaient, avec la même injustice,
les générations par lesquelles ces monuments avaient été élevés. Le
plus souvent une seule sentence de condamnation enveloppait in-
distinctement les œuvres et leurs auteurs. Fénelon regardait comme
« sans règle ni culture » les esprits qui avaient produit ces édifices
dans lesquels il ne voyait que « des pointes et des colifichets (1) ».
A une époque plus rapprochée de nous en 1833 on écrivait ces lignes : « Le genre de bâtisse auquel donne le nom de gothique est
né de tant d'éléments hétérogènes et dans les temps d'une *telle confusion*, d'une *telle ignorance*, que l'extrême diversité des formes qui
le constituent, inspirée par le seul caprice, n'exprime réellement à
l'esprit que l'idée du désordre (2). » Aujourd'hui nous comprenons
mieux le moyen âge et ses œuvres. Dépouillés des souvenirs qu'ils
rappellent, les monuments perdent une grande partie de leur signification.

Comme pour les constructions ogivales, si nous voulons comprendre les édifices grecs, il faut les voir dans la contrée pour laquelle
ils ont été conçus, se rappeler la vie du peuple qui les éleva, ses
mœurs et ses croyances. Nous ne devons pas les juger par les repro-

---

(1) *Dialogues sur l'Éloquence, II.* — *Lettre à l'Académie, X.*
(2) *Dictionnaire historique d'arch.*, t. II, p. 175 (Quatremère de Quincy).

ductions que nous en faisons. Ces reproductions sont souvent très défectueuses, et elles sont devenues vulgaires ; mais nous nous trompons doublement en jugeant les édifices de ce genre : nous les supposons conformes aux principes de l'architecture grecque, et ils en sont très éloignés ; — nous les jugeons sans expression, mais un Athénien, du siècle de Périclès, se promenant au xixe siècle dans quelqu'une de nos cités où il rencontrerait cette imitation de ses monuments, nous dirait sans doute que nous n'avons point compris l'art de sa patrie, et cependant cette interprétation défectueuse lui rappellerait encore de chers souvenirs et de grandes émotions.

Si l'on ne veut pas admettre ces causes multiples de la beauté d'un monument et que l'on exclue celle provenant des souvenirs qui s'y rattachent, si l'on veut trouver la raison complète de la beauté d'un édifice dans ses formes matérielles comme l'ont fait à peu près tous les critiques, il devient impossible d'expliquer l'aberration du xviie et du xviiie siècle se trompant de la façon la plus étrange sur la valeur de l'architecture ogivale, et la difficulté sera d'autant plus grande que l'erreur a été commise par le siècle le plus lettré qu'ait eu la France et spécialement par les hommes les plus éminents.

Terminons par cette réflexion sur le caractère particulier de l'expression dans les grandes œuvres architecturales.

Parfois, elles vont jusqu'à nous donner l'impression du sublime. Or, nous avons déjà fait un rapprochement entre l'architecture et la musique ; mais nous pourrions encore faire celui-ci : ces deux arts, plus facilement que les autres, nous donneront les émotions du même genre que celles qui nous viennent des grands spectacles de la nature.

Ils ne puisent pas à la même source cette glorieuse prérogative ; ils se servent de procédés trop différents pour produire de la même manière cet effet exceptionnel. Mais la musique, dans les œuvres de certains maîtres qui ont eu des inspirations plus grandes et plus nobles, nous soustrait à nos impressions habituelles, s'empare de toutes nos facultés, et par la vivacité des émotions qu'elle nous cause, elle nous enlève pour ainsi dire le pouvoir de penser, elle nous transporte dans des sphères supérieures, dans des régions éthérées dans un monde qui ne semble plus être le nôtre, et c'est ainsi qu'elle nous donne des impressions qui correspondent au sublime.

L'architecture de son côté, ne nous donne point cette impression en nous enlevant aux régions terrestres ; c'est en nous montrant ces immenses monuments à l'érection desquels ont concouru plusieurs générations. Nous admirons ce qu'ont pu réaliser des efforts réunis, et, sachant d'ailleurs combien isolés nous sommes faibles, en présence de ces grandes œuvres, nous recevons cette impression d'anéantissement, de prostration, de frémissement que nous cause le sublime.

Ajoutons que l'architecture excitera en nous ces émotions plus profondes, non par la complication des détails et par la richesse de l'ornementation, mais par l'application des lois qui nous dictent les scènes grandioses de la création, c'est-à-dire que pour produire cet effet, elle devra avoir recours à la simplicité dans les masses, à la continuité dans les lignes qui nous rappellent l'uniformité solennelle du désert, les plaines sans fin de l'Océan.

ARTICLE I

L'Architecture dans l'Inde, dans l'Egypte, dans la Grèce.

Jusqu'ici, dans l'étude que nous avons faite des différents arts, nous ne sommes point sorti de l'Europe : c'est là surtout que sont les œuvres qui nous intéressent. Nous ferons une légère exception pour l'architecture. Les monuments de l'Orient, de l'Inde et de l'Egypte ont été souvent reproduits par la gravure et la photographie. Le lecteur en connaît du moins l'aspect général ; il nous est donc facile de les apprécier en quelques mots.

Les temples d'Elora, d'Eléphanta, de Salsette, de Carli, de Bombay, de l'île de Ceylan, sur l'âge desquels les archéologues ne sont point d'accord, mais qui ne remontent pas à une époque aussi reculée qu'on l'a prétendu quelquefois, sont d'immenses cavernes souterraines formant plusieurs étages de chapelles, de galeries, qui étonnent par leur grandeur et par la manière dont elles sont décorées. Des piliers carrés ou octogones, décorés de moulures plus ou moins élégantes, ont été ménagés dans le roc. Sur les murs se détachent des figures en demi ou en plein relief représentant les dieux du Panthéon indou. A la décoration se mêlent aussi en grand nombre des sujets empruntés au règne animal et au règne végétal, ainsi que des lions, des paons, des vaches, des bœufs, etc.

D'autres temples ont été taillés, non plus sous terre, mais dans le flanc d'une montagne, ou plutôt il semble que ce sont des montagnes qui ont été taillées pour former d'immenses pagodes pyramidales. On y retrouve, d'ailleurs, les éléments que nous venons d'indiquer.

L'aspect de ces monuments gigantesques est riche et pittoresque comme le pays qui les encadre et leur ornementation exubérante comme la végétation de la contrée. Mais quelle en est l'expression?

Cette expression pour nous est vague. Cependant, par la manière dont ces constructions ont été conçues et réalisées, par les formes qu'elles présentent, par ces liens qui semblent les rattacher ou même les confondre avec la nature entière, elles nous rappellent avec assez de clarté le panthéisme indien. Ces temples ont un caractère de grandeur qui nous étonne, mais laisse aussi dans notre âme de l'inquiétude et du malaise, de la même manière que cette croyance qui fait disparaître la divinité en la confondant avec la création, et par cette confusion met l'esprit dans un vague qui ne peut que le faire souffrir.

Les monuments de l'Egypte ont un caractère très différent de ceux de l'Inde, non seulement par les détails de leur décoration, par les feuilles de palmier qui décorent leurs chapiteaux, mais aussi par la sévérité et le grandiose de leur ensemble. Les temples sont vastes et profonds comme ceux d'Elora et d'Elephanta, mais l'ornementation en est beaucoup moins compliquée, les membres de leur architecture sont beaucoup moins multipliés. Les ruines de Thèbes, de Médinet, de Gournah, de Louqsor et de Karnak sont d'un grandiose dont aucune description ne saurait donner l'idée (1). En arrivant devant les ruines de Thèbes, après une longue marche dans le désert,

(1) D'après des chiffres empruntés au grand ouvrage de l'Institut d'Egypte, une des salles de l'un des palais de Karnak a trois cents mètres sur cinquante et un. Les pierres du plafond reposent sur des architraves portées par cent trente-quatre colonnes encore debout, dont un grand nombre mesurent trois mètres et demi en élévation ; sur les chapiteaux, qui sont du reste dans des proportions très justes avec ces colonnes, cent hommes tiendraient à l'aise.

l'armée de Desaix fut frappée d'un tel étonnement que tous les soldats saluèrent par des cris d'enthousiasme le spectacle imposant
qui s'offrait à leurs regards. Les pyramides, plus qu'aucun autre monument étonnent par le travail qu'elles ont exigé.

Les monuments de l'Egypte s'harmonisent parfaitement avec
l'aspect de cette contrée, avec ses plaines immenses, ses horizons
sur lesquels ne se découpent point de montagnes. Mais, de plus,
nous pouvons y reconnaître profondément imprimées les croyances
du peuple égyptien. En considérant ces temples avec leurs retraites
obscures, on reconnaît que le mystère était une des lois les plus importantes de la religion.

Les pyramides, qui ne sont que d'immenses tombeaux, rappellent
avec éloquence le culte que le peuple égyptien avait pour les morts.
Il croyait à la métempsycose, au passage de l'âme d'un corps dans
un autre corps. Peut-être était-ce cette survivance des âmes qui
le portait à honorer les corps? Dans sa pensée, les âmes elles-mêmes
auraient été affligées et malheureuses, si le corps qu'elles avaient habité avait été laissé en oubli.

Les monuments de la Grèce ont été très dévastés ; à peine si quelques-uns de ses temples s'offrent au regard avec l'ensemble de leur
structure. Cependant il n'est aucune contrée que l'architecte soit
plus heureux de visiter. C'est que les édifices de l'Attique furent
l'œuvre d'une nation qui eut au plus haut degré le sentiment de
l'art, et malgré leur état de délabrement, ils sont encore les modèles
les plus capables de donner d'utiles leçons.

Les Grecs n'employèrent point de nouveaux moyens de construction, mais ils donnèrent à leurs monuments des dispositions d'ensemble et de détail inconnues jusqu'alors. Ils réglèrent les supports
de leurs édifices, donnèrent à ces supports des proportions, un arrangement de moulures et d'ornements tel que l'on crut plus tard devoir
déduire de ces types des principes invariables. Les ordonnances, posées par les Grecs furent considérées comme des ordonnances parfaites, comme l'*ordre* par excellence.

Ils employèrent trois ordres différents, le dorique, l'ionique et le
corinthien. Le dorique est plus sévère que les deux autres, le fût de
la colonne porte immédiatement sur sol ; il est creusé de cannelures
à vive arête; son chapiteau n'est composé que d'une moulure épaisse,

légèrement arrondie, sur laquelle porte le tailloir ; mais cette moulure est admirablement dessinée pour relier les lignes hozizontales
du tailloir avec les lignes verticales du fût de la colonne ; par la lumière qu'elle reçoit, elle empêche la tête de ce fût de s'effacer dans
l'ombre du tailloir ; plusieurs listels sont placés au-dessous pour lui
donner plus de fermeté, et le fût lui-même est creusé dans sa partie
supérieure d'une rainure horizontale qui le rattache au chapiteau.
L'entablement est d'une composition très simple, il reçoit pour
ornements les triglyphes et quelquefois des bas-reliefs sur les mé-
topes.

L'ordre ionique est plus élégant et plus orné, le fût de la colonne
prend dans sa hauteur un plus grand nombre de diamètres, il est
creusé de cannelures séparées par un listel, il porte sur une base composée de plusieurs moulures, et il est surmonté d'un chapiteau décoré
d'oves et de voltes qui semblent se replier avec grâce sous le poids
de l'architrave. L'entablement est plus divisé et reçoit un plus grand
nombre de moulures.

Le corinthien eut encore plus d'élégnce et de richesse que les deux
autres ordres. Le monument chorégique de Lysicrate qui en présente
le modèle est d'une grâce incomparable.

Parfois les Grecs remplacèrent les colonnes par des statues représentant soit des soldats perses, soit des femmes amenées comme
esclaves de Carie. D'autres peuples avaient fait cet emploi de la
figure humaine, mais il était donné aux Grecs de perfectionner
encore plus que d'inventer, et les cariatides du Pandroseion devinrent le modèle des innombrables cariatides exécutées dans la
suite.

Les Grecs livraient à la postérité les ordres complets auxquels,
dans la suite des siècles on n'ajouta aucun élément nouveau. Mais
ils se servirent surtout du plus sévère, du dorique, et encore ils lui
donnaient plus de solidité et de sévérité qu'on ne lui en donna à la
Renaissance et dans les temps modernes. Dans le Parthénon, le chef-
d'œuvre de la Grèce construit par Ictinus et Callicrate et décoré tout
entier par Phidias, les colonnes ne comprenaient que cinq diamètres
et demi dans leur hauteur. Or, d'après les règles établies par Vignole,
l'auteur dont les écrits firent loi à la Renaissance, la colonne dorique
doit comprendre huit diamètres dans sa hauteur. Cependant, les
temples de la Grèce sont des chefs-d'œuvre, non seulement de beeuté

30. — Notre-Dame de Paris.

sévère, mais d'élégance. Ainsi que nous l'avons dit, ils expriment un commerce facile avec la divinité ; on comprend, en les voyant, que l'Olympe, la demeure des dieux, n'était qu'une montagne de la Thessalie. Mais il est vrai aussi que, par les belles proportions de l'ensemble, la sagesse et l'éloquence l'élégance des détails, ces temples resteront à jamais les modèles les plus accomplis de la beauté architecturale.

Comment les Grecs surent-ils donner à leurs édifices des formes que tous les siècles ne cesseront d'admirer? Ils suivaient les lois d'une raison très éclairée et d'un goût exquis.

A Athènes, les artistes et la population étaient animés d'un esprit de discussion qui ne pouvait rien laisser au caprice et à la fantaisie. Aussi, dans les édifices qui furent construits sous l'inspiration de ce précieux contrôle, on ne saurait trouver aucune forme, aucun ornement dont on ne puisse se rendre compte.

Les moyens de construction, loin d'être dissimulés, restent apparents, et les architectes se plaisent à faire comprendre le rôle qu'ils ont à remplir (1). Cette loi importante n'est violée pour aucune considération. Si les colonnes sont remplacées par des statues, les personnages sont posés avec élégance, mais on reconnaît, par la fermeté avec laquelle ils se dressent sous le fardeau, que véritablement ils remplissent le rôle de supports. Toute l'ornementation ne sera que la construction développée et taillée avec un sentiment délicat de la forme.

En tout, les Grecs suivaient les inspirations du goût le plus éclairé. Il n'est aucun détail, aucune moulure, aucun ornement dont ils n'étudient avec soin le profil et le relief.

Ce sentiment délicat leur faisait varier le caractère du même ordre selon l'édifice dans lequel il devait entrer. L'ordre dorique, par exemple, devenait plus ou moins léger, selon qu'il fallait élever un temple d'une physionomie plus ou moins grave ; le même ordre était moins trapu à l'intérieur de l'édifice qu'à l'extérieur ; mais toujours, dans chacune de ces diverses ordonnances, régnait une harmonie parfaite. Toutes les parties avaient un caractère identique de gravité,

---

(1) Bornons-nous à citer un exemple. Le triglyphe est un support (primitivement l'espace qui sépare les triglyphes et appelé métope était vide) ; il est donc accusé comme support par des rainures verticales qui rappellent les cannelures de la colonne et annoncent une pièce portant charge.

de simplicité et de richesse ; elles étaient dans un rapport exact les unes avec les autres, comme les membres d'une statue bien proportionnée. Il serait aussi déraisonnable de poser un entablement lourd sur des colonnes grêles que de mettre le corps d'un Hercule sur les jambes d'un Apollon.

Les Grecs savaient s'affranchir des lois banales de la symétrie, lesquelles, suivies aveuglément, sont gênantes, compromettent la bonne disposition d'un édifice en imposant une régularité banale. Ainsi l'Erectheium, ou Pandroseion, comprend trois temples avec des ordonnances différentes de caractère et de hauteur, et cependant il présente dans son ensemble l'effet le plus harmonieux (1).

Ils procédaient aussi avec liberté, quand ils disposaient les différentes parties d'une ordonnance. Ainsi, dans l'ordre dorique, ils ne posent pas régulièrement les triglyphes sur l'aplomb des colonnes et sur le milieu des entre-colonnements, mais ils mettent un triglyphe à l'extrémité de la frise. De même, vers les angles de l'édifice, les triglyphes sont plus rapprochés les uns des autres, les colonnes se rapprochent de la même façon ; elles sont plus grosses et même s'inclinent légèrement vers le milieu de la façade. Il y aurait là des irrégularités frappantes. Mais l'architecte s'était dit que les angles de l'édifice avaient besoin d'être soutenus, qu'il était raisonnable d'y placer des supports plus nombreux et plus forts, et de les poser de manière à leur donner plus de résistance. Le spectateur lui-même se rend compte de cette disposition, et le regard est satisfait tout aussi bien que l'esprit.

De même encore, ils relevaient au milieu, en les arrondissant, les lignes de l'entablement qui paraissait ainsi parfaitement horizontal et bien établi, tandis que sans cette précaution il eût paru s'abaisser au milieu.

Les Grecs se préoccupaient aussi beaucoup, et avec raison, de l'effet que le monument produirait dans le paysage. L'architecte, avant de poser la première pierre d'un édifice, le voyait surgir dans

---

(1) L'Erectheium est construit à l'endroit où Minerve avait fait éclore un olivier, et Neptune sortir une source. Ce sol, bien que très inégal, devait être respecté. L'artiste accepta franchement la difficulté en construisant un édifice composé de plusieurs parties. « Il n'est aucun architecte moderne, dit M. Viollet Le Duc, qui osât procéder avec autant de liberté. » Et, cependant, l'Erectheium est cité à bon droit comme une œuvre irréprochable en tous points ; l'effet eût été moins riche avec une seule ordonnance développée dans des proportions plus considérables.

son imagination avec sa silhouette et ses découpures sur le ciel, avec sa physionomie au milieu du site choisi pour la construction. Dès le principe, tout était prévu et calculé ; aussi l'édifice était comme encadré par la nature ; il s'élevait sur un large soubassement de hautes assises et sur des marches épaisses, et tout ce qui l'entourait contribuait à en faire ressortir la beauté.

Les édifices grecs, composés pour paraître sous un ciel toujours pur, perdent considérablement à être transportés dans nos contrées, au milieu d'un air souvent brumeux, dans lequel sont voilées la délicatesse des sculptures et la finesse des profils. Mais nous ne pouvons plus en comprendre aucunement la beauté, si, avec leurs grandes lignes horizontales et leurs frontons surbaissés, ils nous apparaissent, non pas isolés dans un paysage ravissant, mais au milieu de hautes maisons qui les écrasent. Malheureusement, nous ne procédons pas toujours avec le même sentiment artistique que les Grecs. Combien de riches monuments sont tellement encombrés dans nos villes, qu'à cinquante pas de nous n'en soupçonnons pas l'existence !

Pour l'emplacement d'une ville, comme pour la pose d'un monument, nous nous préoccupons bien moins que les Grecs de ces conditions de beauté. Sans doute, quand ils choisissaient la place d'une ville dans laquelle ils devaient avoir à défendre leur indépendance contre des voisins jaloux et belliqueux, ils se laissaient guider par des considérations de sûreté, de même qu'ils tenaient compte des ressources d'utilité journalière et des richesses que pouvait procurer telle ou telle situation ; mais, à voir la façon pittoresque dont les villes grecques se présentent, il est évident aussi que le sentiment artistique agissait puissamment sur les populations de l'Attique. L'art chez les Grecs n'était pas seulement un accessoire, le superflu ; il présidait au choix du site au milieu duquel la cité serait construite, il régnait en maître dès les fondations de l'édifice, il en dirigeait tous les détails de construction et de décoration, et c'est pour cela que les villes grecques dévastées aujourd'hui ont conservé comme un parfum d'art au milieu de leurs débris.

ARTICLE II

ARCHITECTURE ROMAINE.

Les Grecs s'étaient distingués en élevant des temples d'une incomparable beauté. Les Romains construisirent surtout des monuments d'utilité publique, des thermes, des aqueducs, des amphithéâtres, des cirques. Ils surent toujours disposer avec une admirable entente les plans de ces édifices, même de ceux qui étaient les plus vastes et les plus compliqués : ainsi les thermes et les amphithéâtres. Les thermes ou bains publics présentaient les difficultés les plus graves par suite des pièces de toutes dimensions qu'il fallait y grouper, des différents services qui devaient y entrer, chacun avec ses exigences : bains tièdes, bains chauds, bains froids, salles chauffées à différents degrés pour ménager les transitions, salles d'exercice avec des espaces réservés pour les spectateurs, salles de conversation, bibliothèques, vastes espaces découverts pour les exercices en plein air avec des gradins pour les spectateurs de ces jeux ; sans parler de tous les logements des employés, de ceux nécessaires aux approvisionnements, etc. Or il est constaté que ce programme compliqué était admirablement rempli. Les pièces étaient enchevêtrées les unes dans les autres, chacune avec les dimensions et l'exposition convenables, les bains chauds étant toujours au midi, les bains froids au nord. Tout le terrain était occupé et aucune de ses parties n'était prise inutilement. Les thermes de Caracalla, dont les ruines ont été relevées avec soin, peuvent être cités comme exemple de distribution irréprochable.

Quand il s'agissait d'une distribution meilleure, les Romains ne reculaient jamais devant la difficulté : ainsi ils adoptaient la forme d'ellipse pour les amphithéâtres, quoiqu'elle fût plus embarrassante pour la construction que la forme complètement circulaire, ne présentant pas comme celle-ci la même coupe pour toutes les parties. Mais, avec la forme ronde, la lutte, dans les combats de gladiateurs qu'il était impossible de diriger, aurait toujours été ramenée au centre.

Les Grecs se servaient pour leurs monuments de matériaux de grande dimension. Les Romains n'auraient pu trouver assez de matériaux de ce genre pour réaliser leurs immenses constructions dans les diverses contrées où s'étendait leur empire. Ils durent donc avoir recours à d'autres moyens, à la brique, au ciment, au blocage. Cette innovation les conduisit à modifier tout le système de la construction. Renonçant à former les entablements des colonnades de blocs considérables, allant d'une colonne à l'autre, ils durent employer l'arc. D'autres s'en étaient servis, mais les premiers, ils en firent un usage habituel et ils en retirèrent d'immenses avantages (1). Se servant de l'arc, ils devaient arriver promptement à employer la voûte en berceau qui n'est qu'une suite d'arcs juxtaposés, la voûte d'arête qui se compose de deux berceaux se coupant à angle droit. Ils se servirent aussi de la voûte hémisphérique ou coupole, de là demi-coupole ou quart de sphère.

Avec ces différents moyens, ils pouvaient facilement construire leurs plus grands édifices ; ainsi les aqueducs avec des arcades juxtaposées et quelquefois superposées ; de même ils pouvaient élever les gradins de leurs amphithéâtres sur des voûtes juxtaposées et superposées. Ce mode de construction avec des matériaux de petite dimension, des briques, du blocage, du ciment, était d'ailleurs d'une exécution très facile. Avec quelques hommes exercés, il n'était besoin que d'un grand nombre de manœuvres pour porter les matériaux, préparer les briques, le mortier, battre le béton. Or, l'administration romaine avait à son service les armées et les populations qu'elle pouvait requérir. C'est ainsi que l'amphithéâtre Flavien ou Colysée, qui pouvait contenir plus de cent mille spectateurs, fut achevé en moins de trois ans.

Pendant la République, les Romains en élevant leurs monuments, se plaçaient surtout au point de vue de l'utilité. Ils firent alors des monuments qui nous étonnent encore aujourd'hui par leurs proportions gigantesques ; qu'il nous suffise de rappeler les immenses égouts appelés *cloaca maxima*.

Sous l'Empire ils se préoccupaient encore avant tout d'élever des monuments utiles et ils voulaient que ces monuments répondissent parfaitement à leur destination ; mais de plus, ils voulaient que ces

_____

(1) Les premiers, ils employèrent l'arc appareillé suivant la normale.

monuments eussent un aspect de grandeur et de richesse digne de l'Empire romain ; ils voulaient qu'ils fussent décorés. C'est alors que l'on vit à l'extérieur les pierres et les marbres de revêtement, à l'intérieur les marbres, les mosaïques, les statues et les peintures.

Il est facile d'ailleurs de reconnaître dans cette ornementation, bien moins une préoccupation d'art que de luxe et d'ostentation. En effet, la décoration est le plus souvent appliquée sur la construction comme un vêtement ; elle est riche, splendide même, par les marbres et les stucs dont elle se compose, mais les détails ne sont point étudiés avec le même soin que chez les Grecs.

L'ordre corinthien fut employé de préférence, parce qu'il produisait plus d'effet par les refouillements, par les ombres plus vigoureuses et les lumières plus vives de son chapiteau. L'ordre dorique, quand il fut admis, n'eut plus son caractère de mâle élégance. La colonne reçut sept diamètres dans sa hauteur, elle porta sur un tore et une plinthe carrée. Le profil superbe de l'échine du chapiteau devint un quart de rond ; la frise se développa au détriment de l'architrave, les triglyphes furent placés régulièrement sur les colonnes et sur les entrecolonnements. Tous les entrecolonnements devinrent égaux. Cette disposition laissait un demi-métope, un vide sur le bord de la frise, sous un angle : elle était défectueuse, mais la symétrie était observée, et les Romains devaient prendre souvent la symétrie pour le sentiment de l'art. Ils ne se donnaient aucunement la peine de raisonner l'emploi qu'ils faisaient des ordres ; ils les prenaient sans se rendre compte des fonctions de chacune de leurs parties.

Les Romains eurent même recours pour la décoration à des agencements qui semblaient fausser la construction. Ainsi, ils voulurent employer en même temps l'arc et l'entablement, l'entablement étant placé au-dessus de l'arc, tandis que l'arc étant plus fort et plus résistant que l'entablement devrait être, au contraire, mis au-dessus pour le protéger. Mais les maîtres du monde se souciaient peu que les agencements de la décoration fussent logiques et que les délicatesses de l'art fussent respectées. Ils étaient satisfaits si le monument avait un aspect de grandeur et de magnificence.

Concluons. Les Romains surent mieux qu'aucun peuple élever des monuments d'utilité publique vastes et bien disposés, et leurs monuments considérés seulement dans leur structure ont vraiment une grandeur exceptionnelle. C'est ainsi que nous pouvons admirer la magnifique coupole du Panthéon d'Agrippa, avec son immense, mais unique ouverture, si bien calculée pour faire pénétrer à l'intérieur, dans une juste mesure l'air et la lumière (1). Rien que les lignes d'aqueducs qui courent encore dans la campagne romaine rappellent merveilleusement le souvenir de cette domination la plus grande qui ait pesé sur le monde.

Mais nous avons pu le constater aussi, pour les Romains les délicatesses de l'art n'étaient qu'une chose secondaire, un accessoire.

ARTICLE III

ARCHITECTURE AU MOYEN AGE. —STYLE BYZANTIN, STYLE OGIVAL, STYLE ARABE.

Nous ne dirons rien des basiliques d'Italie, ces édifices construits primitivement pour un usage profane et que les empereurs, après les persécutions, attribuèrent au culte catholique ; nous ne dirons rien non plus des autres monuments religieux qui furent construits dans la suite sur ce modèle légèrement modifié.

Nous ne dirons qu'un mot de l'architecture byzantine. La combinaison importante qui caractérise ce système est la coupole posée sur plan carré avec le moyen des pendentifs. Ces édifices à coupole sont d'un grand effet. La capacité dispersée dans les nefs nombreuses des basiliques ogivales, est concentrée dans la coupole de ces monuments et produit une impression qui va jusqu'à la frayeur. Le vide qui s'ouvre au-dessus de nos têtes nous cause presque autant d'émotion que les profondeurs dans lesquelles nous pourrions être engloutis. C'est à ce genre qu'appartiennent Sainte-Sophie de Constantinople et Saint-Marc de Venise, que nous avons déjà cités comme étant d'admirables édifices. Saint-Marc de Venise est remarquable surtout par ses décorations.

(1) Les pilastres et les entablements et surtout les immenses caissons qui écrasent cette ordonnance inférieure nuisent à l'effet de cette belle construction.

Nous pourrions considérer comme très complet en lui-même le genre que l'on a appelé roman, qui se développa au xiᵉ et au commencement du xiiᵉ siècle, et est caractérisé par l'emploi du plein cintre. En ce genre, spécialement en France et sur les bords du Rhin, avaient été réalisées bien des constructions du plus bel effet, d'un aspect grave et religieux. Plusieurs ont été modifiées depuis d'une façon regrettable. Toutefois, nous pouvons citer le dôme de Spire, restauré au dix-neuvième siècle avec autant de goût que d'éclat et de richesse.

Mais du système roman devait sortir, par des transformations qu'il serait trop long d'analyser ici, un système plus savant, plus complet et qui atteignit son apogée au milieu du treizième siècle. C'est celui qui a servi à l'érection de nos belles cathédrales, de Notre-Dame de Paris, d'Amiens, de Reims, de Chartres, de Cologne et de tant d'autres, et c'est celui-là surtout qui est digne de fixer notre attention.

Nous n'avons point à décrire les édifices de ce genre avec leurs voûtes élancées, avec leurs larges fenêtres garnies de vitraux qui qui versent à l'intérieur une lumière brillante et colorée, avec leurs contreforts et leurs arcs-boutants et tout l'ensemble de leur décoration. Une description ne pourrait présenter que très incomplètement ce que chacun peut voir à l'aise en réalité dans la plupart de nos grandes villes.

Nous conviendrons avec M. Charles Lévesque, que cette architecture, dans ses grandes productions du moins, « manque un peu de cette unité concentrée qui se laisse embrasser d'un coup-d'œil (1) »; nous reconnaîtrons aussi que le plein cintre en lui-même était une forme plus harmonieuse que l'ogive. Mais l'ogive avait plus de force, moins de poussée, se prêtait mieux à toutes les combinaisons réclamées pour la construction des voûtes, et, si sa forme est moins simple que celle du plein cintre, elle a plus d'élancement. Or l'élancement, l'aspiration est le caractère et la plus grande beauté des édifices du moyen âge (2). »

(1) *Science du beau*, t. II, p. 45.
(2) Le plein cintre est plus harmonieux que l'ogive. Toutefois, quand on donne au monument des proportions très élancées, il est mieux de ne pas employer le plein cintre. Car, dans les monuments de ce genre, quand on voit le plein cintre du dessous ou même à peu de distance, il paraît s'abaisser et ne plus faire que l'anse du panier, ce qui devient choquant pour l'œil.

Au moyen âge en France, comme au siècle de Périclès dans l'Attique, les artistes, prenant pour guides le sentiment et la raison, procédèrent avec liberté et cherchèrent un système de construction avec lequel on pût élever des monuments en rapport avec les besoins, les idées et la foi des populations. Sans doute, l'architecte ne fait pas des calculs tout positifs, il n'aligne pas des chiffres, il ne trace pas des ogives pour les mettre en équation avec des convictions religieuses et des aspirations. Mais la foi religieuse exprime des désirs, trace le programme ; les populations donnent l'élan ; l'architecte, guidé, stimulé, cherche, travaille, et, à travers des essais parfois malheureux, arrive à trouver un système avec lequel il répond aux vœux qui s'expriment de toutes parts, et qui, loin d'être satisfaits par les premiers résultats obtenus, se surexcitent à mesure que l'art progresse et réclame de nouveaux efforts.

Sans doute, ce n'est pas un sentiment de foi qui trace l'ogive, mais la foi réclame de vastes églises, avec plusieurs nefs, dont une beaucoup plus élevée, percée de larges fenêtres qui laissent passer une abondante lumière. Le constructeur comprend qu'il ne peut élever la nef principale qu'en la soutenant par les contreforts et des arcs-boutants ; il a donc recours à ces éléments inconnus jusqu'alors, et il adopte l'ogive parce qu'elle est plus solide et permet plus d'élancement, et de même toutes les autres combinaisons nécessaires pour compléter son système.

C'est ainsi que la foi dont vivaient les populations s'imposait aux conceptions de l'architecte (1).

Le système architectural qui fut produit dans cet immense mouvement se distingue par bien des mérites. Il atteste une science merveilleuse qui se manifeste avec éclat dans tous les agencements de la construction. Les combinaisons qui assuraient la solidité du monument grec étaient très simples, elles n'étaient que jeu d'enfants comparées à tous les calculs étonnants qui maintiennent par des principes d'équilibre et même d'élasticité toutes les parties de la construction ogivale.

---

(1) Nos grands édifices religieux furent élevés par le libre concours des populations. Tout le peuple se portait en masse à la construction de la cathédrale, et le grand motif qui le guidait n'était pas d'ériger un monument qui attestât son indépendance, il faisait avant tout une œuvre de foi. On n'en peut douter quand on lit les récits que nous ont laissés sur ces travaux des témoins oculaires, récits assez connus d'ailleurs pour que nous nous dispensions de les transcrire.

Tout y est combiné avec une logique rigoureuse; tous les membres de la construction sont mesurés et disposés pour les fonctions qu'ils ont à remplir. La décoration n'est rien que la construction taillée. et embellie et parmi tous ces ornements si variés, il n'en est pas un seul qui soit là sans motif et uniquement pour le plaisir des yeux. Les arcatures qui courent du contrefort au mur de l'église sont nécessaires pour relier les deux arcs-boutants superposés. Au bas des grands combles, il faut un petit mur pour arrêter les ardoises et établir des chenaux pour les eaux ; on le découpe et l'on en fait d'élégantes balustrades. Pour empêcher l'arc-boutant recevant la poussée de la voûte de glisser sur la tête du contrefort, il faut un poids de maçonnerie ; on en fait le clocheton avec ses gracieux accessoires.

Tous ces ornements sont à leur place aussi bien que les ornements des temples grecs dans lesquels la décoration était si sobre cependant. — Nous avons admiré les cariatides de l'Erectheium ; elles sont bien les plus belles qui aient jamais été sculptées ; mais, recevant sur leur tête l'architrave d'un entablement, sont-elles bien à leur place? Si réussies qu'elles soient ne seraient-elles pas remplacées avantageusement par des colonnes? On ne saurait faire le même reproche aux statues qui décorent les porches de nos cathédrales ; elles sont un ornement et elles n'ont pas d'autres prétentions.

Et les architectes du moyen âge avaient eu le mérite de l'invention beaucoup plus que ceux de la Grèce. En effet, les Grecs, avec un goût parfait sans doute, avaient perfectionné les éléments qui leur avaient été transmis ; mais au moyen âge, tout fut créé, le système de construction avec sa décoration.

Une différence fondamentale existe entre le système architectural de l'antiquité et celui du moyen âge, et elle est à l'avantage de celui-ci.

Dans l'architecture grecque et dans l'architecture romaine, le diamètre de la colonne déterminait les dimensions de toutes les parties de l'édifice, des moulures, des ornements, des rampes et même des emmarchements. Il en résultait que tout grandissait dans la même proportion. La porte, dans certains temples, était ouverte comme pour laisser passer un homme qui eût dix fois la stature humaine ; les degrés par lesquels on arrivait au monument étaient souvent impraticables et pouvaient avoir la hauteur d'un homme, comme à

31. — CATHÉDRALE D'AMIENS.

Sélinonte ; alors il devenait nécessaire de faire à certains endroits des subdivisions qui rendaient le temple accessible.

Dans l'architecture du moyen âge tout fut réglé non plus d'après un point de départ variable comme la colonne, mais d'après la stature humaine. Même dans les plus vastes monuments, comme la cathédrale d'Amiens, le dôme de Cologne, tout ce qui est à l'usage de l'homme reste à sa taille. Les portes de la façade sont percées pour laisser passer librement un cortège de fête avec ses bannières, mais elles restent dans les proportions raisonnables d'une porte, et les emmarchements sont ordinaires.

Il résulte de cette combinaison que l'œil, retrouvant dans toutes les parties de l'édifice des dimensions qu'il connaît, sur lesquelles il ne peut se tromper, apprécie facilement la grandeur de tout l'édifice ; il en reçoit beaucoup plus promptement une impression vraie.

Aux considérations que nous avons présentées dans nos préliminaires, et qui expliquent le grand effet de nos constructions ogivales, nous ajoutons celle-ci, et elle est d'une grande importance (1).

---

(1) Nous pouvons expliquer ici un fait que bien des voyageurs ont constaté sans en trouver la raison.

La basilique de Saint-Pierre de Rome est un des monuments les plus grandioses qui existent, et Madame de Staël dit qu'aucun autre édifice ne nous donne aussi bien les mêmes impressions que les grands spectacles de la nature. Cependant, on ne remarque pas d'abord le grandiose de cette immense construction et l'on est surpris de ne pas être étonné davantage.

Pourquoi donc n'est-on pas saisi d'étonnement et d'admiration dès le premier instant ? Plusieurs causes y contribuent. En voici une indiquée par M. Charles Blanc dans sa *Grammaire des arts du dessin* : « Une égale importance a été donnée aux trois dimensions, largeur, hauteur, profondeur ; la hauteur est très haute, la largeur très large, la profondeur très profonde » et ainsi, il n'y a pas autant d'effet produit que si une des trois dimensions avait été sacrifiée.

Cette explication a sa valeur, mais elle est insuffisante. La cause de l'erreur qui se produit dans l'esprit du visiteur et du désenchantement qu'il subit est que tout le monument n'est point à l'échelle humaine, à l'exception des degrés qui y conduisent et des tableaux qui le décorent. L'architecture elle-même est dans les données de l'architecture antique pour les dimensions proportionnelles de ses parties. Depuis le pavé à la voûte il n'y a qu'une seule ordonnance. Or, on n'attribue à cette ordonnance que des dimensions ordinaires, du moins on ne suppose pas qu'elle dépasse de beaucoup la mesure commune. On ne suppose pas que les chapiteaux de la nef ont trente pieds de haut. Ce n'est que par des observations successives que l'on arrive à constater les proportions immenses de l'édifice. Ainsi, en apercevant quelque *pietrino*, occupé au nettoyage de la basilique, marcher à l'aise sur la saillie du tailloir, on reconnaît que ce tailloir ne peut être d'une dimension ordinaire. Si l'on s'approche des anges qui soutiennent les bénitiers et auxquels on attribuait une taille d'enfant, on reconnaît que ces bambins sont des colosses ; en comparant ainsi à la stature humaine des détails que l'on croyait de petite dimension, on voit qu'ils sont considérables. Si vous entreprenez de parcourir l'édifice, vous n'avez encore presque rien vu et vous êtes déjà fatigué. Et c'est ainsi qu'à force de calculs, en mesu-

Nous pouvons dire encore que les constructions ogivales bien
conçues ne manquent ni d'unité ni d'harmonie. Si les membres de
ces constructions sont divisés, si l'ornementation est dispersée, il
n'en résulte pas seulement de la complication, mais aussi de la richesse. Les piles extérieures les arcs-boutants, les balustrades, les
clochetons avec leurs statues, les corniches avec leur feuillage, tout
cet ensemble donne à l'édifice des silhouettes plus découpées, plus
variées, une physionomie plus animée, plus vivante sous notre ciel
souvent brumeux et triste. Pour peu que les colonnades antiques,
avec les lignes prolongées de leurs entablements, soient enveloppées
d'une brume légère, elles deviennent monotones, et le plus beau
temple n'est alors, à quelque distance, qu'une masse rectangu-
laire.

Ajoutons enfin que le nouveau système architectural avait l'immense avantage d'offrir dans ses fenêtres un vaste champ aux verrières coloriées, et ce genre de décoration convient admirablement
aux édifices religieux, spécialement dans nos contrées. La lumière
transmise par ces immenses fenêtres est tempérée quand le soleil
darde ses rayons, et colorée quand, sous un ciel couvert de nuages
comme il arrive trop souvent, elle n'aurait que des teintes tristes et
blafardes. Ces brillantes verrières, présentant à nos regards les
images des saints, remplissent tout l'édifice d'une lueur religieuse
qui nous porte au recueillement et à la prière. L'effet devient admirable quand il est complété par la polychromie de tout l'édifice. Alors,
surtout, on incline facilement à conclure que l'art ne saurait créer
des temples qui soient mieux en harmonie avec les dogmes de la religion catholique, avec les pensées et les sentiments dont elle entre-
tient le cœur de l'homme. On peut s'en convaincre en visitant la
Sainte-Chapelle de Paris. L'impression est telle que l'on ne pense
plus à discuter, mais l'âme est tout entière saisie d'un frisson religieux qui devient une prière. Si l'on veut examiner, se rendre compte
des différentes parties au point de vue de l'art, il faut persister quelque temps avec cette intention. « Le charme est si grand, dit M. de

rant les différentes parties du monument d'après votre taille et par les pas que vous faites, vous comprenez qu'il est immense.

Aussitôt que vous entrez dans la nef de la cathédrale d'Amiens ou de Cologne, sans
avoir fait tous ces calculs vous êtes saisi d'étonnement.

Et cette différence est assurément à l'avantage de nos cathédrales.

Lasteyrie, que l'on craindrait presque d'altérer ses jouissances en passant de l'ensemble aux détails, de la contemplation à l'analyse(1).

Nous avons déjà remarqué comment nous ne prétendons point attribuer exclusivement au système ogival le privilège de produire des monuments qui soient en harmonie avec le dogme catholique ; mais nous pouvons bien dire qu'avec égalité de dépenses, c'est le système qui donnera les plus heureux résultats. Un édifice ogival, même dans des proportions très ordinaires, par l'élévation de ses voûtes, la profondeur de ses nefs, la disposition de ses chapelles absidales prend un caractère de mystère et d'aspiration qui convient admirablement aux croyances catholiques. Surtout quand le culte déploie dans le chœur la pompe de ses cérémonies, quand l'autel est enveloppé de nuages d'encens, quand l'orgue fait rouler sous les voûtes les flots de sa puissante harmonie, alors l'âme est profondément émue, et l'on se dit : Oui, c'est vraiment ici la maison de Dieu, la porte du ciel, le lieu terrible, le lieu saint, c'est là qu'est l'autel sur lequel est immolée chaque jour la victime sans tache : *Ecce sedes*

(1) Aujourd'hui il semble que l'on ne sait quel genre adopter pour les vitraux de nos églises. Il y a ces deux lois générales que l'on ne doit jamais méconnaître :

1° Le vitrail est le complément de l'architecture et doit s'harmoniser avec elle. La perspective creusant des profondeurs et ne tenant pas compte des lignes et des plans du monument est déplacée dans le vitrail comme dans la peinture murale.

2° La peinture de vitrail est translucide et diffère complètement de la peinture opaque exécutée sur une toile ou sur un mur. Celle-ci ne craint pas les épaisseurs de couleurs, elle les recherche même parfois et prend de l'éclat par les empâtements. Dans la peinture translucide il faut au contraire que le verre garde toute sa transparence, ou bien il n'a plus de couleur ; si la lumière ne le traverse pas, il devient une tache obscure.

Quelque genre que l'on adopte, grands personnages, tableaux ou médaillons, ces deux lois doivent être respectées.

On aime, et avec raison, à mettre dans la partie supérieure de l'édifice de grands personnages isolés et qui soient vus facilement à distance. Il faut que, dans ces grandes figures, le dessin soit irréprochable et que les ombres ne compromettent pas la transparence de la couleur. Au moyen âge même ces grandes figures étaient modelées avec une grande simplicité, les ombres se réduisaient à des demi-teintes assez étroites, transparentes, accentuées par des lignes multipliant les plis et seules opaques. Ce procédé était excellent. On peut réussir, avec un modelé plus large, des ombres plus soutenues ; mais on est moins assuré d'arriver à un bon résultat qu'en suivant le système du moyen âge.

Dans le genre tableau il faut se mettre en garde contre les ombres qui, par leur vigueur, deviendraient opaques ; il faut éviter de multiplier les plans. On pourrait dire que ce genre présente des difficultés insurmontables. Les œuvres réussies sont très rares et celles qui le sont plus incontestablement, comme les verrières de la cathédrale de Cologne, ont encore le désavantage de ne pas servir les intérêts de l'édifice.

Les médaillons se prêtent mieux à l'harmonie qu'il faut établir dans l'ensemble de chaque verrière et qui doit compléter l'harmonie des lignes et des formes du monument.

Au point de vue si important de l'agencement des couleurs, on ne saurait trop étudier les verrières que nous a léguées le moyen âge.

hic tonantis, ecce cœli janua, hic sacerdos, ara, templum, hic Deus fit hostia. Et même l'incroyant reconnaît ce qu'il y de saisissant et de beau dans ce spectacle.

Avant de quitter le moyen âge, nous pourrions dire un mot de l'architecture arabe dont les restes les plus précieux sont conservés en Espagne. Parmi les édifices religieux, il faut citer la grande mosquée de Cordoue, dans laquelle on peut compter trente-deux travées en un sens et dix-neuf dans le sens opposé. Ses lambris sculptés et peints ont été remplacés par des voûtes en plâtre. Dans le cours du XVIe siècle on a eu tort d'élever au milieu de ses colonnades nombreuses, mais basses, une construction ogivale qui les écrase par le contraste de son élévation (1). La mosquée a donc beaucoup perdu. Peut-être, dans son état primitif, elle nous aurait enthousiasmés davantage, mais peut-être n'eût-elle pas séduit ceux qui, comme nous, sont épris de la simplicité et de la beauté sévère des monuments de l'Attique, de la hardiesse, de l'élan et de la richesse des constructions ogivales. Aujourd'hui, après quelques minutes d'étonnement devant ces innombrables colonnes qui ne sont hautes que de quelques mètres (2), on parcourt ces nefs en cherchant une vue d'ensemble qui ait quelque chose d'imposant, et l'on ne peut trouver que ce même effet qui vous met toujours devant les yeux une forêt de colonnes, mais n'a rien qui saisisse, rien qui soit vraiment attrayant.

L'Alhambra de Grenade et l'Alcazar de Séville sont les souvenirs les plus riches et les plus brillants que la civilisation arabe ait laissés à l'Espagne. Celui qui veut admirer ces édifices ne doit point y rechercher la science de construction. Nous autres, Français, qui voulons des agencements qui soient logiques, nous ne pouvons que trouver mauvais ces innombrables porte-à-faux des voûtes formées par des prismes verticaux qui se projettent en saillie les uns sur les autres comme les alvéoles d'une ruche capricieusement édifiée. Mais d'un autre côté, on ne peut qu'admirer la décoration de ces palais : ces colonnes d'une élégance inimitable, avec leurs bagues et leurs chapiteaux si bien proportionnés, cette ornementation si capricieuse, mais si riche, des murs et des voûtes elles-mêmes. On croirait voir

---

(1) Cette voûte est du milieu du seizième siècle, mais elle est ogivale pour la construction.

(2) Du sol jusqu'aux chapiteaux, elles ont moins de trois mètres.

les superbes étoffes de l'Orient avec leurs brillantes couleurs, dans ces dessins variés à l'infini, dans ces formes compliquées et délicates, o ù l'œil croit à chaque instant trouver une symétrie qui lui échappe toujours par un perpétuel et gracieux mouvement.

ARTICLE IV

Renaissance, époque contemporaine. — Appendice sur les jardins.

En Italie et en France, au xvie et au xviie siècle, pour l'architecture comme pour les autres arts, on voulut revenir à l'antiquité. On crut imiter l'architecture grecque, mais on n'en comprit point les lois. Au lieu d'un art dans lequel l'imagination s'alliait avec le goût et la raison, on adopta des formules et de mesquines prescriptions qui enchaînaient la liberté de l'artiste. Et, cependant, avec ce système si mal interprété, des œuvres grandioses furent produites. Qu'il nous suffise de citer le palais Farnèse à Rome, le palais Strozzi à Florence; en France, le Louvre, le Luxembourg, Versailles. Ces palais ne sont pas sans défaut, on ne sut pas toujours observer, en les élevant, les principes simples et rationnels de l'art de bâtir (1). Souvent les façades ne sont pas l'expression vraie des appartements qu'elle enveloppent. Souvent aussi la bonne distribution d'une construction fut sacrifiée à l'aspect grandiose et solennel qu'on voulait lui donner. Et cependant il faut dire encore que ces palais, surtout ceux qui datent de la première période de la Renaissance, c'est-à-dire de la première partie du règne de Louis XIV ou des règnes précédents font honneur aux rois et aux princes qui les ont fait élever, aux artistes qui les ont construits et décorés.

---

(1) Dans la colonnade du Louvre, empreinte assurément de grandeur et de noblesse, et que l'on admirerait même en Italie, les matériaux n'étant point d'accord avec les agencements de la construction, on fut obligé de consolider l'ensemble avec des armatures en fer.

Le style Louis XV faussa les lois architecturales, mais en revanche créa des ressources très intéressantes pour l'ornementation du mobilier.

L'architecture aujourd'hui cherche ses voies plutôt qu'elle ne les a trouvées. Il faut du moins reconnaître à l'école contemporaine cet immense mérite, qu'elle étudie sans préjugé, sans parti pris, les œuvres que nous ont léguées les siècles passés, afin de leur demander d'utiles leçons.

Nous devons ajouter un mot sur les jardins que de tout temps l'homme a regardés à bon droit comme le complément de son habitation.

Celui qui trace un jardin ne doit pas se préoccuper seulement d'imiter la nature, car il ne ferait point ainsi une œuvre d'art. Mais il doit offrir à notre regard une nature choisie plus belle que celle que nous voyons de toutes parts. Rarement il lui sera donné de rivaliser avec les aspects grandioses de la création ; mais il compensera ce désavantage en faisant entrer dans son œuvre des éléments qui n'apparaîtraient que dispersés dans la réalité, et par lesquels il donnera à son œuvre des qualités d'agrément, d'élégance ou de grandiose. Les contrastes seront employés d'ailleurs, non pour contrarier l'impression que nous devons recevoir, mais pour l'augmenter.

Dans ses compositions, l'artiste évitera de trop régulariser la nature, ou de trop rechercher le pittoresque. Il devra tenir compte aussi de cette loi importante, que le jardin est une dépendance de l'habitation et qu'il est par là même le complément d'une œuvre architecturale. Or nous croyons qu'il observera cette loi en alliant dans une juste mesure, et chacun pour la part qu'ils doivent avoir, les deux systèmes qui ont été trop souvent pratiqués à l'exclusion l'un de l'autre.

A la Renaissance, en France et en Italie, le genre que l'on peut appeler géométrique fut en faveur ; les terrains furent coupés par des allées droites, disposés en terrasses reliées par de larges escaliers et décorées de balustrades, d'urnes et de statues. Souvent, surtout en Italie, les parties plus éloignées de l'habitation étaient disposées avec une sage irrégularité. Mais souvent aussi, surtout en France, il n'y eut plus que des combinaisons symétriques qui devinrent fas-

tidieuses et monotones ; on voulut même parfois régulariser outre
mesure la végétation en taillant les arbres comme des murailles, en
leur donnant des formes de cônes, de boules, contre lesquelles le goût
proteste tout aussi énergiquement que la nature (1).

Au milieu du XVIIIe siècle, une réaction s'accomplit, et l'on adopta
le genre dit anglais, pratiqué tout d'abord par les Chinois avec un
succès incontestable (2). Dans ce système, toute symétrie est reje-
tée. On recherche surtout des allées sinueuses, des courbes insensi-
bles, des dispositions imprévues, des effets pittoresques et variés :
les arbres, les bosquets plantés irrégulièrement trompent le regard,
donnent de la profondeur, semblent agrandir l'espace. Mais parfois
aussi les irrégularités évidemment préparées, la préoccupation du
pittoresque ne produisent qu'une nature tourmentée et travaillée à
l'excès. Ce sont des minuties ridicules, des cailloutages qui n'ont que
la prétention d'imiter la nature, des massifs encombrés qui ne sont
que des fouillis indescriptibles (3).

Le mieux est de n'exclure aucun de ces systèmes et de les pratiquer tous les deux dans une juste mesure, en rejetant avec soin les
abus par lesquels on les rend mauvais et en confiant à chacun le rôle
qu'il doit avoir. Il est convenable que le jardin, dans les parties qui
avoisinent l'habitation, ait de la symétrie pour s'harmoniser avec
les lignes régulières de l'architecture. A mesure que l'on s'en éloigne,
la nature doit reprendre ses droits, présenter des aspects plus
pittoresques et plus variés, sans devenir jamais confuse ou trop
apprêtée, mais en restant toujours vraie, choisie, élégante ou grandiose.

Pour le tracé des allées, on suivra ces trois règles données par la
Maison rustique du XIXe siècle : Préférer aux sinuosités non moti-
vées des courbes pures et correctes ; à chaque changement de direction laisser voir distinctement la raison du détour; motiver l'existence des allées principales par les objets auxquels ces allées aboutissent.

(1) Lenôtre, en France, fut le plus célèbre représentant du genre géométrique.
(2) Voir l'ouvrage de H. Huc, *L'Empire chinois.*
(3) Nous ne disons rien de ces trompe-l'œil aujourd'hui abandonnés comme des puérilités : ainsi des pans de muraille recouverts de lierre pour simuler des ruines, des troncs
d'arbres desséchés, des bruyères incultes, des chaumières à demi brûlées, des clochers
et des hameaux sans habitants, des ponts passant sur des pelouses ou des rivières sans
eau.

De plus, dans tout le travail que l'on fera, on ne devra pas craindre de montrer l'intervention de l'art. On agira sur le terrain, les eaux et les bois, pour débrouiller les effets de la nature, augmenter la puissance de ces effets et leur donner plus de caractère et d'expression (1).

(1) On peut lire sur la théorie des jardins l'excellent article de M. Vitet dans le quatrième volume de ses *Etudes sur l'histoire des arts*.

32. — Palais de Justice de Rouen.

CONCLUSION

Les différents arts ont fait, dans les temps modernes, de glorieuses conquêtes ; ils sont aujourd'hui en possession de procédés savants et de ressources précieuses. Des œuvres aussi dignes d'éloges sont produites, mais il en est beaucoup aussi qui ne peuvent être que condamnées. Dans ces œuvres défectueuses, ce n'est pas la connaissance du procédé qui fait défaut, mais la pensée et l'inspiration. L'artiste n'a pas au cœur des convictions assez sincères, il n'a pas une assez haute idée de sa mission, il ne tient pas son regard fixé sur un idéal assez élevé. « O malheureuse époque, s'écriait l'illustre Gœrres, au commencement de notre siècle, tu as détourné les arts de leur mission pour en faire les vils instruments de la volupté... ; toute grandeur, toute dignité a disparu, et les fils du ciel, les arts ne sont plus que les fils de la terre. » Depuis que ces paroles ont été écrites, les arts n'ont fait que poursuivre dans la voie d'égarement où ils étaient entrés. Non seulement ils ont perdu leur essor et ils se sont arrêtés aux tristes réalités de notre monde, mais ils se sont traînés dans la fange.

Notre époque a subi les plus violentes secousses, et il n'est pas un homme sérieux qui ne se préoccupe du malheureux état de notre société et de son avenir. Nous descendons vers un abîme sans fond, si nous ne faisons revivre les généreux sentiments qui font la vie des peuples et qui semblent avoir faibli dans l'âme d'un si grand nombre : l'amour de la patrie, le respect de l'autorité, la loyauté et tout d'abord la foi religieuse qui est la base de toutes les convictions. Les arts qui ont une influence si étendue, puisqu'ils saisissent l'homme dès l'enfance et lui donnent dès ce premier instant des impressions qui ne s'effaceront jamais, les arts qui jouent un rôle immense dans l'éducation, et auxquels aucun âge ne reste indifférent pourront contribuer très efficacement à l'œuvre si importante et si difficile de notre régénération. Mais pour cela il faut qu'ils se mettent au service de la vérité qu'ils cherchent leur idéal au-dessus des réalités grossières qui nous entourent, qu'ils s'efforcent de nous exprimer la véritable beauté, cette beauté qui nous apparaît sous différentes formes, mais dont les grandes lois ne varient pas : elles sont indépendantes des temps et des lieux.

Les arts, en n'essayant jamais de nous montrer, comme beau, ce qui est en dehors du vrai et du bien, mais en faisant toujours briller en même temps à nos yeux ces trois rayons qui émanent d'un même foyer : le vrai, le bien et le beau, reconnaîtront leur céleste origine, ils prouveront qu'ils sont toujours les fils du ciel. Ils produiront des œuvres dignes de captiver les âges les plus reculés, et, en nous procurant les plus délicieuses jouissances, ils contribueront puissamment à régénérer la société.

FIN

TABLE DES MATIÈRES

CHAPITRE I

DE L'ART : SON OBJET, SON BUT DIRECT.

CHAPITRE II

DE L'ART : SON BUT INDIRECT ET SA FIN DERNIÈRE.

CHAPITRE III

DE L'ART : SES PROCÉDÉS ET SES DIVERSES TENDANCES.

CHAPITRE IV

LITTÉRATURE.

CHAPITRE V

MUSIQUE.

CHAPITRE VI

PEINTURE

TABLE DES GRAVURES

NOTA. — Les chiffres qui suivent les noms indiquent les pages du texte où il est parlé de chaque gravure.

Imp. E. VITTE, rue de la Quarantaine, 18 — LYON

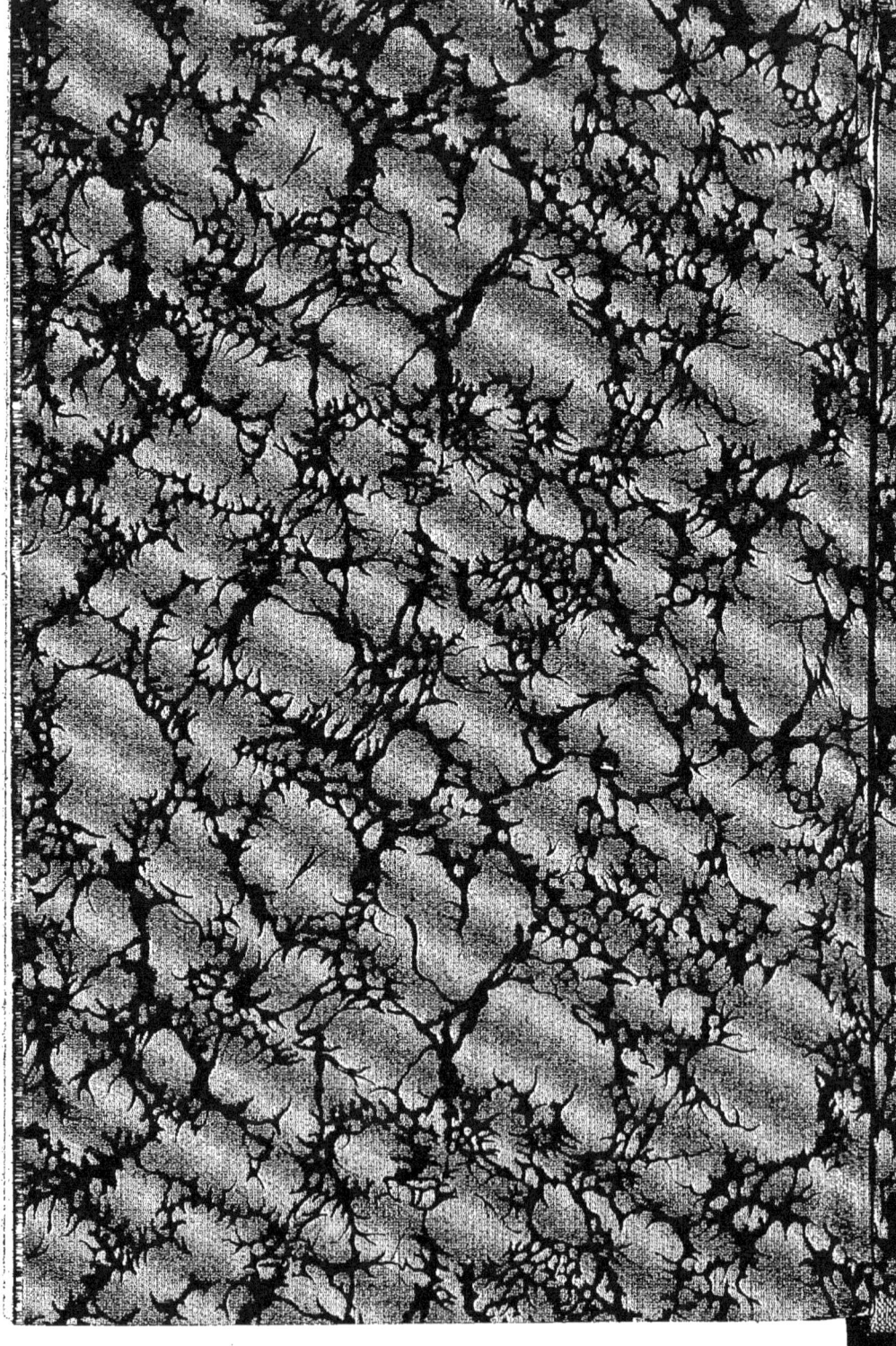